LES FEUX DU BOCAGE

DU MEME AUTEUR

Aux Editions Le Cercle d'Or :

LA PROVINCE TRAHIE, essai.
CHRONIQUE INSOLENTE D'UNE VILLE DE PROVINCE.

Aux Editions Jean-Claude Lattès :

LE PAPIVORE, roman.
LA DERNIÈRE CHASSE, roman, Grand Prix de l'Association des écrivains de l'Ouest, 1978.

HENRI DE GRANDMAISON

LES FEUX DU BOCAGE

roman

BERNARD GRASSET
PARIS

« Leur cœur est doux et leur âme patiente. Des siècles de résignation ont courbé leur échine et le sentiment de la vanité des choses et de la toute-puissance de la Destinée. Mais malgré leur endurance infinie si l'on touche au fond de leur être, à un sentiment élémentaire de justice et de défense, leur révolte furieuse est sans bornes. C'est une révolte inhumaine, féroce, née d'un désespoir mortel et qui sème la mort sur son passage. »

CARLO LEVI,
Le Christ s'est arrêté à Eboli.

« Tout est vraisemblable et tout est romanesque dans la révolution de la France. »

GABRIEL SENAC DE MEILHAN.

Prologue
(1789)

La Soule de mars

Les hommes se sont mis en route aux premières lueurs du jour. Il fait froid sur le Bocage, mais ce dimanche s'annonce limpide car l'horizon à l'orient est sans nuages et le vent léger et glacial vient du nord.

Les Bocains marchent d'un pas rapide et régulier. Ils laissent derrière eux, sur la boue des chemins étroits et encaissés, des chapelets de trous gris en forme de sabots aussitôt remplis d'eau. Parfois ils doivent tirer sur leurs cuisses pour sortir une jambe enfoncée dans une ornière invisible. Qu'importe d'avoir les pieds humides et les culottes crottées par-dessus les guêtres! Ils sont accoutumés aux marches difficiles sur ce sol schisteux ou granitique qui digère mal les pluies : elles le ravinent en ruisselant des collines jusqu'aux vallées.

A travers les massifs d'arbres de haut jet accrochés aux pentes, les chemins entre villages, champs et pâtures, constituent un labyrinthe qui ne les prend pas en défaut. Ils démêlent, sans hésitation, cet écheveau de routins et de lacis burinés par le piétinement des troupeaux et le passage des charrois.

Ils avancent en silence sous les longs tunnels étrangers à la lumière, entre de grands talus d'où montent les arbres aux branches formant berceaux au-dessus de leurs têtes. Même aux étés les plus secs, quand les blés flambent d'or entre les damiers grillés des prairies, les fondrières de ces chemins gardent encore leurs eaux verdâtres.

Qu'ils soient de Saint-Cornier, de Chanu, d'Yvrandes ou de

Ger, ces paysans qui se hâtent vers Saint-Jean-des-Bois sont jeunes et bien noués aux épaules, car les travaux rudes et incessants les ont affermis. Les années ne leur ont pas encore déformé les bras et les jambes, ni tordu le corps comme de vieux têtards, ni collé la peau au visage. L'essentiel pour eux est que la mort ne soit pas encore venue les chercher. C'est de la chance. Un sursis. Trop pressée elle survient souvent pour saisir à la gorge des nourrissons pas même sevrés, ou des jeunes encore imberbes, ou des hommes dans leurs pleines forces. Il faut bien accepter, que faire d'autre? Le Bon Dieu a ses raisons, et on n'est pas sur terre pour s'enchagriner longtemps dans les cimetières.

Aujourd'hui ils doivent tous être forts : la soule refuse les fragiles, les grêles, ceux qu'on appelle ici les « moins que rien ». Quand il faut durer des heures au combat, les muscles comptent plus que la rouerie. La ruse est utile, mais après la force. Aussi les vieillards, les femmes et les enfants sont-ils restés chez eux, et même quelques jeunes gens, refusés à l'examen, trop gringalets! Partout le choix a été sévère : chaque village veut être le plus fort. Gagner la soule est un honneur pour ces hommes qui n'ont d'autre gloire que la vie.

L'affaire n'est pas mince dans ce Bocage sans grande ville, sans routes, sans événements, où les messes du dimanche et la fête patronale distraient l'année, avec la soule, creuset de récits fantastiques contés et contés encore au coin de l'âtre.

Celle de l'an passé est toujours vive dans les mémoires. A Chanu, en 1788, le combat avait été terrible : plus de quatre cents joueurs à souffrir pour la grosse balle de cuir bourrée de son, de chiffons — et de quelques pièces blanches — depuis la fin de la messe jusqu'à la nuit. Près de sept heures! Dès le début, le combat avait paru tourner en faveur d'Yvrandes dont l'équipe avait gardé la balle pendant une heure, malgré le harcèlement des autres meutes. Une rivière à franchir avait tout remis en cause. La soule avait changé de camp dans une mêlée de bras et de jambes. Des combattants avaient glissé dans l'eau, d'autres y avaient été tout simplement jetés. Elle était si froide que Joseph Chesnel, de Ger, n'en était pas ressorti. Son absence était passée inaperçue jusqu'au lendemain : le taupier Grandin avait retrouvé son corps par hasard, accroché à des branchages et gonflé comme un sac de son.

Les vainqueurs, les gars de Chanu, avaient pu, avant la tombée du jour, porter la soule jusqu'à leur village pour la lancer dans la première maison venue : son propriétaire les avait largement récompensés à grandes bolées de cidre aigre.

Un peu plus tard les gendarmes étaient venus enquêter sur le sort du malheureux Joseph et le curé de Saint-Jean-des-Bois, l'abbé Mondet, avait menacé d'écrire au substitut de Tinchebray pour demander l'interdiction de ce divertissement de plus en plus violent.

Les anciens, aussi sourcilleux sur la tradition que sur leurs biens, étaient parvenus à apaiser le prêtre. Ils avaient été ardents à le convaincre de se taire, la chose était trop importante. Les gendarmes avaient fait quelques remontrances mais sans insister. La soule est chevillée au corps de la coutume. Malheur à qui veut discutailler l'héritage des ancêtres ou la religion, même si la piété est ici plus habitude que conviction. Il y a, dans le Bocage, des rites, la soule en est un. L'abbé Mondet avait reçu promesse qu'on exhorterait les villages à plus de retenue. Les recommandations avaient été transmises. Mais à Yvrandes, à Saint-Cornier, à Chanu et à Saint-Jean-des-Bois personne n'avait oublié la menace des joueurs de Ger : « On se retrouvera à la prochaine! »

La prochaine c'est aujourd'hui et les paysans qui se hâtent vers Saint-Jean-des-Bois d'où, cette année, doit partir la balle, s'interrogent sur la pugnacité de l'équipe de Ger et sur la réalité de son défi. Dans les chemins creux et froids, inaccessibles au soleil qui a réduit les brumes nocturnes, chaque tête, qu'elle soit d'un village ou de l'autre, pense à la phrase insolente et s'excite déjà à la perspective d'une formidable partie.

Tous s'enfièvrent davantage à mesure qu'ils avancent vers le lieu du combat, piétinant d'un pas égal la boue argentée sous la pénombre des chemins. Maintenant on perçoit à travers le treillis serré des haies et des arbres les yeux du soleil qui clignent sous le vent comme de multiples kaléidoscopes. Et ce frémissement lumineux accroît encore l'ardeur contenue des joueurs silencieux, déjà concentrés sur une seule obsession, la victoire.

La lumière crue frappe brutalement leurs regards au sortir des bois, quand ils atteignent l'espace dégagé des champs qui annonce la proximité du village. Un instant éblouie leur vue s'adapte vite et ils avancent à pas plus décidés encore vers les premières maisons aux toits de chaume noir posés sur les murs de torchis doré.

Les hommes d'Yvrandes atteignent les premiers Saint-Jean-des-Bois. Ceux de Saint-Cornier puis ceux de Chanu qui viennent de plus loin les rejoignent sur la place de l'église. La foule mêlée de souleurs, de femmes aux fichus d'indienne multicolores, d'enfants bruyants d'excitation, s'anime dans les appels, les cris et les chansons, au milieu des fumées de quelques rôtisseurs descendus de Tinchebray. Des marchands ambulants ont dressé leurs tréteaux près du mur ensoleillé de l'église et les étoffes de lin et de futaine, dépliées avec convoitise, ondulent déjà sous les mains expertes des acheteuses.

Soudain la foule se fige. Toutes les têtes se tournent vers le sud d'où parviennent les accents d'un chant scandé :

— Les gars de Ger! crie une femme.

Au fond de la vallée, trop profonde pour être déjà ensoleillée, on distingue une longue colonne d'hommes. Ils avancent le long du ruisseau. C'est une file de têtes baissées et d'épaules ramassées qui attaque le routin vers Saint-Jean-des-Bois.

— Les gars de Ger! répète une autre voix, et son intonation ne cache pas l'importance qu'on accorde aux derniers arrivants.

Ils viennent pour venger Chesnel, c'est sûr, et ils l'annoncent en vrombissant comme des guêpes encolérées.

— Chanteront moins tout à l'heure, bande de jean-foutres! ricane un homme de Chanu, mais son ironie tombe à plat, alourdissant même le soudain silence de la place.

Quand ils atteignent le plateau, le mutisme de la foule et son immobilité contraignent les joueurs de Ger à se taire. Ils se ramassent en paquet serré dans un coin de la place. Elle est muette maintenant, cette bonne centaine de costauds, épaule contre épaule, bras croisés sur le torse, défiant ceux qui l'observent. Mais bientôt la foule se détend pour reprendre ses mouvements et ses bavardages. Après tout, on a une grande journée devant soi et les autres aussi, ceux de Saint-Jean-des-Bois et ceux d'Yvrandes, de Chanu et de Saint-Cornier ne sont pas des mauviettes. On verra ça tout à l'heure, à la première ruée sur la balle. Ce n'est pas tout de provoquer en chantant! Dans le Bocage les grands airs n'impressionnent pas. La soule n'est pas un concours de chorale, mais un combat.

Flotte au-dessus de cette foule redevenue joyeuse et détendue en apparence une vibration explosive. Le soleil palpite dans un ciel transparent mais l'orage sourd au chevet de l'église quand une volée de cloches sonne la messe. Quelques anciens de Saint-Jean-des-Bois gagnent les premiers l'ombre de la nef pour occuper les bancs au plus près de l'autel. Suivent les femmes, les enfants, et quelques joueurs moins empressés. La plupart préfèrent se tenir debout, dehors, le bonnet de coton au bout des doigts, sur cette petite place bordée par le cimetière et des chaumières. Ce n'est pas qu'ils soient indifférents à l'office mais Dieu ne les embarrasse pas trop. Ils font avec application des signes de croix et ils marmonnent consciencieusement leurs patenôtres. Cependant, il faut bien l'admettre, la piété est plutôt dedans que dehors : les esprits peinent à la prière et s'échappent à tout moment de la messe pour s'en aller galoper sur les pentes vives, coupées de haies, où tout à l'heure on va s'expliquer.

A mesure que l'office avance, les attitudes, d'abord rigides, se laissent un peu aller et les regards, tournés au début vers l'ombre piquetée par l'éclat des bougies, dérapent vers les larges espaces bocagers qui déroulent leurs belles draperies de prairies jusqu'aux bois des collines. Et c'est en chacun de ces hommes, immobiles et disciplinés, un rêve insensé qui cavale sous l'impassibilité des visages. Pour ne pas déplaire à l'abbé Mondet aucun d'entre eux n'oserait se dissiper, quand bien même tout les inciterait à gueuler à pleins poumons leur violence. Pas un ne voudrait, par son irrespectueuse tenue, s'attirer le regard du vieux prêtre. On la connaît cette lumière qui illumine les yeux du curé, si vive qu'elle déchire les carapaces les plus épaisses pour aller découvrir au plus secret des âmes ces agitations troubles et parfois douloureuses que l'homme porte en lui comme des misères.

Mais à peine les cloches ont-elles sonné la fin de la messe qu'un tonnerre de cris déchire l'air. D'un coup les fidèles deviennent des soldats. C'est un formidable hurlement qui cogne contre les murs de l'église, avant d'aller rebondir vers la grande cape grise de la forêt dont les lisières à mi-pente limitent tout autour du village le vaste enclos du prochain combat. La foule se désordonne, les groupes éclatent; on va, on vient, en s'interpellant à tue-tête. C'est une fourmilière affolée qui tourbillonne sur la place, tandis que les femmes et les vieillards quittent l'église.

— Thomas! Où est Thomas? crie un des combattants de Saint-Jean-des-Bois.

C'est un homme jeune, râblé, carré au menton, aux joues encore adolescentes et à la belle chevelure brune et bouclée au-dessus du crâne large et haut, dégarni aux tempes. Des favoris encadrent ce visage franc et ferme. Ses yeux étrangement roux brillent comme des charbons de forge. Sous le nez long et droit, les lèvres bien ourlées restent un instant entrouvertes sur l'appel qu'elles viennent de lancer. Puis elles s'animent à nouveau tandis que la foule observe celui qui crie d'une voix de stentor :

— Oh! Thomas! Thomas Grisard!

— Le marié! reprend une autre voix.

Alors la foule scande : « Le ma-rié! Le ma-rié! Le ma-rié! Le voilà! »

Celui qu'on a huché fend difficilement la masse des souleurs concentrés devant l'homme aux yeux roux qui les domine, debout sur une pierre. Il tient sous le bras gauche une grosse balle de cuir enrubannée. De la main droite il tire, non sans mal, à travers la foule, sa jeune épouse, Thérèse Le Mettais, dernière mariée de Saint-Jean-des-Bois, celle qui a, comme le veut la coutume, cousu — serrée et increvable — la belle soule de l'année.

— Me voilà, Michelot! dit Thomas, à celui qui le cherche. Et c'est Thérèse! ajoute-t-il, désignant sa femme qui sourit sous sa coiffe. C'est elle qui l'a faite! Elle est solide, crois-moi, Michelot Moulin! De la peau de mouton!

Des applaudissements saluent les mariés. Thomas confie la soule à Thérèse, tandis que Michelot invite les combattants à se rassembler devant le mur ensoleillé de l'église : il n'a pas à le répéter. D'un ample et rapide mouvement, les équipes se retrouvent en ligne, dos au Bocage, face au granit dont les paillettes luisent sous le soleil. Les vestes tombent vite pour former des tas ici ou là, les manches de chemises se retroussent sur les biceps, des cordelettes de chanvre, sorties prestement des poches, retiennent aux hanches les larges braies. Tendus, les joueurs fixent le ciel.

Michelot Moulin, le chef de l'équipe de Saint-Jean-des-Bois, conduit Thomas et Thérèse de l'autre côté de l'église. Il marche devant eux à grands pas. Quand il se trouve à mi-distance des extrémités du bâtiment, il se retourne vers Grisard :

— C'est ici, dit-il. Lance-la fort, Thomas! Faut pas rater, ils l'attendent, les bougres!

— Pas de crainte, Michelot, rassure le marié. Elle passera du premier jet.

Thérèse présente la soule à son époux. Ses mains tremblent tandis qu'elle regarde son mari se saisir de la belle balle dure, et lourde des sous dont elle l'a lestée.

— Si tu m'aimes, Thomas, dit-elle en riant, jette-la fort!

Elle l'aime trop son Grisard pour accepter un échec, un lancer trop mou qui empêcherait le franchissement du toit. Ce serait alors des huées, puis un second et dernier essai. Après quoi, si la balle n'était toujours pas passée de l'autre côté, il faudrait que Thomas se retire et laisse à un joueur tiré au sort le soin de régler l'affaire. Pas question, bien entendu, de subir cette honte dont on parlerait toute l'année.

— Du premier coup! reprend-elle.

Alors Moulin, en courant, rejoint son équipe au soleil. Un instant il s'arrête, met ses mains en porte-voix et annonce :

— De l'autre bord de l'Egrenne, et avant la nuit!

Ainsi le but est fixé, et personne ne questionne. La rivière qui reluit là-bas comme une ganse d'argent, ils la connaissent tous. Elle est un ténu filet de vie, l'été et l'automne au plus creux des vals qui échappent à la grande forêt pour former des conques fraîches d'herbes luisantes. Mais avec les pluies d'hiver elle prend de l'audace et de la largeur, elle s'étale sur les prés qu'elle blanchit comme des lacs. Ainsi est-elle aujourd'hui. Les joueurs ne s'en inquiètent pas, ils traverseraient les montagnes s'il le fallait, pour gagner la soule. Et ils savent que la rivière est peu profonde, ils patouilleront dedans, c'est tout, jusqu'aux mollets ou, au plus, jusqu'aux cuisses.

Maintenant tout est immobile au pied de l'église. Les regards vers le ciel guettent le jet multicolore de la balle enrubannée comme une merveilleuse comète. Les secondes paraissent des siècles à ces quatre cents poitrines bloquées sur leur souffle. Les gorges se serrent, les muscles se raidissent, les mâchoires se crispent, les lèvres se pincent, les ongles meurtrissent les paumes. Michelot est soudé à ses camarades, au premier rang, le dos appuyé sur ceux qu'il doit conduire au combat. Lentement il porte ses deux mains vers sa bouche, plante à chaque extrémité de ses lèvres l'index et le majeur, aspire une grande goulée d'air frais : un sifflet long et strident lacère le silence.

Catapultée, la soule gerbe vers le ciel par-dessus le toit, droite et fière. Les joueurs redressés commencent à se mouvoir, collés les uns aux autres, vers le point de chute supposé. La balle file toujours plus haut. Jamais, depuis longtemps, on n'avait vu soule si bien partie, si glorieuse avec sa queue frissonnante de rubans, oiseau merveilleux qui paraît narguer ceux qui l'attendent au moment où, dans un ébouriffement de faveurs, elle amorce sa descente.

Sa chute s'accélère. Elle grossit de plus en plus. Les joueurs se tassent pour la happer, les épaules commencent à se heurter, les jambes à se crocheter, les hanches à se faire une place entre fesses et ventres qui se pressent en avançant toujours vers le point de chute.

Et c'est soudain la folle bousculade, bientôt magma énorme de corps qui s'empilent les uns sur les autres, s'absorbent, se rejettent tandis que la balle s'engouffre dans la cohue rugissante. Ils se culbutent, se frappent, se déchirent, se mordent, se tordent bras et jambes au milieu des grognements sourds, des cris aigus, des jurons. Les mains agrippent les cous, déchirent les chemises ou les culottes, empoignent les cheveux. Les sabots bleuissent les mollets, les genoux bourrent reins et ventres et si on peut cogner au sexe, pourquoi se gêner, bon Dieu! Il faut gagner, c'est tout!

Dans cette invraisemblable mêlée qui se déplace — grouillement grotesque et inquiétant à la fois — que devient la soule?

Pourra-t-elle sortir de ce tas furieux qui produit clameurs, gémissements douloureux, ce monticule de viande humaine suante et saignante, avançant, reculant avec des imprécations et des hurlements?

Les vêtements en lambeaux pendent déjà sur les dos et les reins, les chairs éclatées pissent de longs filets rouges qui se mêlent à la bave des bouches quand soudain, comme un éclair fantastique, un joueur bondit hors de l'empoignade, et, en deux enjambées, atteint le mur du cimetière qu'il franchit d'un bras faisant pivot, tenant sous l'autre la balle équeutée, et disparaît. Derrière lui on se démêle, l'écheveau de membres se débrouille. On se redresse.

— Dans le cimetière! hurle un joueur.

Alors on saute l'enceinte à la poursuite du gibier, tandis que sur la place un souleur hurle en se tenant le bas-ventre et qu'un autre s'éloigne à cloche-pied. Un troisième, étendu à la renverse, ne bouge pas; le sang coule de sa bouche entrouverte, de temps en temps une bulle rose crève entre ses lèvres, mais pourquoi s'en préoccuper?

Déjà le joueur de Ger est rattrapé. Piégé aux jambes par deux bras il bascule, s'effondre sans lâcher la soule. La horde s'abat sur lui L'empoignade reprend plus âpre encore. Les pots de fleurs posés sur les tombes, deviennent projectiles, et des croix sont renversées.

Un autre de Ger parvient à reprendre la balle mais en quelques enjambées il rencontre le mur. Alors il s'y appuie solidement pour résister à l'assaut qui l'écrase en braillant. Il s'entête, il ne lâchera pas la soule. Aussitôt ses camarades forment autour de lui une muraille d'épaules. Trop résistante, cette paroi impavide exaspère les assaillants. Leurs coups de bélier ne la brisent pas. Voilà donc qu'ils déchaussent les pierres du mur et qu'ils lapident en plein visage ces obstinés qui veulent la victoire avec tant d'âpreté.

— Faudra lâcher, les gars! hurle un grand gaillard d'Yvrandes qui balance un caillou de toute sa rage.

Une mâchoire éclate sous le projectile.

Dix fois la soule sortira de la mêlée, dix fois elle y rentrera, dans cet espace clos de la mort où le respect et la pitié ont déguerpi devant la meute. Il n'y a plus de défunts à vénérer, plus de silence à observer, plus de dignité à tenir : il faut gagner! Les femmes de Saint-Jean-des-Bois, qui suivent d'un coin de la place ce jeu coléreux, ne peuvent retenir un cri quand les cailloux volent au milieu de cette flambée de haine. Mais à quoi bon condamner l'irrespect des joueurs! Ils iront désormais jusqu'au bout, ces fous, et même jusqu'à la mort. Ce qu'ils veulent c'est pouvoir dire en rentrant chez eux : « Cette année, c'est nous! »

L'équipe de Ger a toujours l'avantage, la balle n'a pas changé de camp malgré les chocs et les horions de plus en plus violents qu'elle reçoit, silencieuse et stoïque. Ses pourfendeurs qui la harcèlent s'exacerbent devant tant de fermeté et ils redoublent encore de fureur.

— Vous lâcherez les gars, c'est sûr! Vous lâcherez!

Maintenant les croix de bois brisées servent de masse, elles frappent les dos, les jambes, les crânes avec de grands « han » d'effort pour faire mal. Descellée, une barre de fer s'abat sur une poitrine puis fauche des bras levés. Des joueurs s'effondrent en hurlant. Libérée la balle roule à terre tandis que l'avalanche contraint enfin l'équipe de Ger à éclater puis à s'évanouir sous une ultime vague.

Là-bas les femmes se détournent. Ils vont se tuer, pensent-elles, et elles se signent.

A l'écart, calme, évitant d'user ses forces dans ces premiers assauts cruels, Michelot Moulin observe avec patience le pilonnage. Ses yeux roux fixent chaque scène, apprécient le déroulement de l'action, calculent le temps nécessaire à l'épuisement des autres dans ces collisions confuses et harassantes. « On a toute la journée pour bien faire », lui dit souvent son vieux père. Comme il faudra tenir jusqu'à la fin il attend, maîtrisant d'un geste de la main, d'un hochement de tête, d'un mot bref, sa troupe piaffante autour de lui.

— Du calme! Laissons-les s'étriper, dit-il.

Brisés, les gars de Ger abandonnent la scène, ils se coulent le long de l'enclos de pierre pour rejoindre la place sous les sifflets de ceux d'Yvrandes, de Chanu et de Saint-Cornier maintenant cramponnés les uns aux autres comme des fauves en rut pour cette femelle de soule.

— Ça va être pour nous, murmure Hardouin.

Le grand Hardouin, fil de fer dégingandé, est là, courbé, les mains posées sur les cuisses, prêt à bondir comme un chat haret sur la proie qu'il épie au milieu de ces centaines de jambes valsant et dérapant en tous sens.

— Patiente encore! dit Michelot.

Il a l'habitude du guet, Hardouin le chasseur qui passe des nuits entières dans les futaies de la Vente-Henriet, au-dessus de Saint-Jean-des-Bois, à guetter le petit gibier. Son corps est long à n'en pas finir, comme un jour sans soupe, et il sait le détendre d'un coup de jarret, le faire voler pour capturer le lapin : d'un tour de poignet il le saisit et du tranchant de la main l'exécute. Dans le pays on le surnomme Voltige car sa souplesse et son adresse sont légendaires. Michelot admire son ami, c'est son complément. Lui, il est râblé et carré sur la terre, Voltige a des ailes.

— C'est pour toi, dit soudain Michelot, sans le regarder.

Alors, d'un bond, Voltige attrape la soule lâchée par les combattants et qui roule en lisière des jambes. Il est redressé, il se détend, bondit sur le mur, s'envole par-dessus un buisson puis dévale vers l'espace.

A peine les joueurs sonnés par tant de coups se sont-ils aperçus de la disparition de la balle qu'il est déjà à mi-coteau, franchissant échaliers et jardins à grandes enjambées.

L'équipe de Saint-Jean-des-Bois tente de contenir la poursuite. Il faut laisser Voltige prendre de l'avance. Alors, tout neufs dans le combat, ils retiennent à pleins bras ou par des crocs-en-jambe et des bourrades ceux qui s'impatientent à foncer. Là-bas, la soule prend de la distance et se rapproche de l'Egrenne.

— Elle est pour nous, les gars! hurle Michelot. Tenez bon!

Mais l'équipe de Saint-Jean-des-Bois est vite débordée sur ses ailes. En un instant le cimetière est déserté. La course à travers les prés commence. Voltige n'a pas encore gagné.

Sur la place de l'église, discrètes, les femmes s'approchent des blessés qui pestent sur leurs plaies. C'est surtout le joueur à la bouche ensanglantée qui les inquiète. Il est inerte, il ne gémit pas. Quand elles sont près de lui, son visage blanc les alarme. Alors elles se penchent, attentives et maternelles, et elles observent, affolées, ses yeux déjà vitrifiés par la mort.

— Pas possible, dit une femme, en plaquant les mains sur son visage.

— Il ne respire plus, dit une autre, agenouillée, son oreille posée sur la poitrine.

Et quel silence sous cette peau froide! Elle se redresse épouvantée.

— Encore un homme de Ger, murmure-t-elle, c'est Galien, le fils du meunier. Je le reconnais, c'est lui.

Elles demeurent maintenant immobiles, entourant de leur silence ce corps roide, barbouillé de sang mais aucune d'elles n'a l'audace de poser plus longtemps son regard sur cette face tuméfiée, que les deux boules des cornées sans flamme rendent tragique. Et voilà qu'un voile rapide passe sur la place : des nuages arrivent de l'ouest avec un vent léger qui lève la poussière. Les étoffes des robes frémissent et les fichus, ramenés prestement sur les poitrines enserrent les épaules tremblantes. Le soleil s'est à peine effacé que la pluie se met à tomber fine et glacée, grisaillant de tristesse les prés et les bois. C'était pourtant, ce matin , une si belle journée qui s'annonçait. Mais sur le Bocage le temps est versatile : il bascule soudain, capricieux, imprévu. Les anciens qui, par habitude, savent déchiffrer le verbe des choses, pressentent mieux que d'autres ses variations. Ils accommodent leurs regards sur les collines, observent le faîte des arbres et affirment que « ça ne tiendra pas » ou que demain « le ciel restera propre ». Pourtant leur instinct peut être trahi. Sur cette terre rien n'est jamais assuré, surtout pas le temps ferme et sec. Car c'est la pluie qui s'impose en grandes averses ou en bruines transperçantes. Le vent et l'eau s'accordent avec cette terre et les Bocains ne s'en plaignent pas.

— Dieu pleure, pensent les femmes.

Là-bas, du côté de l'Egrenne, le combat a repris. Voltige n'a pas été trahi par ses forces mais par une racine sournoise cachée sous une touffe d'herbes. Son pied l'a accrochée, il a boulé et sa tête a heurté un caillou. L'étourdissement de quelques instants a suffi à abolir la distance prise sur ses poursuivants.

La meute passe sur lui comme un ouragan, des mains happent la balle abandonnée et, de nouveau, les joueurs s'abattent les uns sur les autres dans une orgie de cris et de jurons.

Quand Voltige se redresse, le front ouvert, le dos et les cuisses mâchés par les sabots des joueurs, la course a repris de plus belle. La horde file bon train le long d'une haie à la poursuite d'une silhouette grise qui les précède à une folle allure, tête dans les épaules.

— Michelot! crie Voltige, mais c'est Michelot! Oh-oh! Michelot!

Et il hurle à pleins poumons l'encouragement à l'ami qui bondit vers la victoire, semant ses poursuivants dans une formidable course vers la rivière.

La pluie fouette les prés. Voltige a mal à son corps meurtri, cependant il trottine en boitant sur sa jambe douloureuse car il veut être là pour partager l'instant de gloire. Il connaît les échaliers, il coupe au plus court, la poitrine brûlée par l'effort. Il crie encore « Michelot! C'est Michelot! » Mais déjà des clameurs s'élèvent tandis que les joueurs s'arrêtent.

Devant eux, la soule brandie à bout de bras au-dessus de sa tête, Michelot Moulin, pataugeant jusqu'au ventre, franchit l'Egrenne dans des éclaboussements d'argent. Et parvenu sur l'autre rive il se retourne, pousse un rugissement de fierté, la balle offerte au ciel.

Tous le regardent, envoûtés, cet homme qui exulte, fier, planté solide sur ses jambes, vainqueur.

La pluie redouble, le vent la pousse en longues mèches qui flagellent. Aphones devant cette oblation, les souleurs reçoivent l'eau froide et purificatrice sur leurs visages en sueur.

L'averse enveloppe la dernière soule du pays comme un suaire vaporeux à travers lequel fulgurent les yeux de feu de Michelot.

Première partie

La terre rebelle

(1793-1794)

« Il vint des ordres pour une levée en masse; on sonna le tocsin par tout le pays. Il était commandé à tous les hommes de notre arrondissement de se rendre à Domfront; le pillage était accordé chez tous ceux qui ne s'y rendraient pas. Je fus donc à Domfront comme tous les autres. Aussitôt que nous fûmes réunis, le commandant de l'arrondissement et le commissaire du pouvoir exécutif nous déclarèrent que tous les jeunes gens de la réquisition devaient former un bataillon; qu'ils allaient nommer eux-mêmes leurs officiers et s'organiser sur le champ. En moins de deux heures, le bataillon se trouva formé. Mes camarades me nommèrent capitaine; je refusais absolument d'accepter un grade, disant toujours que je ne voulais servir que comme soldat. Le jour même, à quatre heures de l'après-midi, nous reçûmes l'ordre de nous mettre en route pour nous rendre à Mayenne, et de là marcher au-devant de l'armée de la Vendée qui s'avançait sur Laval. Je fus trouver le commissaire du pouvoir exécutif, qui avait donné cet ordre, pour lui faire observer que nous ne pouvions marcher contre les Vendéens si l'on ne nous donnait pas d'armes. »

Mémoires de Michelot Moulin.

Chapitre premier

La réquisition

— Pas les mains vides, commissaire, non, nous ne partirons pas sans armes! dit Michelot Moulin d'un ton calme mais ferme.

Sorti de la foule des jeunes gens réquisitionnés à la hâte pour aller se battre contre les Vendéens, il se tient bien droit comme un hêtre devant l'homme au visage carminé sous le foin hirsute des cheveux longs.

Derrière Michelot ils sont tous là, les anciens de la dernière soule, ceux de Saint-Jean-des-Bois, d'Yvrandes, de Ger, de Chanu et de Saint-Cornier. Mais leurs regards ne sont plus, aujourd'hui, tendus vers le ciel à guetter la balle. Et ce n'est pas l'impatience mais la colère qui fait plus fort cogner leurs cœurs. Immobiles, poings serrés au fond de leurs poches, mâchoires crispées, ils observent, rassurés, celui qui toise de ses yeux de feu le commissaire.

Décontenancé, le rougeaud cherche à se dérober au regard qui le taraude en consultant la longue liste des noms. Mais tant le troublent ces prunelles qu'il laisse tomber à terre ses feuillets. Leur chute lui vaut des rires dans les rangs des appelés.

— Oh! c'est pas drôle, grogne-t-il en se baissant pour reprendre les papiers aux pieds de Michelot, plus droit encore, par défi.

— Bien vrai, commissaire, réplique le Bocain, pas drôle du tout de nous envoyer à la guerre sans pétoire. Les Vendéens, ils nous attendent là-bas, du côté de Laval. Ils nous hacheront en pièces. Oui, des fusils, faut des fusils. Sans quoi...

— Sans quoi, citoyen? interroge le commissaire qui s'est redressé.

Michelot se racle la gorge, dévisage son interlocuteur.

— Sans quoi on ne partira pas!

— Tu préfères la prison, sans doute? Pas difficile!

D'un geste de la tête, le commissaire désigne les gendarmes convoqués d'urgence pour maintenir l'ordre aux côtés des gardes nationaux de Domfront, de Saint-Front et de La Haute-Chapelle. Puis, se tournant vers le commandant de l'arrondissement qui se tient à distance respectueuse, il lance :

— Pas vrai? Il n'a qu'un mot à dire, ce coq, et on l'arrête!

— Faudrait voir ça, commissaire, rétorque Michelot en levant un pouce par-dessus son épaule vers la masse compacte de ses camarades. Oui, faudrait voir!

Le commissaire, un mauvais sourire sur les lèvres, hausse les épaules pour répondre à la menace, tourne sur ses talons et, visiblement embarrassé, va quêter l'avis du commandant.

Michelot, lui, regagne les rangs des réquisitionnés. Sur ses épaules fortes se posent des mains amicales cependant que d'autres applaudissent. Tous connaissaient déjà son courage, tous appréciaient son sang-froid plus ferme que le granit bocain. Mais la confiance est chose fragile qui réclame toujours la preuve. C'est chose faite : voilà leur chef. A pleine gorge ils l'ovationnent. D'un bras levé, Michelot calme l'acclamation.

— Doucement, les gars, dit-il.

Prudence! Pour l'heure il faut garder son calme. Il le sait, une étincelle provoquerait l'explosion chez ces hommes à bout de nerfs. Et des fusils, ils n'en ont pas; ils sont en face et ils auraient vite fait de réduire un défi trop insolent. Obéissants, les hommes acceptent le silence, retenant à la limite de leurs forces la rage du désenchantement douloureux qui les porte à la haine.

La haine, elle était pourtant jusqu'ici peu vivace dans le Bocage. Certes on observait de mesquines jalousies entre voisins, il y avait des querelles comme il est accoutumé dans ces campagnes fermées sur elles-mêmes où la moindre histoire de fourche disparue ou de cochon vagabond excite les braises facilement attisées de la rancune ou du dépit. Mais la terrible haine, comme celle qui mûrit maintenant au plus profond des cœurs, était hier encore étrangère au Bocage. Et puis la soule n'était plus là pour exorciser ces aigreurs paysannes. Les juges de Tinchebray l'avaient interdite après la mort de Galien. D'ailleurs, même sans cette décision, tout avait été trop bousculé depuis quatre ans dans la contrée pour envisager encore l'organisation du grand jeu. Les paroisses avaient perdu leur unité, et même les familles s'étaient parfois divisées sur les idées nouvelles qui enfiévraient la Normandie : elles cavalaient de village en village et montaient à la tête des uns et des autres. C'était tellement plein d'espérance, ce qu'avaient prêché des hommes au verbe haut et assuré venus d'Alençon ou de Flers : on serait désormais tous égaux, qu'on habitât les villes ou la campagne, aucun privilège ne subsisterait. Quelle fête, mon Dieu, qui avait permis d'oublier un moment la mauvaise moisson de 1789, après un hiver et un printemps pourris. Certains annonçaient même la suppression des impôts!

On était allé tirer du lit, la nuit, quelques nobles trop haut du bec derrière leurs tourelles. Et on leur avait un peu secoué les épaules. Les portes des écuries avaient été ouvertes, et expédiés dans la nature les beaux chevaux. Les chiens de meute avaient été rendus à la liberté des grands bois, les étangs avaient été vidés, les pigeons des fuies tués à coup de fusil : on n'aimait guère ces oiseaux, engeance affamée qui s'abattait sur les pas des semeurs, à l'automne, sans qu'on puisse rechigner.

Piller quelques garennes, abattre des clôtures, c'était, après tout, de bonne guerre. Mais en définitive les victimes de ces expéditions se comptaient sur les doigts de la main. On s'attaquait aux grands seigneurs, pas aux hobereaux : ceux-là étaient, parfois avec plus de bien et un logis à étage, aussi paysans que les autres. Non, c'était aux vrais nobles qu'on en voulait, après avoir tant révéré leurs richesses.

Il fallait leur faire rendre gorge pour les tracasseries humiliantes de leurs agents, le cens, le treizième, la banalité, le champart, les regards dérisoires mais à la longue exaspérants.

Un soir de l'été 1790, Michelot achevait avec son père sa journée de taillandier dans la petite forge en contrebas de la maison familiale, au milieu du plant de pommiers. Ils avaient durement travaillé à fabriquer des faux dont le fil si tranchant était réputé jusqu'à Vire. « La Moulin », comme on disait ici, vous couchait le blé ou le sarrazin sans bavure. Le père Moulin avait enseigné à son fils le travail de l'acier et le jeune garçon, dès quatorze ans, après l'école, s'était mis à l'enclume. L'abbé Mondet, qui appréciait son intelligence, avait conseillé de l'envoyer au collège. En vain! Les Moulin avaient perdu dix enfants en bas âge, le rescapé resterait avec eux. Le père se faisait vieux, le fils prendrait la relève.

Ils s'étaient lavé les mains et débarbouillés avant la soupe au lard, quand quelques jeunes gens de Saint-Jean-des-Bois les avaient visités. La bande était dans une grande excitation, elle revenait du château de La Corderie, au Fresnes.

— Tu aurais dû venir, Michelot... Si tu avais vu le seigneur de Thoury. Finie sa belle prestance! Un peu plus on le faisait griller avec le chartrier, les meubles et toute la maison!

— Le château aussi?

— Tout, on a tout brûlé!

Avec des rires et des jurons ils avaient raconté, par le détail, cette journée de fête, ce feu de joie qui s'ajoutait à d'autres expéditions : ici ils avaient forcé les pales d'un étang et dérobé le poisson, là détruit des garennes, plus loin abattu un colombier ou des arbres.

— Et pourquoi t'étais pas avec nous, Michelot? Dis-nous, pourquoi? On est du même pays et tu n'es pas un riche! Bon Dieu, l'égalité ce n'est pas un péché, non?

Michelot avait haussé ses fortes épaules, puis répondu :

— Quand vous secouez un pommier, les gars, faites bien attention! Parfois les pommes peuvent vous tomber sur la tête. Comprenne qui pourra!

La petite bande avait battu en retraite devant cette tranquille sagesse. Les uns et les autres ricanaient, bien entendu, pour ne pas perdre la face; mais au fond d'eux-mêmes le bon sens leur grattouillait l'âme.

Michelot n'était pas un lâche, ils le savaient et sa réserve les mettait mal à l'aise.

Les effervescences révolutionnaires s'étaient développées. Le père Moulin et Michelot s'en inquiétaient. Désormais le pays était livré aux pillards, ces furieux qui profitaient du désordre pour se livrer à leurs mauvais penchants : ils violentaient les femmes, vidaient les caves, volaient les vêtements, les tableaux, les meubles, les bijoux, l'argenterie, le grain, le bétail. Ils forçaient les portes au hasard, exigeaient les bourses. Tout leur était facile, du moment qu'ils étaient en force avec quelques fusils ou pistolets. Ils agissaient sans discernement, car l'ivresse de la violence leur était montée à la tête. Ils baptisaient aristocrate qui ne leur disait pas bonjour ou bonsoir ou qui marchait au lieu de courir ou courait au lieu de marcher. Contrebandiers, faux-sauniers, sans travail depuis la suppression de la gabelle, déserteurs, vagabonds, mendiants s'étaient acoquinés aux hommes de Saint-Jean-des-Bois, de Ger et d'ailleurs. Après avoir brûlé et volé, on s'en prenait maintenant aux personnes.

A La Coulonche on avait jeté l'intendant Sébault dans le feu qui consumait les titres; il s'en était tiré de justesse en se précipitant dans l'étang voisin. Il savait nager. A la Motte-Fouquet, le marquis de Falconer, vieillard paralysé, avait été supplicié sur un bûcher et sauvé par des paysans. On rôtissait facilement les orteils et on coupait plus facilement encore les oreilles pour aller ensuite les clouter sur les arbres de la Liberté.

Le père Moulin l'avait prévue, cette folie, dès 1789, lorsqu'un marchand ambulant qui passait à Frèdeville lui avait raconté la mort à Caen de Monsieur de Belzunce, jeune homme de vingt-cinq ans, major au régiment d'Artois.

— Sais-tu, disait-il, que la foule l'a accusé de s'approprier les grains de la cité? Alors elle l'a traîné à la Maison de la Ville, elle l'a massacré à coups de bâton sur les escaliers de cet hôtel. Des femmes ont arraché ses vêtements, et avec un couteau on lui a sorti le cœur et coupé le sexe. Ensuite...

Le visiteur semblait répugner à poursuivre son récit. Le père Moulin avait insisté :

— Eh bien continue! Ensuite...

— Dieu leur pardonne, reprit le marchand, ils ont jeté tout ça dans un seau d'eau, et des femmes ont bu à tour de rôle ce breuvage sanglant avant de mordre au reste!

— A trop rougir l'acier, on casse la faux, avait murmuré le vieux taillandier.

En 1791 plusieurs jeunes du pays, appâtés par les chances de carrière que leur offrait l'armée, s'étaient engagés et ils étaient partis aux frontières protéger la Révolution contre les menaces des émigrés du prince de Condé et des rois européens. Mais pas Michelot, malgré son attirance pour les armes. Il était trop méfiant pour les idées nouvelles et il ne voulait ni peiner ses parents ni déserter la maison de Frèdeville quand des dangers quotidiens inquiétaient les plus modestes particuliers.

Dès lors les vexations s'étaient abattues sur lui et sa famille. Chaque jour le fils du taillandier devait se rendre au village pour répondre, devant un officier, à l'appel des aristocrates. Il se contraignait à ne pas s'y dérober afin de préserver ses parents. Mais ses poings se serraient fort au fond des poches quand Grandin, le fils du taupier, un propre à rien que les idées nouvelles exaltaient, lançait son nom d'un ton goguenard.

Passait encore d'aller lever les bondes des étangs ou de vider les caves. Mais fourrer dans le même sac les nobles et un taillandier, c'était insupportable. Michelot supporta, car il avait du sang-froid et du jugement : le vent, c'est bien connu, tourne vite dans le Bocage.

Un dimanche qu'il était parti à Ger chez un cousin, le Grandin et ses complices à la grande jactance s'étaient rendus à Frèdeville pour convier ses parents à la messe. Deux d'entre eux portaient sur l'épaule une solive hérissée de clous. Ils avaient obligé le père Moulin à s'y mettre à califourchon et c'est en le faisant sauter joyeusement malgré ses plaintes qu'ils l'avaient transporté ainsi jusqu'à l'église. La mère de Michelot avait dû suivre à cheval sur un âne.

Devant le porche, Grandin avait commandé aux deux vieillards de renifler une prise de tabac sous la queue de l'animal, devant les moqueries de l'assistance. Ensuite il les avait fait entrer à quatre pattes dans l'église.

L'humiliation infligée à son père et à sa mère avait meurtri Michelot comme une main qui déchire le cœur. Par raison il avait ravalé sa rage.

L'occasion viendrait bien un jour d'aller donner de ses nouvelles à ce jean-foutre de Grandin.

Aristocrates ou non, ce cortège de folie et de tourmentes les ont tous réunis dans la même lassitude. Bien sûr, quelques riches ont été dépouillés et personne ne s'en plaindrait si la punition dont ils ont été l'objet ne s'était retournée contre ceux qui en attendaient le bonheur. Car chez les pauvres les assiettes sont encore moins garnies, il faut même rapiner désormais pour une poignée de farine ou un bout de lard. Ceux qui pressentaient cette plus grande désolation en répétant que le malheur des riches n'a jamais fait, hélas, le bonheur des pauvres, ne se réjouissent pas aujourd'hui d'avoir eu raison. Quant aux autres, que le vent de l'espoir avait entraînés vers des rêves de fortune, ils retombent sur leurs sabots, se frottent les yeux et découvrent la réalité derrière l'illusion : ils sont orphelins d'une révolution, abandonnés par elle, trahis.

Ils ont trop vu, dans les ventes aux enchères des biens nationaux, les bourgeois des villes, aux poches bourrées d'assignats, acheter avec ce papier de rien des terres qu'ils gèrent désormais avec tant d'âpreté. Et les prêtres qui ont refusé de jurer ont été remplacés par des intrus, des gens venus parfois d'ailleurs, des « horsains » comme disent les Normands avec dédain. Alors les âmes se sont fermées sur elles-mêmes, les églises sont restées vides le dimanche, les cloches ont carillonné dans le vide. Les réfractaires se sont cachés dans les fenils et les granges isolées sont devenues des oratoires clandestins.

Dans le Bocage, la terre ne doit pas aller au premier venu qui a de l'argent et on ne touche pas aux hommes de Dieu; on est ici, depuis toujours, très vigilant aux choses du sol et au mystère du ciel.

Et voilà qu'après quatre années de souffrances, ces hommes de Saint-Jean-des-Bois, de Ger, d'Yvrandes, de Landisacq et d'ailleurs, républicains ou aristocrates, convoqués aujourd'hui à Domfront, oublient leurs divisions politiques contre une République qui a trompé les uns ou meurtri les autres : d'abord ils sont bocains, ensuite ce Michelot, impassible devant le commissaire, leur redonne de la fierté.

Chapitre II

Les proscrits

Dès l'aube, quand le tocsin avait lourdement battu dans les clochers pour les appeler à la conscription de Domfront — ils la redoutaient depuis longtemps — ils s'étaient mis en marche sous la pluie d'octobre, fine et incessante. Ils avaient emprunté les chemins encaissés entre les palissades de haies infranchissables, aux troncs et aux racines noués comme de gros serpents gris et humides. Ils étaient chaussés des mêmes sabots, ils portaient les mêmes guêtres de coutil, les mêmes culottes, les mêmes ceintures de rouennerie, les mêmes gilets que lors de la soule de mars 1789. Mais ils n'étaient plus poussés par un rêve de victoire. La rage les poignait. On les avait floués, on les avait bernés. Les plus ferventes illusions s'étaient consumées devant les champs dévastés par les réquisitions, les maisons incendiées, les visites domiciliaires continuelles, de jour comme de nuit. Même les chiens avaient été abattus car leurs abois donnaient l'alerte. Et maintenant, les envoyer défendre la nation! Allons donc! Désormais ils en étaient sûrs : qu'elle fût royaliste ou républicaine, la loi ne servait que les riches. Non! On ne les arracherait pas à leur terre : elle réclamait tous leurs soins, c'était l'heure des labours et des semailles et il fallait rattraper les années perdues.

Ils seraient bien demeurés sourds au tocsin si leurs parents ne les avaient convaincus d'obéir à cette sonnerie, essaim de malheur au-dessus du Bocage.

— Allons, faut y aller, mon gars, sinon ils viendront tout nous prendre! Faut y aller!

Ils y étaient allés, le cœur serré, ressassant leur colère, la tête basse, les sabots traînant sur la boue des chemins désertés par les troupeaux pour laisser la place aux soldats bleus, avec leurs canons qui se déhanchaient à grand bruit de ferraille sous la tirée des chevaux.

Ils obéissent à Michelot. Ils demeurent calmes pendant que le commissaire et le commandant se concertent. Ils parlent à voix basse, par petits groupes. Puis, peu à peu, ils interrogent Moulin :

— Et qu'est-ce qu'ils vont faire, maintenant?

— Sais pas, répond Michelot. Mais on n'ira pas se battre contre les Vendéens. Pas possible! Des paysans comme nous. La même misère, les gars!

— Alors?

— Il faut rester ensemble... Tous d'accord?

— Tous, c'est sûr. Et tu décides...

— On décidera ensemble.

Les groupes se dénouent pour faire face, à nouveau, au commandant et au commissaire qui reviennent vers eux.

— Bien, dit le commissaire, qui a retrouvé son assurance. Les ordres sont les ordres, il faut former un bataillon et nommer un capitaine. Ce sera votre responsable.

— Michelot! crient d'une seule voix les Bocains.

— Et qui c'est, Michelot? interroge le commissaire.

— C'est moi, dit Moulin qui sort des rangs.

— M'étonne pas, citoyen! T'as pas l'air d'avoir froid aux yeux.

— En tout cas, réplique Michelot, on n'ira pas vers Mayenne ou Laval les mains vides. Je vous le répète, on veut des armes.

Le commissaire fait la moue. Il regarde, ironique, cet entêté qui ajoute, comme pour le défier :

— Et des armes, il y en a!

— Ah! ah! et où donc, sinon à Laval?

Le regard de Michelot se fiche dans les yeux du fonctionnaire :

— Donnez-nous celles des gardes nationaux de nos paroisses, pardi! Eux, ils ne vont pas à l'ennemi. Vous ne nous laisserez pas partir avec nos bâtons ou nos vouges!

— Mais dis donc, Michelot, qui assurera l'ordre dans vos villages si vous partez avec les fusils?

— Commissaire, les ennemis de la République ne sont pas chez nous, mais là-bas, au sud!

— Le crois-tu vraiment, citoyen?

— Demandez-leur, dit Michelot, en se retournant vers ses camarades.

Des murmures approbateurs parcourent les rangs des réquisitionnaires.

— Soit! lâche le commissaire. Mais c'est toi qui rendras des comptes. Sur ta tête! Compris? Te voilà leur capitaine.

— Capitaine, on verra, réplique Michelot.

— Tout vu, citoyen! Allez, maintenant, retournez chez vous, et demain matin, ici à la même heure!

Le commissaire, avec son torse avantageux, ses grosses joues rouges et ses cheveux blond filasse, s'avance vers Moulin, tenant toujours ses papiers à la main. De l'index il lui tapote la poitrine.

— Toi, dit-il, pas d'histoire! Désormais vous voilà soldats de la République. A la moindre désertion, je te ferai signe. D'accord? Tu sais ce que ça veut dire?

Il le regarde et ses lèvres dessinent un imperceptible sourire.

— Couic! fait-il en se passant la main sous le menton. A Alençon, la petite guillotte fonctionne bien. Elle a toujours faim, la gourmande! Allons, en route!

La foule des réquisitionnés, comme si une grande respiration la débloquait soudain, se défait. On se parle, on s'appelle, des rires éclatent qui détendent les nerfs trop longtemps bandés. Michelot, entouré de ses camarades, s'éloigne à pas lents de la place pour gagner les chemins forestiers, et ils entendent dans leur dos les moqueries des deux hommes, immobiles, bien plantés sur leurs jambes écartées devant les soldats et les gendarmes.

— Ça me ferait de la peine, crois-moi, hurle le commissaire, de voir rouler dans la sciure une aussi jolie petite tête que la tienne, citoyen Moulin!

Voltige rejoint Michelot qui marche à grandes enjambées en tête de la troupe. Les deux amis avancent maintenant, coude à coude, car le lacis est étroit qui rejoint Lonlay par des taillis et des hautes bruyères. Bientôt les hommes, en file indienne, atteignent la corne de la forêt d'Halouze. Il y a là, juste en lisière, une grande échancrure : les bûcherons ont mordu à la hache la hêtraie, et les arbres couchés font des bancs de fortune pour la troupe.

C'est bon de s'arrêter un instant, d'écouter le silence des bois, de regarder les nuages courir vers l'est. La pluie a cessé, la nuit approche, un voile bleuté se pose sur cette paix, et les hommes n'osent parler pour ne pas briser le charme : ils se sentent chez eux à l'abri, loin des menaces du commissaire.

— Moi, je vais te dire une chose, déclare soudain Voltige à Michelot, la petite guillotte d'Alençon elle n'est pas prête de nous avoir, déserteurs ou pas. Tu crois pas?

Moulin ne répond pas. Sa tête, il l'a toujours, solide sur les épaules : il pense à demain. Retourner à Domfront avec les armes puis marcher sur Mayenne ou Laval avec la secrète intention de rejoindre les Blancs à la première occasion? Mais là-bas pourra-t-on tromper la vigilance de l'armée républicaine? On risque de tomber dans la gueule du loup, d'être obligé de faire le coup de feu contre les Vendéens.

Voilà Voltige debout sur un tronc, qui avance à cloche-pied, bras étendus en balancier et qui chante :

Moi je n' pars pas, commissaire
J'reste sur ma terre
Moi je n'pars pas, commissaire,
J'reste chez mon père!

Et d'un saut périlleux qui fait tournoyer son long corps souple, Voltige se retrouve sur ses pieds, jambes écartées, poings sur les hanches.

— Vous voulez y aller, vous les gars? Moi j'ai mes pommes à grêler.

— T'auras pas le loisir de prendre ta perche, rétorque Michelot en se redressant. Car, sachez-le, si on reste, on est des proscrits. Savez-vous ce qu'est un proscrit?

Le taillandier est debout, mains dans le dos, et il avance à pas très lents entre la double haie des hommes qui se lèvent à son passage. Ses yeux roux saisissent un à un chaque visage, comme s'ils voulaient bien faire comprendre l'importance de la question posée. Il le sait, personne n'y répondra. Tous attendent qu'il parle. Alors, sa revue achevée, il se retourne et d'une voix forte dit :

— Un proscrit, les gars, c'est un loup! Qui change de cache chaque nuit, qui mange ce qu'il trouve, qui se méfie de tout le monde et que tout le monde craint, qui n'a ni femme, ni fiancée, ni enfants, ni parents. Qui attaque à coup sûr, qui fuit le grand danger. Qui vit avec la nuit et la mort. Ça, et bien autre chose encore! Vous n'êtes pas obligés de l'accepter : dans ce cas, vous le savez, le commissaire vous attend demain matin à Domfront. Sinon...

— Sinon? On te suit! dit Voltige. Hein, les gars, vous êtes d'accord?

D'un même ensemble les têtes acquiescent à la question. Tous ces Bocains préfèrent être des loups au pays que des soldats ailleurs.

— Demain à l'aube, dit Michelot, allez chez vos gardes nationaux! Au nom du commissaire, prenez leurs fusils et leurs pistolets. Prenez-les et puis, par paroisse, filez dans les bois.

Et il ajoute :

— Ne vous montrez sous aucun prétexte. Ne tirez sur personne. Disparaissez! Quand j'aurai besoin de vous, je saurai bien vous trouver. Moi, je m'occupe de la garde nationale de Saint-Jean-des-Bois. Allons, les gars, c'était déjà difficile, maintenant ce sera pire. Mais au moins on sera libres.

La nuit est tombée, la pluie bat les feuilles mortes qui giclent sous les sabots. La troupe marche bien regroupée pendant deux lieues puis, à un carrefour, éclate dans plusieurs directions : chacun rejoint son village. Ce sera la dernière nuit tranquille. Demain ils seront des déserteurs promis à cette petite guillotte dont le commissaire a vanté la gourmandise. Et chacun frissonne au fond de lui-même. La tristesse, ce soir, étouffe la haine et la rage du matin. Il leur faudra donc laisser en jachère les champs, abandonner les parents ou les femmes, disparaître.

A mesure qu'il approche de Saint-Jean-des-Bois, Michelot s'interroge sur le courage de ceux qui l'accompagnent. L'enthousiasme est un feu sec, il brûle bien mais retombe vite. Combien, parmi eux, accepteront de le suivre? Sur le chemin du retour ils ne pouvaient pas refuser mais tout à l'heure, que diront-ils à leurs parents, à ceux qu'ils aiment? Des mots justes et fermes qui décourageront les mauvais conseils de prudence ou de lâcheté? Ou bien tiendront-ils ces propos inquiétants qui ouvrent la brèche à la trahison?

Allez donc savoir qui suivra le taillandier? Voltige, oui, c'est sûr, sera le premier au rendez-vous. Et puis Guimont, le journalier, Thiébault, le coutelier, Aubert, le colporteur, Le Teinturier, le bûcheron. Mais Restoux? Mais Grisard qui a si bien lancé la dernière soule? Tous les deux sont mariés et amoureux comme au premier jour : ils devront sécher cette nuit bien des larmes. Et au petit jour, vaincus par de trop pressantes supplications, peut-être préféreront-ils se dédire que se détruire, comme dit un proverbe du pays?

— Commence à faire froid, dit Voltige pour rompre le silence.

— C'est pas fini, l'hiver sera rude, j'ai vu voler des oies hier, ajoute Aubert.

— On verra bien!

Oui, on verra bien, demain matin.

Le Bocage est fermé sur la nuit. Les hommes avancent plus lentement, car le chemin monte. L'un d'eux chantonne, un autre jure car il s'est tordu le pied dans une ornière.

Son père, Michelot le sent, accepte son départ. Mais sa mère? Ensemble ils mangent la soupe aux choux, assis à la longue table devant le feu de la cheminée : les flammes les éclairent et animent les bois de la huche à pain, du grand coffre à vêtements et du lit, seuls meubles de la chaumière. Parfois la bûche craque et jette une étincelle qui va mourir comme une comète sur la terre battue et humide.

Michelot raconte la journée puis ajoute :

— Il vaudra mieux se cacher quelques jours. Après...

— Après, réplique sa mère, ils viendront ici te chercher et puis...

Mais elle n'ajoute rien. Puisqu'il le faut, Michelot partira. La vie l'a tellement tannée de chagrins qu'elle ne cherche plus à questionner l'avenir.

— Faudra quand même prendre ta peau de bique. Il va faire froid.

Et puis il sera mieux chaussé dans ses souliers ferrés. Qu'il mette donc aussi ses guêtres de cuir, plus chaudes et solides que celles en coutil.

— T'en fais pas, dit Michelot, ils se lasseront vite de nous courir après. Dans quelques semaines, on n'en parlera plus.

— Si tu crois ça! réplique sa mère en haussant les épaules.

— De toute façon, ajoute le père, il n'a pas le choix.

Ils ne se parlent plus. Sous la chaleur des braises, la bûche siffle et lâche de la fumée par ses extrémités. La porte remue sous la poussée du vent.

— Je vais me coucher, dit Michelot.

Ses pas font craquer l'escalier de bois.

Les parents, eux, restent longtemps à fixer l'âtre dont les rougeurs meurent l'une après l'autre sous les cendres. Ils n'ont pas sommeil. A leur âge on ne dort plus beaucoup : plus la vie raccourcit et plus les nuits allongent.

Il n'en manque pas un. Ils sont tous là, réunis devant la petite maison de Frèdeville aux murs de granit sous l'épais toit de chaume gris. Tous là, Voltige, bien sûr mais aussi Guimont, Thiébault, Aubert, Le Teinturier. Et les autres. Même Restoux et Grisard : des cernes pochent leurs yeux. Trop de larmes ou trop d'amour donné et redonné? Mais l'heure n'est pas aux questions. D'ailleurs il fait froid, il vaut mieux marcher.

Sur les pas de Michelot ils traversent le plant de pommiers dont les branches givrées ressemblent à des fantômes blancs sous le jour pâteux.

— Vous allez voir la tête de Guillot, dit en riant Voltige. On va le tirer des couettes! Un capitaine de gardes nationaux, ça ne doit pas se lever de bonne heure.

— S'il refuse de donner son fusil? questionne Le Teinturier.

— T'en fais pas, répond Michelot, je le connais celui-là. Courageux comme un lièvre!

La petite troupe dévale le sentier vers le grand chemin de Saint-Jean-des-Bois. Une bonne lieue à parcourir et on est devant la porte de Guillot.

— Oh! oh! capitaine!

Une tête ébahie apparaît dans l'entrebâillement.

— Que venez-vous faire à cette heure?

— Défendre la République, capitaine, crie Voltige.

Michelot raconte ce qui s'est passé hier à Domfront.

— C'est bien gentil, rétorque Guillot, mais je n'ai pas l'ordre de vous armer.

— Tu me connais, réplique Michelot, je n'ai jamais jasé des balivernes.

— Moi je veux des ordres, un papier.

— J'ai été nommé capitaine du bataillon, dit Michelot. Du bataillon qui doit marcher sur Mayenne et Laval. C'est moi qui te donne l'ordre de nous remettre ton fusil. Ou bien choisis : si tu refuses de t'en séparer, viens avec nous. Je te réquisitionne!

Alors Guillot remet son fusil, son pistolet et une épée.

— Celle-là, tu peux la garder, dit Voltige, c'est bon pour les nobles ou les généraux républicains, pas pour des paysans!

— Je ne suis ni noble ni général.

— Tu es capitaine, réplique Voltige, tu ne peux pas commander les mains vides.

— Et les autres gardes? demande Guillot.

— Accompagne-nous, ça ira mieux. Le commissaire et le commandant nous attendent à Domfront. Il faut faire vite, les Vendéens arrivent.

Le désarmement de Saint-Jean-des-Bois est expédié en moins d'une heure. Personne n'a soupçonné le subterfuge. D'ailleurs Guillot est une caution sérieuse. Républicain dès juillet 1789, il a su fédérer autour de lui ceux que le père Moulin dénomme, en crachant à terre, les démagogues. Et, en ce matin d'octobre 1793, le capitaine de la garde nationale n'est en définitive pas mécontent que le fils du taillandier soit réquisitionnaire. Il l'a toujours considéré comme un élément douteux : ami du curé Mondet qui a refusé de jurer et toujours absent des expéditions contre les nobles. Au moins, quand cet aristocrate aura tourné les talons, à Saint-Jean-des-Bois on sera plus tranquille.

Même chez Grandin, ce vaurien qui a si cruellement humilié les parents de Michelot, il n'y a aucune discussion.

— T'as les cheveux tout écrignés, lui lance Voltige. C'est ta femme qui te décoiffe comme ça? T'as de la chance!

— T'occupe pas, rétorque le fils du taupier qui n'a jamais apprécié cette grande gueule de Voltige, l'âme damnée de Michelot.

D'ailleurs il n'a jamais aimé les taillandiers de Frèdeville, plus riches que lui.

— Oh! je m'occupe pas, s'excuse Voltige avec ironie. Après tout, même l'amour peut être républicain.

Michelot, lui, s'est retenu de lui dire deux mots sur la procession de l'âne et l'insulte de la poutre à clous. Ce sera pour plus tard.

Fusil sur l'épaule, la bisachée de cartouches en bandoulière, ils s'éloignent maintenant de Saint-Jean-des-Bois. Pour rassurer ceux qu'ils viennent de désarmer ils prennent à découvert le chemin de Domfront.

Une lieue plus loin, quand les bois les protègent des regards soupçonneux, ils bifurquent sur la gauche vers Chanu, par une sente qui s'accroche au-dessus d'un val. A deux heures de marche il y a une petite forêt de quatre cents hectares, située non loin de La Lande-Patry. Michelot et ses rebelles vont s'y jeter. Ils connaissent les grottes inaccessibles du Bois-Daufils, hantées parfois par les loups qui en font des chaudières sûres.

Ainsi la bande s'évanouit dans les replis mystérieux de la forêt bocaine. Le commissaire du pouvoir exécutif et le commandant de l'arrondissement de Domfront, eux, vont et viennent sur la grand-place. Les heures passent, personne n'arrive. Les gendarmes et les gardes nationaux battent la semelle pour se réchauffer car un vent glacé souffle du nord.

— Ils nous ont eus, dit le commandant en consultant l'heure.

— Bandits! grogne le commissaire. Le tribunal de l'Orne tranchera.

— Tranchera ta tête, réplique le commandant.

Chapitre III

Le bûcheron du Bois-Daufils

Chaque matin, d'octobre à mars, hache sur l'épaule, Sébastien Goupil prend la direction du Bois-Daufils. Il coupe au plus court par les pâtures d'une vallée, franchit quelques échaliers et à l'aide d'une ferte bascule d'un coup de jarret d'un bord à l'autre des fossés larges. Par une radresse raide et pierreuse, il attaque une colline boisée de maigres bouleaux et de cépées de chênes. Parvenu au sommet il suit un moment la ligne de crête puis, par un sentier plus large, descend à grands pas vers un val planté de quelques beaux arbres fruitiers. Il y a là, sous une légère chape de brume qui ne se déchire qu'aux mois les plus chauds de l'été, un douit jamais à sec. A genoux au bord de l'eau, Sébastien recueille dans ses mains en coupe quelques goulées d'eau fraîche avant de reprendre sa marche vers la hêtraie, juste au-dessus, qu'il atteindra par un lacis étroit et raide. C'est là qu'il abat les hauts fûts gris pour le compte de charbonniers de La Lande-Patry.

Au pied d'un rocher il s'est construit une petite hutte en branchages entrelacés où il s'abrite quand les pluies sont trop violentes et où il se repose vers midi en mangeant un morceau de mêlée avec du lard qu'il pousse par quelques gorgées de cidre. Quand le temps est trop froid, comme cette année, il fait un feu bien chargé de bonnes bûches, qu'il laisse mouriner sous la cendre toute la journée. De temps à autre il vient s'y dégourdir les doigts.

Il lui arrive parfois de ne pas redescendre le soir à Chanu, quand le moment est clément, le vent apaisé et le ciel dégagé.

Alors, à la nuit tombante, il réactive les braises, clôt l'entrée de la cabane avec des fagots puis se couche, enroulé serré dans sa peau de bique, sous un épais lit de fougères.

C'est que personne ne l'attend plus chez lui. Sa femme est morte d'une mauvaise fièvre l'été dernier, un soir au retour des champs. Elle était en sueur, la malheureuse. Son corps a brûlé pendant deux heures, les râles ont étranglé sa gorge. Sébastien Goupil pense que c'est le chagrin qui l'a minée : leur fils, Michel, avait été retrouvé un soir égorgé sur un chemin entre Saint-Cornier et Lorchamp, dévêtu, les mains liées dans le dos. Les corbeaux lui avaient déjà vidé les orbites. Avait-il été attaqué par un mendiant? Ou bien victime d'une vengeance? Il courait trop les filles, c'est sûr, et celle qu'il allait souvent retrouver à Lorchamp comptait plusieurs amoureux. On ne saura jamais. Les gendarmes avaient, par ces temps de folie, d'autres chats à fouetter qu'à enquêter sur cette misérable affaire.

Quelques mois plus tard après avoir enterré Michel, Sébastien avait conduit sa femme au cimetière. Il ne s'était pas enfermé dans sa peine. Ce n'est pas en ressassant les doux souvenirs de ceux qui sont partis qu'on les ressuscite. La mort, c'est la mort. Qu'elle vienne aujourd'hui ou demain, elle ne change pas pour autant. Lui restait en vie. Il reprit la direction de sa forêt. Là-haut, à cogner à pleins bras sur les troncs, il libérait sa souffrance dans de grandes volées de copeaux. Le travail, on le lui avait toujours dit, était la seule médecine contre le malheur.

Ce matin, quand il approche de la hutte, il voit plusieurs hommes assis devant l'entrée. Il s'arrête, met une main en visière pour mieux ajuster son regard sur ceux qui paraissent l'attendre.

— N'aie pas peur, rassure une voix. On ne te veut pas de mal.

— Mais j'ai pas peur, dit Sébastien Goupil, en reprenant sa marche vers les hommes.

Ils ressemblent à de pauvres hères. Leurs cheveux dépassent de leurs bonnets de laine ou de peau de renard. La barbe foisonne sur leurs joues maigres.

— Vous cherchez à manger? questionne Sébastien.

L'un d'eux se lève et s'approche du bûcheron. Ses yeux roux flambent. Sébastien s'arrête, pose à terre sa hache.

— Que me voulez-vous, les gars? Mon pain? Mon lard?

— Pas de refus, si t'en as trop!

— Dis mon gars, tu connais quelqu'un qui a trop de pain aujourd'hui?

Un autre homme déplie d'un bond son grand corps sec comme un baliveau et lance en riant :

— Oh! non, bonhomme, toi comme nous, on est dans la cacade avec cette république de malheur.

Sébastien Goupil sourit en répétant « cacade, cacade! ».

— Ça c'est vrai qu'on y est. Mais vous...

Il les regarde attentivement, l'un après l'autre, les deux qui sont debout et lui font face, et les autres, toujours assis devant la cabane.

— Pour parler de la « république de malheur » vous ne devez pas être de ce bord-là, pas vrai?

— Tu ne te trompes pas, répond l'homme aux yeux roux.

— Seriez pas, par hasard, des réfractaires? Ceux dont on cause partout, en bas, dans les villages.

— Et que dit-on?

— Qu'il y a des proscrits plein les bois. Ils refuseraient d'aller tirer leur poudre à moineaux sur les Vendéens! Ça ne serait pas vous?

— Oui, bûcheron, dit le grand dégingandé, on est comme des loups : on a faim, on a froid. Sans toit, mais sans peur.

— Je vois bien, dit le bûcheron. Comme disait feu mon grand-père : « Dignité a ventre creux, lâcheté fait de la graisse! »

— Dis-nous encore ce qui se passe en bas, insiste l'homme au regard roux.

Sébastien Goupil raconte : à Yvrandes, à Saint-Cornier, à Chanu, à Ger, à Saint-Jean-des-Bois, il y a eu du remue-ménage quand les réquisitionnaires ont disparu avec les fusils des gardes nationaux.

D'abord on a bien ri de l'humiliation infligée aux patriotes — ceux qu'on appelle les patauds — mais pas longtemps. Après le soleil, l'averse! Voilà les maires qui visitent les parents des disparus pour les engager à ramener leurs enfants à l'obéissance.

La persuasion n'y fait rien. Suit la menace : il y a la prison, et même la guillotine à Alençon. A eux de choisir! Personne n'a bougé, ni les pères, ni les mères, ni les femmes, ni les amis.

Alors les maires ont appelé les soldats de Vire, de Tinchebray, de Flers, de Domfront et les bleus sont venus tout bousculer dans les maisons : ils ont vidé les coffres, cassé la vaisselle, éventré les tonneaux de cidre, retourné le foin des fenils. Et quand des accueils leur semblaient trop hautains, ils ont mis le feu. Partout, dans le Bocage, il y a eu de hauts rougeoiements.

— On a aperçu des lueurs, dit le grand maigre. C'était du côté d'Yvrandes.

— Partout, dit le bûcheron. Ça a brûlé pendant des jours et des nuits et des tas de troupeaux étaient en errance. Ça beuglait dans tous les coins. Forcément, les bêtes avaient faim.

Les gardes nationaux des autres cantons sont venus à la rescousse. Et ils ont fait la chasse aux réquisitionnaires, du côté de Ger surtout. Ils en ont surpris dans un souterrain de la forêt de la Lande-Pourrie : ils les ont enfumés comme des blaireaux. Quand les gars sortaient, les yeux en eau, au bord de l'asphyxie, ils les tuaient à coups de bâton derrière la tête. Comme du gibier.

— A Landisacq, raconte Sébastien Goupil, ils en ont enterré une dizaine jusqu'au cou. Ensuite...

Le vieux bûcheron paraît regretter de s'être engagé dans ce récit. Il crache à terre.

— C'est pas la peine d'en dire plus, c'est une horreur.

Il les regarde, ses yeux se mouillent.

— Faut que j'aille travailler à cette heure, je vous fais du mal avec mes histoires. Vous avez assez de misère comme ça.

— Raconte, ordonne l'homme aux yeux roux, on veut savoir!

Le bûcheron se baisse pour ramasser sa hache, il la balance sur son épaule.

— Les gardes nationaux, dit-il, sont des hommes de chez nous, républicains ou pas. Les bleus encore, ils sont d'ailleurs! Mais ceux du Bocage, faire ça...

— On t'écoute, dit le grand maigre.

— Ils ont pris de grosses boules de bois, et ils se sont mis à jouer comme aux quilles avec les têtes qui sortaient de terre. Ils avaient obligé tout le village à se rassembler autour. Vous m'entendez bien, les mères, les femmes, les enfants des pauvres malheureux. Oui, ils ont cassé les crânes à coups de boules. Et ensuite ils ont laissé les gars crever toute la nuit. On entendait leurs gémissements à plusieurs lieues. J'avais un neveu, Toussaint Bigot, parmi eux. Il a mis douze heures à mourir, ses yeux pendaient sur ses joues. La nuit, parfois, j'y pense et ça me fait froid à la tête, mes petits gars.

— C'était bien des gardes nationaux? questionne l'homme aux yeux roux.

— Oui, de Domfront. Et ça ne s'est pas terminé comme ça. Ils ont arrêté des parents, en particulier à Saint-Jean-des-Bois. Ils ont commencé par le taillandier et sa femme, les Moulin. Et puis la Guimont, les Aubert, et d'autres encore. Paraît qu'ils les ont conduits à la prison de Domfront.

Sur les visages attentifs, Sébastien Goupil voit passer des ombres. Il tousse un grand coup pour tenter de briser la gêne qui s'établit soudain entre eux.

— Ça ne serait pas les vôtres, par hasard? demande-t-il.

— On est tous de Saint-Jean, réplique l'homme aux yeux roux. Moi je suis le fils des Moulin.

— Michelot?

— Oui.

— On cause de toi, en bas. Ils disent que tu es le chef des déserteurs.

Le bûcheron se tait un instant puis ajoute :

— Faites attention, les gars, si vous descendez, ça grouille de bleus et de patauds partout. Ne vous laissez pas prendre, ils vous arracheront les tripes. Bon, c'est pas le tout!

Sébastien Goupil s'éloigne à grandes enjambées à travers la futaie.

— Pouvez rester dans la hutte, crie-t-il sans se retourner. Pas de crainte à avoir, je ne vous ai pas vus.

Sébastien disparu, les hommes se taisent, assommés par le récit du bûcheron. Un coup de vent arrache aux branches les dernières feuilles. Les épaules frissonnent. Si les républicains s'en prennent désormais aux parents...

— Je fais un feu, dit Voltige, voulant chasser l'angoisse qui s'installe parmi eux.

— Pas question, interdit Michelot. Prudence!

Refus cruel, le taillandier le sait, mais ce n'est pas par plaisir. Lui aussi pense à ses parents arrêtés et un grand froid le saisit qui lui met l'hiver au fond du cœur.

Chapitre IV

Premières expéditions

Chaque nuit ils marchent. Ils vont de forêt en taillis à la recherche des autres proscrits cachés aussi. Comme des bêtes traquées, ils contournent les villages endormis, rôdent avec prudence autour des maisons sûres avant de toquer aux portes.

On les renseigne dans l'ombre, de bouche à oreille. Ce sont des murmures dans les étables, dans les greniers. On leur donne du pain, du lard, même quelques conseils : il ne faut pas s'aventurer à l'aveuglette, les patrouilles des bleus s'intensifient, et il y a des traîtres. Parfois, au bout d'un champ, une femme sort prestement du fond d'un panier un message griffonné sur un morceau de papier, puis disparaît. Ou bien c'est un enfant qui surgit d'une haute bruyère pour annoncer une rencontre.

A Truttemer-le-Grand, à Landisacq, dans le canton de Flers, des jeunes veulent se rallier, ils le font savoir par des émissaires. Partout la colère brûle.

Aux carrefours des chemins secrets, dans les clairières isolées, inaccessibles, au fond des vallons froids et sombres, Michelot donne ses premières instructions.

Trempé par la pluie et la sueur, crotté par la boue des chemins, harassé par la marche, le taillandier tente de trouver un moment de sommeil au petit jour, au fond d'un taillis ou sous un rocher, au milieu de ses camarades. Mais il ne parvient pas à chasser de sa tête cette image lancinante : la porte de la petite maison de Frèdeville, défoncée, battant sur ses gonds contre le mur, ouverte sur le désordre du foyer. Fait-on du mal à ses parents?

Frappe-t-on sa mère? Ont-ils froid et faim comme lui? Les républicains vont-ils les condamner à la déportation? A la mort?

Souvent le grand jour arrive sans qu'il ait pu s'endormir. On fait alors un peu de feu si le bois n'est pas trop humide — car la fumée peut attirer l'attention des républicains —, les vêtements sont séchés, on mange ce que l'on a, puis on attend la nuit prochaine pour aller plus loin. Les habitudes sont dangereuses, la prudence doit changer de lit.

Michelot veut aguerrir ses hommes, les tenir constamment en éveil, en faire des fauves jamais las mais jamais détendus. Pour survivre ils doivent être aux aguets, les nerfs bandés, mais toujours dominés par le sang-froid, durs, forts, malins.

Après un court redoux qui a dégelé le sol, un coup de froid glace le Bocage en novembre. Le vent du nord, incessant et incisif, pousse vers le sud de grands voliers de canards et d'oies. L'air devient sonore, le gel saisit les étangs, éteint les sources, fige des stalactites argentées sur les branches. Des bandes de corbeaux naviguent à coups d'aile incertains au-dessus des villages à la recherche de quelque nourriture. Leurs croassements désespèrent le silence. Comme les traces de pas ne s'impriment plus sur les chemins durcis, Michelot décide d'un rassemblement de tous les réfractaires dans le Bois-Daufils.

Des anciens de la dernière soule de Saint-Jean-des-Bois et de la virée de Domfront sont là. Environ cent cinquante hommes, debout en demi-cercle sous une lune froide et une tempête qui agite les cimes au-dessus des têtes et les ombres portées des branches sur le sol.

Juché sur une souche, Michelot, les oreilles bien prises dans son bonnet de renard et les épaules serrées dans sa veste en peau de bique, force la voix pour dominer le vent qui brasse la forêt :

— Chaque paroisse, dit-il, doit se mettre en compagnie, avoir un chef. Et chaque compagnie aura pour mission de désarmer une nouvelle commune. Saint-Jean-des-Bois se chargera de Landisacq, Ger de Truttemer, Yvrandes du Fresne-Poret. Ensuite, quand on aura plus d'hommes et de fusils, nous nous réunirons pour aller désarmer Flers et La Carneille.

— On ira dire deux mots au commandant des gardes nationaux de ce canton, ajoute Voltige, en se frottant les mains. Il paraît qu'il se prend pour un général, ce Louvet. On lui fera passer le goût de la vie à ce sacré mâtin!

— Louvet, de Montsecret! renchérit Aubert, le colporteur. La révolution lui est montée à la tête. Il voit des aristocrates partout. Encore plus acharné que les bleus à nous pourchasser!

— Plus royaliste que le roi, comme on disait autrefois! ricane Voltige.

Michelot précise encore que ces opérations de désarmement doivent se faire la même nuit pour surprendre les bleus. Chacun s'informera avec précision des maisons à cerner, des patriotes à interpeller, des chemins à prendre pour battre en retraite. Que personne ne tire inutilement, la poudre est rare.

Trois nuits plus tard, les rebelles fondent sur les villages, cernent les maisons des patauds, les sortent du lit, se font remettre les fusils et les pistolets puis disparaissent. A La Carneille il faut faire le coup de feu sur des sentinelles, elles répliquent, il y a deux blessés et deux morts dans la compagnie d'Yvrandes.

Dans les chaumières on a peur : la vengeance pourrait bien pourrir les esprits républicains comme le ver au creux de la pomme, et la violence de nouveau flamber.

Réquisitionnés au sud pour barrer la route aux Vendéens qui montent vers Granville, les bleus disparaissent. Ceux qui restent se confinent par prudence dans leurs garnisons et les gardes nationaux qui n'ont pas encore été visités par la bande de Michelot préfèrent la réserve à l'audace. Ainsi le pays s'apaise-t-il après cette série de coups de main et 1794 arrive sans autres larmes.

Michelot retient ses hommes que tant d'inaction exaspère. Ils voudraient brûler Tinchebray et Vire où les bourgeois républicains excitent les esprits. Et puis certains aimeraient revoir leurs familles. Ce pauvre Grisard se désespère de sa Thérèse dont il est sans nouvelles et dont il désire souvent le ventre chaud. Michelot interdit les visites qui pourraient éveiller l'attention des traîtres et conduire l'ennemi aux caches des réfractaires. Prudence aujourd'hui, pour être fort demain.

En janvier, pour libérer les tensions de la bande, Moulin décide quelques expéditions. On va d'abord chez Grandin, à Saint-Jean-des-Bois. Pas pour lui couper les oreilles comme il a souvent pratiqué avec les aristocrates, mais pour lui donner une joyeuse correction.

Sans toquer à sa porte on la pousse d'un coup d'épaule. Il est là à manger la soupe avec sa femme. A peine a-t-il le temps de comprendre qu'il est tiré du banc, planté sur ses sabots, les bras fermement maintenus tandis que des mains s'affairent à lui baisser les braies.

— Vous n'allez quand même pas... hurle sa femme, honteuse de la mortification qui se prépare.

— Si ma belle, rit Voltige, on va le corriger, ton Grandin!

Le grand fiérot de républicain a perdu toute morgue et, tortillant des fesses, il cherche en vain à éviter la badine de frêne qui lui cingle la peau. Voilà qu'il se met à brailler des « Grâce! » et des « Pitié! ». Mais plus il crie et plus brûlants sont les coups.

— Dis : « Vive le roi! », commande Voltige.

Grandin résiste à l'ordre. Mais plus vive encore, la baguette lui fait enfin entendre raison :

— Vive le roi, gémit-il.

Et ce n'est pas fini : toujours déculotté, on le jette sur le dos d'un âne et on le conduit au grand trot jusqu'à l'arbre de la Liberté, place de l'Eglise.

— Puisque t'as dit « Vive le roi », faut maintenant prouver tes bons sentiments. Allez, coupe-le, cet arbre de malheur!

Et Voltige lui tend une vouge démanchée.

Grandin cogne avec peine sur le tronc. Les copeaux volent. Une fois la besogne achevée, il se redresse, les cheveux en désordre, le visage hagard.

— Et maintenant qu'allez-vous me faire? dit-il.

— Rien, Grandin, réplique Michelot. Va te coucher. Mais demain tu iras trouver tes amis républicains de Domfront. Tu leur raconteras ce que tu veux, à ces citoyens. Débrouille-toi, fais libérer nos parents. Sinon...

— Sinon, ajoute Voltige, on pourrait revenir. Par exemple

pour te faire sauter sur une poutre à clous. Tu sais, hein, comme t'as fait au père Moulin! De quoi te meurtrir l'entre-fesson. Ta femme est bien belle, Grandin. Dommage si tu ne pouvais plus la réjouir!

Grandin ne se le fait pas dire deux fois. Il rentre chez lui. Le lendemain, dès l'aube, il court à Domfront. Les emprisonnés sont libérés.

Quand Voltige apprend la nouvelle, il s'esclaffe :

— Voilà le Grandin qui met enfin de l'eau de modestie dans son vin trop vif!

D'autres arbres de la Liberté tombent. Et il y a toujours à punir le procureur d'une commune, le maire ou même le curé intrus qui mélange la nation avec les affaires du Bon Dieu. Celui de Saint-Cornier, un certain Heuzé, grimpe le dimanche en chaire pour exhorter sa poignée de paroissiens démagogues à mépriser les aristocrates absents de l'office :

— Oui, mes chers frères, plaignez ces malheureux au cœur endurci, qui mourront dans l'impénitence finale. *Sicut equus et mulus,* comme le cheval et le mulet, ils n'ont point d'intelligence. Propres à rien! Tout juste bons à porter la somme et à recevoir des coups de bâtons! Ne ménagez pas ces rebelles, ils refusent d'entendre la voix de la sainte liberté.

A celui-là on décide de faire passer le goût des sermons. Un beau dimanche de février, la compagnie de Saint-Jean-des-Bois arrive sur la paroisse juste avant la messe, se saisit d'une vingtaine de fidèles qui s'y rendent, les attache deux par deux, et les conduit au presbytère. Devant la porte, Michelot appelle le jureur, le fait sortir tremblant sur ses jambes, l'encorde à la tête de son cher troupeau.

— Monsieur le curé, lui dit Michelot, on va suivre tes bons conseils. *Sicut equus et mulus :* tu seras ma monture jusqu'à l'église.

Fouette cocher, voilà le taillandier sur les épaules de l'intrus. A grands coups de talons dans les côtes, Michelot encourage Heuzé à avancer à bonne allure jusqu'à l'arbre de la Liberté planté en face du porche.

Il y a là, cloutée sur le tronc, une belle collection d'oreilles coupées.

— Il reste encore de la place, curé! s'exclame Voltige.

— Mais vous ne ferez pas ça à un prêtre! supplie Heuzé.

— Non, réplique Michelot, tu vas garder tes belles oreilles. Seulement on va te faire perdre la vie.

Et se tournant vers ses gars :

— Camarades, commande-t-il, conduisez d'abord ces hommes dans le cimetière et faites votre devoir.

Les réfractaires s'exécutent. Traînant l'un après l'autre les paroissiens contre le mur de l'église, ils tirent deux coups en l'air, puis renvoient les patients sains et saufs avec de bons conseils : ne plus suivre l'office impie, et surtout ne plus hurler avec les loups. Les républicains, à genoux aux pieds de leurs bourreaux compréhensifs, leur baisent les mains puis prennent la poudre d'escampette.

A mesure que les coups de feu claquent du côté du cimetière, Heuzé est secoué par la peur.

— Faut faire ton acte de contrition, curé, suggère Michelot. Mais peut-être bien que tu n'as pas d'âme, *sicut equus et mulus*, comme le cheval et le mulet, pour avoir dit tant de méchancetés en chaire.

L'intrus à genoux, la tête penchée, marmonne des patenôtres entre deux hoquets.

— Ne crains rien, le console Michelot, tu n'auras pas le temps d'avoir mal que tu seras déjà là-haut, chez ton Bon Dieu à bonnet rouge!

— Taisez-vous, réplique le prêtre, vous blasphémez!

De retour du cimetière où l'opération est terminée, les hommes veulent se saisir du curé mais Michelot lui retire ses liens :

— Allez, Heuzé, tu es libre, ne pèche plus! Et ne va plus souiller la chaire avec tes fureurs révolutionnaires.

— Mais vous...

— Oui, on te libère, hurle Voltige, curé de malheur! Et lève les talons!

Comme Heuzé s'éloigne à petits pas, il lui fait avec son fusil une décharge au-dessus de la tête.

— Allons, galope, curé! Galope *sicut equus et mulus!*

Et tous de rire en regardant le jureur détaler comme un lapin à travers la place, relevant sa soutane à deux mains pour courir plus vite encore.

Qui a encaissé doit s'attendre à payer un jour, et à trop se réjouir du soleil on attire l'averse! Comme ces deux filles Fortin, de Truttemer. On trouve qu'elles embrassent trop les beaux soldats républicains, avec une joie de pauvresses qui ont trouvé du pain pour la journée. Le Bocage cligne des yeux sur leur gourmandise. Leurs longs cheveux blonds sur les reins, leurs poitrines prometteuses, leurs grands yeux qui annoncent le paradis, font folailler les bleus sevrés d'amour. Les uniformes, les épaulettes et les galons les enchaleurent. Leurs jupes sont vite levées sur des raideurs bien compréhensives : les palais asséchés cherchent toujours après les sources.

Quand on les surprend un soir, toutes deux, les cotillons sur les talons, besognées par deux bleus, on fait prévenir Michelot : il y a des ardeurs à rafraîchir à Truttemer.

Une nuit la justice sort donc des bois et va frapper chez les Fortin.

— Que voulez-vous? demande le père à travers la porte.

— Mon chemin. Je l'ai perdu. Pour aller à La Bréville...

— A La Bréville? Mais pour quoi faire?

— Je suis en ribote, réplique Michelot.

Le bonhomme ouvre la porte, une poignée de paille enflammée à la main pour faire de la lumière. Mais quand il voit derrière Moulin une dizaine de paires d'yeux, bien pétillants au milieu des visages barbouillés de charbon, il jette sa torche, bouscule les visiteurs et traverse son carré de choux de toute la force de ses jarrets. C'est drôle à voir, ce fuyard entre les grandes feuilles qui font regimber sa chemise jusqu'aux reins. Et comme il a un sabot cassé, on l'entend longtemps faire fric-frac en courant.

— Paraît que vous êtes aristocrates, les filles, dit Michelot en s'adressant aux deux sœurs rencoignées près du feu.

— Sûr pas, répliquent-elles. Même qu'on préférerait avoir cinquante enfants naturels que de crier « Vive le roi ».

— Cinquante, c'est peut-être beaucoup, ricane Michelot, même quand on a de l'appétit!

Et se retournant vers les gars :

— Allez, touzez-les, commande-t-il.

A grands coups de ciseaux, les belles lianes dorées sont séparées des crânes et jetées au feu où elles se calcinent en grésillant dans une odeur de corne. Les filles ont beau s'époumoner, rien n'arrête les coiffeurs.

Quand tout est fini :

— Maintenant vous aurez moins de mal à enfoncer le bonnet rouge! Et criez « Vive le roi! »

— Pas question!

— Et si je vous coupe les oreilles? menace Voltige.

Les sœurs Fortin, mains sur la bouche, ne parviennent pas à retenir un cri de fureur.

— Vous êtes des...

— Criez « Vive le roi! »

— Vive le roi! disent les deux filles, les yeux en larmes.

Mais déjà la porte claque sur les talons des visiteurs.

Qu'a fait Grandin à Domfront? Comment a-t-il pu être convaincant? En tout cas les parents des réfractaires de Saint-Jean-des-Bois sont à nouveau chez eux.

« Chez eux », un bien grand mot quand tout a été retourné, brisé, pillé. Les armoires sont vides, de même les coffres, les huches, la cave. Restent les murs, les bois de lits, parfois les bancs quand leur mauvaise qualité n'a pu exciter la convoitise des patauds. Malgré tout, les parents de Moulin sont heureux de retrouver Frèdeville, leur toit, leur plant de pommiers, la petite forge qui a souffert également : au moins l'enclume est toujours là, trop lourde pour être emportée, et sur laquelle on pourra reprendre la fabrication des faux.

Et leur gars, Michelot, qui vient les visiter dès leur retour, entre chien et loup, dans la pâle lumière qui précède la nuit. Il est toujours en vie, c'est l'essentiel, ses joues adolescentes ont disparu, son visage est sec maintenant mais ses yeux roux sont traversés d'éclats intenses. Sa mère observe à la commissure des lèvres ces plis en demi-cercle qu'impriment l'âge et la souffrance, ces parenthèses qui bloquent le sourire. Il n'est plus tout à fait son enfant, mais déjà un homme dont la voix est assurée, les gestes précis, et qui porte en lui une résolution inquiétante, impropre à solliciter la tendresse de ceux qui l'aiment. Il ne leur parle pas beaucoup, il est là de passage, pour s'assurer qu'ils ont de quoi manger, dormir et se chauffer.

Avec quelques-uns de ses camarades il est allé frapper aux portes amies pour demander le prêt d'un lit ou une miche de pain, des légumes, des fagots. La pauvreté est généreuse, elle a le cœur au bout des doigts, elle donne sans discours ce qu'elle peut offrir. D'ailleurs on ne pourrait pas dire non à Michelot.

Voilà la maison réanimée, le feu la réchauffe, et la porte, réparée avec quelques planches et des pointes, se referme derrière Michelot et ses amis. La nuit les avale, ils regagnent les bois.

— Il faudra changer de nom, dit Michelot, qui pense aux représailles.

— Comment je vais faire? s'étonne Voltige. Tout le monde m'a déjà rebaptisé une fois! Hardouin, dit Voltige, dit quoi encore...

— Dit Fil-de-Fer, dit le Dégingandé, dit la Culbute, rétorque en riant Aubert.

— Suis Voltige, reste Voltige! Sans quoi, les gars, je ne saurai plus qui je suis.

Son air est trop contrit, personne n'insiste.

— Et toi, Aubert? questionne Voltige qui cherche, par l'attaque, à faire dévier la conversation.

— Moi? Je sais pas!

— Moustache! Avec ta belle brosse!

Dans le souterrain où ils se sont cachés, au-dessus de Saint-Jean-des-Bois, non loin du Fresne-Poret, le surnom est accepté par applaudissements.

— Et toi, Guimont? demande Michelot.

— Oh! moi, je n'ai rien de bien distinctif, soupire le journalier. J'ai la taille moyenne, les yeux bruns, les cheveux châtains. Non, je ne vois pas.

— Mais ton grand-père, rappelle Aubert, on ne l'appelait pas Francœur?

— C'est vrai.

— Ça t'irait bien. Ton ancêtre il était honnête comme le bon pain et franc comme l'or.

— Je veux bien. Va pour Francœur. Franc du cœur, c'est pas facile quand même.

Le jeu fait passer une partie de la nuit. Au-dessus des têtes, le vent qui rase la terre de son aile froide — agite les feuilles sèches des branchages entrelacés pour masquer l'ouverture de la grande cache.

Michel Thiébault s'appellera désormais Sans-Chagrin, parce qu'on n'a jamais vu pleurer le coutelier du pays. A l'enterrement de son pauvre père, mort éventré par un taureau furieux, son visage était gris comme une lame fraîchement repassée, mais pas une larme n'avait glissé sur ses joues. Il portait toutes les peines dans son ventre.

Le jeune fermier Jean Lorent est baptisé « Gimberie », du nom d'une vieille jument qu'il aimait bien.

— Maintenant, ironise Voltige, tu n'as plus qu'à marcher à quatre pattes.

Victor Le Teinturier, qui passe son temps à faire des moulinets avec le sabre arraché à un pataud et s'en sert comme couteau ou comme vouge, est unanimement appelé Sabretout. Et Jean Graindorge qui rêvait, enfant, d'être un jour grenadier, répondra au sobriquet de La Grenade.

Pour François Paillard, on hésite : il porte bien son nom, ce grand gaillard à qui il manque chaque nuit une fille à caresser et qui compense la disette par des histoires à n'en plus finir de parties de plaisir avec des beautés accueillantes. Comme il est parfois intarissable sur la longueur de sa verge, quelqu'un propose « le grand vit » mais Michelot ne transige pas sur la pudeur. A plusieurs reprises il a refréné avec vivacité les élans de son compagnon. La vie qu'ils mènent n'est pas exempte de règles et il ne faudrait pas que chacun se laisse aller à ses humeurs parce qu'il est hors-la-loi. Michelot le sait bien, pour l'avoir observé avec indignation chez les soldats républicains ou les patauds, ces temps de déraison excusent trop les violences et portent aux débordements. Paillard accepte la règle mais libère ses chaleurs dans des contes, des récits et même dans des chansons égrillardes qui enchantent ses camarades.

— Belhumeur, ça t'irait bien, suggère Michelot. Tu es toujours réjoui par la vie. Alors...

— Surtout quand elle porte des cotillons et qu'elle est bien bosselée au corsage!

Et puis c'est Grisard qui est sur la sellette. Son visage mobile qu'il chiffonne à sa guise en fronçant le nez, en plissant les lèvres, en gonflant les joues comme des fesses de chérubin, lui vaut du succès.

— Eh bien, pour toi, c'est La Grimace qu'il te faut, dit Voltige. Avec toutes tes singeries.

Un autre s'appellera L'Edenté, un autre encore Courte-Oreille. Sans-Souci, La Joie, Brasdefer : ils s'amusent comme des enfants à se plaisanter sur leurs travers ou sur leurs qualités.

Personne ne propose un surnom à Moulin. Cela va sans dire : on ne débaptise pas celui qui, pour la dernière fois, a porté la soule à la victoire. Moulin, c'est Michelot dont le courage et l'audace tranquille alimentent les veillées : de Domfront à Tinchebray, le fils du taillandier de Saint-Jean-des-Bois console la détresse et venge la fierté meurtrie du Bocage sans voix.

Chapitre V

La prison de Tinchebray

Les bleus sont de retour de Granville après avoir repoussé les Vendéens. Ils se cantonnent dans les grandes villes mais aussi au Châtellier, à Saint-Cornier, à La Ferté-Macé. Et ça ne suffit pas : de petits camps s'installent dans les villages, au Teilleul, à Truttemer, au Gast. Et même un bivouac en lisière de la forêt d'Halouze, cent cinquante hommes qui commencent à battre les bois comme à la chasse, à fouiner ici ou là, à la recherche des caches pour y surprendre ceux qu'on appelle maintenant les chouans.

L'étau se resserre sur les proscrits. Leurs haltes sont plus brèves et quand ils se croient à l'abri, baugés comme des sangliers dans la fourrure rêche des bruyères, un bruit de bottes, le ferraillement des armes, des voix de commandement, des appels, les contraignent à se relever pour aller encore plus loin.

Comme on aimerait faire parfois le coup de feu sur ces silhouettes aperçues entre les branches! Mais pour Michelot le temps de la guerre n'est pas arrivé. Il apprécie mal les forces adverses, il s'interroge sur la pugnacité de ses compagnons. Lui comme eux n'ont encore jamais tiré sur un homme, ni essuyé une grêle de plombs. Alors faut-il déjà se découvrir, brûler quelques précieuses cartouches pour, ensuite, prendre ses jambes à son cou?

Rencontré au Bois-Daufils, Sébastien Goupil, le bûcheron, fait la moue quand Michelot le questionne.

— Ils sont partout, grommelle-t-il. Et mauvais avec ça! C'est la faim qui les énerve. Elle pourrait quand même les nourrir cette république qui a tout volé!

— Qu'ils crèvent! dit Sabretout, en crachant à terre.

— Facile à dire, réplique le bûcheron, mais ce sont des hommes, même en bleu. Ils sont à peine vêtus, avec de pauvres souliers ou des sabots chipés. Ils mangeraient de la charogne, les malheureux, s'ils en trouvaient. On en aurait pitié si...

— Si quoi? demande Michelot.

— Ils forcent les portes, commandent leur pitance. Chez la Papouin, l'autre soir, la soupe aux choux verts ne cuisait pas assez vite. Alors un grand gaillard a tiré son sabre, et crac! a entaillé la table, profond comme ça. De telles misères, faut pas les titiller, ça casserait tout! Alors, Michelot, fais attention, crois-moi, s'ils vous découvrent ils vous massacrent.

Sébastien Goupil ronchonne en tâtant du pouce le fil de sa hache.

— J'ai vu hier Le Mettais, le voiturier. Il revenait de Vire. Je peux vous l'annoncer, Hoche est là. Paraît que c'est un madré, celui-là. Il les a eus, les Vendéens. Alors vous...

— Nous trouveront pas! dit Francœur.

— Ils ont tout leur temps. Le Mettais m'a dit qu'ils voulaient abattre les arbres de chaque côté des chemins, sur cent toises. Ils ont peur des embuscades. Même qu'ils commanderaient l'abattage des haies aux quatre coins des champs et le comblement des fossés. Sans doute pour circuler avec leurs canons...

— Il t'en a dit des contes ton Le Mettais, soupire Voltige.

— Je le connais. Pas un rêveur, le bonhomme! D'ailleurs, à Vire, il n'y a plus rien à manger. Les bourgeois sortent avec les soldats pour aller piller la campagne. Là-bas le pain vaut vingt sous la livre et la barrique de cidre jusqu'à six cents livres. Une vraie folie! Et le marché de Tinchebray est vide maintenant : ce qu'on a encore, on le garde, on le cache, on ne vend plus. Les assignats, ça n'est que du papier! Je vous le répète, attention, les gars : en bas, il n'y a que des loups. La faim fait folailler tout le monde. Comme disait mon grand-père : « Quand le ventre est creux la tête est chaude. »

En quittant les gars pour reprendre son travail, Sébastien Goupil leur apprend l'arrestation de l'abbé Mondet. L'ancien curé de Saint-Jean-des-Bois était caché jusqu'alors dans des caves ou des fenils. Il a été dénoncé par une femme. Il est en prison à Tinchebray.

— Depuis quand? demande Michelot.

— Je ne sais pas, mais ils le conduiront à Alençon, c'est sûr. Là-bas ils lui couperont la tête!

— S'ils touchent au curé... grogne Michelot.

Ils vagabondent à travers les taillis de la Lande-Pourrie. Une battue de bleus les a contraints de décamper au petit jour du Bois-Daufils. Ils ont marché vers l'ouest, à travers les futaies, les bruyères et les ronciers, évitant chemins et vallées où les embuscades peuvent être meurtrières. Avec le printemps qui revient, les pluies détrempent le Bocage et collent à la peau les vêtements saturés d'eau et de sueur. Il serait imprudent de faire halte pour allumer des feux et se sécher : les chiens sont à leurs trousses. Ils doivent marcher sans cesse, et si l'un de ses camarades traîne les sabots sous la fatigue, Michelot l'attend et le houspille : il faut serrer les dents.

Traquée, la compagnie s'épuise en marches incessantes, le moral fond dans la boue. Même Paillard ne raconte plus d'histoires et Voltige se désespère. Tiré des poches, le pain est une éponge, on l'avale sans appétit. Les regards se ternissent, les hommes ne parlent plus.

Il faudra bien pourtant faire quelque chose pour l'abbé Mondet. Michelot ne cesse de penser au prêtre. Mais comment échafauder un plan quand on n'a pas même le temps de souffler un instant?

— Que ferais-tu? demande-t-il à Voltige.

Son compagnon a la tête vide, il balbutie quelques paroles sans lien.

— Faut... Je ne sais pas... Arrêtons-nous d'abord, Michelot.

Au soir on fait halte dans une petite clairière au-dessus de Ger. Il y a là une grande cabane de bûcheron. Tant pis si l'on est imprudent! Les hommes s'effondrent sur un lit de fougères sèches et s'endorment comme des bêtes.

Michelot ne trouve pas le sommeil. Une main sur son fusil, les yeux grands ouverts dans la nuit, il écoute la houle des respirations qui l'entourent. Dehors la pluie a cessé : quand les poitrines se calment il n'entend plus crépiter l'eau. Michelot revoit le regard lumineux du vieux prêtre, cette source qui annonce l'éternité.

Il se désespère d'être étendu, là, quand à la prison de Tinchebray un homme seul avec Dieu attend la mort.

Un grand voile laiteux tamise la lune. La route se devine entre les haies. Les cent sabots ou souliers ferrés, emmaillotés de chiffons, avancent sans bruit. Au-dessus des foulards qui masquent les visages, les yeux grands ouverts tentent de deviner la pierre ou la racine qui provoquerait une chute bruyante.

En tête de la troupe marchent dix hommes vêtus de l'uniforme des gardes nationaux. Ils encadrent un prêtre en soutane qu'aucun lien n'entrave. Ceux qui les suivent portent de larges culottes et de courtes vestes paysannes. On aperçoit maintenant quelques toits : ce sont les premières maisons de Tinchebray. Le chemin les évite puis grimpe droit vers l'église dont le clocher se distingue précisément sur le ciel. Quand les tintements de minuit tombent sur le silence, le chef de file lève le bras pour arrêter la colonne. Puis on reprend la marche.

Au premier carrefour la troupe se sépare : ceux qui sont en habit civil courent se cacher sous la halle au blé, près de la caserne. Les dix autres et le prêtre, en longeant les murs, se dirigent vers la place.

— Voilà le poste! dit l'homme de tête en montrant une fenêtre qui encadre une faible lumière.

Il sort une corde de sa poche, s'approche du prêtre.

— Tes mains dans le dos! commande-t-il.

— Ne serre pas trop quand même.

— En avant!

Alors aux murmures et aux chuchotements succèdent les cris et les injures :

— Foutu calotin! Curé de malheur! Ah! tu n'as pas voulu jurer! Ennemi de la République!

Le prêtre, bousculé à coups d'épaule, est projeté en avant,

secoué comme un pommier d'automne, ballotté, brimbalé, tiré d'un côté, balancé de l'autre.

Aux oreilles on lui hurle tout un tas d'insanités, de grossièretés, et les coups et les bourrades meurtrissent le dos du curé qui supplie :

— De grâce, mes amis, de grâce!

— Ah! pas tes amis, calotin, pas tes amis!

Ce tapage a tôt fait de précipiter le corps de garde sur le pas de la porte. Une lampe à la main, le geôlier avance vers le prêtre et ses gardes.

— Qui va là?

— Du gibier pour toi, citoyen.

— Et quelle espèce?

— Tâte la robe!

— Je croyais tous ces oiseaux-là à l'abri, ricane le geôlier en levant sa lanterne vers le visage du prisonnier.

— Du gibier de potence! dit un des soldats du poste qui se sont approchés.

— Non point, rétorque un autre, du pain de guillotine!

— Et où c'est que vous l'avez découvert, ce curé-là?

Le chef fait un geste vague du bras.

— Galopait sur le chemin!

— Pour aller où? demande d'un ton goguenard le geôlier. Dire la messe chez les aristocrates? Hein? Réponds!

Le prêtre baisse la tête sans mot dire. Les deux soldats l'empoignent chacun par un bras.

— Allez, citoyen, on va te montrer le paradis!

— Encore une bouche à nourrir, ronchonne le geôlier, en déverrouillant à grand bruit de clé et de pêne la lourde porte de la prison. On a déjà un calotin du même plumage dans la maison. Pourront chanter les vêpres en chœur!

— Mets-les donc ensemble! suggère le chef des gardes nationaux.

Et se retournant brusquement :

— A nous, les gars! crie-t-il à ses camarades.

Les deux soldats sont aussitôt jetés à terre, désarmés, bâillonnés, pour se retrouver liés comme saucissons à l'intérieur du poste dont la porte est refermée à double tour.

Stupéfait, le geôlier n'a pas le temps d'esquisser un geste; il est saisi aux bras et aux jambes et transporté sous le porche de la prison dont on repousse les battants.

— Toi, silence, pas un cri, pas un appel! dit Michelot en lui braquant un pistolet sous le nez.

— J'ai une femme, un enfant, supplie le geôlier.

— Comment t'appelles-tu?

— Libert!

— Libert, tu vas exécuter mes ordres si tu aimes la vie. Combien y a-t-il de prisonniers ici?

— Dix.

— L'abbé Mondet?

— Oui.

— Et encore?

— Des aristocrates.

— Tous!

— Un voleur aussi.

— Son nom?

— Maigrière!

— Celui qui détroussait les marchands de chevaux sur la route de Falaise?

— Oui.

— On le laissera là, dit Moulin.

Et il commande :

— Marche devant nous, Libert, montre-nous le chemin et fais vite!

La bande s'engage sur les pas du geôlier dans l'étroit escalier de pierre qui grimpe en colimaçon jusqu'à l'étage. Les hommes débouchent sur un couloir bordé de portes.

— Ouvre-les toutes, sauf celle de Maigrière.

— Je vous félicite, dit le geôlier obséquieux, vous n'êtes pas des bandits.

— Toi et ton engeance républicaine, vous nous nommez pourtant brigands! ironise Belhumeur en secouant sa soutane.

— Pas moi, monsieur le curé, jure Libert.

— Je ne suis pas curé!

— Mais alors...

— Allons, fais vite, ordonne Michelot.

— Laisse-moi lui donner la confirmation, ajoute Belhumeur qui administre une gifle au geôlier.

L'homme chancelle sous la claque, puis se ressaisit en reniflant.

Les portes s'ouvrent l'une après l'autre, des voix s'élèvent, ce sont bientôt des cris de joie, des ombres s'embrassent.

— Monsieur le curé, murmure Michelot, en étreignant les épaules du prêtre.

— Allez, Libert, prends la place du calotin, ordonne Belhumeur qui pousse violemment le geôlier sur le grabat encore tiède.

Quelques minutes plus tard tout le monde, sauf Maigrière, est dans la cour.

— Mais c'est Paillard, sourit l'abbé Mondet en reconnaissant le visage du faux prêtre. Toi? En soutane? Mon Dieu...

— Vous voyez, ça ne va pas si mal que ça depuis que je me nomme Belhumeur.

— L'habit ne fait pas le moine, mais enfin...

— Si vous saviez tous les coups qu'ils m'ont donnés! Et les injures qu'ils m'ont criées pour me faire passer pour un vrai curé!

— Allons, Paillard tu auras gagné ce soir un peu de ton ciel!

— Silence! commande Michelot. A côté il y a une caserne.

Dans la nuit calme de Tinchebray les grandes portes de la prison s'ouvrent et se referment sans bruit. Les hommes traversent la place, et par les rues étroites rejoignent le carrefour où ils se sont tout à l'heure séparés. Maintenant réunis ils dévalent en courant le chemin vers la campagne. Ils ont des ailes sous les pieds qui les portent comme des anges. Au-dessus de leurs têtes, dans le ciel, il y a plein d'étoiles.

Chapitre VI

Les otages

En avril le Bocage sèche enfin son long hiver. Ensoleillé de l'aube au crépuscule, il fume des brumes molles et souples qui demeurent immobiles au-dessus des vallées. Sur les arbres et dans les haies, les bourgeons déchirés par l'impulsion des sèves laissent jaillir les feuilles d'un vert tendre et ciré. Les jonchères s'animent de cris au bord des étangs que troublent, invisibles, les premiers insectes, et dans le ciel pétillent des ailes légères et heureuses. L'air a une tendresse de soie qui donne aux chants d'oiseaux et aux bruits des villages une allégresse magique.

Mais les yeux et les oreilles ne s'attardent pas à voir et à écouter le printemps. L'hiver perdure au fond des cœurs et le bruit des sources fait mal aux chagrins. Indifférente aux malheurs, la nature renaissante les aiguise encore. Dans le Bocage meurtri par les violences, les incendies, les rapines, les réquisitions et toutes ces âpretés, la lumière est terne aux regards sans espoir. Les matins sont sans projet et les nuits appréhendées derrière les portes solidement barrées. Les chiens étranglés n'aboient plus. Les bruits familiers de la campagne, celui de la cloche, du marteau sur l'enclume, la chanson du colporteur, le cri du bouvier ou du voiturier, tous ces sons de la vie simple et paisible désertent peu à peu les villages clos sur leurs deuils.

Les champs ne sont plus fréquentés. Ni par leurs nouveaux propriétaires, les bourgeois acquéreurs des biens nationaux, peu pressés par ces temps incertains d'aller visiter leurs terres. Ni par les paysans : pourquoi cultiveraient-ils pour ensuite céder les grains aux affamés des villes qui s'abattent sur les sachées comme des corbeaux? Que le sol meure! Ils ne sont pas là pour nourrir les gros marchands des cités : ceux-là, il faut les voir, agressifs, insolents et toujours menaçants, accompagnés par les soldats dont les fusils s'échauffent à la moindre contrariété. Ils vident les quelques greniers encore pleins et jettent sur la table, désinvoltes et ironiques, une poignée de billets sans valeur. Devant eux il faut se taire. Un haussement d'épaules à peine ébauché, une moue des lèvres et ils se croient injuriés. Et pas question d'en appeler à leur cœur : ils n'en ont pas. Ce sont des loups, la faim les taraude et c'est la pire des calamités chez les hommes que cette folie des ventres creux.

Parfois les audacieux cachent, loin de leurs maisons, dans un trou, des provisions ramassées la nuit. Mais on sait trop ici ce que coûte leur découverte. On fusille les accapareurs au bord des chemins. Au mieux on les emmène à la ville. Femmes et enfants les ont vus partir à jamais.

Sous l'apparence de la résignation, gronde la fureur. La liberté qui vole, qui pille et qui affame n'est pas la liberté! Et de temps à autre dans les gros bourgs où les rassemblements sont plus faciles, des foules explosent quand on vient chipoter les gens pour un chapelet pendu au-dessus du lit, une croix encore debout à un carrefour, des décadis pas respectés parce qu'on est habitué aux dimanches. La disette — dont le mauvais temps est aussi responsable, mais on l'oublie! — égare le jugement et tend les nerfs. La plus petite étincelle provoque la colère, et les femmes ne sont pas les dernières à crier « Vive la cocarde blanche » plutôt que « Vive le bonnet rouge ». Les broches à rôtir ou les gourdins cognent dur sur la tête des municipaux. On les moque, on leur arrache leurs cocardes et leurs écharpes.

Dans les villages isolés on ne peut pas en faire autant. Il reste à ressasser sa rage avec espoir : tôt ou tard la compagnie de Michelot viendra bien rendre justice au pays. La libération de l'abbé Mondet a été accueillie avec enthousiasme. Même ceux qui n'ont pas la tête trop près du ciel ni la bouche pleine de prières se sont réjouis de la farce jouée aux républicains. Maintenant on attend la suite : l'homme aux yeux roux et ses camarades n'ont pas dit leur dernier mot. Si la bande se cache dans la forêt ce n'est pas par peur, mais par calcul.

Michelot frappera, mais où, mais quand, mais qui? C'est le mystère.

L'été passe, suit l'automne. Qui s'intéresse aux saisons quand on a faim et peur? L'hiver des âmes s'accorde à celui du Bocage, décharné à nouveau par le froid, le vent et la pluie. On abandonne les chemins à la troupe, on préfère rester à la maison.

De loin, un matin de novembre 1794, les habitants de Saint-Jean-des-Bois aperçoivent une troupe de bleus : les soldats, qui attaquent une radresse pour atteindre le village, sont précédés par un homme à cheval qui paraît être un officier car son uniforme est chamarré. Aussitôt chacun s'enferme chez soi et attend. Mais quand le tocsin sonne, que bleus et gardes nationaux parcourent les rues de la paroisse pour appeler les citoyens à se rassembler place de l'Eglise, il faut bien sortir.

— Vite, vite, c'est le général Hoche, crie Guillot, le capitaine de la garde. Il est pressé, regroupez-vous!

Et il s'affaire, tourbillonnant, donnant des ordres, s'exclamant.

— Le général Hoche! Hoche! Hoche! répète-t-il comme pris d'un énorme hoquet.

Mais l'agitation de Guillot n'est pas communicative. Bien au contraire : les sabots des habitants renâclent sur le sol en allant sans hâte vers la place de l'Eglise, près de l'arbre de la Liberté fraîchement replanté après l'expédition punitive contre Grandin.

— Plus vite! Plus vite! répète Guillot.

Et il pousse dos et épaules qui se raidissent sous ses mains.

— Fais pas le zélé, mon gars, murmure une vieille femme.

Le village enfin rassemblé, le général saute de son cheval. Un lieutenant lui tend un papier.

— Citoyens de Saint-Jean-des-Bois, dit Hoche, la République m'a donné ordre de défendre le pays contre les brigands qui le rançonnent, le pillent, l'incendient. Je suis venu aujourd'hui ici au nom de la liberté, vous dire que vos campagnes ne doivent plus être troublées par des Français rebelles. En s'armant contre les troupes de la République, ils font votre malheur. Quoi donc! Ces hommes préfèrent leurs bois et leurs forêts à leurs toits honorables! Ils préfèrent le nom et le métier de bandit au nom de citoyen et au métier paisible de cultivateur! En prenant le commandement de l'armée des Côtes de Cherbourg, j'ai déclaré que je mettrais toute mon énergie à poursuivre les mutins et les rebelles nuit et jour et que je rendrais responsables des maux qu'ils occasionnent leurs pères, mères et parents. Car, par la persuasion, l'autorité ou les liens du sang et de l'amitié, ils pourraient ramener à la raison ces hommes égarés.

Le général Hoche marque un temps d'arrêt. Forçant la voix, il ajoute :

— Citoyens, Saint-Jean-des-Bois n'a pas voulu m'entendre. Je viens exécuter moi-même ce que j'avais annoncé. Je donne ordre à mes officiers et à mes soldats, au capitaine Guillot et à ses gardes nationaux, d'arrêter les pères des bandits dont la liste a été dressée : Hardouin, Guimont, Thiébault, Lorent, Aubert, Moulin, Le Teinturier, Graindorge, Paillard, Grisard...

Un coup de vent violent emporte la voix du général. Serrés les uns contre les autres comme un troupeau qui cherche à se protéger de la pluie, les habitants de Saint-Jean-des-Bois sont impassibles. L'orage menace, ils le savent. Mais la dignité leur commande d'être droits comme des fûts. Leurs visages sont impavides.

— Je répète! hurle l'officier qui se tient près du général. A votre nom, présentez-vous devant moi!

La voix, *recto tono*, égrène la liste. Pas un homme ne sort des rangs.

— Capitaine Guillot, hurle Hoche, tu connais les parents des brigands.

Guillot se précipite vers le général.

— Alors, exécution! commande Hoche. Je veux que ces douze hommes soient ici avant un quart d'heure.

Guillot fait demi-tour, court vers le rassemblement. Lui fait face subitement, comme un terrible coup de poing, l'impassibilité des visages. Blêmes, livides, ils observent ce petit capitaine de la garde nationale, écartelé entre la force menaçante des Républicains et le silence anxieux des villageois.

Les regards se mesurent. C'est donc toi, semblent clamer les yeux qui vrillent Guillot avec une haine muette, toi qui accompliras cette horrible besogne, qui désigneras les nôtres, les tiens, ceux de ton pays! Traître! Délateur! Mouchard! Guillot, fils de ton brave père, petit-fils et arrière-petit-fils de paroissiens de Saint-Jean-des-Bois! Toi qui as été enfant avec Hardouin, Guimont, Thiébault, Lorent, Moulin et avec tous les autres! Toi qui as partagé leurs jeux, leurs farces, leurs bêtises, couru les chemins et les bois, joué à la soule, déniché les nids, écouté l'abbé Mondet parler du Bon Dieu, avec eux, avec eux...

Interdit, Guillot n'avance plus. Il baisse la tête, lève lentement les deux mains dans un geste d'impuissance.

— Alors, Guillot, crie l'officier dans son dos, tu ne connais donc pas les citoyens de ta commune?

Le capitaine de la garde nationale, les bras pendants le long du corps, les épaules affaissées, secoue la tête de gauche à droite.

— As-tu perdu la mémoire?

Guillot redresse la tête. Une nouvelle fois il fait face à ces regards qui le brûlent. Alors il se ressaisit dans un sursaut, il pivote sur ses talons, hurle :

— Non, je ne sais plus. Je ne peux pas!

Puis, se ramassant sur lui-même, il prend la fuite vers le cimetière. Un ordre claque au moment où il franchit le mur :

— Soldats, feu!

Criblé, le corps de Guillot s'écroule. La foule pousse un cri.

— Lieutenant, exécutez les ordres! commande Hoche.

Les soldats entourent la foule, la bousculent, cependant que l'officier appelle les noms.

— Hardouin?

— Me voilà!

— Guimont?

— C'est moi.

Cinq hommes sont immédiatement arrêtés, leurs mains ligotées. Les autres? Il faut aller les chercher chez eux, dans les maisons ou les villages isolés. La troupe se partage en plusieurs sections et part accomplir sa besogne, précédée par des gardes nationaux dont la peur accroît le zèle.

Il est midi quand les soldats frappent à la porte des Moulin.

— Il est à la forge, dit la mère de Michelot.

Du seuil elle suit, affolée, les bleus qui se dirigent vers l'atelier où tinte l'enclume, en contrebas.

Quelques instants plus tard, les deux mains plaquées sur ses vieilles joues pour retenir ses larmes, elle regarde passer son homme, encadré comme un voleur.

— T'en fais pas, lui crie-t-il, je connais la chanson!

Chanson! Ça reste à voir, après la sonnerie du tocsin et ce coup de feu qu'elle a perçu, tout à l'heure. La mère de Michelot suit la petite troupe qui s'éloigne à travers le plant vers le chemin et elle cherche à deviner, au milieu des uniformes, les cheveux blancs du taillandier. En vain.

Terrés dans le Bois-Daufils depuis plus de dix jours, les réfractaires n'ont pas de nouvelles du pays. Après s'être cachés, printemps et été, dans les divers bois qui forment la forêt de la Lande-Pourrie, ils ont dû décamper en octobre, pris en tenaille par des patrouilles qui venaient de Lonlay-l'Abbaye, de Ger et de Mortain.

De nuit ils ont gagné la corne ouest de la forêt d'Andaine, en contournant Domfront par le nord. Ils se sont installés sur une hauteur broussailleuse qui domine un ruisseau, la Mousse. Mais des gardes nationaux de Champ-Segré les ont relancés. Il a fallu franchir les eaux glaciales de la rivière et gagner à marches forcées la forêt de Dieufit, derrière La Coulonche. De là, passant d'un bois à l'autre ils ont pu, sans danger, éviter la forêt d'Halouze infestée de soldats et rejoindre le Bois-Daufils plus proche du pays de Saint-Jean-des-Bois, mais assez éloigné pour ne pas provoquer le danger.

Sébastien Goupil leur apprend un matin les arrestations. Un voiturier de Truttemer qui se rendait à Echallou lui a raconté la visite de Hoche.

— Paraîtrait qu'il les a fait emprisonner à Domfront. Des marchands de chevaux bretons qui se rendaient à la foire de Falaise ont croisé une troupe, elle descendait vers cette ville.

— Sais-tu pourquoi ils les ont pris?

— Parce que vous n'obéissez pas à la République.

— Nous, oui! rétorque Michelot, mais nos parents eux ne sont pas coupables!

— Mes petits gars, ricane Sébastien Goupil, c'est la nouvelle justice : si c'est toi c'est aussi ton père.

Michelot se retourne vers ses camarades. Ses yeux de feu se troublent.

— Je pars pour Domfront. Toi, Voltige, tu commanderas la compagnie en mon absence.

— Mais comment vas-tu...

— Sébastien, coupe Michelot, ce soir je descends avec toi à Chanu. Tu me cacheras. Ensuite, je gagnerai la route de Domfront. Je veux savoir.

La maison de Sébastien Goupil fait partie du village de La Guibourgère, à moins d'une demi-lieue de l'église. On y accède par un petit chemin qui franchit un ruisseau au pont du Buisson. La chaumière plantée au milieu des poiriers est entourée d'une haute haie. Par un échalier fermé avec deux fagots on passe dans une prairie. C'est là que le bûcheron, près d'un tas de bois, a creusé il y a deux ans une cache à l'exemple de toutes celles que l'on a aménagées dans le Bocage. La « bouteille » a une issue étroite mais elle s'élargit ensuite pour accueillir au moins deux hommes avec leurs provisions. Une fois à l'intérieur on ferme le goulot par un treillis de branches recouvert d'une pellée d'herbes. Ni vu, ni connu : il faudrait marcher dessus pour que le pied devine le vide suspect. Michelot s'y terre, après avoir dévalé rapidement les flancs du Bois-Daufils derrière le bûcheron qui connaît le chemin comme sa poche. Ils n'ont rencontré personne.

En arrivant à La Guibourgère, Goupil l'a tout de suite conduit à la cache. Michelot, dans son trou froid et humide, gonfle, en les secouant, les fougères sèches pour se faire un matelas plus confortable, s'enroule dans sa peau de bique et pose la tête sur son bonnet de renard. La fourrure est chaude à ses oreilles et il s'endort comme un enfant.

Il s'éveille dans le noir, n'entend pas ronfler autour de lui, s'inquiète, cherche à tâtons un repère. Ses doigts rencontrent la terre gorgée d'eau. Il saisit enfin sa solitude, sans son fusil laissé là-haut par précaution. Il doit désormais passer pour un pacifique citoyen de la République. Il réfléchit aux vêtements à porter pendant son voyage pour ne pas se singulariser. D'abord, quand devra-t-il partir? Dès le jour? Et par où? Il faudra en parler avec Sébastien, l'envoyer peut-être se renseigner.

Michelot ressent la fragilité de sa situation. Il revient dans un monde quitté il y a plus d'un an, au retour de Domfront justement. Au fait, qu'est devenu le commissaire du pouvoir exécutif qui l'avait menacé de la petite guillotte? Michelot revoit le tranchant de la main passé sur le cou et croit entendre le rire du fonctionnaire républicain. On lui a peut-être coupé la tête; il faudra se renseigner plus tard. Plus tard? Pourquoi penser au futur, lui qui depuis treize mois vit avec ses camarades au jour le jour, avec les bleus sur les talons. Comme des chiens de meute. Plus tard? La paix? Est-ce donc possible d'imaginer des veillées paisibles à Frèdeville quand tout le Bocage s'entre-déchire, s'espionne, s'épie, se trahit, se vole?

Michelot se redresse, son corps est ankylosé. Il lève les bras, déplace lentement le treillis qui obstrue la « bouteille ». D'un vigoureux rétablissement il s'extrait de la cache. A genoux au bord du trou, il écoute la nuit puis la regarde. La lune pose une blancheur lactescente sur le pré et une brume immobile au ras du sol donne l'impression au proscrit que sa tête touche au ciel. Il se lève et cette fois il est au-dessus des nuages. Il fait quelques pas dans cette ouate. Tout est doux autour de lui. Il s'étonne de cette beauté, de cette sérénité : depuis longtemps le loup traqué qu'il est n'a pas eu la liberté d'être ému par la nature. Il a perdu l'habitude de regarder car il doit épier, écouter, car il doit guetter. Pour lui le cri d'un animal, le frémissement d'un buisson, la rumeur d'un ruisseau peuvent cacher un danger, l'ennemi, la mort. Sa vue et son ouïe, il le découvre, s'étaient déshabituées de leur fonction naturelle, la perception du beau, des couleurs, du chant, de la parole d'amour. Naturelle? Avec cette chienne de vie qui, dès la copulation, vous mettait du côté du bonheur ou du malheur, des riches ou des pauvres, la fonction de ces deux sens pouvait être bien différente. Il y avait aujourd'hui tant d'yeux pour pleurer, tant d'oreilles pour entendre les cris et les sanglots de la misère.

Michelot pense à son père, quelque part, là-bas, à Domfront, avec des vauriens, des détrousseurs, mais aussi des innocents arrêtés au nom d'une liberté dont personne ne sait plus ce qu'elle est. Ah! le beau rêve dont le vieux taillandier avait pressenti l'inanité quand il avait dit : « A trop rougir l'acier, on casse la faux. » Voilà maintenant l'outil brisé, le pays désordonné, les villages dispersés, les soldats, les fusils, les canons. L'illusion a fait long feu : allons, ce n'est pas encore aujourd'hui qu'on aura le paradis sur terre, et si cette nuit est enchanteresse il ne faut pas s'y tromper, le malheur aura longtemps son mot à dire, il est entêté celui-là, tenace, obstiné. Sacré mâtin!

Réflexion faite, il attendra jeudi, le jour du marché, pour se rendre à la ville. Sébastien Goupil lui trouvera bien des vêtements convenables. Ensuite il verra. Il ne faut pas prévoir trop loin. Les événements aiment à faire des croche-pieds aux plus beaux plans. Mieux vaut avoir l'œil clair et le nez dressé sur la moindre odeur, de l'intuition plein le bissac et l'instinct frais comme un gardon.

Panier de volaille au bras, un mauvais bâton à la main, le paysan Moulin marche à grands pas sur le chemin qui va de Chanu à La Chapelle-Biche, entre le Bois-Daufils et la forêt d'Halouze. Il fait encore nuit mais la lune se répand en telle abondance qu'il n'est pas besoin de forcer le regard pour poser les pieds sans crainte.

Une heure plus tard, voilà Michelot sur la grand-route de Domfront. Il fait jour maintenant. Des hommes et des femmes montent vers la ville pour vendre leurs poulets et quelques légumes, sans doute aussi pour aller aux nouvelles. Parfois il croise une colonne mobile qui se dirige vers Flers, ou des détachements de bleus à pied ou à cheval. A Saint-Bomer, sur la place de l'Eglise, l'animation est intense. L'hôtellerie de l'Image de Saint-Joseph, réputée dans le pays et rebaptisée « Hôtellerie de Joseph » attire chalands et paysans. Les montures et les voitures sont laissées à la porte. Michelot la franchit pour aller s'asseoir dans la grande salle, manger un bout de mêlée et commander une bolée de cidre. A peine a-t-il commencé à se restaurer qu'un grand vaurien à la figure de gibier de potence s'assied près de lui et l'interpelle :

— Eh! tu ne serais pas de La Lande-Patry, citoyen?

— Comment le sais-tu? répond Michelot.

— Je te reconnais bien. Je t'ai vu à Flers. Ton nom ne serait pas Charbonnière?

— T'as deviné, malin! rit Michelot, heureux de cette méprise.

— Tu te rappelles, on s'est battu contre les aristocrates quand ils ont voulu arrêter la charrette qui transportait les caisses du district.

— Si je m'en souviens, dit Michelot.

— Et ça vociférait, bon Dieu! Ils croyaient que c'était leur argent.

— Et tu m'as reconnu?

— Forcément, c'est toi qui as donné un coup de main aux deux charretiers. Fais pas le modeste!

— T'es républicain, toi aussi? questionne Michelot.

— Sûr, je serai jamais de l'autre bord. Il y a cinq ans le juge m'a fait payer cher un vol d'œufs dans un poulailler d'Echallou. D'ailleurs on me nomme La Fricasse, parce que les gendarmes m'ont arrêté quand les œufs étaient dans la poêle. J'avais faim, c'est tout. Depuis je suis voleur à vie. Je suis parti faire le piqueur à Coflent, faux-saunier comme disaient les gabelous qui ne m'ont jamais coincé. C'était un bon métier. Le sel en franchise ne valait qu'un sou. Je le revendais en Normandie ou dans le Maine sept sous, six de moins qu'après la gabelle! Celle-là elle est morte, alors je suis devenu républicain : ça me fait vivre.

— Ça te fait vivre? Et comment?

— Je renseigne, Charbonnière. Je renseigne. Forcément, je connais tout le pays.

— Et si tu sais tout, comment c'est à Domfront? questionne Michelot.

La Fricasse rit à pleine gorge, tape du plat de la main sur la table :

— Tu connais le dicton : « Domfront, ville de malheur... Arrivé à midi, pendu à une heure »?

Il boit au goulot, s'éclaircit la voix :

— Paraîtrait qu'il y a des conjurés, dit-il, on parle de soixante à quatre-vingts! Mais on veille, il y a la garde nationale, la gendarmerie et près de deux cents soldats.

— Des conjurés? s'étonne Michelot.

— Des chouans, quoi! C'est eux qui auraient attaqué la malle-poste l'autre nuit. Ils n'ont fait de mal à personne mais ils ont pris l'argent. Hier les gendarmes ont arrêté deux suspects, déguisés en femme. Ils sont en prison, les scélérats chez la citoyenne Louison.

— Chez qui?

— Tu connais pas la Louison, petit frère? Une mâtine celle-là, revenue de tout, sauf de la bouteille. A quatorze ans elle a quitté Briouze parce que ses parents la battaient. Elle voulait voir Paris. Ça, elle l'a vu. Elle a tout fait là-bas, d'abord dans les faubourgs comme aide-boutiquière, couturière, brocheuse. Puis un garçon brocanteur l'a séduite, elle a eu un gosse. Pour le nourrir, elle a fait la putain. Partout, même dans les salons. Paraît que c'était une belle fille. Maintenant...

La Fricasse fait la moue, hoche la tête et ajoute :

— Elle est gonflée comme ça et de partout.

Ecarquillant les yeux et ouvrant grand les bras, il tente de donner la mesure de l'embonpoint de la Louison.

Michelot prend le temps d'écouter, des questions lui brûlent la langue, mais il est prudent : trop de curiosité pourrait apparaître suspecte à ce coquin.

— Comme ça! répète La Fricasse. Enorme, pleine d'alcool. Peut plus vendre son cul, elle n'en a plus : de haut en bas, c'est tout pareil. Alors elle fait la gardienne de prison. Elle vend des renseignements. Si tu viens avec du liquide, un grand sourire et quelques liards, elle cause.

La Fricasse pose la tête sur ses bras repliés sur la table.

— Excuse, petit frère, faut que je dorme un brin. Tu sais, dit-il, moi, j'ai pas le choix, les nouvelles intéressantes on les trouve toujours dans la merde, la misère, la prison, l'hôpital. Jamais chez les propres ni chez les riches! Jamais!

A La Haute-Chapelle, avant d'entrer dans Domfront, Michelot se procure chez un fermier une bouteille d'eau-de-vie blanche et raide qu'il cache sous la volaille. Ni fou, ni téméraire il se rend ensuite sur la place du marché pour y négocier le contenu de son panier. Cette foule tumultueuse où il doit faire le paysan l'énerve et l'inquiète. Il préfère le grand air de la forêt à ces fumées de rôtisseurs, la solitude et le silence à ce brassage de corps.

Passé midi, quand le panier est vide, sauf la bouteille, il se rend à la prison, frappe à la porte du poste de garde.

— C'est pour quoi? lui demande un grand bleu à moustaches.

— La citoyenne Louison, de la part d'un de ses amis.

— Et qui es-tu?

— Fermier.

— D'où ça?

— De La Lande-Patry.

— Ça pue le chouan par chez toi, citoyen! dit le soldat d'un regard soupçonneux. On a beau passer et repasser, c'est comme la mauvaise herbe, ça repousse derrière. Bon, entre, je vais voir!

Une fois dans le poste, le soldat hurle d'une voix de stentor :

— Citoyenne Louison! c'est pour vous.

Michelot n'a pas le temps de se retourner qu'elle est déjà là, derrière lui, gueulant :

— C'est quoi encore?

Et quand il découvre ce qui vient d'entrer, la stupéfaction le paralyse : c'est un amas de chairs propre à épouvanter l'enfer qui se tient devant lui, avec deux tout petits yeux de rat qui le fixent. La Fricasse n'a pas exagéré.

— Cause, mon gars, ricane Louison, dis pas que t'es troublé par mes charmes!

— Je viens de la part de La Fricasse, bredouille Michelot.

— Ce grand flandrin est ton ami?

— Oui, c'est ça, citoyenne, et alors...

Michelot lui fait comprendre d'un mouvement de tête que le soldat est de trop.

— Va donc voir si je suis dehors! dit-elle au bleu.

Débarrassé de cette présence, Michelot s'enhardit :

— Je suis un ami de La Fricasse. Il m'a chargé d'une commission.

Et Michelot sort de son panier la bouteille d'alcool blanc.

— Il travaille chez un fermier. Paraît que vous aimez bien la liqueur gaulée.

Les yeux de la Louison perdent leur torpeur. Ils s'embrasent même comme des feux de la Saint-Jean, ses lèvres se mouillent.

— Comme il savait que je venais au marché, il m'a demandé de vous l'apporter. C'est tout.

La bouteille est maintenant entre les mains potelées de la gardienne, elles la caressent avec volupté, et Louison ronronne comme une chatte énamourée.

— Faut la goûter, cette demoiselle, dit la gardienne.

— Une demoiselle? s'étonne Michelot qui reprend son souffle, une demoiselle! Ça alors, citoyenne Louison, un mot comme ça dans cette maison!

— Une demoiselle, c'est une demoiselle!

— Je croyais qu'on disait maintenant une citoyenne!

— Dis donc, petit frère, c'est pas parce qu'on est en République que l'eau-de-vie a changé de goût et le récipient d'appellation! Il y a demoiselle et demoiselle! Et les autres sont à l'ombre ici, dans la maison. Bien au chaud en attendant la guillotine!

Un grand rire secoue l'énorme gélatine rouge qui recouvre la face de la Louison.

— Celles-là, ricane-t-elle en faisant un mauvais jeu de mots, c'est plutôt de l'eau de mort.

Elle sort deux verres d'un tiroir, débouche la bouteille.

— Ici l'alcool conserve. Avec toutes ces épidémies, ces saletés qui tuent...

— Dans la maison?

— Tu comprends, la vermine, les rats. On ne change pas la paille tous les jours.

Elle déguste l'eau-de-vie à grands claquements de langue.

— Il en est mort encore cinq la semaine dernière. Des vieux, ils partent vite à cet âge-là. Avec l'humidité en plus, le froid. La Fricasse a dû te le dire, sale métier que le mien!

Elle vide son verre.

— Fameuse! Maintenant tu vas goûter de la mienne. Tu m'as l'air d'être un bon républicain, digne de ma potion.

Elle sort une bouteille d'un placard. Les verres sont remplis de nouveau. C'est infect! De l'esprit-de-vin mêlé de poivre.

— Une pure merveille, dit Michelot en avalant sans respirer, et en suivant jusqu'à son estomac le parcours brûlant du liquide.

La Louison hoche la tête avec fierté :

— Et ça me fait un petit gain, je vends le demi-verre six sous aux prisonniers. Mais six liards aux républicains. Pour toi, c'est gratuit. Tu me plais bien. Et si tu m'avais connue plus jeune, t'aurais dit la même chose de moi. Maintenant tu vois, je bois de l'eau-de-vie et je garde l'eau de mort. Heureusement qu'ils ne survivent pas tous, car tout est plein.

Le visage de Michelot reste impassible, mais ses deux mains serrent fort l'anse de son panier.

— Quarante bouches à nourrir! Même si ce n'est que de la soupe, il faut la faire. Et encore tenir le registre pour les entrées et les sorties, et un livre spécial pour les morts...

Elle montre sur la table deux cahiers crasseux. Elle prend le moins épais, tourne les pages de son index humecté.

— Tu vois, petit frère, je ne suis pas allée à l'école mais je sais quand même faire mes lettres.

D'un coup d'œil Michelot dévore les noms alignés et s'arrête brusquement sur le sien : Moulin. Un coup de poignard le frappe au cœur, il laisse choir son panier, ses mains s'agrippent à la table. Il sent le froid lui glacer le front.

La gardienne, étonnée, l'observe.

— Mais tu n'as pas l'air bien?

— J'ai trop bu, citoyenne Louison, j'ai trop bu.

— Assois-toi!

— Non, je vais marcher, ça ira mieux.

Ses jambes ne le soutiennent plus, il ressent un soudain besoin de vomir, la sueur trempe son cou. Lentement il s'approche de la porte.

— Je rentre à La Lande-Patry, dit-il.

La Louison ne le quitte pas des yeux. Comme si elle soupçonnait la cause inavouée du malaise :

— T'es sûr que t'as trop bu, citoyen?

— Sûr, dit Michelot, qui sort.

Chancelant il avance dans la rue. Dans son dos la voix avinée de la gardienne crie :

— De l'eau de mort, citoyen, de l'eau de mort!

Chapitre VII

La vengeance

Sorti de la ville, Michelot presse le pas. Il voudrait courir mais une allure trop rapide pourrait le rendre suspect, on l'arrêterait pour lui demander ses papiers. Il n'en a pas; il reverrait vite Louison et son regard de rat! Son père est mort, il n'a plus de temps à perdre pour le venger. Son père est mort, il en avait l'intuition depuis l'instant où, devant Sébastien Goupil et ses camarades, il avait décidé qu'il irait aux nouvelles. Quel pressentiment l'avait conduit à quitter les bois? Il l'avait déjà remarqué, parfois un élan mystérieux le poussait à agir.

Il se souvient de la nuit passée dans la cabane, en pleine forêt de la Lande-Pourrie : au cours de sa veille les yeux de l'abbé Mondet l'illuminaient. Le prêtre avait été libéré. Mais le vieux taillandier aux cheveux blancs n'aura pas eu cette chance. Pour lui la mort était trop pressée. Après tout, pense Michelot, il est certainement mieux ailleurs, il ne souffre plus, il n'a plus mal, il n'a plus peur. Le paradis ressemble peut-être à cette nuit de lumière argentée posée sur la prairie atone de La Guibourgère.

Après Le Châtellier, il quitte la grand-route pour s'engager sur le chemin de La Chapelle-Biche. Mais il ne retournera pas à Chanu, chez le bûcheron. Ses amis, s'ils n'ont pas été dérangés, doivent l'attendre là-haut, au Bois-Daufils. Après le Val-Heureux, il tourne à droite pour regagner les bois, et en courant maintenant, il traverse les prés. Il a hâte de partager avec ses camarades la résolution qu'il vient de prendre : puisqu'on a laissé son père crever comme une bête, sa compagnie frappera un homme.

Il sait qui : Louvet, le chef de toutes les gardes nationales du pays.

Pour réussir, il faut être nombreux, et la compagnie de Saint-Jean-des-Bois, avec ses cinquante fusils, est insuffisante pour boucler la commune de Montsecret où habite Louvet. Des renforts sont nécessaires. Sébastien Goupil accepte d'abandonner sa hache pour aller prévenir la compagnie de Landisacq muchée dans le bois de Belle-Etoile, et celle de Flers, dissimulée dans la forêt voisine de cette commune. Mais qui ira alerter les gars de Truttemer?

— Moi, répondent d'une seule voix Voltige, La Grimace et Belhumeur, qui savent bien que Saint-Jean-des-Bois est — presque — sur le chemin de Truttemer.

— J'ai été le chef de la compagnie pendant deux jours, plaide Voltige.

— Moi, j'ai besoin de me dégourdir les jambes, insiste Belhumeur.

— Et pas autre chose? ironise Sabretout, en provoquant un éclat de rire général.

— Autre chose? Mais quoi? questionne Belhumeur avec un ton d'innocence fort bien joué.

Moustache s'approche de lui, sa main se porte sur le bas-ventre de Belhumeur et empoigne le sexe à travers le drap de la culotte.

— C'est pas ça que tu veux dégourdir?

— J'ai été un bon curé à Tinchebray, vous pourriez bien me récompenser, rétorque Belhumeur en repoussant la main de Moustache.

— Moi, dit La Grimace, c'est pour aller revoir ma femme.

— Pas question, tranche Michelot. Ce n'est plus le temps des amours. Si tu vas chez toi, tu seras pris et fusillé.

— Alors pourquoi pas moi? insiste Voltige.

— Non, dit Michelot, tu restes ici, j'ai besoin de réfléchir avec toi à l'expédition de Montsecret.

Belhumeur saute de joie. Mais bien vite les yeux roux le fixent.

— Oui, toi, mais sans fredaine. Sinon...

Le visage de Michelot se ferme, son regard balaie lentement ceux de ses camarades qui l'entourent. Il s'agit pour lui désormais d'affirmer brutalement son autorité. Après Montsecret, ce ne sera plus la fuite devant les bleus, mais la guerre. Il faudra être obéi. L'amitié, oui, mais d'abord la discipline.

— Sinon, tu seras fusillé, Belhumeur.

— Fusillé, Michelot? s'inquiète le proscrit.

— Fusillé, répète Michelot, comme tout soldat désobéissant. Allez! va à Truttemer. Et demain sois ici.

Le geste vulgaire de Moustache est vite oublié, plus personne n'a envie de rire. Belhumeur s'éloigne à travers la futaie. Personne n'ose l'accompagner du regard, chacun préfère regarder le bout de ses sabots en écoutant le bruit des pas décroître sur les feuilles mortes.

Michelot, lui, pense à son père. Et ses mâchoires se crispent.

En moins de deux heures Belhumeur atteint la grand-route qui va de Tinchebray à Barenton, au-dessus d'Yvrandes. La moitié du chemin est faite. Il lui reste à traverser plusieurs petites vallées boisées de taillis, à contourner le Petit et le Grand Truttemer pour atteindre le bois de Roullours, à une lieue au nord. Saint-Jean-des-Bois est sur sa gauche, à une demi-heure de marche : il aperçoit le clocher de la paroisse à travers une cépée et son cœur se met à battre fort.

— Fusillé, murmure-t-il, en se souvenant de la menace de Michelot.

Il hausse les épaules comme s'il s'agissait d'une mauvaise plaisanterie. Son sang s'impatiente et une grande chaleur lui monte des cuisses jusqu'aux joues. Depuis plus d'une année il n'a pas eu sous lui un ventre fougueux et, plusieurs fois la nuit, il a ressenti un feu entre ses jambes et le plaisir l'a réveillé : c'était tiède et humide.

Il ne réfléchit pas davantage, il oublie l'ordre de Michelot, il dégringole la colline, galope vers Saint-Jean-des-Bois. Il se souvient de Jeanne, à la Belléanerie, c'est tout près. Il saute un ruisseau, atteint une rangée d'émousses, s'arrête pour observer la petite ferme. Immobile il épie, mais personne ne se montre. En longeant une haie, il s'approche encore plus près, contre le mur du fenil. Une porte s'ouvre, des sabots claquent sur les cailloux de la cour. Belhumeur bat en retraite, s'accroupit derrière un tas de bûches. C'est elle. Il appelle à mi-voix :

— Jeanne! Jeanne!

La femme s'arrête, effrayée, porte les mains à sa poitrine.

— C'est moi, Paillard!

— Oh! Paillard! Mais que fais-tu là?

— Je veux te voir.

Il est maintenant debout près d'elle, la dominant de sa haute taille, les bras le long du corps. Elle ne bouge pas, sa tête levée vers lui. Ses deux mains quittent sa poitrine pour monter vers les joues barbues, les doigts traversent doucement la barbe sèche.

— Paillard, répète-t-elle, mon Paillard!

— Cachons-nous, dit Belhumeur.

La porte du fenil refermée, les corps s'étreignent avec force, mais vite ils se sentent mal sous les tissus et les mains habiles s'entredéboutonnent. Du corsage de Jeanne éclatent deux seins bien pommés que Belhumeur agace de ses lèvres et de ses dents. Il sent maintenant entre ses cuisses les doigts frais qui le mûrissent. Un vertige solidaire les saisit, ils basculent sur le foin et les ventres se prennent d'un seul coup pour une chevauchée qui les mène jusqu'à la mort de leurs désirs.

— Tu reviendras, supplie Jeanne.

— Peut-être, je ne sais pas.

Déjà la porte s'ouvre et se referme sur la pénombre du fenil. Elle l'entend s'éloigner, elle a chaud, elle est heureuse, elle le voudrait encore... Ah! que cesse enfin ce temps de malheurs qui lui dérobe tant de bonheur.

Entre Landisacq et Montsecret s'élève le Mont-Crépin, encadré de deux bois. Celui qui est à l'ouest s'appelle La Folie, à une demi-lieue de Tinchebray. Les compagnies de Saint-Jean-des-Bois, de Landisacq, de Flers et de Truttemer font leur jonction pour la première fois : deux cents hommes se rencontrent de nuit.

Michelot se concerte avec les autres chefs qu'il n'avait pas revus depuis la réquisition de Domfront.

Le plan de bataille est établi : le village sera bouclé par les compagnies de Truttemer, de Landisacq et de Flers. Celle de Saint-Jean-des-Bois se rendra chez Louvet. Il faudra quitter le bois de La Folie au milieu de l'après-midi, il restera deux heures, assez de temps pour mener l'opération avant l'arrivée des bleus de Tinchebray, et regagner la forêt avec la complicité de l'ombre.

Cantonnés dans une petite clairière en lisière des bois, les hommes ne trouvent pas le sommeil. Il fait froid, les feux sont interdits et il n'y a pas d'abri. Par petits groupes, assis sur le sol, le fusil à portée de la main, les retrouvailles sont heureuses. Tous ont vécu la même errance, la faim, le harcèlement des gardes nationaux ou des soldats, mais la compagnie de Landisacq a, plus qu'une autre, souffert des hommes de Louvet. Plusieurs réfractaires ont été abattus par lui, un a même été égorgé près de Fresnes. Un autre, blessé, a été achevé à coups de pierres. Il s'appelait Garnier-Rogerie.

La nuit passe ainsi en murmures. On parle des incendies, des pillages, des arrestations. Michelot annonce que son père est mort en prison : on se tait longuement à cette nouvelle. Tout le monde connaissait le taillandier : il était comme ses faux, solide. Mais le corps le mieux trempé ne résiste pas à tant de souffrances.

A l'heure dite, ils sortent de la forêt et, sans se cacher, fondent sur Montsecret. La commune est encerclée. Moulin, à la tête de ses hommes, avance vers la maison de Louvet. Au détour d'une rue, surgit une patrouille de bleus, sept hommes de la garnison de Tinchebray; elle fait feu.

— Egaillez-vous! hurle Michelot.

D'un coup tout le monde est à terre, les cartouches pétaradent de part et d'autre. Restoux est tué d'une balle en pleine tête. Les bleus se sont cachés dans les maisons et interdisent toute avance. Le temps passe, des détonations se font entendre du côté du pont du Noireau. Michelot ordonne à vingt-cinq de ses hommes d'aller vers la rivière et d'entraîner les renforts républicains le plus loin possible de Montsecret. Le stratagème paraît réussir, tout s'apaise au loin.

Sabretout, en rampant, s'approche des maisons occupées par les bleus et parvient à jeter plusieurs torches enflammées sur les toits de chaume. C'est bientôt un gigantesque brasier. Quand les républicains, chassés par le feu, veulent s'échapper, ils sont abattus comme des lapins. La place est nette pour aller s'occuper du commandant des gardes nationaux.

— Louvet, crie Michelot, sors de chez toi, tu es pris. Rends-toi!

Une décharge lui répond qui fait voler la terre sous ses sabots. Michelot se jette derrière un tas de cailloux et réitère son ordre. Un deuxième coup de fusil part d'une fenêtre. L'homme est visiblement décidé à se battre jusqu'à la mort.

— Mettons le feu! hurle Sabretout.

Et bientôt la maison de Louvet flambe.

— Rends-toi, Louvet, et nous éteindrons l'incendie!

La porte de la maison s'ouvre brusquement : s'échappent une femme et quatre enfants.

— Ne tirez plus! hurle-t-elle.

A peine a-t-elle lancé cette supplication que Louvet surgit derrière elle, un fusil à deux coups dans chaque main.

Une salve le rejette en arrière, il bascule dans les flammes. Quand celles-ci seront éteintes à grands seaux d'eau, le corps du commandant des gardes nationaux ne sera plus qu'une outre noire gonflée, craquelée de crevasses roses.

Silencieux, devant l'horrible spectacle, Michelot pense à son père. Derrière lui ses camarades n'osent parler. Le temps passe et l'homme aux yeux roux paraît enfermé dans un rêve. Voltige s'approche enfin, lui pose une main sur l'épaule.

— Il faut partir, Michelot, la nuit tombe.

— Vrai, répond Michelot, la nuit tombe.

C'est à une autre nuit qu'il pense, celle de la violence et du malheur.

L'hiver s'achève dans le calme. Les gardes nationaux durement secoués par la leçon de Montsecret, retiennent leur zèle, ils ne courent plus les campagnes. Quant aux bleus appelés en

Belgique, en Hollande et sur la rive gauche du Rhin pour combattre sous les ordres de Pichegru et de Jourdan, ils ont laissé derrière eux des garnisons légères. Inquiètes, les villes où les jacobins sont maîtres se transforment en forteresses. Bientôt de hautes palissades les encerclent et les bourgeois interrogent les campagnes à travers les meurtrières.

Dans les villages, les patauds ne violent plus les maisons, les champs ne sont plus dévastés et les réfractaires ne sont plus harcelés. Les compagnies souvent rassemblées dans la forêt de Saint-Jean-des-Bois surveillent les sorties des bourgeois affamés qui cherchent désespérément à rapiner. Des embuscades courtes et sanglantes les rejettent vers leurs cités.

Quand le printemps 1795 éclate dans une apothéose odorante et colorée, Michelot et sa petite armée de près de trois cents hommes règnent sur le Bocage.

Deuxième partie

Le Bocage en feu

(1795-1800)

« M. de la Roque-Cahan fut d'abord reconnu chef par les officiers de toutes les compagnies. Mais ses manières peu franches, et même dissimulées, envers plusieurs des principaux officiers de la colonne lui aliénèrent les esprits. Le système de M. de la Roque était de temporiser, afin d'attendre l'instant favorable pour faire une levée en masse, ce qui était complètement impraticable dans les circonstances. D'ailleurs nous avions besoin d'une protection actuelle contre les persécutions des républicains, qui prenaient de jour en jour un caractère plus alarmant et plus terrible. M. le comte Louis de Frotté, qui avait assisté avec le général de Cormatin aux conférences de La Mabilais, annonçait plus de capacité et une bravoure plus digne d'un chef de partisans. Je m'étais donné à lui totalement, dès qu'il m'eut communiqué des pouvoirs qu'il tenait immédiatement du Roi; en sorte que toutes ces considérations l'emportèrent sur un premier choix que ne justifiait pas suffisamment celui qui en avait été l'objet. M. de Frotté fut universellement élu général et substitué à M. de la Roque... »

Mémoires de Michelot Moulin.

Chapitre VIII

Les bottes et les sabots

Debout devant la porte refermée par l'homme qui l'a reçu dans la cour du château, Michelot, son bonnet de coton blanc à la main, hésite à avancer. Les boiseries dorées, les tapisseries vertes et roses, les rideaux gris perle, les tapis multicolores et les meubles ornés de bronze l'intimident. Le fils du taillandier de Saint-Jean-des-Bois n'a pas d'accoutumance aux belles choses. Et comme ses sabots de bois ont failli déraper, à l'entrée, sur le parquet miellé, la prudence s'ajoute à son embarras. Immobile, il observe l'homme qui, sans paraître se douter de sa présence, va et vient à grands pas devant les fenêtres ouvertes sur le bourg de Flers.

Autant que le cadre somptueux du salon, c'est la tenue élégante du général qui l'impressionne. Il la compare à ses larges braies serrées aux mollets par des tortils de paille, à sa veste courte et déchirée aux épaules par les ronces, et sa confusion croît encore. Si sa pauvre mère le voyait devant ce bel homme à l'ample chemise blanche bouffante aux poignets, serrée à la taille par une ceinture rouge nouée à la matelote, et au pantalon gris à la houzarde, elle n'aurait guère de vanité pour son fils. Encore qu'elle sache bien que l'étoffe ne fait pas le courage!

Chaque pas du général fait gémir ses hautes bottes noires et ce petit bruit, qui exacerbe le silence et accroît le malaise du visiteur, paraît marquer davantage encore la condition différente de l'officier et du chef sans grade, petit et gauche mais droit et impassible.

« S'il ne veut pas me voir, pense-t-il, pourquoi donc m'avoir convoqué? »

Mais, depuis hier, Michelot ne s'étonne plus de rien. Il cantonnait avec ses hommes dans la forêt au-dessus d'Yvrandes quand un émissaire est venu l'inviter à se rendre au quartier général des royalistes à Flers.

— Les royalistes? Mais on est là, réfractaires et proscrits, et notre quartier général ce sont les bois, a ricané Voltige.

— Le général est arrivé, a répliqué l'émissaire.

— Quel général? s'est étonné Michelot.

— Monsieur de Frotté! Comment? Vous ne savez pas...

— Que c'est la guerre! Si, mon gars, depuis près d'un an et demi.

— Que c'est la trêve! Et la paix pour demain... peut-être.

— La trêve, la paix! Hier encore à Landisacq les patauds ont attaqué et tué deux hommes de chez nous...

L'émissaire a insisté : débarqué début février 1795 sur la côte, le général de Frotté, envoyé de Londres par le comte d'Artois, avait rencontré Hoche puis Charette en Vendée et...

Michelot l'a brutalement interrompu :

— Hoche a fait jeter nos pères en prison! Le mien y est mort! On ne parle pas de paix avec un assassin! Au fait, ton général, en Angleterre, il se battait contre qui? Là-bas la bravoure n'est guère périlleuse!

L'émissaire, en bégayant, a reculé sous l'ardeur brûlante des yeux roux.

— C'est qui, ton comte d'Artois? a demandé Michelot. Nous, ici, on ne le connaît pas!

— Le frère de Louis XVI, le roi qui a été...

— Nous on n'a qu'un roi, a hurlé Voltige en saisissant de ses deux poignes les épaules de l'émissaire, notre courage en guenilles. Et qu'une reine, notre terre! Ça, ton comte ne le sait pas! Ton général non plus.

Michelot a hoché la tête et repris :

— Tu m'entends bien, Hoche a tué mon père. Ici, depuis des mois et des mois, ils assassinent, ils pillent, ils violent. Regarde, là-bas, le village. Plus de toits? Brûlés! Les hommes? Disparus! Abattus ou emprisonnés! Non, on ne signe pas la paix avec le crime, je n'irai pas. Va dire à ton général que...

— Monsieur Moulin, le général de Frotté souhaite vous connaître. C'est tout. Il vous attend demain matin au château de Flers. Personne ne vous attaquera. Le directoire du district, à la demande du général, a donné ordre de suspendre les hostilités.

— Nous verrons.

Après le départ de l'émissaire, Voltige a convaincu Michelot, non sans mal, de se rendre à Flers, au moins pour raconter les souffrances du pays et refuser la paix. Par précaution les hommes l'accompagneront jusqu'après Landisacq, à cause des patauds trop zélés de cette paroisse. Un détachement l'escortera jusqu'au château. En arrière-garde la compagnie s'approchera au plus près du bourg pour intervenir à la moindre alerte.

Hier encore le nom du général de Frotté lui était inconnu. Maintenant il est là, devant lui. Son embarras n'amollit pas sa fermeté. Un « Monsieur » ne lui a jamais tourné les sangs. Inflexibles, les yeux roux ne cillent pas quand le général, abrégeant sa méditation, s'arrête et plante les siens, très noirs, dans ceux de son visiteur. Le bruit agaçant des bottes a cessé, et par la fenêtre s'engouffrent avec le soleil des chants d'oiseaux et des rires d'enfants en train de jouer de l'autre côté des douves, sous les hêtres.

— Voilà l'innocence et le bonheur qui se rappellent à nous! dit-il en détournant la tête vers l'extérieur. Mais nous avons des choses sérieuses à nous dire, monsieur Moulin. Les fenêtres fermées nous serons plus au calme, n'est-ce pas?

« Monsieur Moulin » : la formule de politesse surprend Michelot. On ne lui a jamais donné du « Monsieur » depuis qu'il est sur terre. Pas plus qu'on ne l'a convoqué dans un château, ni reçu dans un salon. Son amour-propre de Bocain se met à le picoter, il s'en veut de se tenir là, comme un benêt, sans pouvoir sortir le moindre mot, ni ébaucher le moindre geste. Il serre les dents, gonfle ses poumons comme un coq enfle son plumage et lâche :

— Michelot, c'est moi!

— Approchez donc, je vous en prie, dit le général en marchant vers lui, bras tendus.

Les gros sabots claquent sur le parquet, ils vont au-devant des bottes qui ont repris leur bruit de cuir froissé. Par bonheur un tapis vient ouater le claquement des chaussures de bois.

— Je vous appelle donc Michelot, c'est ce que vous souhaitez, dit le général en souriant.

— On me connaît comme ça dans le pays. Ma mère disait autrefois « petit Michel », mais mon père a préféré Michelot.

— Eh bien, Michelot, asseyez-vous dans cette bergère.

Posées sur ses épaules, les mains du général l'invitent à s'installer dans le fauteuil. Conscient pour la première fois de la crasse de ses vêtements qui injurierait la délicate soie bleu du coussin, Michelot murmure :

— Si vous permettez, je suis mieux debout.

Et de son corps musclé il résiste à l'amicale pression.

— Comme vous voulez!

Redressé, Michelot prend la mesure de ce visage nouveau, fin et charmeur : des cheveux bruns qui tombent en boucles jusqu'aux épaules, un front large, un nez cassé mais spirituel, une grande bouche qui découvre une denture carnassière.

Frotté ajoute, en souriant :

— Ah! c'est bien comme ça que je vous imaginais!

— C'est-à-dire?

— Rebelle! Réservé et rebelle! Et quel âge avez-vous?

— Vingt-quatre ans.

— Moi, vingt-huit. Nous nous comprendrons, j'en suis sûr. Savez-vous que j'ai déjà entendu parler souvent du chef de la compagnie de Saint-Jean-des-Bois? On vous dit courageux, et intransigeant. Et, paraît-il, des yeux...

— Je suis taillandier, alors à force d'être à la forge...

Le général pivote sur ses talons et, mains dans le dos, reprend son va-et-vient à travers la pièce.

— Il paraît que vous ignorez qui je suis. Eh bien je suis normand, comme vous, et soldat du roi. Avant le début de cette révolution, j'étais officier au régiment de Colonel-Général. Ensuite... mais abrégeons, je suis ici par ordre du comte d'Artois, je dois me battre pour le trône. Or je n'ai ni soldats, ni fusils, ni munitions. Rien, si ce n'est une escorte et un cheval.

— Nous, réplique Michelot, on n'est pas des soldats, tout juste des réfractaires. Quant aux chevaux, c'est pas le pays. Ici, il faut de bonnes jambes, c'est tout.

Le général se retourne brusquement :

— Je sais marcher!

— Bien, rétorque Michelot, satisfait d'avoir pu prouver que le général ne l'intimide plus.

Non, son affabilité, son élégance ne le touchent pas. D'ailleurs sur les gens trop courtois il se souvient du mot de son père : « Abondance de politesses, mauvaise messe! » Le vieux taillandier ne se laissait pas prendre aux fausses prières, aux simagrées verbales, aux courbettes et aux chichis de château. Les mots servent à dire des choses, ici, pas à déguiser les pensées. Que veut-il donc de lui, ce général si aimable? Pour l'heure, en tout cas, Michelot n'est pas là pour dire amen à tout par déférence, c'est sûr. Et les cent pas des bottes sous son nez commencent à l'énerver. Pourquoi, lui, resterait-il immobile, quand l'autre se promène, tournicote, approche, repart? S'il se mettait à en faire autant?

Ainsi va Michelot d'un bout du salon à l'autre, sans regret, bien au contraire, de porter des sabots trop bruyants. Le parquet, c'est du bois, songe-t-il, le bois des arbres, les arbres c'est la forêt et la forêt, il la connaît, c'est chez lui. Et il arpente à grands claquements la salle solennelle, tête penchée sur ces méditations, n'oubliant pas de lorgner, de temps à autre, ce Monsieur de Frotté botté qui se promène à l'autre bout.

— Je suis convaincu que les bleus profitent de cette trêve pour s'organiser, lance le général.

— Vraisemblable, répond Michelot.

— Et vous seriez d'accord pour m'aider? demande le général.

— Faudrait voir...

— Mais quand?

— Je ne peux pas vous dire.

— Il ne faut pas perdre de temps, Michelot!

— C'est sûr...

Parfois le dialogue tourne court et ce sont de longs silences rythmés ici par la chanson des bottes et là par le battement des semelles de bois : cri-i-i-plac! cri-i-i-plac! Les bottes murmurent en nuance, les sabots cognent sans délicatesse, chacun se cause à sa manière et c'est une conversation subtile entre la courtoise autorité de l'un et la rudesse matoise de l'autre. Des sabots, ici ou ailleurs, valent la plus belle paire de bottes, dit l'un; les bottes, c'est souple et résistant, répond l'autre. Cri-i-i-plac! Cri-i-i-plac! Ainsi se mesurent le taillandier et le noble.

— Combien êtes-vous? reprend le général.

— Nombreux!

— Et qu'avez-vous fait depuis le début?

— On a eu faim, on a eu froid.

Le général s'immobilise, piqué au vif.

— C'est vrai, moi je n'ai pas eu faim et je n'ai pas eu froid, mais j'ai cherché à convaincre les Anglais de nous aider. Et ne croyez pas que tous les émigrés se soient sauvés par lâcheté. Je suis revenu avec plusieurs officiers qui m'ont suivi jusqu'ici. Ils savent se battre, ils veulent se battre. Demain ils sont prêts, comme moi, à avoir faim et froid avec vous, et pour le roi.

— Le roi, grogne Michelot, ici on n'y pense pas trop. Le roi, le roi! c'est peut-être une bonne chose, mais avant tout, nous ne voulons plus de bleus ni de patauds.

Le général s'avance vers une fenêtre.

— Du soleil, des promeneurs, et regardez, même des cocardes tricolores et blanches qui se croisent! L'illusion de la paix : Dieu que la vie est belle quand tout est fragile.

Il pose son front sur une vitre.

— Le destin, ajoute-t-il, vous place une fois pour toutes dans un camp. Ensuite il faut aller jusqu'au bout. Jusqu'ici vous étiez réfractaire. Maintenant, Michelot, vous êtes soldat et demain vous ferez la guerre. La pauvre paix de Rennes ne sera qu'une illusion, un chiffon de papier pour n'abuser que le peuple. Mais nous, nous devons savoir que Paris nous veut à terre, coûte que coûte. Tous les moyens seront bons pour nous éliminer, y compris les traités. La raison d'Etat n'a pas d'honneur, la vertu s'efface devant elle. Place aux mensonges. J'en suis sûr, les républicains ne céderont pas tout en criant « Liberté, liberté! ».

A mi-voix il répète « Liberté, liberté! » et reprend :

— Je me souviens, près de Caen au château d'Ifs où j'ai passé mon enfance, une paysanne lavait notre linge. Elle disait souvent : « Il faut frotter pour qu'il soit propre, mais pas trop pour ne pas l'user. » Elle ajoutait : « C'est comme pour le bonheur, à le vouloir plus parfait on finit par l'user. » Michelot, la liberté c'est comme du linge : à la frotter trop fort pour la vouloir toujours plus belle... on finit par voir au travers!

Michelot éclate de rire, le mot « frotter » prononcé par le général l'amuse.

— Et vous, les bleus, vous voulez les frotter?

— Qui se frotte à Frotté se pique, réplique le général, riant à son tour. Vrai qu'on va les frotter, ces républicains. Un jour ou l'autre on finira bien par voir le jour au travers!

— Ça me fait plaisir de vous entendre dire ça, réplique Michelot. Car, à entendre votre émissaire, on pensait la paix déjà engagée avec le directoire du district.

— Faux, Michelot! Seulement une suspension des hostilités : le temps que la paix soit bâclée à Rennes, le temps d'organiser notre combat en Normandie, de lever une armée, de mettre en place une correspondance avec l'Angleterre, de trouver des armes, des munitions, de la poudre, des hommes, des femmes et même des enfants qui acceptent de tisser tout autour de nous une toile d'araignée d'amitiés, de sympathies, d'aides, le temps de rallier à nous les paroisses, les villages, les villes s'il le faut, le temps de trouver des capitaines courageux prêts à lever sur-le-champ de petites troupes pour venir grossir nos rangs. Je ne suis ni fou, ni aveugle, les loups nous sourient aujourd'hui pour mieux nous manger demain. Mais nous ne nous laisserons jamais dévorer. Jamais!

Le général s'approche de Michelot, ses yeux de jais fulgurent, son visage se durcit, le ton de sa voix devient sec.

— Non, je ne suis pas venu de Londres pour tenir des conférences dans les salons, ni vous demander de déposer les armes, de vous soumettre. Je le sais, un vent de découragement souffle chez certains royalistes, fatigués de se battre sans moyens, traqués, affamés. Alors ceux-là croient à une négociation sérieuse avec la République. Je l'ai observé à Rennes.

Il se tait, reprend ses cent pas dans le grand salon, le crissement des bottes est plus nerveux. Puis il revient une fois encore vers Michelot :

— Même Charette n'y croit plus, tu m'entends, même lui.

— Même Charette?

Alors ses mains s'agitent, ses doigts se crispent, les mots sortent à grand galop de sa bouche :

— Je l'ai vu à Belleville, après avoir rencontré Hoche à Rennes. Mais commençons par le début, depuis mon débarquement. Si Dieu n'avait pas été avec nous, nous serions déjà morts. Tous morts, La Roque-Cahan, La Rosière, de Belfond, d'Urville et moi.

Les cinq hommes ont embarqué le 10 janvier de Guernesey sur un bateau ponté.

Les vents sont favorables, le voilier petit, mais fin et rapide. L'équipage déjoue la surveillance des chaloupes françaises, évite les rochers et arrive, à dix heures du soir, en vue des côtes bretonnes. Hélas, les pilotes sont malhabiles, ils s'égarent, perdent du temps. A quatre heures du matin le bateau mouille enfin à une demi-lieue de la terre. Du moins le croit-on. Or on en est à quatre! Aucun bruit suspect ne parvient du rivage.

Le canot est mis à l'eau, mais il est trop petit pour contenir tout le monde, il faudra faire deux tours. Les cinq officiers ne veulent pas se séparer, des émigrés porteurs de dépêches et d'or pour le comité royaliste et qui sont aussi du voyage, non plus. Et comme tous veulent être du premier débarquement la discussion s'échauffe. Personne ne cède. L'éclat des voix risque d'attirer l'attention des patrouilles.

Par souci d'apaisement Frotté laisse partir d'abord les émigrés, après avoir promis de renvoyer le canot. L'embarcation s'éloigne, la nuit est épaisse.

Quelque temps plus tard, des coups de feu éclatent, puis c'est le silence. Le canot ne revient pas, le jour se lève, le capitaine veut regagner la haute mer. Bientôt les officiers distinguent en face d'eux, sur le rivage, un fort et, tout autour, des mouvements de troupe. Des boulets sont tirés sur le voilier, sans atteindre leur but. On vire de bord pour s'éloigner. Le vent se lève, la mer grossit, l'embarcation regagne avec difficulté la rade de Guernesey.

— Nous avons attendu deux jours et deux nuits poursuit Frotté. La neige s'est mise à tomber, le temps s'est adouci, le vent s'est calmé. Nous avons rejoint Jersey à la recherche de pilotes plus aguerris. Fin janvier nous avons pu enfin débarquer près de Saint-Brieuc. Il faisait très froid, la pluie battait la plage, mais nous étions heureux de marcher sur notre terre, Michelot! Aussitôt on s'est mis en route pour rejoindre le quartier général de Boishardy, commandant les chouans des Côtes-du-Nord. Même lui ne voulait pas se battre : quand je l'ai rencontré il refusait à Tinténiac, arrivé avant moi, d'aller protéger le débarquement d'un convoi de cent officiers, de munitions et d'armes. Pourquoi? Parce qu'il avait accepté la trêve conclue pendant les conférences avec Charette. J'étais scandalisé. Nous cinq, avec un certain Jouette, nous avons pu rassembler quinze cents hommes, on s'est porté vers la mer avec des voitures et des gens du pays qui acceptaient de nous aider à charger les armes. Mais les républicains nous ont encerclés. Quel carnage, Michelot! Nous nous sommes battus comme des lions, Tinténiac était partout, tuant au sabre ou à la carabine. Quand j'ai revu Boishardy, il était fou.

« — Vous avez trahi votre parole! hurlait-il.

« — Boishardy, répliquai-je, je n'ai rien signé, moi, je n'ai rien promis, je n'ai d'ailleurs besoin de personne pour décider à ma place!

« Tu sais, Michelot, en temps de guerre, on ne respecte que la force : notre volonté de ne pas céder a réveillé des royalistes, ils m'ont chargé de rencontrer Charette. Et Hoche, qui est aussi un diplomate, a ordonné au général Humbert de m'accompagner jusqu'à Rennes. Là j'ai obtenu un passeport pour rejoindre la Vendée.

— Et vous avez vu Charette? questionne Michelot.

Frotté ferme les yeux, il se tait, il ne peut pas exprimer les images de cette terre désolée : pas une ferme intacte, des cadavres d'hommes, de femmes, d'enfants gonflés et pourrissant au bord des chemins, mêlés à ceux de bovins, de chevaux. Parfois il croisait des bêtes errantes qui meuglaient à la faim. Une tornade de feu avait labouré le pays. Et sur ces ruines c'était un silence de mort.

— Là-bas, poursuit enfin Frotté, j'ai rencontré un héros malheureux, contraint, pour temporiser, à la négociation avec les commissaires de la Convention. Charette m'a dit : " Je n'ai plus ni argent, ni poudre, ni vivres, et depuis dix-huit mois j'attends en vain les secours anglais. Je suis seul, Frotté, dans un pays ruiné, pillé. Et la discorde règne dans nos rangs. Stofflet, brave et loyal à la cause, refuse de se battre avec moi. Quel entêté, quel orgueilleux! Et ce diable d'abbé Bernier qui l'excite contre moi. ".

« J'ai voulu rassurer Charette, le convaincre que les Anglais étaient disposés à aider les royalistes. "Alors, dit-il, qu'ils le prouvent en m'envoyant sur-le-champ des canons, vingt mille fusils, de la poudre et un corps de dix-huit cents hommes commandé par des officiers français, braves et expérimentés. Les miens sont courageux et connaissent bien le pays, mais ils n'ont ni talent ni initiative, je dois décider seul de tout et tout le temps! "

« J'ai quitté enfin Belleville. Charette plus rassuré, semble-t-il, m'a accompagné une journée. Il aurait voulu me garder. Mais il a compris mon départ, ma mission était ici : "Ecrivez-moi, m'a-t-il demandé, pour me donner de vos nouvelles, j'espère que l'espoir que vous m'avez rendu ne sera pas trahi! " En m'éloignant j'ai senti qu'il me suivait longtemps du regard. J'ai eu la certitude de ne le revoir jamais.

Le général suspend son récit, par une fenêtre il regarde le printemps.

— Je préfère ce spectacle à celui des conférences de La Mabilais... Non, Michelot, comment imaginer une telle dégradation des esprits? Pas un instant je n'ai cessé, à Rennes, de penser à Charette, poignant dans sa solitude. Et qu'avions-nous là-bas pour représenter notre cause? Ce pauvre petit baron de Cormatin, gonflé de vanité, de prétention, d'orgueil, manigançant des rencontres, des alliances, au point de s'y perdre. Béjarry, Boishardy et d'autres officiers croyaient, comme Cormatin, jouer aux plus fins! Quelle naïveté de penser qu'on ne les abuserait pas! Et ce Cormatin, orgueilleux et jouisseur, surtout préoccupé des fêtes qu'il donnait le soir au château! Ah! s'il y avait eu à La Mabilais autant de dignité que de femmes galantes! On dansait entre royalistes et républicains, c'était la joie, l'amour, le vin, la bonne chère. Crois-moi, Cormatin était plus excité par les putains et la cuisine que par l'avenir de notre parti. Le Vendredi saint, tu m'entends, Michelot, je dis bien le Vendredi saint, le tournebroche s'est rompu. Et notre petit baron n'a eu de cesse qu'on trouve à Rennes un serrurier pour venir le réparer.

« Je dormais à l'auberge de la Corne de Cerf. J'ai été réveillé le lundi de Pâques par une chanson de carrefour. Sais-tu quel était son refrain?

Pour une troupe catholique
Ça ne se peut pas, ça ne se peut pas!

« Non, ça ne pouvait plus durer, mon sang n'a fait qu'un tour, je me suis habillé, j'ai dévalé l'escalier, commandé ma voiture, gagné La Mabilais pour rencontrer Hoche. Je lui ai dit : "Mon général, vous me mépriseriez si je m'engageais à servir la République. Je pars donc, donnez-moi un passeport pour regagner mon pays. "Il m'a parlé des malheurs de la France, il était humilié d'avoir dû obéir à des hommes comme Saint-Just et Robespierre qui avaient brisé le pays. Il a eu des paroles fières et généreuses.

— Généreuses? interrompt Michelot. Des paroles généreuses? mais vous ne savez donc pas qu'il a fait jeter en prison nos pères, que le mien y est mort!

— Je le sais, Michelot, mais...

— Mais il est général comme vous, par conséquent il n'est pas...

— C'était la trêve!

— Pas pour un assassin!

— J'ai répliqué à Hoche, poursuit Frotté que je ne croyais pas à la sincérité des gouvernants. Et que je ne comptais que sur le peuple pour redonner à la France la paix et le bonheur. " L'Angleterre, lui dis-je, a eu un Monck. Je souhaite à la France qu'elle en ait un, bientôt; alors je serai heureux de servir sous ses ordres. " Sans attendre sa réponse, j'ai sauté dans ma chaise pour gagner la Normandie.

— Monck? Monck? je ne sais pas qui c'est, grogne Michelot, mais je ne servirai jamais la France avec Hoche!

— Voilà ce que je voulais te dire! Et maintenant je veux me battre. Je ne serai jamais un général de château. Dis-le à tes camarades. Il me faut une armée. Veux-tu m'aider, Michelot?

— Peut-être. Faut en parler avec les gars. Chez nous, c'est comme ça.

— Et leur réponse, pour quand?

— Demain soir.

— Comment le saurai-je?

— Par un grand brûlot à minuit au sommet du mont Crespin.

Comme le général reconduit Michelot vers la porte, il lui dit :

— Si ça flambe, La Roque-Cahan viendra vous commander et je te nommerai adjudant-major général de l'Armée catholique et royale de Normandie.

— Moi, les honneurs, les titres... Non, ce n'est pas pour ça qu'on fera un grand feu. Ça flambera si les gars vous veulent. Mais...

— Mais quoi?

— Si la paix est signée à Rennes, que ferez-vous?

— La guerre, je te l'ai dit! Car tout cela se terminera par la guerre.

Dans le vestibule, le général de Frotté entraîne Michelot par le bras vers le perron. Il lui montre des hommes sur le toit du château.

— Regarde, ils démontent le plomb, nous le transportons dans l'une des forges de la comtesse Ango, notre hôtesse. Nous en faisons des balles. Mais viens voir encore!

A gauche, près de l'escalier, il y a une vaste pièce où travaillent des femmes.

— Elles fabriquent des carmagnoles pour habiller nos soldats. Tu vois, nous ne perdons pas une minute. Il faut faire vite, Michelot, très vite.

Le général se penche à son oreille :

— A Alençon les républicains ont su nos préparatifs, ils ont des espions partout, même ici. J'ai appris ce matin que le général Mignotte avait reçu l'ordre de venir me rendre visite avec de la troupe. Dans quelques jours il faudra fuir.

— Ce soir même, répond Michelot, le mont Crespin vous répondra.

Le soleil inonde la cour du château. Quittant l'ombre fraîche du vestibule, Michelot contracte son visage sous la lumière vive. La tiédeur de l'air l'enveloppe et il demeure immobile au haut des marches, un moment étourdi : sa tête est lourde, car il n'a pas l'habitude de ces confrontations. A tout prendre, il préfère se mesurer avec ses propres forces, il ne s'en défie pas, elles ne le trahissent jamais, elles sont l'alliée de ses intuitions. Mais il a bien fallu qu'il tienne sa place et l'effort qu'il vient de fournir l'a plus harassé qu'une longue marche nocturne sous la pluie en plein bois. Ses épaules lui pèsent, ses jambes s'amollissent. Quelque chose se fracture en lui, les frontières de son univers bocain ont éclaté. « Tu es trop petit, pense-t-il, pour ces affaires-là, étrangères à ton monde, lointaines, compliquées, Londres, Jersey, Rennes, Charette, même Hoche. Et comment peut-on parler avec ce général républicain quand on est de l'autre bord? Je ne comprends pas. Trop compliqué pour un simple taillandier! » Il s'accroche à la rampe du perron. Comme un malade il descend à pas fragiles les marches.

Quand il revient à lui, ses amis s'avancent en criant : « Eh, Michelot, ça ne va pas? T'as trop bu! » Ils rient, et les éclats de leurs gorges rebondissent contre les murs, se mariant aux criailleries des hirondelles : avec leurs ailes en vouge elles fauchent l'air au ras du sol puis remontent, vraies folles, vers le ciel bleu. Voltige lui donne une grande tape sur l'épaule, rigole de cet éberlué de Michelot en se dégingandant comme un pitre, sous son nez. Mais ces facéties ne dérident pas le visage fermé du chef de la compagnie.

— C'est donc le diable que t'as vu, pas possible? dit Voltige.

— Non, un général royaliste, répond Michelot.

— Et alors?

— Et alors êtes-vous royalistes, les gars? questionne Michelot.

On hausse les épaules autour de lui, des bouches font une moue de réflexion, des gorges se raclent. Grave question sous ce beau ciel.

— En tout cas, on n'est pas républicains, grogne La Grenade.

— Si c'est pour nos terres, les vrais curés dans nos églises, et la paix, je ne suis pas contre, dit Belhumeur.

— Va falloir se décider, dit Michelot.

— A quoi? A la guerre? dit Gimberie. On la fait déjà.

— La vraie, pas encore! réplique Michelot. Avec toute la Normandie!

— Vraie ou pas vraie guerre, on ne déposera jamais les fusils, ajoute Voltige.

Ainsi parlent-ils entre eux à voix basse maintenant, retournant la situation comme un vêtement dont il faut vérifier les coutures et l'état de l'étoffe. On n'attrape pas les Bocains avec le miel des belles paroles et des promesses alléchantes.

— En tout cas, paraît pas être une mauviette, ce général, affirme Michelot. Il a la tête solide et le regard droit.

Le jugement du taillandier les rassure. Ils se taisent en l'observant avec attention. Un long silence s'établit que de grands claquements de sabots viennent briser. Ils sursautent, se retournent. Un escogriffe barbu comme un bouc, chevelu tel un prophète biblique, surgit. Sa tignasse hirsute ressemble à une gerbe d'avoine mal ficelée sur le sommet du crâne mais qui se discipline curieusement en deux nattes nouées sur la poitrine par deux faveurs rouges. Un gilet de drap bleu et un pantalon en peau rayé achèvent de costumer cet étrange personnage qui s'avance, un long fusil d'une main et de l'autre une espingole à grande gueule. Il hurle :

— Alors, bon Dieu de nom de Dieu, vous l'avez vu, mon général?

Comme son interpellation demeure sans réponse, il ajoute :

— Je me nomme Vaslin, dit Renard, et le général, je l'ai rencontré à Rennes. Faut marcher avec lui, petits frères! Je l'ai vu à La Mabilais. Et croyez-moi, Hoche le respectait, ce jeunot. Un intrépide, je peux le dire, pas ému par la parade! Les courageux je les connais, les lâches aussi, même chez les nobles! Tu peux avoir un joli nom et mouiller tes braies au premier coup de fusil. Cormatin, par exemple...

Renard crache à terre et poursuit en ricanant :

— Le baron de Cormatin et tout le saint-frusquin, c'est parfait pour fourailler les femmes, boire du vin et bouffer comme des chancres. Mais pour la guerre... Le général, lui, c'est un vrai Monsieur. Faut marcher avec lui!

Le ton assuré de ce Renard déguisé en bandit, l'odeur de bélier qu'il répand en abondance autour de lui sans en paraître gêné, cette haute jactance propre à celui qui a tout vu, tout connu, tout entendu, énervent Michelot : que cet échalas ne se méprenne pas sur son silence ni sur celui de ses camarades. Alors, le taillandier relève brusquement la tête, ses yeux roux foudroient le malappris.

— Faut marcher avec lui, ça c'est notre affaire! Quant aux courageux, nous aussi on les connaît. Les faiseurs, les genreux, les donneurs de leçon de même. On n'est pas des jobards, sais-tu?

— C'est pour moi que tu dis ça? s'indigne Renard.

— Je cause pour les oreilles qui s'intéressent à mes paroles.

— Tu t'échauffes vite sur mes propos, grogne Renard. Je suis chouan comme vous et tout près de chez vous, dans le Bas-Maine. Le courage habite là-bas aussi! Pas seulement dans le Bocage!

— Ça peut se faire, tranche Voltige, mais chez nous il ferme sa gueule.

Renard ricane en brandissant son espingole.

— Celle-là, dit-il, c'est une prise de guerre. Et savez-vous comment je me la suis offerte? Dans la débandade des Vendéens après Granville. C'était du côté de Pontorson avec Westermann qui nous mordait les talons. On se battait comme des enragés. Devant moi un républicain est tombé de cheval. Il avait le ventre ouvert. Je m'approche, il se jette sur ma jambe, m'accroche le mollet avec ses dents et il serre, il serre. Je tire, je secoue, rien à faire. Je prends mon poignard, je lui crève les yeux, il lâche enfin.

Renard pose ses armes par terre, relève une jambe de son pantalon, et d'un doigt montre un petit espace de peau plus rose :

— Il avait une espingole, ce vaurien, je l'ai prise. La voilà! Lui, il doit maintenant croquer les pissenlits par la racine. Belle punition pour un carnivore. A moins qu'on ne l'ait pas enterré : il y avait tant de cadavres, tous mélangés, blancs et bleus; on en a traîné par les pieds et par les cheveux pour boucher un ruisseau. Il fallait battre en retraite avec nos canons.

Renard hésite, secoue la tête et les épaules comme pour se débarrasser de bestioles importunes.

— Les roues ont passé dessus. Sous leurs poids j'ai vu les yeux d'un mort se rouvrir tout grands. Exorbités. Depuis, toutes les nuits, j'ai ces yeux dans la tête, petits frères, ces yeux énormes de hibou qui m'empêchent de dormir, les saletés!

— T'as qu'à la jeter ta pétoire, suggère Voltige, peut-être que les yeux s'en iront avec.

Car le cauchemar de Renard l'impressionne.

— Une arme c'est une arme, ça ne se jette pas quand on fait la guerre! Vous verrez!

Ils s'éloignent sans se retourner, emportant avec eux l'image insupportable qui trouble les nuits de ce pauvre homme. Malheur, que cette guerre qui fait mordre les gens comme des bêtes en folie et rouvre les yeux des cadavres.

Dans leur dos une voix les accompagne, multipliée par l'écho :

— Je vous dis, faut le suivre, oui, faut le suivre ce général!

Michelot marche en tête. Il se tait, ses réflexions lui suffisent. Le général, il en est sûr, est loyal et intrépide. Ses camarades ne sont ni peureux ni fourbes. Les courages savent toujours se marier. Mais les Voltige, Gimbérie, Belhumeur, La Grimace, Sans-Chagrin et les autres, les anciens de la dernière soule et ceux de la virée de Domfront, que deviendront-ils dans une armée? Le nez sur leur pays, à deux pas de chez eux, dans leur monde familier, ils savent débonder leur jeunesse pour affirmer leur fierté, brocher leurs fusils contre les patauds et rafraîchir les effervescences bourgeoises. Mais du réfractaire au soldat, il y a des lieues à franchir : l'organisation, la discipline, l'accepteront-ils, ces hommes d'humeur, libres et facétieux, qui préfèrent le coup de main? Michelot le sait bien : la vie commune de la compagnie tient plus à une solidarité contre le malheur qu'à de grands élans patriotiques. Alors il s'interroge. Le sentiment royaliste pourra-t-il fédérer les courages avec le même enthousiasme? Mais que faire d'autre?

Quand il parle devant les compagnies réunies dans le bois de Belle-Etoile, il raconte son entrevue avec ce nouveau général, ce qu'il lui a appris sur les conférences de Rennes, sur Charette, sur le désarroi de certains chouans et sur cette fausse paix préparée pour les abuser tous.

— Aujourd'hui c'est la trêve, dit-il, mais les bleus en profitent, ils se renforcent. Demain, à quelques-uns ici ou là, on ne pourra rien faire. Ensemble on peut gagner. Chacun marche trop à son idée, Flers d'un côté, Yvrandes de l'autre, ici Truttemer, là Saint-Jean-des-Bois. Réunis on sera plus forts, on ne fuira plus, mais on attaquera. Et les hésitants nous rejoindront.

— Je le crois bien, renchérit Voltige, Michelot a raison, non?

Les hommes répètent que Michelot a raison. Pas un n'aurait la mauvaise idée de gratifier d'une once de méfiance celui qui a dit non à Domfront au commissaire de l'arrondissement, qui a feinté les gardes nationaux pour les désarmer, qui a organisé la libération de l'abbé Mondet. C'est leur grand frère, ils le suivront et, avec lui, ce général qui vient d'Angleterre pour se battre avec eux.

Alors l'assurance de Michelot leur suffit, ils vont chacun ramasser des branches, ils lient leurs fagots et partent à la brune vers le mont Crespin.

Cent cinquante faisceaux de petit bois constituent vite un grand tas auquel Voltige et Sabretout mettent le feu à minuit, avant de rejoindre dans la forêt les deux compagnies qui s'y sont repliées.

Maintenant le feu illumine le Bocage. Les langues orange montent haut vers le ciel noir, triomphantes et hardies au milieu d'un essaim joyeux d'étincelles qui scintillent comme des guêpes d'or avant de mourir. Entre les fûtaies, les hommes regardent les flammes dévorer l'ombre, et d'une fenêtre du château de Flers, Frotté et ses officiers observent cette lueur qui remue la nuit et nourrit leurs espoirs.

Chapitre IX

La bourrasque

A l'ouest de la forêt d'Halouze il y a un bois de belle venue qui s'étend entre les villages de La Pageotière et du Champ-Gautier. Les quelques réfractaires de Larchamp y ont, depuis 1793, creusé plusieurs souterrains pour se cacher avec leur curé. C'est un lieu sûr. Des hauteurs boisées on domine à l'est une longue vallée : au fond, court une rivière qui remplit deux étangs ronds et rapprochés comme de grands yeux blancs et immobiles, semblables à ceux qui turlupinent Renard. La dangereuse route de Tinchebray à Domfront, par où passent et repassent les soldats bleus de Hoche et leur artillerie de malheur, est voisine, mais le repli est facile au premier danger : fermant la vallée au nord, une bande de taillis permet de gagner sans être vu la forêt d'Halouze et, si nécessaire, d'aller se jeter en quelques enjambées dans le Bois-Daufils.

C'est donc là que Frotté et ses officiers rencontrent les compagnies du Bocage prévenues à la hâte. Michelot a dépêché Voltige, Francœur, Sans-Chagrin et Moustache à travers prés et bois à la recherche des autres bandes dispersées un peu partout. Personne n'a renâclé. Ils sont quatre cents, crasseux, barbus, vêtus au hasard, résolus mais impressionnés par les beaux uniformes. Les petites vestes paysannes, sales et déchirées, et les larges culottes, ramassées au mollet par des guêtres ou des tortils de paille, n'ont rien de militaire à côté de ces dolmans gris, doublés et tressés de noir, ouverts sur des gilets de velours sombre que moire le soleil. Et que peuvent prétendre ces bonnets de coton effrangés devant ces mouchoirs de soie noués à l'indienne sous des chapeaux à trois cornes avec cocarde blanche et plumet noir?

— Parbleu, c'est la parade, murmure Belhumeur à l'oreille de Sabretout. N'oseront pas crotter leurs bottes et leurs beaux habits, ces messieurs!

Pour demander le silence, le général lève la main. Alors s'apaisent les murmures de curiosité.

— Mes amis, dit-il, je serai bref, nous n'avons pas de temps à perdre. Nos uniformes sont neufs, mais demain la boue et la poussière les auront mis aux couleurs de vos vêtements. Le comte d'Artois m'a ordonné de prendre le commandement de l'Armée catholique et royale de Normandie. Pour l'instant cette armée c'est vous qui la constituez. Avec ces officiers, je viens faire la guerre avec vous.

Le regard sombre de Frotté balaie lentement les visages réservés.

— Je connais votre courage, poursuit-il, exigez-en autant de nous. Les compagnies de ce bocage seront désormais placées sous les ordres de M. de La Roque-Cahan. Je lui confie tous les pouvoirs qu'il partagera avec vos chefs. Moi-même je dois voyager à travers la Normandie et le Bas-Maine pour soulever les braves et rassembler les espoirs. Désormais nous voilà ensemble pour Dieu et pour le Roi!

Frotté se tait, Michelot le regarde, hésite, se retourne vers les hommes et crie :

— Vive le roi!

Le tonnerre d'une seule voix lui répond :

— Vive le roi!

M. de La Roque-Cahan n'est pas né pour faire la guerre. Sa loyauté à la cause du roi est sans doute sincère car il a dû traverser bien des périls pour venir se battre en France. Mais nommé chef des compagnies, il biaise constamment avec ses officiers et ses hommes. Toujours inquiet, jamais assuré, il renarde, il louvoie. Pour cogner sur ces diables de républicains, plus nombreux, plus sûrs d'eux et plus persécuteurs que jamais, il faudrait un bras d'acier, fort, direct et impitoyable. M. de La Roque-Cahan aime à temporiser, il attend l'instant favorable qui ne vient jamais, pardi! Il répugne aux petites expéditions de salubrité, préférant imaginer une levée générale et il dégoise de longues antiennes sur la grande armée normande de ses rêves.

— Celui-là, ronchonne La Grimace, il est plus propre au rabat qu'à l'épée.

M. de La Roque-Cahan ne comprend pas que cette terre de ravins, de bosses, de vallons, de forêts, de ruisseaux et de rivières ne se prête pas aux vastes mouvements. Et il refuse les coups de main, il ne veut pas envoyer sur Tinchebray ou sur Flers une petite troupe pour rappeler aux démagogues, arrogants derrière leurs palissades, qu'on est toujours là. Peine perdue, le cabochard n'a pas d'oreilles!

Mystérieux, défiant, et parfois même haut du bec, M. de La Roque-Cahan, à défaut de se battre contre les républicains, excite les hostilités contre lui.

— Je vous l'avais dit, ricane Sabretout, l'uniforme ne fait pas le soldat! Et les beaux noms ne se marient pas forcément avec l'audace. Ce Monsieur-là va cahin-cahan!

Le mot fait son chemin dans les rangs des compagnies. Sabretout ne se prive pas, avec sa grande gueule, d'aller raconter à qui veut l'entendre les derniers exploits de ce M. de Cahin-Cahan et le soir autour des feux de bois il chante :

Je suis un chouan
Cahin-Cahan
Qui aime bien
Les républicains!

Et tous de répondre en chœur :

— Cahin-cahin!

Michelot enrage. Par modestie il a laissé le commandement de sa compagnie à M. du Lorent qui n'a pu convaincre La Roque-Cahan de passer à l'attaque. Trois fois il a fallu faire retraite devant les battues républicaines. Pire, depuis quelques semaines, au premier danger, le chef des compagnies a disparu avec quelques flagorneurs pour aller se cacher à six ou sept lieues.

— Monsieur, vous nous avez abandonnés! l'apostrophe Michelot, un soir de débandade.

— Je suis votre général, je n'ai pas à proposer une cachette à chacun d'entre vous!

— Monsieur, réplique Michelot, nous ne voulons pas d'un général pour nous cacher, mais pour nous mener au combat.

Accompagné de Voltige, le taillandier dégringole les pentes de la forêt d'Halouze et, le ventre serré par la colère, court vers le château de Flers. Le général de Frotté n'y est plus, il l'apprend en chemin. Les bleus l'ont remplacé. Eh bien! il le trouvera plus loin.

Michelot et Voltige parcourent le Bocage en tous sens : on signale Frotté ici, ils y courent mais le général est déjà ailleurs. On le croit là, ils s'y précipitent, mais trop tard. La rage de Michelot mûrit : il a été trahi par de belles phrases, on l'a trompé avec des promesses séduisantes. On ne se battra pas pour le roi des couards. Jamais.

— Tu m'entends bien, Voltige, ce M. de La Roque-Cahan aurait mieux fait de rester dans les salons anglais.

La nuit, dans les fournils où ils se reposent, Michelot ne dort pas. Allez donc trouver le sommeil quand on se croit berné! Parfois même il réveille Voltige :

— Crois-moi, si le général je ne le trouve pas, je fusillerai La Roque-Cahan! Dans le dos! Tu m'entends! Tout noble qu'il est. Oui, dans le dos!

Enfin, près de Lonlay-l'Abbaye, dans une ferme où il se repose, Frotté est découvert. Michelot lève la bonde :

— Je ne vous ai pas dit oui, mon général, pour qu'on organise nos cachettes. J'ai cru en vous, croyez en nous. Renvoyez M. de La Roque-Cahan et venez nous commander!

Impassible, Frotté reçoit l'orage. Cette fois c'est Michelot qui arpente de long en large la cuisine, frappant la table de son poing fermé et bousculant du pied bancs et escabeaux.

— Nous n'avons pas refusé la conscription pour ça!

L'armée catholique et royale, ce n'est pas une bande de lapins. Je vous le dis, mon général, s'il reste à notre tête, il mourra.

— Comment cela, Michelot, il mourra?

— Pas au combat évidemment. Mais d'une balle dans le dos, comme un lâche.

Frotté bondit sur ses pieds.

— Ce serait un crime! hurle-t-il.

— Et abandonner ses hommes, ce n'est pas un crime?

— Je connais M. de La Roque-Cahan, il n'est pas lâche.

Le général martèle à son tour la table de ses poings fermés.

— Oui, ce serait un crime impardonnable.

Michelot ne se laisse pas impressionner. Incandescents sous la fureur, ses yeux roux se fichent dans ceux du général.

— Je vous l'ai dit, je serai l'assassin de M. de La Roque-Cahan si vous refusez de m'entendre.

Entraînant Voltige, le voilà déjà dehors. La porte claque avec violence derrière eux. A grandes enjambées, le corps trempé de sueur, ils remontent vers la forêt d'Halouze.

— Me voilà, Michelot, dit Frotté.

D'un coup de reins le général saute à bas du petit cheval noir qui l'a porté jusqu'à la forêt par des lacis souvent abrupts, grimpés sans peine par sa monture allongée et nerveuse.

Il avance à travers les courtes bruyères qui fouettent le cuir de ses hautes bottes.

— Me voilà, reprend-il, et sur ses lèvres se dessine le même sourire qui avait accueilli Michelot dans le grand salon du château de Flers. Où est M. de La Roque-Cahan?

— Parti ce matin. Comme je l'informais de votre arrivée il m'a dit : « Adieu, je vais à Caen. » Je ne l'ai pas retenu, vous pensez. Maintenant il faut se battre, mon général.

— Maintenant, nous le pouvons. Mais où sont les hommes?

— Eux ne sont pas partis! Là-bas, cachés derrière les taillis...

— Allons les voir.

Ils avancent côte à côte, puis Frotté pose une main sur l'épaule de Michelot.

— Je n'ai pas perdu mon temps. Désormais M. de Marguerye

commande la légion de Flers constituée par les compagnies de La Lande-Patry, Landisacq, La Chapelle-Biche, Chanu. Truttemer, Sourdeval, Ger et Saint-Quentin rejoindront le bataillon de Saint-Jean-des-Bois confié à M. du Lorent... puisque tu n'as pas voulu en être le chef. J'ai vu aussi M. le comte de Ruays, il accepte de prendre la tête de la légion d'Avranches, je le connais, c'est un bel organisateur. M. du Rosel de Courson prend dès maintenant en main Villedieu et Saint-Sever, ce sera une petite unité qui se joindra à Saint-Jean quand nécessaire. Enfin j'ai confié la légion de Vire à M. Drudes de Campagnolles.

— Ils se battront? interroge Michelot.

— Que crois-tu? Il n'y a pas de lâches parmi eux. Et Monsieur de la Roque-Cahan, je te l'ai déjà dit, est un brave, lui aussi. Seulement il n'est pas favorable à une guerre de partisans, c'est tout. Le comité royaliste lui a demandé d'organiser une prise d'armes générale. En refusant les engagements, il a voulu éviter des pertes.

— Alors, pourquoi l'avoir placé à notre tête?

— Le comité lui avait donné le commandement de la Normandie.

— Et vous?

— J'ai reçu le même commandement des mains du comte d'Artois. Je n'ai pas voulu peiner M. de La Roque-Cahan. D'ailleurs dans quelques semaines je lui demanderai d'organiser notre correspondance.

Frotté s'arrête, se retourne. Il regarde le paysage ensoleillé, les soies de brume qui s'étirent au loin.

— C'est donc ici qu'il faut faire la guerre, soupire-t-il.

Les deux hommes se faufilent à travers les broussailles. Une ronce noire accroche une épaulette d'argent de l'habit-veste du général. Michelot d'un geste rapide la dégage.

— Ce grand uniforme, ce panache blanc t'étonnent sans doute. C'est pour cette première journée. Demain...

— Oui, que ferons-nous?

— Une virée chez les bleus pour marquer mon arrivée. Nous allons faire la fête avec nos fusils. D'accord?

— D'accord, mon général.

Comme ils débouchent sur une clairière, des hurlements les accueillent. Des chapeaux, des bonnets, des foulards volent vers le ciel.

— Ils vous attendaient, mon général, dit Michelot en souriant.

Voltige en tête, une dizaine d'hommes sortent à l'aube de la forêt pour aller au ravitaillement du côté de Larchamp. Il s'y trouve des chaumières sûres — on les appelle les maisons du Bon Dieu — qui ne refusent rien aux chouans. Les poches sont remplies de lard, de volaille, de mêlée, de cidre. Quand on peut, en échange, donner quelques pièces on le fait, sinon on signe un bon remboursable au retour du roi. Q'importe d'ailleurs! La générosité ignore les comptes et on ne barguigne pas devant les visages hâves. Mais on veut un pays sans bleus et des patauds remis à leur place : la trêve n'a pas duré longtemps et les perquisitions ont repris de nuit comme de jour. A Condé-sur-Noireau, La Balafre, chef d'une petite troupe, a été surpris dans son lit et égorgé. Son frère a été fusillé sur la place de Saint-Pierre-du-Regard. A Saint-Cornier un prêtre découvert dans sa cache a été frappé jusqu'au sang, dépouillé de ses vêtements et abattu sur un chemin.

Glanées d'une ferme à l'autre, les nouvelles sont mauvaises. A la dernière maison où il toque, Voltige apprend que depuis le 9 juin les autorités de Domfront ont donné l'ordre de reprendre les hostilités.

— Rentrons vite, commande-t-il.

Le soleil n'a pas encore effacé la rosée. Près de La Fenderie, en longeant le ruisseau, les hommes distinguent sur l'autre rive des traînées sombres : assurément, des soldats sont passés par là tout à l'heure. Les gars hâtent le pas et rejoignent la forêt pour donner l'alerte. Il faut éviter l'encerclement.

Tapis dans les hautes bruyères, les quatre cents hommes de la nouvelle légion ne bronchent pas, l'oreille ouverte sur les bruits. Les mains serrent les fusils, les yeux fouillent et refouillent l'horizon.

Quand la nuit vient, la forêt d'Halouze, trop proche de Domfront, est abandonnée. Ses hautes futaies clairsemées et ses broussailles insuffisantes n'offrent pas d'abri inaccessible à la chasse républicaine. Car tous le pressentent, les traques seront désormais incessantes et implacables. Il faut trouver un nouveau repaire.

Non loin d'Yvrandes et collées à Saint-Jean-des-Bois, des cépées de chênes, de hêtres et de bouleaux qui nouent leurs branches dans un treillis infrangible constituent un lieu impénétrable à qui n'a pas connaissance des rares passages solides aux pieds : car, sous les mousses douces et rassurantes, le sol marécageux avale jusqu'à la ceinture les imprudents et les ignorants. Cette longue cohorte de fourrés épais qui prolonge la forêt de la Lande-Pourrie pour aller mourir auprès de Tinchebray moutonne d'une vallée à l'autre. Combes glaciales et ravins obscurs recueillent sous des brouillards persistants et dans des chuchotements humides l'eau de cette terre gorgée, drainée par des milliers de vaisseaux capillaires. Ils alimentent l'été des ruisseaux sages, l'hiver des torrents et, toute l'année, ces étangs blancs et froids que les jonchères ceinturent dans des frissons de mort.

En lisière de ces bois, au creux d'une vallée inondée en hiver, le château de La Guyonnière pose sa silhouette carrée et rassurante. Ses murs sont en granit. Ses fenêtres sont barrées de fer. Des épis en terre cuite de Ger et des cheminées agrémentées de modillons décorent le grand toit d'ardoises qui luit comme un lac bleu sous les averses.

— Cette fois, mon général, annonce Michelot, on sera chez nous.

Harassés par des heures de marche, car il a fallu de longs détours pour éviter les villages et les communes occupés par la troupe, les hommes s'allongent à même le sol et posent leurs têtes lourdes sur leurs bissacs.

— Personne ne doit s'endormir! dit Frotté.

D'un pas rapide le général fait le tour du château, mesure l'espace qui le sépare des bois et donne ses instructions. Il fixe l'emplacement des sentinelles, les tours de garde, précise l'organisation du cantonnement dans les bâtiments voisins. Il ne veut rien laisser au hasard.

Quand tout est dit et fait, il se dirige vers la porte d'entrée et s'y arrête : il examine l'inscription gravée sur le linteau de pierre, il sourit, se tourne vers Michelot.

— Eh! Tu as lu? « La Paix de Dieu soit ici. » Voilà un gîte bien choisi. Crois-moi, la paix de Dieu s'est retirée de la Normandie, mais elle y reviendra.

Dès le lendemain on s'explique du côté de Saint-Christophe.

Dévalant la butte de Brimbal, les chouans foncent en hurlant sur une patrouille de républicains, les coups de feu claquent de part et d'autre. Les bleus n'insistent pas, ils s'évanouissent à travers prés, non sans lâcher des bordées d'injures à ces « jean-foutres de royalistes ». Belhumeur, Voltige et Sabretout ne se laissent pas intimider par ces invectives et ils accablent des quolibets les plus moqueurs le dos des fuyards « pas plus rapides que des blaireaux ».

Une heure plus tard, l'accrochage est plus sérieux. Les républicains dressent une embuscade sur le pont près de La Guyonnière. Ils accueillent les chouans par une volée de plomb qui fracasse quelques bras. Les bleus, eux, doivent se retirer avec un mort sur les épaules : ça leur apprendra, bande de scélérats, à vouloir s'entêter comme des ânes du Poitou!

La nuit même, Frotté donne l'ordre de marche, Après ces escarmouches il craint d'être pris en tenaille par les garnisons de Tinchebray, de Mortain et de Domfront. Alors on gagne Saint-Poix, puis la forêt de Saint-Sever où on mitraille à bout portant un détachement de troupes de ligne. Quel carnage! On ne les poursuit pas. Frotté ordonne d'aller plus loin. Il craint l'encerclement : on doit inquiéter partout les républicains, passer en trombe puis disparaître. A peine s'attarde-t-on quelques heures à dormir. Levé le premier, Frotté secoue les hommes, il faut repartir.

Toujours en tête, le taillandier et le général tirent, sabrent, bousculent. Ils avancent coûte que coûte et les hommes s'engouffrent dans la brèche. De Hambye on va jusqu'à Gavray puis vers Percy, Montabot, Fourneaux.

La légion s'éloigne jour après jour du pays bocain et la grogne monte. Les hommes perdent confiance, ils s'inquiètent : ils ne connaissent plus les chemins, les villages leur sont étrangers, les paysages inconnus. La colonne s'allonge, les traînards l'étirent; ils renâclent à se battre, se désespèrent d'avoir abandonné leurs familles.

La nuit on déserte, la légion s'amaigrit. Michelot redresse les énergies, encourage, titille les orgueils. Peine perdue! Une rumeur circule : le général veut gagner la mer pour embarquer les hommes sur des bateaux anglais. Cette fois les yeux roux posés sur les visages fermés comme des prisons n'emportent plus toutes les convictions. La fatigue s'ajoute à l'inquiétude, mure les hommes dans l'incrédulité. On ressasse des images d'incendie, des scènes de pillages, de viols. On se reproche cette escapade. Après tout, les gens de Gavray ou de Montabot, qu'ils se défendent comme eux!

A moins de cent on entre dans Saint-Sever. La garnison est absente. Les gorges sèches se désaltèrent dans les caves et Belhumeur ne perd pas de temps avec la fille de l'aubergiste. Ses mains l'échauffent dans l'escalier qui monte au grenier et sur le foin la chevauchée est ardente et rapide car leur gourmandise est grande et réciproque.

— Seigneur! Seigneur! gémit-elle de plaisir.

— Dis : « Vive le roi! » si t'es contente, râle Belhumeur.

— Encore! encore! Oh! Vive le roi!

La légion regagne enfin la forêt bocaine avec ses meilleurs combattants. Et Monsieur du Lorent qui commande en titre la légion de Saint-Jean-des-Bois s'est révélé pendant l'expédition courageux et discret : il n'a cessé d'être à la tête des combats aux côtés de Michelot dont il admire le sang-froid et la force. Mais il n'a jamais cherché à désaccorder la singulière complicité qui existe entre le taillandier et ses compagnons de la première heure. Michelot apprécie la délicatesse de du Lorent et l'estime qui ouvre le chemin à l'amitié rapproche désormais les deux hommes.

A La Guyonnière ceux qui ont abandonné rejoignent penauds

et honteux. Les rangs de la petite armée se reconstituent jour après jour. Des plaisanteries aigres-douces accueillent, en les cinglant, les revenants auxquels on raconte, dûment embellis, des succès qui ne leur doivent rien. Et, pour mieux les moquer, on leur montre les prises de guerre : fusils, piques, pistolets, sacs de poudre, munitions et même chaussures et culottes.

Fidèle à sa promesse de Flers, Frotté nomme Michelot lieutenant-colonel. Et les deux chefs que cette expédition a déjà unis comme des frères entraînent les hommes dans la même ivresse, à travers le pays. La bourrasque chouanne est sans trêve : elle angoisse les gardes nationaux, les tient en éveil, les bouscule dans des embuscades brèves mais sanglantes; elle disperse les bataillons bleus empêtrés dans leurs harnachements, pille les convois, épouvante les curés jureurs trop zélés, essouffle dans de vaines poursuites les soldats des colonnes mobiles.

Aujourd'hui à Ger, demain à Brécey, deux jours plus tard à Domfront; à peine la mitraille a-t-elle couché définitivement près de Landisacq des patauds surpris en patrouille que ses auteurs sont à cinq lieues de là, à régler des comptes avec un acquéreur de biens nationaux auquel il est urgent de faire payer l'impôt. Tremblant devant ces « brigands » qui l'ont surpris dans ses couettes, l'homme trouve de fallacieuses excuses. Il crie misère, il jure qu'il n'a volé personne, les agents municipaux l'ont supplié d'acheter ces terres et ces bâtiments, il s'est conduit, en définitive, en bon citoyen. La pointe d'une baïonnette sous la gorge sait réveiller la mémoire du bourgeois. La cache secrète où dorment les pièces d'or est livrée aux visiteurs.

— Merci au nom du roi! lancent les gars en l'abandonnant à son désespoir.

Frotté et Michelot ne couchent jamais dans les châteaux ni dans les maisons des bourgs. Les fermes isolées sont plus sûres. Quelques heures de sommeil, un morceau de lard rapidement avalé, une bolée de cidre et tous deux houspillent les endormis. Il faut filer plus loin.

A grands pas dans la nuit, ils marchent vers le château de Lingeard que cent grenadiers sont en train de piller. Ils les surprennent en plein travail, ils les cernent comme des lapins, les truffent de plomb à bout portant. Si quelque blessé fanfaron crie

« Vive la République, à bas le roi! », ils lui tranchent la gorge pour précipiter son arrivée au ciel : pas de temps à perdre dans l'erreur ici-bas quand on ne sait pas que le Bon Dieu existe là-haut! Les sachées de blé sont récupérées, la charretée de meubles et de linge rendue à ses propriétaires et on fait un grand festin dans la cour pour célébrer cette nouvelle victoire.

Ces coups de feu distribués aux quatre coins du Bocage vident les cartouchières. L'or récupéré chez les bourgeois séduit des républicains affamés : contre quelques pièces ils livrent armes et bagages et s'enrôlent même chez l'adversaire.

Sébastien Goupil, le vieux bûcheron du Bois-Daufils, établit sans peine un trafic avec Vire. Son ami, le voiturier de Truttemer, avec une bourse bien remplie convainc les charretiers de Vire à Caen de soulever là-bas des complicités actives. Les magasiniers de Vire et de Flers apprennent à escamoter contre de la belle monnaie des paquets de cartouches et des gargousses de poudre. A six ou dix francs la livre, c'est pour eux un commerce avantageux.

De l'or quitte le Bocage, des munitions et des armes y entrent par les malles-poste et les divers charrois. Quand « la farine » ou « la quincaillerie » est là, Sébastien Goupil est prévenu. La nuit, des voitures sont chargées à la hâte, elles prennent avec du foin inoffensif le chemin des caches secrètes non loin des sentiers, en pleine campagne.

Et parfois même, dans les fabriques, des mains amies n'hésitent pas à remplir les cartouches avec des graines d'oignon. Au moment où les bleus s'en rendent compte il est trop tard, leurs fusils ne font que du bruit!

Les complicités gangrènent le pays, et les harcèlements se développent. Les cantonnements républicains se multiplient, les patrouilles s'acharnent à débusquer les blancs mais en vain : quand elles croient les poursuivre, elles sont bousculées par eux et quand elles les guettent elles font buisson creux.

Le jour la légion se terre, la nuit elle attaque. Lorsque la halte est nécessaire, car les fatigues écrasent les épaules et endolorissent cuisses et mollets, on encercle un village, on pousse les portes, on déclare aux chefs de famille qu'il faut loger les hommes dans les granges et les greniers, et on les rend responsables de toute indiscrétion.

Si le climat est peu sûr, on prend des otages : leur vie garantit la sécurité générale et on dort tranquille. Ces précautions sont rarement nécessaires. Ceux qui ridiculisent les patauds et les soldats et redonnent de la fierté au Bocage meurtri sont nourris et logés sans réticence.

Il y a entre l'excessive fatigue et l'épuisement du corps une mince frange où l'homme pense et agit avec une lucidité aiguë et des intuitions fulgurantes. Les veilles répétées, la faim, les marches, les combats portent Michelot à cette lisière de l'effondrement. Son visage s'est allongé, ses joues se sont effacées, son menton s'est durci et ses lèvres, hier ourlées avec douceur, se sont amincies et affermies entre deux sillons profonds qui partent des ailes du nez pour encadrer la bouche.

Tendu à l'extrême, son corps frôlant l'exténuation connaît ces vibrations qui le portent à dépasser ses forces. Et son regard incandescent comme braises excitées par le soufflet affirme son obstination : plus l'action l'appelle et mieux il y répond, entraînant derrière lui les hommes qui n'osent pas rechigner.

Marqués aussi par l'effort et les privations, les traits de Frotté ont perdu de leur charme. Ses lèvres ont gagné en vigueur, ses grands yeux noirs un peu exorbités brûlent de fièvre et les beaux cheveux qui bouclaient sur ses épaules tombent maintenant en baguettes raides, collées par la sueur.

Depuis longtemps, le soleil et la poussière, la pluie et la boue ont terni les épaulettes d'argent, les tresses et le velours de son uniforme. L'étoffe, hier impeccable, a été déchirée par les branches et les ronces, et il y a belle lurette que le panache a quitté le chapeau à trois cornes dans la traversée d'une bruyère.

Les souffrances ont effacé les différences si vivement ressenties par Michelot dans le salon du château de Flers. Le général consumé par la même ardeur galvanise le courage du taillandier. Les deux hommes par un envoûtement mutuel entraînent la légion à dépasser l'impossible. Le taillandier, fier et têtu, n'entend pas être le second sur son propre terrain et s'avouer inférieur; le général, lui, doit faire ses preuves, il ne s'agit pas de laisser croire un seul instant qu'un officier émigré est un délicat. Les sabots de l'un et les bottes de l'autre marchent ainsi à la même cadence et à la même hauteur. Bien des fois, les deux hommes pourraient s'enfoncer dans le découragement, quand les combats meurtriers creusent leurs rangs ou quand les désertions ou les abandons momentanés les éclaircissent, mais l'heure n'est pas à l'affliction ni à la désespérance : ils sont résolus au combat et décidés à la victoire.

A peine une journée ou deux passées en repos à La Guyonnière et l'inactivité tracasse et exaspère les deux chefs. Vite il faut repartir, de nouveaux projets les sollicitent qu'ils doivent mener à bien sans délai. Sitôt établi, le cantonnement est levé : l'ennemi ne doit pas reprendre souffle, on doit l'exténuer. Les voilà qui filent à la nuit tombante avec une troupe de cent cinquante hommes, laissant à du Lorent le soin de veiller au grain autour de Saint-Jean-des-Bois : il ne s'agit pas d'abandonner le pays aux démagogues, de laisser les patrouilles défoncer les portes et fusiller les innocents sans réagir.

Le soleil a disparu derrière les nuages lourds et lents qui naviguent au-dessus du pays, lâchant parfois des paquets de pluie. Sans s'arrêter, la troupe qui fonce vers le sud accueille cette eau fraîche qui lave les visages et atténue la brûlure des peaux mordues par la transpiration. Survient, dans la traversée de la forêt d'Halouze, une grande tempête qui affole les cimes, balance les fûts, agite les branches et arrache les feuilles en volées vertes qui tournoient au-dessus des vallées. L'eau rigole sur les lacis, déferle vers les ruisseaux qui gonflent d'un coup et blanchissent les prés bas.

La troupe les traverse sans renâcler en pataugeant jusqu'aux genoux, les culottes se trempent, elles sécheront plus tard. Les mèches collent au visage et les barbes ruissellent; parfois des hommes dérapent sur la boue ou s'étalent dans un trou d'eau : on plaisante les maladroits qui se relèvent en jurant.

Devant, Frotté et Michelot ne s'arrêtent pas.

Chapitre X

La fête de Ger

Pour fédérer les forces royalistes, le général veut rencontrer les chouans du Bas-Maine. D'abord Taillefer qui a lâché le marteau de sa forge pour prendre son fusil et lever son pays. A ses côtés on descend jusqu'à Segré puis Craon. A Ernée on rencontre le général Rochambeau. Avec lui on fait le coup de feu : de brèves et violentes rencontres au détour d'un chemin, dans la traversée d'un village. Une balle épiaute l'oreille gauche de Michelot : premières gouttes de sang vite essuyées du revers de la main.

On remonte par Laval, Mayenne, Jublains, Ambrières, ralliant les indécis, les exhortant au soulèvement. De nouveaux combattants se joignent à la colonne. Parfois ils abandonnent quelques jours plus tard, vaincus par la peur ou la fatigue. On ne les retient pas.

Ainsi deux mois durant vagabonde la petite troupe, de villages amis en « maisons du bon Dieu », jamais arrêtée plus de quelques heures, toujours à la merci d'un feu de file tiré contre elle dans une embuscade. Parfois elle est signalée par le tocsin sonné d'une église à l'autre. Souvent elle est contrainte de se faire jour à la baïonnette quand, par centaines, les bleus lui tombent dessus. Mais la pétulance des républicains doit en rabattre devant l'opiniâtreté des Bocains. Qu'on ne les prenne pas pour des guerriers d'auberge, seulement habiles aux récits glorieux! Derrière Frotté et Michelot la rage saisit les hommes, ils rient, frappent, renversent, sabrent, égorgent et passent.

— Qui veut nous narguer au son du tambour s'en retourne sur

l'air de la flûte, celle de nos balles! lance Belhumeur aux dragons qui leur tournent les talons.

— Regardez-les, ces courageux, ajoute Voltige : des chiens qui chassent aux genêts n'auraient pas les oreilles plus basses, tudieu!

Peu généreuse avec ceux qui souffrent, la chance parfois distraite leur tend la main : un soir que la faim endolorit les ventres, la légion tombe sur des muletiers de Guérande en route vers Alençon avec un chargement de morues séchées. Quel festin toute la nuit à l'abri d'un bouquet d'arbres! On dévore le poisson à grosses mâchées et les bouches desséchées par le sel boivent abondamment l'eau froide d'un douit voisin.

A l'aube on repart vers Beaucé. Au hameau de La Poterie un petit homme sec au visage en lame de vouge, vêtu d'un étrange uniforme de tambour-major aux longs pans battant piteusement ses mollets, se présente à Frotté et à Michelot.

Billard, dit Alexandre, est un énergumène hâbleur mais courageux. Depuis trois ans, il fait tourner le sang des bleus avec sa bande de vauriens. Il a déjà connu plusieurs prisons, il vient de quitter celle de Laval : l'ombre et le froid du cachot lui ont grisé la mine mais pas la volonté. Il a des comptes à régler, il veut combattre, il vient se mettre à la disposition du général.

— Mais pourquoi portes-tu cet habillement? s'étonne Frotté.

— Pour être libéré j'ai dû accepter de m'engager, grogne Alexandre. Avec la caution de mon père! On m'a donné ce déguisement et délivré un passeport pour rejoindre à Paris le Comité des mouvements de l'armée de terre. Seulement je ne veux pas...

— Quoi? coupe le général. Ton père a engagé sur toi sa vie et ses biens! Tu ne peux pas manquer à ta parole, Tu dois tenir ta promesse. Mais ne va pas à Paris, cherche plutôt un engagement à Rouen. De là-bas adresse une attestation au juge de Laval pour éteindre la caution. Ensuite essaie donc de nous faire quelques recrues, puis rejoins-nous.

Trois semaines plus tard, tandis que la légion remonte vers le nord, Alexandre est de retour avec une trentaine de déserteurs.

— Mon général, voilà mes enfants de chœur, annonce-t-il

triomphalement en présentant à Frotté une brochette de visages taraudés par l'aventure et les combats, plus propres à inquiéter qu'à rassurer.

Chemin faisant, de Rouen au Bocage, les gaillards se sont affublés de chapeaux à la Henri IV ornés de devises, de rubans et de panaches. Ils se sont passé des chapelets au cou, sans doute pour donner un peu de piété à un ralliement qui doit plus au goût de l'aventure qu'à celui de la religion. En route — mais Alexandre ne s'en vante pas — les étapes ont été agitées : des caves vidées au désespoir des propriétaires, des bourgeois détroussés, des femmes troussées. A Bernay il a même fallu décamper à toutes jambes, quatre déserteurs éméchés ayant outragé la fille d'un officier municipal.

En quelques mots le général de Frotté rafraîchit la forfanterie des arrivants, trop éloquents sur les avantages d'une guerre sans discipline et sans loi. Ici l'ennemi n'est pas sous les cotillons ou dans les celliers, et qui confondra courage et dérèglement sera fusillé comme un malandrin. Du coup, les visages abandonnent leur superbe, les jactances se calment.

La légion reprend son chemin. Là-bas les républicains ont établi de nouveaux cantonnements à Ger, au Fresne-Poret, à Juvigny. On brûle les étapes pour regagner le pays où du Lorent et sa poignée d'hommes peinent à réduire les exactions et à rassurer les habitants. L'automne est arrivé, septembre s'achève dans les premières rousseurs de la forêt. Les journées raccourcissent mais le ciel est pur et l'air tiède et léger porte à l'indolence.

Par Barenton, la légion atteint la forêt de la Lande-Pourrie où elle cantonne une nuit. Le lendemain, en fin de matinée, après la disparition des brouillards qui encotonnent les vallées, elle quitte les bois. Des airs de danse, des chants, des appels joyeux montent de Ger, tandis que la colonne, par des chemins creux, approche de la paroisse qui fête la Saint-Mathieu.

Le grand soleil, avant l'hiver, trompette à pleins rayons sur le Bocage. Avant les pluies et les gelées à pierre fendre, il libère une orgie de lumière qui s'étale à profusion sur l'herbe.

Une brise souple agite les flammèches colorées des oriflammes accrochés à des piquets, et ébouriffe les faveurs et les bouquets de fleurs au sommet du mât de cocagne où pendent quelques andouilles.

— Celles-là, elles sont pour nous, Michelot, ironise Voltige en lorgnant la charcuterie.

Tapis contre la butte de la haie qui entoure la prairie, les deux amis regardent, stupéfaits, la foule endimanchée, rieuse et bavarde, qui se promène devant les étals. Sous le vent, les pantins, les crécelles, les grands écheveaux blonds de ficelle se balancent. Les ailes des coiffes blanches mêlées aux bonnets de coton, aux tricornes et aux chapeaux à cuve, rebiquent avec espièglerie. Les fichus moirés et les courtes vestes côtoient les uniformes bleus des soldats dans un climat qui n'a rien d'hostile ni de guerrier.

La guerre est de l'autre côté de la haie, pense Michelot qui serre les dents devant ces joyeusetés incongrues. Bien sûr la vie n'est pas faite pour le chagrin et le ciel est trop bleu aujourd'hui pour qu'on ressasse les peines du pays. Mais la misère est parfois mal partagée, et les rires cette fois font des pieds de nez insupportables aux larmes.

Les vielles, les violons et les flûtes entraînent soudain dans une envolée de bottes et de sabots, soldats, bourgeois et filles. La ronde insolente gifle Michelot : on ne danse pas à Ger quand la prison de Domfront regorge d'innocents, quand des femmes n'ont plus de pain pour nourrir leurs petits, que la guillotte fonctionne encore à Alençon, que des prêtres sont pourchassés. Non, on ne danse pas quand d'autres, les pieds en ampoules, courent à travers le Bocage pour aller ici et là repeigner la liberté décoiffée par les idées folles. Qui s'amuse s'abuse!

Les hommes ont été disposés tout autour de la fête et maintenant ils attendent, muscles bandés, le coup de sifflet de Michelot, qu'il pulsera entre ses doigts de tout son souffle. Le ventre contre le talus, ils guettent le signal avec cette même impatience qui les prenait aux tripes quand ils épiaient la soule à sa descente. Et Michelot, en regardant les rubans du mât de cocagne friseler au vent, rêve à la balle qui montait droit par-dessus le toit de l'église et qui, depuis, est restée suspendue à ses rêves. On rejouera un jour, c'est pour cela qu'il est ici aujourd'hui.

Un instant interrompue pour permettre aux danseurs de souffler, la musique reprend plus vive. En tournant, les cotillons se gonflent, les rires fusent, les spectateurs frappent des mains en cadence, la ronde s'accélère, les jambes s'excitent dans des ruades brèves puis se lèvent haut devant. Les danseuses enlacées à la taille et balancées en mesure ferment les yeux et oublient tout pour cet instant de plaisir. Exténués, les danseurs s'arrêtent et gagnent les bords ombragés de la prairie.

Alors, derrière la haie, chacun épaule et vise, sans danger pour les civils, les bleus effrontés et fiérots comme des coqs amoureux.

Michelot reconnaît Marie Lemarchand, une petite rousse ronde comme une miche de pain, pendue au bras d'un officier républicain. Ainsi arrimée la voilà qui interpelle d'un ton sans réplique Anne Le Prévost qui sourit au militaire :

— T'as de l'audace d'être à la fête quand on sait bien que t'es pour le roi! Va-t'en donc rejoindre tes chouans. Ils sont loin, hein, dans le Bas-Maine! Sans doute qu'ils craignent les républicains, non?

Stupéfaite, Anne Le Prévost pâlit. Michelot pince les lèvres, broche lentement son fusil, le repose à terre pour libérer ses mains.

— Je te le dis, c'est une effronterie d'être à la fête quand on a de mauvais sentiments! reprend la Lemarchand dressée sur ses sabots pour donner plus de vigueur à son sermon.

— L'effrontée, c'est toi! réplique Anne Le Prévost. On ne donne pas de leçon de morale quand on est une galopeuse de ton espèce...

Cinglée par l'injure, Marie Lemarchand s'apprête à se colleter devant l'officier républicain avec celle qui lui tient tête. Alors Michelot lance avec puissance son coup de sifflet, saisit son arme et vise au cœur le cavalier de la harpie.

La fête brusquement se désordonne, la haie s'enfume, le plomb siffle, des hurlements éclatent de toute part et sur le grand pré déferle une vague d'hommes hirsutes qui tirent et sabrent tandis que la foule des bourgeois cherche à s'enfuir par les rares issues.

Interdite, la Lemarchand voit son danseur s'effondrer à ses pieds.

— Petite garce! hurle Michelot. Je te connais, maintenant qu'on est là tu vas crier « Vive le roi! », non?

D'une gifle il envoie à terre la demoiselle qui sanglote en se cachant le visage dans les herbes.

— Regarde-le donc, ton beau républicain! N'aie pas peur, il rêve à toi.

La coiffe est arrachée, les beaux cheveux roux saisis d'une poigne vigoureuse, la tête redressée et tirée juste au-dessus du visage du mort.

— Puisque tu aimes la République, embrasse-le donc!

— Non, supplie-t-elle, non!

— Embrasse-le, commande Michelot, ou je t'étrangle.

Pesant du genou sur le crâne qui se rebiffe, il oblige les lèvres de Marie Lemarchand à se souder jusqu'à bout de souffle à celles du mort. De toute sa rage il maintient la tête qui cherche, en vain, à se libérer de la formidable poussée.

Quand il relâche son effort, la fille, à la limite de l'étouffement, roule sur le côté. Ses yeux sont dilatés par la peur, comme ceux d'un hibou qu'une lumière surprend dans la nuit. Du sang barbouille ses joues et ses lèvres.

— Maintenant, dit Michelot, tu peux rentrer à la maison.

Autour de lui, les coups de feu continuent. Une trentaine de républicains ont déjà été abattus, certains même ont été décapités d'un coup de sabre.

— Michelot! hurle la voix de Voltige.

Le taillandier cherche dans le tourbillon des gens qui se sauvent et de ceux qui les poursuivent, celui qui l'interpelle.

— Michelot! répète Voltige.

Il le découvre enfin, tout en haut du mât, agitant à bout de bras une andouille qu'il vient de décrocher.

— Pour le roi! hurle-t-il.

Michelot, souriant, regarde son ami dévorer à belles dents la cochonnaille de la victoire.

La foule a déserté le pré. Restent les cadavres et les chouans qui tendent vers Voltige des mains quémandeuses. Les andouilles lancées d'en haut tombent au milieu de joyeuses cohues. Plus bas, de l'autre côté du village, quelques coups de fusils claquent. Le général et les déserteurs d'Alexandre viennent de surprendre au terrier les soldats du corps de garde.

La leçon de Ger infligée aux bleus, la légion rejoint son repaire de La Guyonnière. D'un seul coup, le vent du nord tourne qui maintenait le ciel clair et la chevauchée des nuages de l'ouest plombe le Bocage. La tempête se lève et mêle aux averses incessantes les feuilles mortes arrachées aux forêts. Le pays, cette année, prend tôt le deuil de l'hiver.

Les hommes grognent. La tension relâchée, ils ressentent les fatigues de la longue randonnée dans le Bas-Maine. Ils pensent à la maison, aux parents, à la femme, aux enfants dont ils sont sans nouvelles. Frotté accorde des permissions : le coup de poing de la Saint-Mathieu rendra, pense-t-il, les républicains prudents. La compagnie des déserteurs, les fidèles de Michelot et quelques autres suffiront pendant ces absences.

Erreur ! La chasse est ouverte contre les insolents qui ont dévasté la garnison de Ger. Le général Mignotte a levé son bataillon qui marche vers Saint-Jean-des-Bois. De Vire, de Condé, de Tinchebray les bleus arrivent pour la curée.

A la nuit tombante, Frotté, Michelot et leurs hommes abandonnent La Guyonnière et remontent vers Yvrandes. Les sabots pataugent dans la boue revenue, les têtes s'enfoncent dans les épaules pour se protéger des bourrasques et de la pluie. Il faut bientôt s'arrêter car les républicains de Domfront barrent la route. Harcelés par l'arrière, bloqués par l'avant, on se jette dans un enclos de la Vente-Henriet entouré de fossés profonds de cinq ou six pieds et on broche les fusils. De toute part le plomb tombe sur la centaine d'hommes rembuchés dans le pâturage.

A peine les bleus essaient-ils de franchir la haie et de sauter le fossé qu'ils sont repoussés par des feux de file ou à la baïonnette. Un chouan s'effondre, tête éclatée par une balle, un autre, près de lui, s'agenouille et hurle :

— Je suis tué, je suis mort! Oh mon Dieu, je suis mort, à moi, mes camarades!

Michelot se précipite :

— T'es touché? Viens!

Le taillandier essaie de le tirer par les épaules mais l'autre hurle de plus belle :

— Laisse-moi, je suis mort, je suis tué!

— Mais tu ne saignes pas, tais-toi!

— Je suis mort!

Comme il poursuit son antienne, Michelot, malgré les balles, le charge d'un coup de reins sur ses épaules et va le coucher derrière le tronc d'une émousse. Alors l'homme se redresse, sourit, s'excuse, ne comprend pas.

— T'as eu peur? questionne Michelot.

— Je crois bien!

L'homme fixe Michelot et des larmes embuent son regard :

— Excuse-moi, c'est la frousse, confesse-t-il. Tu ne m'en veux pas?

— Reprends ton fusil! On n'est pas de trop!

Ils vont se défendre comme des enragés pendant plusieurs heures. Les cartouchières sont presque vides quand les républicains décrochent. Quelle chance! Cependant il faut vite en rabattre : voilà les garnisons de Mortain, de Saint-Hilaire-du-Harcouët et de Sourdeval qui surviennent.

Alors sauve-qui-peut : par les labyrinthes secrets qui, comme des galeries de taupes, minent le pays, et qu'ils connaissent jusqu'à la pointe de leurs sabots, les chouans s'évanouissent.

Frotté, Michelot, Voltige, Belhumeur, Sabretout et une poignée d'autres se faufilent à travers les buissons, traversent des cépées et des fûtaies et tentent de gagner le Bois-Daufils, à plusieurs lieues : ils pensent aux grottes où ils pourront s'abriter. Soudain Belhumeur s'effondre, le fusil d'un côté, le bissac de l'autre. Nez dans la boue, il pleure à grands hoquets. Une odeur suspecte monte aux narines de ses camarades qui l'entourent. On le relève, on l'assied sur une pierre, le pauvre garçon a perdu son habituelle volubilité et un filet de morve lui pend du nez jusqu'aux chaussures.

Silencieux, Michelot regarde avec compassion son camarade dégradé. Il aimerait lui parler avec amitié, le rassurer. Mais la pitié n'a pas sa place ici quand les fauves sont sur vos talons, qu'il faut fuir ou crever sous leurs griffes.

Le général s'approche, pose une main sur l'épaule de Belhumeur. D'un geste brusque, Michelot l'écarte.

— Non, mon général, pas ça!

Et saisissant Belhumeur par sa veste, il le soulève, le plante sur ses pieds et gueule :

— Tais-toi, bon Dieu, cesse de pleurnicher et avance! C'est pas le moment de salir tes braies, petit frère, si tu veux un jour revoir tes parents. Allez, en route!

Belhumeur reprend son fusil, son bissac et avance.

— Plus vite, dit Michelot qui le suit, en détournant parfois le nez pour chercher ailleurs une meilleure senteur.

Son camarade va devant lui comme un automate et en lui-même le taillandier injurie cette guerre qui salit tout et va jusqu'à désespérer les plus gourmands de la vie.

Ils louvoient des jours et des nuits, de bois en bois, autour de Beauchêne et de Larchamp, sans pouvoir franchir la route de Tinchebray à Domfront pour gagner la forêt du Bois-Daufils : les bleus pullulent dans les vallées, se répandent dans les villages, patrouillent sur les lisières, établissent des barrages, fouillent les fournils, les écuries, les celliers, recherchent les caches, interpellent les voyageurs, interrogent les paysans, menacent les femmes et les enfants.

Mais les bouches demeurent muettes. Personne, non, personne n'a aperçu les errants. Le pays se mure dans ses secrets et l'inquiétude le recouvre à nouveau car l'agressivité des républicains fait craindre des représailles. On l'apprend maintenant, la garnison de Domfront a perdu, dans le combat de la Vente-Henriet, une trentaine d'hommes : des habitants de Lonlay-l'Abbaye ont vu passer des voiturées de soldats morts. Il faudra bien un jour payer ces cadavres avec des larmes, des coups et des fusillades, mais quand bien même ils auraient à souffrir plus encore, les Bocains ne parleraient pas.

Frotté se maudit d'avoir accordé des permissions et de s'être laissé enfermer dans un piège. Voilà sa petite armée dispersée en bandes égarées. Tout est à recommencer, pense-t-il. Michelot rassure le général : bientôt la légion sera regroupée. Pour le moment il faut patienter, se terrer, laisser les bleus se fatiguer en quêtes harassantes et vaines. La bredouille les découragera. Tôt ou tard, ils regagneront leurs casernes. D'instinct, le taillandier en est sûr, les gars rejoindront le général.

La pluie cesse enfin et, dans un ultime sursaut, le soleil revient. Timide le matin, derrière des brouillards épais qui s'enroulent autour des collines en belles couronnes blanches comme des collerettes de coton. Puis chaud et même torride l'après-midi, provoquant sueurs et soif : il faut souvent mâchonner de l'herbe pour rappeler la salive. Sacré temps qui change comme les humeurs versatiles de l'homme, avec ses hauts de bonté et ses bas de haine, ses tiédeurs et ses froidures. Mais, cette fois, c'est le soleil qui coule sa douceur sur les corps meurtris par la lassitude et la faim, tandis que le mauvais temps de la violence se répand et s'accroît partout.

Il faut laisser passer les jours, pense Michelot qui calme les impétuosités de Frotté. Le général voudrait aller battre le rappel aux quatre coins du Bocage mais ce serait une folle imprudence. Le taillandier le sait : la patience est la seule pièce d'or qui compte au fond de la poche de l'infortune.

Le Bois-Daufils est enfin rejoint et l'espoir renaît quand, par petits groupes, les chouans égaillés se rallient peu à peu.

De jour en jour le général se rassure, les rangs s'étoffent. Et puis les rires sont aussi de retour, Belhumeur reprend goût à la vie, Sabretout retrouve ses coups de gueule, Voltige son espièglerie. Les conversations s'ensoleillent à mesure que les corps regagnent leurs forces grâce aux victuailles rapportées, sans explication, par Sébastien Goupil. Inlassablement, le bûcheron fait la navette entre la forêt et les villages, l'œil pointu et l'oreille ouverte, toujours là où se murmurent les nouvelles.

Aujourd'hui sa mine est sombre quand il s'approche de Michelot.

— Une mauvaise nouvelle pour toi, petit frère.

Il pose à terre sa hache et garde les yeux fixés sur ses sabots car il ne veut pas voir l'ombre passer dans le regard du taillandier. Personne n'aime observer le malheur chiffonner le visage de ceux qu'on aime.

— Quoi donc, Sébastien?

— Ta mère! Faut que t'ailles là-bas!

Et sans dire plus — les mots s'épargnent dans le chagrin car leur poids est trop rude — il s'éloigne.

Michelot court à toutes jambes vers Frèdeville. La lune est claire et les ombres portées des haies et des arbres animent le sol de dessins étranges, mais les mystères de cette nuit sont sans importance : l'inquiétude lui étreint trop fort la gorge. Il force l'allure à mesure qu'il approche de la maison. Il contourne Saint-Cornier puis Yvrandes où il affole quelques bestiaux au pacage : leur galop martèle le silence. Il se cache un moment contre une souche, écoute le village qu'il craint d'avoir alerté. Rassuré, il reprend sa course, atteint la forêt de Saint-Jean-des-Bois par une radresse qu'il grimpe à grandes enjambées, traverse une futaie de chênes puis dévale vers le village.

Quand il arrive au plant de Frèdeville, il aperçoit la petite chaumière posée au milieu des pommiers. Derrière la fenêtre une lueur dorée vacille. Il s'approche à pas lents pour reprendre son souffle mais, peine perdue, son cœur cogne comme un marteau. Il pousse la porte, le feu brûle à petites flammes dans la cheminée. Une bougie tremblote au pied du lit. Deux femmes sont là, des voisines, la Galodé et la Barbot qui égrènent leur chapelet. Elles se retournent quand il entre et s'éloignent du lit sans parler, pour rejoindre le fond de la salle, là où l'ombre est épaisse. Discrètes et pudiques elles laissent le fils en tête à tête avec sa mère dont le visage jaune et les mains violacées émergent du drap blanc.

Michelot regarde, interdit, ce masque clos, les paupières

fermées, le nez pincé, les lèvres minces et décolorées et les cheveux blancs sur le front comme des pétales de marguerite. Il se penche, pose un baiser sur le visage de la morte puis recule de quelques pas et demeure immobile, les bras le long du corps. Il se sent maladroit et impuissant devant cette roideur et ce silence.

— Elle est morte hier soir, murmure la Galodé, dans son dos.

— Elle avait la fièvre depuis huit jours, ajoute la Barbot.

— Elle a souffert, sans doute, mais sans jamais geindre. C'était pas son genre.

Non, ce n'était pas son genre de se plaindre ni de se révolter. Ni de parler, d'ailleurs : vigilante mais pas sermonneuse, attentive mais pas prêcheuse. La voilà maintenant dans la paix, pense Michelot : la mort a déplissé son visage, ses joues sont lisses comme celles d'une petite fille. Elle l'a attendu longtemps, ce bonheur! Car que faisait-elle sur terre, brinquebalée par les deuils, les tracas de toute sorte, mais sans jamais larmoyer. A-t-elle attendu son fils, ces jours derniers, guettant ses pas dans son agonie?

— Elle m'a demandé? questionne Michelot.

— Oh! elle n'a rien réclamé, répond la Galodé.

— C'est bien, murmure Michelot. Maintenant on doit l'enterrer.

— Faut le prêtre, dit la Barbot.

— Pas le jureur!

— Alors?

Alors Michelot va à l'appentis prendre une pioche et une pelle et se rend au fond du plant, derrière la forge, et il creuse un trou. Ensuite il revient. Les femmes ont compris : le corps est déjà roulé dans le drap. A trois, ils le portent à petits pas. Quand la morte est dans la fosse, Michelot retire son bonnet de coton et se signe. Les femmes s'agenouillent dans l'herbe.

La pelle, ensuite, fait son office. Il faut se hâter, le ciel blanchit à l'est.

La besogne terminée, Michelot range les outils, barre la porte et prend en courant la direction de la forêt du Bois-Daufils. Il voudrait bien pleurer mais ses yeux restent secs : à trop frapper, le destin ne fait plus mal.

Chapitre XI

Un dîner interrompu

Le général dresse à nouveau des plans. Avec l'arrivée tant attendue de du Lorent, la légion est forte de cent trente hommes. Il en est sûr, les ralliements seront nombreux dans les semaines à venir. Après l'attaque de Ger et le combat de la Vente-Henriet si meurtrier pour les républicains, les effervescences chouannes s'intensifient partout et Frotté veut les encourager. Il commencera par le pays situé entre Domfront et Ambrières où des bandes harcèlent les bleus et inquiètent les acquéreurs de biens nationaux. L'un de leurs chefs est une vieille connaissance du général, Achard des Hautes-Noës, chez qui la colonne arrive au petit jour.

Grand, droit et mince comme une ferte, Achard accueille à bras ouverts, Frotté, Michelot et leur troupe. Le parc du château est un lieu de paix et les hommes bivouaquent sous les hêtres embrasés par l'automne.

— Mon ami, dit Achard à Frotté, je ne suis pas le seul à vouloir vous accueillir. Tenez, j'ai un billet pour vous. Madame Doynel de La Sausserie vous l'adresse par son domestique. C'est une voisine, à deux lieues d'ici. Elle vous attend ce soir à dîner.

— A Torchamp? J'y ai fait, il y a quelques semaines, une rapide étape. Nous avions soif, les fermiers du château nous ont donné du cidre en nous pressant de déguerpir. C'étaient, paraît-il, les ordres de la maîtresse de maison. Elle était d'ailleurs absente et...

— Le malheur, croyez-moi, a rendu Madame Doynel fort prudente.

— Si nous étions tous prudents, coupe Frotté, les républicains régneraient sans partage sur notre Normandie. Je sais, son mari est émigré et elle doit faire front. C'est notre lot à tous. Mais je vous assure que ce soir-là il fallait se hâter de boire. S'il n'était pas hostile, l'accueil de Torchamp était au moins méfiant et je ne vois pas pourquoi nous irions y dîner en amis après avoir été indésirables.

Achard pose une main affectueuse sur l'épaule du général :

— Je comprends votre intransigeance mais vous vous trompez. Madame Doynel est une royaliste et elle a pour vous la plus grande admiration. Elle veut vous la manifester.

— Les mondanités ne sont pas un gage de loyauté... Mes parents ont bien connu votre amie. Son mari et elle venaient parfois les visiter à Couterne comme ils étaient jeunes mariés. Eux-mêmes se sont rendus bien des fois à Torchamp.

Le général se tait, hausse les épaules et reprend, avec ironie :

— A cette époque on savait réjouir les invités. Les fêtes étaient somptueuses dans ce charmant manoir entouré d'eau. En temps de paix, Achard, les choses vont bien entre gens du monde. Mais dans l'épreuve? Madame Doynel ne m'apparaît pas très sûre.

Achard éclate d'un rire sonore :

— Vous avez tort, Frotté. Elle montre au contraire bien du courage en vous invitant. Elle n'a pas seulement perdu son mari, mais ses biens, ses propriétés, ses terres vendues aux enchères à un apothicaire de Domfront, à des notaires, à des marchands, à des huissiers, à des administrateurs du district, tous ces bourgeois jouisseurs et cupides qui nous déshabillent peu à peu. Ici comme ailleurs les richesses ne sont point allées aux pauvres. Les révolutions ne profitent jamais à la misère, elles l'accroissent au contraire. D'ailleurs ce sont les malheureux qui se battent aujourd'hui à nos côtés. Allons, l'argent change de mains, mais l'honneur ne suit pas! Il reste toujours chez nous et chez nos hommes.

Et Achard, le bras tendu, montre les soldats de la légion.

— Tenez, poursuit-il, je vais vous donner le nom de certains acquéreurs des biens de Madame Doynel : Lebouc-Duval, Dupont-Loraille, Husson-Bellefontaine, Guillard-Champinière, Bourdon-Couturerie. Ça ne vous amuse pas ces noms accolés? A défaut de titre on en rajoute! Tous ces abus et ces insultes à la décence ont servi notre cause. Acquis aux idées nouvelles en 1789, le pays est maintenant retourné. Et comme par hasard c'est l'un des principaux enchérisseurs de Madame Doynel, Guillard-Champinière, le maire de Torchamp, qui vient d'être rançonné et pillé par des chouans.

— Par votre compagnie? questionne Frotté.

— Non, mais des amis lui ont pris son or, ses meubles, son argenterie. Puis ils lui ont administré une correction, la culotte sur les talons. C'est une bonne chose, Frotté, que de corriger l'impudence par l'impudeur. Ce pauvre Guillard a marché entre parenthèses pendant plusieurs jours. Ah! la République n'avait pas fière allure à Torchamp avec son maire meurtri. Et il paraît qu'hier des visiteurs sont venus le menacer du feu. Vous voyez, quand on est riche sous la révolution, on ne dort plus que d'un œil. Tandis que moi...

— Vous avez bon sommeil, sans doute?

— Oh! parfait! Je ne crains plus les voleurs, j'ai tout perdu hormis ces beaux murs et ces arbres. Alors je dors bien, Frotté, sauf quand il faut galoper dans la nuit. Je sais, à mon âge, ce n'est pas raisonnable. Mais il est merveilleux d'être un peu fou pour l'honneur. Vous, vous êtes jeune et vous pouvez encore espérer.

— Espérer?

— Le retour du roi, évidemment. Moi, je ne pense pas que je connaîtrai cette époque. D'ailleurs y croyez-vous réellement?

— Sinon je ne serais pas ici. Et vous aussi, vous risquez tous les jours...

— Oh! mon ami, ce n'est pas du risque mais du plaisir! Je joue un peu au bandit, c'est très amusant, savez-vous, d'être de l'autre bord : c'est moi qui vais demander des comptes à tous ces rapaces. La semaine dernière, je me suis rendu avec quelques-uns de mes gens chez un certain Renard, le notaire de Saint-Mars-d'Egrenne. Il n'était pas là, par bonheur pour lui. Mais sa femme a eu très peur : nous avons défoncé les meubles, vidé la cave devant elle. Comme je lui ordonnais de se jeter à nos pieds, elle eut, je l'avoue, une fort belle réplique : « Je ne me mets à genoux que devant Dieu, jamais devant les hommes! » Voilà une bourgeoise qui a de la repartie. La pataude nous a même traités de monstres! Allons, chez eux aussi il y a parfois de la dignité.

Le général foudroie du regard Achard des Hautes-Noës :

— Vous ne devez pas vous laisser aller à de pareilles expéditions. Laissons aux bleus et aux patauds la honte de voler et de briser.

— Cher général, je suis un vieux soldat. Les bons sentiments ne font pas les victoires. Il faut être craint pour être respecté. Ici je tiens le pays par la force. Ceux qui nous ont pillés doivent payer. Sachez que nous en avons lardé quelques-uns à la baïonnette, et que nous en avons humilié bien d'autres.

— Je vous interdis ces exactions, tranche le général. Votre exemple est déplorable.

Achard hoche la tête et sourit :

— Mon exemple? Oh! j'ai l'âge d'être votre père et je n'ai pas attendu que vous veniez me voir pour conduire ma vie comme bon me semble. Soyez rassuré, je vous considère comme mon chef. Vous pouvez me donner des ordres, j'obéirai, je serai fidèle, mais pas soumis. Je n'ai jamais été docile et je ne m'amende pas en vieillissant. Je deviens un vieux sanglier grognon et agressif : quand on me menace je charge.

Les deux hommes avancent côte à côte sous les ombrages du parc. Leurs bottes fouraillent dans les feuilles mortes et laissent des traînées humides. Un lapin détale d'un buisson.

— Le gibier pullule cette année, dit Achard. En temps normal nous aurions pu faire une partie de chasse. Mais il faut être raisonnable : un coup de fusil et nous aurions toute la garnison de Domfront sur les reins. Par une si belle journée, avouez que ce serait détestable de devoir se battre. D'ailleurs, quand il fait soleil je n'ai pas de goût à l'action. J'attends le mauvais temps pour convoquer mes hommes, le ciel gris et la pluie s'accordent mieux aux patrouilles.

Achard s'arrête et son regard remonte lentement des fûts de la hêtraie vers les frondaisons palpitantes.

— Ils sont beaux ces arbres, je les aime bien, ils ont un siècle et demi. J'espère que la révolution les épargnera. Ce sont des seigneurs à côté de ces piteux arbres de la Liberté, vous savez, ces bouts de bois qu'on pique sur les places. C'est de très mauvais goût! Quand j'en vois un je le fais couper.

Et se tournant vers Frotté :

— Cela est permis, au moins? demande-t-il.

— Même recommandé! rétorque le général d'un ton sec.

Ils se taisent jusqu'au retour vers le château. L'humour d'Achard et la froideur de son hôte ne s'accordent pas. Sur le perron, Achard enveloppe de son bras le jeune général :

— Ne m'en veuillez pas si je plaisante parfois. Mais il faut savoir se détendre un peu, Frotté. Je vous conseille d'aller dîner ce soir chez ma voisine. Sa maison est fort démeublée mais elle mettra de la paille dans les chambres et vous dormirez comme des enfants. Ce dont je puis vous assurer c'est que la table sera parfaite. La révolution lui a laissé sa vieille cuisinière. Si elle vous sert un veau au jus!

A la nuit close — il est sept heures — Frotté, Michelot et une escorte d'une trentaine d'hommes se mettent en route vers Torchamp. On décide de laisser aux Hautes-Noës le gros de la troupe qu'on retrouvera le lendemain matin.

La lune se lève et des lambeaux de brouillard flottent au ras des prés. La campagne est silencieuse, immobile, mais chargée d'odeurs de feuilles mortes : avant l'hiver elles donnent à ces derniers moments de douceur une magique et précaire intensité.

La petite troupe avance à bonne allure entre des haies épaisses sur le chemin qui, par plusieurs hameaux, conduit à Torchamp. C'est une belle promenade et Frotté plaisante Moulin sur son air renfrogné.

— Te voilà aussi triste qu'une porte de prison. Dis-moi, Michelot, tu t'inquiètes?

— Les dîners dans les châteaux, je n'aime pas trop ça. Pas l'habitude!

— C'est comme ailleurs, on mange et on boit.

— Les belles manières en plus!

— Michelot, c'est toi qui fais des manières. Tu es officier et, pour aller au combat, tu n'as pas si pâle figure. Ce soir c'est la fête, allons!

— Et après des mois et des mois de cacade! renchérit joyeusement Voltige, dans le dos du général.

Mais Frotté, qui s'oblige à paraître détendu, n'oublie pas la vive conversation du matin avec Achard. Lui non plus n'aime pas déroger aux choses sérieuses et cette sortie bien inutile pour la cause qu'il défend est plus une réponse polie à l'insistance de son vieil hôte qu'une partie de plaisir. D'ailleurs le général a le sentiment de piétiner depuis son arrivée aux Hautes-Noës.

Lui qui apprécie les affaires rondement menées, regrette, après tout, cette halte. Elle lui a causé du désagrément, Achard lui a paru étrange, insaisissable et surtout irritant. Il affichait une superbe insupportable. Frotté a préféré ne pas insister. S'il avait voulu marquer plus fortement son autorité, l'entretien aurait pris un ton querelleur. Mais à vivre dans les périls le général sait qu'une bonne retraite vaut mieux qu'une mauvaise victoire. Sans abri, quand l'averse fouaille, on doit modestement tourner le dos.

Pour le moment il faut montrer bonne figure et Frotté siffle comme un enfant.

— Vous, mon général, vous avez donc le cœur à rire, ronchonne Michelot.

— Et pourquoi l'aurais-je à pleurer? Regarde, tout est calme, le temps est doux. Ce soir la vie est belle. Il y a trois semaines nous étions presque morts, affamés, parfois transis, chassés jour et nuit comme des voleurs. Maintenant une maison amie et une table nous attendent. Et, paraît-il, chez Madame Doynel la cuisine est parfaite.

Un bruit les arrête. Oreilles dressées, pas suspendu, ils écoutent, mais c'est la Varenne qui coule sous le moulin.

La passerelle est franchie. En face il y a un coteau boisé qu'ils escaladent. Ils débouchent bientôt sur l'avenue large et pentue qui conduit au château. Sous la lune haute et blanche, Torchamp apparaît, annelé par la lueur d'acier des douves. En s'approchant ils distinguent la sobre façade du manoir Louis XIII et ses deux hautes cheminées à boules de granit. Les fenêtres du bas sont illuminées et dispensent une clarté dorée sur les dépendances et la chapelle qui encadrent la cour d'honneur.

Comme la petite troupe franchit le portail, Madame Doynel dans un froissement de robe se précipite à leur rencontre.

— Le général de Frotté? demande-t-elle d'une voix haute et claire.

— C'est moi!

Alors elle s'empresse avec tant de cordialité que Michelot sent l'embarras le paralyser.

— A croire qu'on arrive avec le roi de France, murmure Voltige par-dessus son épaule.

— Cher général, dit Madame Doynel, je vous attendais sans y croire. Je ne vous connais pas, pourtant vos exploits m'ont tout appris sur vous et je n'ignore rien de vos qualités.

— Je vous en prie, madame, réplique Frotté, mes qualités sont celles de mes hommes et je ne suis qu'un des leurs...

— Votre modestie vous honore et c'est chez vous une qualité supplémentaire que j'ignorais encore!

Ces chatteries faites, on entre, et sous le ruissellement des lustres, l'hôtesse montre un visage exalté.

— Vous savez, général, confesse-t-elle dans une confusion calculée, je n'ai à vous offrir qu'une maison presque vide. On m'a tout pris, tout volé. Enfin, vous êtes là et je suis heureuse. Vous pourrez coucher dans le salon et dans les chambres : j'y ai fait mettre de la paille fraîche. C'est une nuit bien pauvre que je vous offre, mais avec tout mon cœur. Vous le voyez, les bougies sont allumées, je veux vous fêter en héros.

Elle va, elle vient, agite ses grands bras dénudés, sème des sourires, presse dans les siennes les mains du général, s'inquiète de la santé de chacun, hèle un domestique, demande qu'on se mette à l'aise, parle de ses chagrins, regrette les temps heureux où son mari était là, tout cela dans une telle agitation que le général et les chouans, interdits, gardent le silence.

— Mais nous ne sommes pas à l'embuscade, messieurs, vous pouvez parler. Il n'y a rien à craindre. D'ailleurs la garnison de Domfront ne sort plus depuis les derniers combats. Ah! général, ils n'oublieront pas de sitôt la Saint-Mathieu de Ger! Par conséquent inutile de placer des factionnaires pour la nuit!

— Madame, répond Frotté, je ne voudrais pas vous laisser supposer que j'entre ici avec méfiance, mais, en temps de guerre, la faction est une règle absolue. Nous placerons une garde à la grille. Votre bonté doit comprendre cette exigence militaire.

Elle éclate d'un rire retentissant et, plantant son regard assuré dans celui du général :

— Je sais, vous les hommes ne croyez jamais ce que femme dit. Si la garde est une obligation autorisez-moi du moins à vous demander de ranger vos armes dans un de mes cabinets. Ce soir il faut savoir oublier la guerre.

— Mais, madame...

— Rassurez-vous, elles seront sous clé, personne n'y touchera!

— Veuillez m'excuser si je ne suis pas non plus ce conseil, réplique le général. Il nous est impossible de nous séparer de nos armes. Ce sont nos femmes, nous couchons avec elles.

— Soit! mais oubliez votre vie de proscrits.

Et, passant son bras dans celui du général, Madame Doynel l'entraîne dans la salle à manger.

— Voici une table, une armoire où j'ai serré de la vaisselle, des verres, des couverts, des serviettes. C'est à vous. Servez-vous et asseyez-vous sans me réserver de place. J'ai déjà soupé avec mes gens pour mieux m'occuper de vous. Tout est prêt en bas, aux cuisines. Raimbault! Froc! Occupez-vous de ces messieurs!

Les domestiques s'affairent, apportent du pain blanc, du poiré, du vin, et deux grands bocaux de pêches à l'eau-de-vie.

— Je vous annonce le menu : un bouillon, du veau au jus, du poulet rôti et quelques pâtisseries.

— Le veau au jus, répond le général, j'en ai déjà entendu vanter la saveur par Monsieur Achard des Hautes-Noës.

— Général, à chacun sa réputation! Si ma cuisine en vous réjouissant peut vous donner quelque courage j'aurai le sentiment d'avoir participé à votre combat.

Les langues se délient enfin devant l'abondance des plats et des bouteilles. Le dîner commence dans une joyeuse bousculade autour de la table. On se dispense de la cuiller et de la fourchette. On lape la soupe chaude à pleines goulées, puis on attaque le veau à belles dents. Les mâchoires travaillent dans des bruits de succion et de mâchonnement qui enthousiasment Madame Doynel, entre ses allées et venues du sous-sol au rez-de-chaussée.

— Mais ce sont des fauves! s'exclame-t-elle. Je plains les bleus, si vous les mordez à si belles dents!

— Ce sont nos balles qui les déchirent, bougonne Michelot.

La réponse du taillandier suscite sifflets et exclamations.

— Te voilà à causer comme un beau monsieur, plaisante Sabretout.

Tout en lançant sa remarque le Bocain n'arrête pas pour autant l'opération délicate qui mobilise son adresse : il continue de glisser prestement dans sa ceinture de rouennerie des pêches servies pour le dessert.

— Sabretout, dit le général, pas d'inconvenance. Nous ne sommes pas ici pour faire provision! Remets ces fruits dans le panier et finis d'abord ta viande.

— Général, intervient Madame Doynel, ces pêches sont à lui et je vous défends de lui faire remontrance. Prenez, mon ami, prenez.

De ses doigts fins et habiles elle gonfle la ceinture de fruits, tandis que le chouan mi-rieur, mi-contrit, écarte les bras dans une pose niaise qui enchante l'assistance.

— En voici! en voilà! répète l'hôtesse.

Soudain un bruit violent se fait entendre. D'un coup c'est le silence.

— On a tiré dehors? interroge le général, en se précipitant vers la fenêtre.

Cette fois plusieurs détonations déchirent la nuit et une voix crie « Aux armes ».

— C'est au portail! hurle le général. Madame, peut-on sortir par-derrière?

— Venez!

Près de l'escalier qui mène aux cuisines il y a un petit cabinet dont la fenêtre donne sur le jardin. La croisée est ouverte et les hommes s'y précipitent dans un désordre bruyant. Ils sautent en contrebas, longent les plates-bandes puis se perdent dans la nuit.

Pour protéger la retraite du général et de leurs camarades, Michelot et Voltige ont ouvert les croisées de la salle à manger et, fusil à l'épaule, guettent l'arrivée de l'ennemi. Au portail on entend des cris, puis des coups contre les grilles fermées. Bientôt une cinquantaine de bleus surgissent à travers la cour d'honneur. Les chouans font feu, deux républicains culbutent sur la pelouse.

— Rendez-vous, brigands! ordonne une voix.

Ils tirent une seconde fois mais rien n'arrête l'avancée des bleus qui cognent maintenant à la porte du vestibule avec leurs crosses et leurs bottes.

— Ils sont faits, pas de prisonniers! hurle un républicain.

La porte résiste mais, sous les balles, des vitres volent en éclats.

— Filons, Voltige! commande Michelot.

A leur tour les deux hommes sautent par la petite fenêtre, se reçoivent dans un buisson, traversent le jardin qu'assombrit le feuillage d'un tulipier géant, arrivent au bord d'une grande pièce d'eau.

Ni l'un ni l'autre ne savent nager. Sur leur droite, longeant l'étang, une sorte de quai blanchit sous la lune. Il mène à une porte ouverte, qu'ils empruntent. Le général et les hommes ont dû fuir par là. Dans leurs dos ils entendent des cris, des commandements. Ils reconnaissent la voix de Mme Doynel : « Non, non, laissez-moi! »

Michelot et Voltige courent sur un lacis qui conduit à un bosquet puis à un bois. Ils s'arrêtent à l'abri des arbres.

— On a été trahis, grogne Voltige. La Doynel était de mèche!

— Tu n'en sais rien! En tout cas il faut retrouver le général.

Ils avancent avec précaution jusqu'en lisière et aperçoivent des ombres dans un pré.

— Des bleus! On nous encercle, dit Voltige à voix basse.

Ils se jettent à plat ventre, arment leurs fusils, guettent. Bien vite un meuglement les rassure et ils éclatent d'un rire nerveux. Les voilà de nouveau debout, longeant la pâture.

Des bruits de vaisselle jetée à terre et de portes brisées s'élèvent du château avec la sempiternelle injonction : « Rends-toi, brigand! »

— J'espère que tout le monde est sorti, grogne Michelot. Sans quoi...

— Ils ne leur laisseront pas le temps de digérer, dit Voltige.

— Si nous les cernions à notre tour?

— A deux! tu plaisantes!

— Ecoute!

Des pas approchent. Michelot et Voltige se jettent dans un fourré. Une file d'hommes se découpe dans la nuit.

— Qui vive! hurle Michelot.

— Moi! Frotté!

— Michelot!

— Je te croyais encore dans le château, dit le général. Nous sommes donc tous là.

— Et les factionnaires? interroge Michelot.

— Sains et saufs! les voilà!

Belhumeur et La Grimace avancent : ils racontent qu'ils ont tiré leurs cartouches puis ont eu le temps de retraiter vers les dépendances avant que les bleus aient renversé la grille.

— Tiens, dit Belhumeur à Voltige, en montrant son bonnet déchiré, ils visent toujours trop haut!

— T'as de la chance d'être pas trop grand, plaisante La Grimace. Moi, regarde!

Et le visage chiffonné par l'émotion, il montre son bissac transformé en passoire.

— Voilà la balle, dit-il, en ouvrant la paume de sa main. J'ai retrouvé le métal dedans. Je ne comprends pas!

— C'est qu'ils ont de la graine d'oignon dans leurs cartouches, plaisante Sabretout en croquant une pêche.

Il sort un fruit de sa ceinture, le tend au général.

— Moi, je suis toujours précautionneux. Pas poli, non, mais précautionneux.

— Merci, Sabretout, dit le général en prenant la pêche. Maintenant filons aux Hautes-Noës. J'ai deux mots à dire à M. Achard.

Le retour est rapide, au pas de course. Il est près de minuit quand le détachement rejoint le gros de la troupe sous les beaux arbres admirés le matin. Le général commande le départ immédiat, puis se dirige vers le château.

Achard, réveillé par le bruit, se tient au haut du perron.

— Désolé de vous réveiller, dit Frotté d'un ton sec. Je sais que vous dormez fort bien. Je voulais vous informer que notre souper chez votre amie avait été quelque peu troublé.

— Que voulez-vous dire?

— Que Mme Doynel est en train d'accueillir chez elle ses chers républicains. Ils doivent en être aux pâtisseries, nous n'avons pas eu le temps d'y goûter. Votre voisine est très hospitalière, Achard.

Le vieil homme descend les marches à pas lents.

— Comment, hospitalière?

— C'était un traquenard, ce dîner!

— Impossible, Frotté! Dites un fâcheux hasard!

— Au revoir, monsieur Achard!

— Impossible, répète l'hôte des Hautes-Noës.

Le général pivote sur ses talons et donne ses ordres. La légion s'ébranle par l'avenue.

— Vous m'entendez, Frotté, hurle là-bas M. Achard, c'est impossible!

Chapitre XII

« Feux de Toussaint, hiver de chagrins »

Reviennent les grandes traques républicaines. Mortifié par l'échec de Torchamp où, d'ailleurs, seul le hasard a conduit un détachement du bataillon des Vosges, le général Mignotte fait arrêter Mme Doynel et ordonne à ses garnisons de pourchasser, sans la moindre cesse, la légion de Saint-Jean-des-Bois.

Sous la pluie qui glace la peau, dans la gadoue qui alourdit les bottes, les battues reprennent. Rageurs, les bleus brassent le pays : plus de jour ni de nuit pour cette tornade. Il faut en finir avec cette engeance de malheur, fretin qui ridiculise la patrie en filant entre les mailles tendues par son armée. Ger, la Vente-Henriet, Torchamp : c'en est assez! Oui, assez de ce pays sans yeux, sans oreilles et sans voix!

Des hommes emmurés dans leur silence tombent sous les balles après avoir été meurtris par les coups : ils ignorent tout, ils n'ont rien vu, ils ne savent rien! Qu'ils aillent au diable! Feu! Et les pelotons d'exécution déchirent les poitrines résignées.

Coriace et entêté est ce pays. Mais allez donc le faire comprendre à la Convention et en particulier au commandant en chef de l'armée de l'intérieur, Barras, déjà exaspéré par l'agitation parisienne des royalistes : Bonaparte, jeune général d'artillerie en disgrâce, a dû mitrailler une manifestation de « collets noirs » sur les marches de l'église Saint-Roch. Devant les mauvais tours joués à ses soldats par une poignée de proscrits, le gouvernement exige que Frotté et Michelot soient pris, morts ou vifs. Pour Mignotte, cet ordre est une menace. S'il rate encore le gibier...

Le gibier, lui, s'enfonce dans la grande forêt d'Andaine où les grottes nombreuses et cachées sous les ronces sont inconnues des horsains, tandis que les représailles martyrisent les innocents. La cruauté des bleus provoque des crachats de mépris et de fureur autour du général. La nuit, les hommes taciturnes, les poings serrés, observent dans le ciel, flottant comme un voile agité par un vent liquide, la lueur des incendies qui calcinent les toits.

— Feux de Toussaint, hiver de chagrins! grogne Moustache.

Lui et les autres pensent aux morts. Cette année encore ils n'iront pas fleurir les tombes. D'ailleurs bien des clochers sont muets, ils n'appellent plus aux dimanches et aux fêtes. La voix des églises est éteinte.

La guerre tue tout, même les cimetières qui s'ensauvagent d'herbes et de ronces.

Sous la tempête qui ronfle en couchant sous ses poings, comme des épis, les arbres de haut jet, la légion quitte la forêt d'Andaine pour le Perche où le brigandage contre les blancs et la persécution contre les prêtres réfractaires se développent.

On franchit la Mousse près de La Coulonche, on gagne le bois de Dieufit et, de là, en longeant une vallée blanchie par les inondations, on atteint Bellou, à une lieue de Briouze. Michelot, en tête de la colonne avec Francœur, la Grenade et Voltige, grimpe à un arbre pour observer par-dessus les haies la grand-route qui mène à la commune. A peine en a-t-il atteint le faîte qu'il redescend promptement.

— Deux bleus approchent, il faut les surprendre!

— On tire? demande Francœur.

— Prisonniers, si on peut.

Michelot se retourne, fait signe à la légion de s'aplatir dans la bruyère voisine. Puis les quatre hommes sautent un ruisseau, se glissent à travers des taillis et se retrouvent au bord de la route quand les deux soldats arrivent. D'un bond ils sont sur eux, ils les désarment, les jettent à terre.

— D'où êtes-vous? demande Michelot.

Sous les sabots qui leur écrasent la poitrine et devant les canons qui les menacent, les bleus se laissent confesser sans manières. L'un se nomme le lieutenant Davois, l'autre le maréchal des logis Lambès : ils commandent un détachement de cent chasseurs à cheval.

— Mais où sont vos chevaux? questionne Michelot.

— Au château de Briouze, avec nos hommes. Nous sommes partis à pied à la recherche de fourrage dans les fermes.

— Curieux chefs! ricane Voltige. Vous abandonnez vos soldats pour aller à la corvée. Et à pied, l'arme à l'épaule, comme à la chasse! Vous voulez donc mourir, les gars?

— Grâce! gémit Davois.

— Vous, quand vous faites des prisonniers, vous les fusillez, non? dit Michelot.

— Grâce! répète Davois.

Aussitôt conduits devant Frotté et du Lorent, les républicains se jettent à genoux et demandent la vie sauve.

— Debout! ordonne le général, je méprise les lâches. Un peu de dignité! D'ailleurs, messieurs, sachez-le, les royalistes respectent les prisonniers. Je ne vous demande qu'une chose contre votre liberté : livrez-nous le château.

Une seconde fois Davois et Lambès tombent aux pieds de Frotté et ils se répandent en remerciements si excessifs que le général et Michelot, les saisissant par le revers, les redressent brutalement.

— Allons, hurle le taillandier dont les yeux roux fulgurent de colère, chez nous les hommes se tiennent sur leurs pieds, même dans le malheur! Répondez au général : acceptez-vous de nous livrer votre détachement?

— Oui, dit Davois sans hésitation, on accepte.

Voltige hausse les épaules, crache à terre et grogne :

— Petites femmes, vous n'avez rien dans vos culottes!

— Mais si, mais si, répond La Grenade qui rit en palpant le ventre des républicains, ils en ont, c'est sûr!

— Oh! des petits oiseaux qui ne doivent pas chanter bien souvent! ironise Voltige.

— Ça suffit, laissez-les! dit le général.

A la nuit fermée, la légion prend la direction de Briouze. Les bleus la précèdent. On leur a rendu leurs armes mais sans munitions. Arrivés au château, Davois et Lambès ordonnent l'ouverture des portes, tandis que le général et ses hommes, collés contre le mur d'enceinte, attendent le retour du lieutenant pour pénétrer dans la cour.

Quand l'officier républicain les invite à entrer, les chouans s'engouffrent et surprennent au lit les cent chasseurs trahis par leurs chefs. Il y a bien quelques coups de feu ici ou là mais en un tournemain l'affaire est réglée : les armes, les munitions, la poudre et les chevaux sont saisis. Les chouans n'en reviennent pas de cette fortune. Ils tirent des coups de feu de victoire, détachent les chevaux, sautent dessus et à grands coups de talon dans les côtes les font galoper autour de la pelouse.

Ils ont allumé un grand feu de joie au pied du château, près des bleus rassemblés en paquet et tenus en respect par les fusils d'une vingtaine de sentinelles. Les flammes montent haut et le brasier géant jette ses éclats sur la folle cavalcade qui fait trembler le sol sous le roulement des sabots.

Dans le grand salon où il a trouvé une table et un fauteuil, le général écrit.

Sa plume glisse sur le papier : « Je vous offre un exemple à suivre désormais en vous renvoyant vos soldats faits prisonniers au château de Briouze. Je vous les renvoie à pied et sans armes parce que tel est le droit de la guerre. N'ayant pris les armes que pour combattre l'anarchie et contribuer à rétablir la religion, la royauté et l'ordre dans notre patrie, je suis ennemi de tous les excès et surtout de ceux qui caractérisent la lâcheté, l'inhumanité, la barbarie, le brigandage et l'impiété.

« Parmi vos troupes il y a des hommes braves puisque ce sont des soldats français. Mais il y a aussi des brigands qui ne savent que piller et assassiner. Mettez des bornes aux actions abominables de ces terroristes pour ne pas me contraindre à des représailles. Ceci est indispensable si vous ne voulez pas que cette guerre devienne encore plus horrible et barbare. »

Le général se lève, traverse le salon et le vestibule, gagne le perron.

— Lieutenant Davois, appelle-t-il, viens ici.

Quand l'officier républicain est devant lui, Frotté lui tend la lettre.

— Maintenant tu es libre. Avec tes hommes, gagne Alençon et remets ce message à ton général.

La colonne des bleus s'ébranle dans la nuit, passe le portail et disparaît.

Au haut des marches le général se tient immobile. Il regarde ses hommes couchés sur les encolures tendues dans l'effort, accrochés aux crinières, talonnant le flanc des chevaux, et se lançant des défis à pleine gorge.

Michelot s'approche. Il rit à dents découvertes en pointant un doigt vers la course :

— Vous voyez, mon général, chez nous on aime bien se briser dans les jeux.

— Pas d'imprudence, Michelot. Ce n'est pas cette nouvelle victoire qui doit nous tourner la tête.

— Oh! cette nuit, sûr, personne ne viendra nous chercher noise ici! Alors, mon général, à cheval!

Frotté et Michelot sautent sur une monture. A pleins jarrets, les voilà enlevés et mêlés à la ruée. Cheveux écrignés par le vent, vestes ouvertes comme des ailes, ils jettent à leur tour le feu brûlant de leur jeunesse dans cette folle galopade. Les cavaliers se heurtent parfois et les croupes blanchies par la sueur se bousculent. Des fleurs blanches et légères s'envolent des bouches et des naseaux dilatés.

— Pour Dieu! Pour le roi!

Le cri poussé par Michelot est repris par cent voix et les sabots relancés par cette clameur labourent de plus belle le sol, les mottes de terre volent vers le ciel, chauves-souris qui meurent vite dans la nuit, sous les ultimes lueurs du brasier effondré.

« Feux de Toussaint, hiver de chagrins », a prédit Moustache. Le mâtin ne s'est jamais trompé. L'hiver 1795 est de neige et de glace, avec des tempêtes soudaines qui blessent les forêts en fusillant les arbres. Les troupes républicaines sont plus nombreuses, elles ont des mortiers et des canons qui crachent la mort. Et les gardes nationaux, houspillés par les démagogues qui s'affolent de l'audace chouanne, vagabondent avec la rogne aux tripes, les doigts crispés sur les fusils.

Avec les armes de Briouze le général constitue de nouvelles compagnies. Dans l'Avranchin, M. de Ruays recrute des jeunes gens. Il en vient aussi de Flers et d'Ambrières qui veulent se battre aux côtés de Frotté et de Michelot dont l'audace et le sang-froid les séduisent. Et par la mer arrivent des renforts : des officiers émigrés qui, entre Saint-Brieuc et Carteret, trompent la vigilance des garde-côtes et s'enfoncent dans le pays pour rejoindre les rebelles. Frotté les rassemble dans la compagnie des Chevaliers de la Couronne dont ricanent d'abord Voltige et ses compagnons, à cause de leurs chapeaux élégants, de leurs uniformes chamarrés et de leurs frais visages. Ensuite ils les admirent quand ils les observent au combat, déchaînés contre les bleus, indifférents au plomb.

Maintenant les chouans forment une armée de près de deux mille hommes, avec un conseil supérieur présidé par M. de Chambraye, ancien colonel dans les chevau-légers de la garde du roi, rescapé du désastre de Quiberon où des émigrés débarqués par les Anglais ont été bloqués dans le fort Penthièvre par les troupes du général Humbert. Plus de sept cents gentilshommes faits prisonniers ont été fusillés près d'Auray sur ordre de Hoche. Chambraye a échappé à cette boucherie, il a rejoint la petite bande de La Chapelle-Biche où, par modestie, il a voulu servir comme simple soldat. Cette humilité force l'admiration de Frotté. Les émigrés ne discuteront pas cette nomination, le général en est sûr.

Forts et résolus de part et d'autre, on s'engage dans des batailles rangées qui sont sanglantes. Le temps des escarmouches est fini. Quand on s'accroche on ne se lâche plus, et si les munitions viennent à manquer on s'embroche au poignard ou à la baïonnette. Cela donne des charretées de cadavres évacués après les combats.

Du Lorent sera de ceux qu'une balle couchera au matin sur l'herbe durcie par le gel en face du Teilleul. Boisjugan lui succédera car Michelot, pressenti, refuse tout commandement. Il le sait, sa place est d'être aux côtés du général, son chef, son ami, son frère de misère. Trop de complicité les lie désormais. Le petit taillandier que les parquets cirés du château de Flers intimidaient, a pris de l'assurance : bien plantée, la graine a poussé vite et droit. Il porte maintenant de hautes bottes et un uniforme d'officier, et aucun de ses premiers compagnons n'en rit. D'ailleurs si l'ombre d'une moquerie devait passer sur un visage, le regard de feu de Michelot la chasserait vite.

Au soir tombant, La Grimace dévale par un lacis les coteaux boisés du Bois-Daufils. Michelot et Boisjugan lui ont accordé une permission pour aller embrasser sa Thérèse, tout esseulée à Saint-Jean-des-Bois. Il est heureux comme un printemps malgré l'averse qui ruisselle et il suit d'un pas léger Sébastien Goupil rentrant chez lui, la journée achevée. Le bûcheron s'est proposé pour le diriger par les meilleurs routins jusqu'à la route de Chanu. « Quand on veut retrouver l'aimée, une minute est une année », dit la chanson et La Grimace n'a pas une seconde à perdre. Il espère bien être chez lui avant minuit et déjà les mains de ses rêves glissent sur la peau blanche et tiède de sa femme, et elles descendent des seins durs aux cuisses ouvertes comme deux rivières sur la source qui l'attend.

Mais comme ils atteignent le hameau des Brousses, des hommes à l'embuscade se ruent sur eux. Les voilà malmenés par cent mains, ligotés et jetés sur une charrette sans avoir pu esquisser la moindre défense.

— Allez, les brigands, à la guillotte! ricane un républicain qui s'installe près des prisonniers, tandis que le haquet se met en branle.

— Pas à la guillotte, mais au poteau, corrige l'un des bleus qui suivent à pied. A la guerre les ennemis sont fusillés. L'échafaud c'est pour les aristos!

La Grimace sanglote et le bûcheron le rabroue :

— Tais-toi, bon Dieu! tu vas les faire rire.

Deux heures plus tard, la Louison les accueille à Domfront. La gardienne de la prison peste contre ces brigands qui la réveillent et qu'il faudra nourrir demain et les jours suivants.

— T'inquiète pas, ricane un bleu, ça ira vite, on les aura expédiés avant midi!

Dès l'aube ils sont jugés, mais La Grimace n'écoute pas la condamnation. Il est ailleurs, chez sa Thérèse qui lui a tendu, un jour, une belle soule à lancer très haut. C'était il y a bien longtemps. Hagard, il accepte l'eau-de-vie qu'on lui propose mais Sébastien Goupil, lui, d'un geste de la main, envoie le verre au visage d'un bleu.

— Coquin, va! Comme si un royaliste ne pouvait mourir de sang-froid!

— Excuse-moi, gémit La Grimace soudain réveillé par le courage du vieil homme.

— T'as pas à t'excuser, t'es trop neuf pour crever sans peine. Moi je m'en fous!

Et se tournant vers les bleus qui les poussent vers la sortie de la ville :

— Eh! rendez-moi ma pipe, les gars! C'est le seul service que je vous demande.

Tuyau entre les dents, le bûcheron crache la fumée en avançant, paisible. La Grimace qui le surveille du coin de l'œil marche à son pas, bien droit malgré le froid qui le paralyse déjà.

Comme on veut leur bander les yeux, le bûcheron se fâche :

— On a toujours regardé droit devant nous, c'est pas maintenant qu'on changera.

— A genoux, les condamnés, commande un officier républicain.

— Non, debout! rétorque Sébastien Goupil, et accordez-moi une dernière grâce : c'est moi qui commanderai le feu.

— Soit! répond l'officier qui fait disposer le peloton en ligne, face aux chouans.

La Grimace, perdant la force de ses jambes, tombe à terre. Le bûcheron le relève d'un poing fermé sur sa chemise et le gifle.

— Allez, petit frère, meurs à mon exemple, debout et les yeux ouverts!

— Criez « Vive la République »! commande l'officier.

— Non, vive le roi! réplique Sébastien Goupil qui soutient fermement d'une main son jeune compagnon défaillant.

— Grenadiers, hurle le républicain, garde à vous! Apprêtez vos armes... Feu!

Une seule balle suffit pour arrêter le vieux cœur du bûcheron. Il en faut sept pour La Grimace dont la vie jeune et forte se défend longtemps.

Un malheur ne vient jamais seul. Le général apprend la mort du chef angevin Stofflet en février 1796 puis, le mois suivant, celle de Charette. Et voilà maintenant la malchance qui s'abat sur Michelot.

Depuis l'exécution de Sébastien Goupil, l'approvisionnement en munitions est difficile. Le bûcheron avait en main tout un réseau de connivences, du Bocage jusqu'à Caen. Les voilà relâchées au moment où l'armée brûle les cartouches sans restriction. Alors, au cours des étapes, on bricole les vieilles douilles, on leur met une belle amorce et on les remplit de poudre avant de les fermer par un plomb.

Michelot n'est pas le dernier à fabriquer des munitions. Le voilà au travail dans une ferme, en lisière de la forêt de la Lande-Pourrie, avec quatre camarades. Comme il pleut des seaux, autant en profiter et, autour de la table, les hommes besognent adroitement.

Aucun n'a remarqué un des enfants de la maisonnée qui, sur le pas de la porte, bourre de poudre chipée dans un sac un bois creux de sureau. Le canonnier en herbe place un bout de ficelle en guise de mèche et s'approche du foyer pour y mettre le feu. Soudain la fusée pète et une gerbe d'étincelles retombe sur la table, enflammant d'un coup le paquet d'explosif.

La déflagration est violente, les hommes sont renversés, le toit soufflé, les murs secoués et largement fendus. Michelot et ses camarades parviennent à se tirer de l'amas de poutres et de gravats, mais le taillandier a les mains et le visage brûlés. Le feu pris à ses vêtements doit être éteint avec plusieurs baquets d'eau. Il ne voit plus, ses paupières gonflées ne s'ouvrent pas. On l'étend sur l'herbe, on lui pose des compresses mais, peine perdue, la vue ne revient pas. Les flammes ont-elles définitivement grillé les yeux roux du taillandier? Frotté le rassure. Il lui faudra du repos, dans quinze jours tout ira bien. D'ici là...

La nuit, à dos de cheval, on le transporte dans une ferme isolée, non loin de Ger. Francœur, Gimberie et Sabretout le garderont. Pas question d'arrêter les opérations : le général redoute un cantonnement prolongé, son armée est trop nombreuse pour s'évanouir sans danger deux semaines durant. On laisse donc à regret Michelot pestant contre la guigne et on remonte vers Tinchebray.

Frotté veut donner une leçon à cette ville bourgeoise, empuantie par les clubs et les idées nouvelles. Elle a trop insulté les chouans, nargué les royalistes, réquisitionné les grains des gens sans défense. L'impudence de la cité doit être corrigée et tant mieux si l'on peut s'emparer de cette paroisse : Frotté rêve d'y installer la capitale blanche de la Normandie. Blottie au cœur des grandes forêts, elle pourrait être la forteresse imprenable des rebelles; les vagues républicaines viendraient s'y briser sans pouvoir l'investir.

Mais les rêves du général font long feu. Quand Boisjugan tente de forcer une redoute il s'effondre, frappé d'une balle à la tête. La légion de Saint-Jean-des-Bois vient de perdre son second chef. A vouloir s'entêter contre le destin elle finira par recevoir le ciel sur le crâne. Cette mort est un mauvais signe.

— Egaillez-vous! hurle une voix apeurée.

Et c'est le sauve-qui-peut à travers prés et courtils jusqu'à la forêt d'Yvrandes, tandis qu'au loin brûle la ville invaincue.

Michelot apprend le désastre. Il cogne du poing sur le bois de son lit et maudit le ciel d'avoir si mal inspiré Frotté. Dans sa nuit, le taillandier maugrée contre l'aveuglement qui le paralyse.

Le général avait raison. Michelot recouvre la vue. La peau de son visage part en lambeaux et ses camarades plaisantent son épiderme rosi de jeune fille.

Le taillandier n'écoute pas les moqueries. Il veut tout de suite se remettre en jambes. Il prend avec lui un détachement d'une centaine d'hommes pour aller du côté de Mesnil-Cibout où des battues républicaines dérangent les indigènes. Voltige est de la partie avec les trois infirmiers, Francœur, Gimberie et Sabretout : eux aussi ont besoin d'une bonne goulée d'air, après avoir piétiné comme des inutiles au chevet de Michelot. Ils ne sont pas faits pour les pommades et les pansements. Ça, c'est l'affaire des femmes!

Comme ils arrivent au hameau de L'Angotière, une fermière leur signale un détachement républicain qui patrouille dans les environs.

— Ils ont tous des figures de chagrin, dit-elle. Ils sont passés chez nous, ils étaient maigres comme du bois mort, ça faisait pitié! J'ai pas pu leur refuser un peu de mêlée et du lard.

— T'aurais pas dû! lui reproche Sabretout. A nourrir le mal on prépare son malheur...

— C'est des êtres, s'excuse la paysanne. Mais ils sont partis sans dire merci.

Voltige hausse les épaules.

— C'est bien connu, grogne-t-il, le cheval ne reçoit pas toujours l'avoine qu'il mérite.

— J'ai pas donné de l'avoine, rétorque la pauvresse.

— En route, ordonne Michelot agacé par ce bavardage.

Ils reprennent leur marche. Le taillandier va en tête. Il fait soleil, le ciel est propre et il est heureux : cette escapade avec une poignée d'hommes le rajeunit de quelques années, quand il était tout jeune proscrit. A cette époque on galopait le nez au vent, toujours prêts à jouer des tours aux démagogues. Mais ce n'était pas des batailles à mourir comme aujourd'hui.

Soudain il aperçoit une procession de têtes qui défile, là-bas, derrière une butte.

— Les voilà! dit-il.

Il ordonne à Voltige de prendre une cinquantaine d'hommes avec lui, de contourner le grand pré sur la gauche, derrière les haies, et d'aller s'embusquer devant la colonne républicaine. Lui et les autres l'enfermeront. Les rats seront pris au piège.

Voltige longe la pâture par l'extérieur. Michelot et sa troupe se portent à droite vers le chemin emprunté par les bleus. Ils le côtoient un bon moment sans revoir les républicains.

Le taillandier s'inquiète de leur disparition, monte sur la butte boisée d'un fossé qui plonge sur un sentier profond. Les bougres! En contrebas, le nez dressé vers lui, ils sont tous là. Michelot se retient à une branche, se rejette en arrière d'un coup de reins, mais les fusils partent vite et cinq balles percent sa veste ronde, boutonnée serré sur la poitrine.

Deux autres plombs lui effleurent le côté gauche, à deux pouces au-dessous du bras, un autre a l'audace de couper le col de sa chemise. Qu'on le veuille ou non, la chance est parfois extravagante : sa peau est intacte!

Un bleu qui le croit raide est déjà sur la butte pour jouir du spectacle, mais Sabretout le foudroie d'une cartouche.

— T'es trop curieux, petit frère, gueule-t-il tandis que le malheureux, cul par-dessus tête, disparaît de l'autre bord.

Collés au sol, les fusils prêts à chanter, les hommes attendent maintenant l'attaque. Là-bas un tir de file éclate : Voltige et ses gars arrosent les bleus qui, sous la panique, se dispersent dans toutes les directions. On les poursuit, on les tire comme des lapins, ils s'écroulent bras en croix.

Voltige donne la chasse avec tant d'âpreté qu'il oublie la prudence. Loin devant sa troupe, il est soudain cerné. Il crochète entre les balles, il biaise, ruse, louvoie au milieu de la meute qui se resserre. Alors il bondit vers un fossé et plonge à travers la haie. Un chicot d'émousse l'accroche par la ceinture et le suspend comme un voleur de pommes, les jambes battant l'air et les mains en ailes de corneille.

Le malheureux est rattrapé, empoigné, décroché et de bonnes baffes lui rappellent qu'on n'est pas à la fête.

— Dis ta prière, ricane un officier républicain. On va t'envoyer rejoindre ton bon Dieu.

Et se tournant vers ses soldats :

— Vous, déguerpissez!

Les bleus s'éloignent. L'officier broche sa carabine, s'approche de Voltige, tâte avec convoitise l'étoffe de sa veste et de son pantalon.

— Faut pas trouer ça! Allez, déshabille-toi!

Canon braqué sur la poitrine, Voltige, ahuri, s'exécute. Parfois son regard guigne sur la droite : la haie n'est pas loin et s'il pouvait...

Le prisonnier déroule sa ceinture de rouennerie, déboutonne sa veste qu'il jette à terre puis sa chemise, enfin ses braies. Nu comme un ver, il baisse le nez et porte ses deux mains en coquille sur son bas-ventre.

— En temps de guerre on ne gâte pas des tissus comme ça! insiste le bleu.

— Faire de l'argent avec de l'étoffe de paysan... bougonne Voltige.

— Faut bien manger, petit frère. Allez, à genoux! Je vais te faire oublier tout ça.

Le bleu l'ajuste, l'amorce claque et Voltige s'étonne de l'entendre si clairement puis de voir encore, face à lui, l'officier qui blasphème en vitupérant son arme.

— Une poudre pourrie, sacré Dieu! gueule-t-il. Attends un peu que je change de cartouche.

Attendre un peu! Voltige a déjà pris son envol. La haie est franchie sans crainte des épines. Elles lui déchirent la peau mais sans qu'il ressente la douleur.

Il boule de l'autre côté, se retrouve sur ses jambes, dévale un coteau vers un champ. Derrière lui, des coups de feu : il voit la terre voler sous ses pas. Raison supplémentaire pour forcer l'allure!

— Merci, Seigneur, répète-t-il en galopant. Oh! merci Seigneur!

Le champ traversé à toutes jambes, il trouve un lacis qui conduit à une ferme. Le courtil est franchi.

Une femme est là, devant sa porte, qui lève les bras puis se cache le visage pour ne pas voir cette nudité.

— T'en fais pas, crie Voltige. Allez, vite, prête-moi un vêtement!

— Mais je n'ai rien, et le bonhomme n'est pas là.

— Un de tes jupons! ordonne le chouan. Et une blouse car j'ai froid au dos.

Le grand dégingandé a bonne mine avec un corsage de dentelle jeté sur ses épaules et une robe qui ne cache pas même ses genoux. Dans cet accoutrement, Voltige reprend son errance en quête de ses camarades. Il remonte prudemment la colline par une radresse, cherchant à distinguer quelques mouvements entre les arbres et les bruyères.

Au hameau de La Saussaie, près de Truttemer, il retrouve enfin Michelot et les amis. Assis en rond dans la cour d'une ferme, ils dévorent de la mêlée trempée dans du poiré.

— Une femme à barbe, s'écrie Sabretout, en annonçant l'arrivée d'un curieux personnage.

— Mais c'est Voltige! s'exclame Michelot.

Les rires et les moqueries éclatent comme des pétards. On l'entoure, on le tâte, on lui soulève le cotillon.

— Les gars, murmure Voltige qui rabat les mains trop curieuses, je devrais déjà être tout froid!

— Tout froid?

Il conte son aventure d'une voix blanche. Dans l'affaire il a perdu sa culotte mais gardé son humour.

— Croyez-moi, rit-il, le cul nu sous les balles on est moins qu'un moineau!

Boisjugan tué à Tinchebray, c'est le baron Martial de Mandat qui prend la tête de la légion de Saint-Jean-des-Bois.

L'ancien chef de la compagnie des déserteurs qui, depuis l'expédition rouennaise d'Alexandre, s'est grossie de cent transfuges, a le visage déformé par un coup de sabre. Quand il servait dans les hussards de Choiseul une lame ennemie lui a partagé le nez et le menton. La peau s'est recollée non sans mal. Une cicatrice boursouflée et violette lui raie la face de haut en bas. Entre eux les hommes l'appellent le Balafré. Débarqué depuis peu d'Angleterre, Mandat a déjà bien pris sa part dans les combats. Haut de taille et large d'épaules, avec une voix de stentor qui couvre les pétarades les plus assourdissantes, il a conduit des charges foudroyantes avec les chevaux pris au château de Briouze. Sa puissance, son aisance, sa gaieté jamais démontée et sa désinvolture dans les périls lui valent amitié, respect, admiration.

Il dort peu, mange en abondance et aime à chanter le soir près des feux de bivouac. Pas des cantiques à la Vierge, non, à l'amour! Ce n'est pas un païen, mais les femmes l'inspirent davantage. Sa gueule blessée faisait déjà frissonner, dans les bals versaillais, les visages extasiés surgis des jolies robes. Mais depuis qu'il bataille ici, loin de Londres où sa fierté réveillée l'a arraché enfin aux plaisirs frivoles, Mandat proclame par des complaintes l'amour dont il est sevré. La ballade du condamné à mort est son plus grand succès.

Etrange spectacle : le géant au visage sommairement recollé, botté et en grand uniforme, chante à un parterre de gueules poilues dont les regards montent en rêve vers le ciel, à travers les arbres :

La mort va donc nous désunir,
Oui, je l'entends, elle m'appelle.
Dans une heure je vais mourir,
Hélène, je périrai fidèle.
Dans la sombre nuit du trépas,
Ah! je le sens, tu vas me suivre;
Non, tendre Hélène, ne meurs pas!
Pour mon pauvre fils tu dois vivre.

— Tous en chœur : *Pour mon pauvre fils tu dois vivre.*

Et dans la nuit bocaine toutes les poitrines reprennent le dernier vers de la strophe.

Adieu, digne objet de ma foi,
Epouse chaste, vertueuse;
Ah! si je mourais près de toi,
Ma fin serait moins douloureuse;
La plume m'échappe des doigts,
Ah! quelle défaillance affreuse!
Adieu pour la dernière fois,
Vis pour mon fils et sois heureuse!

— En chœur : *Vis pour mon fils et sois heureuse!*

Les chansons de Mandat font oublier les morts trop nombreux et l'indigence des munitions. Les derniers combats, l'Auberge-Neuve, Vassy, Saint-Cornier, ont dégarni les cartouchières. Et ce n'est pas le printemps revenu avec ses sèves et ses douceurs qui rassure Frotté : ses caisses sont vides et les secours anglais, prévus par les îles Saint-Marcouf, se font attendre.

— Croyez-vous, mon général, que le comte d'Artois débarquera un jour? questionne Michelot.

Le général fait la moue, garde longtemps le silence.

— En tout cas il le faudrait, répond-il enfin. J'ai toujours pensé qu'un prince de la maison des Bourbons serait seul capable de fédérer les forces royalistes de l'Ouest. Du moins ce qu'il en reste.

— Vous avez des craintes pour l'avenir?

— Je sais que Monsieur de Ruays aimerait être son propre général. Médavy aussi. Quant à Scépeaux, j'ai appris qu'il vivait en prince. Chez lui c'est la cour. Allons, la République saura le flatter, celui-là, et il signera la paix.

— Mais les Anglais?

— Les Anglais? Je les soupçonne. Je leur ai souvent écrit, j'ai reçu des réponses rassurantes. Mais les renforts, eux, n'arrivent pas. Tu sais, cela ressemble à la chanson, ce courrier de Calais qui part toujours mais n'arrive jamais.

Michelot tente de rassurer le général :

— Au Grand-Celland nous nous sommes battus comme des lions! A Flers nous leur avons fait mal! Et nous avons pu récupérer des munitions et de la farine.

Frotté hausse les épaules :

— De quoi tenir quinze jours! Et sais-tu combien il me reste d'argent?

— Non.

— Quatorze louis!

Chapitre XIII

La cache

Au château de La Guyonnière où la légion s'est une nouvelle fois réfugiée, les vivres manquent. Trop sollicités, les paysans des lisières ne peuvent plus fournir à la demande : les greniers et les maies sont vides. Et que donneront les récoltes? L'hiver a été rude et long et rares sont les terres cultivées avec soin. Il n'y a plus guère de bras vaillants pour s'en occuper, et celles qui ont été vendues aux enchérisseurs sont en jachère : les bourgeois, nouveaux propriétaires, n'osent pas les faire labourer et ensemencer. A quoi bon, pour voir les céréales finir en cendre ou le grain réquisitionné!

Michelot, Mandat et quatre-vingts hommes partent aux environs de Vire glaner la subsistance. La colonne contourne Truttemer puis Estry. Au village de Tracy-en-Neuville, les chouans s'apprêtent à traverser la route de Vire à Villers quand ils aperçoivent, marchant sur la grand-route, un détachement républicain d'environ deux cents soldats. L'heure n'est pas à la stratégie savante, l'ennemi est trop près et il n'a rien vu; bonne occasion pour lui tomber dessus. On fonce, on charge, : sept bleus culbutent, les autres fuient.

Michelot et ses camarades se mettent en chasse pour leur mordre les mollets. Trop téméraire, le taillandier se trouve soudain, au hameau de Tracy, nez à nez avec un républicain qui le met en joue de derrière une émousse. Le coup part, et soudain privée de force, la main gauche de Michelot laisse choir son fusil. Une balle vient de lui casser le bras. Le taillandier, avec sa ceinture, met en écharpe son membre brisé puis, sans répondre à Mandat qui s'inquiète, reprend la poursuite. Cette blessure ils la lui paieront, les brigands!

Mais les républicains se calfeutrent dans le château de Courson et à partir des fenêtres arrosent les chouans qui ne peuvent approcher. Mieux vaut décrocher, l'alerte a dû être donnée à la garde nationale de Vire : si l'on s'entête ici on se fera coincer. On fait retraite sur Campagnolles. Michelot serre les dents, sa blessure le cuit. Chez Etienne Guéret, un ancien militaire, chevalier de Saint-Louis, on le panse sommairement, on lui prête un cheval. Décidément sa bonne étoile lui fait des farces : hier les brûlures, aujourd'hui le bras en pantoufle. Et demain?

Au soir tombant on atteint le château de La Guyonnière. Frotté n'y est plus. Il est parti sur Saint-Cornier. Un billet griffonné à la hâte demande à Mandat de le rejoindre d'urgence.

— Mais je ne vais pas te laisser seul! s'exclame Le Balafré.

— Allez, répond Michelot, je suis inutile, le général a besoin de vous. Laissez-moi quatre hommes, c'est tout.

Voltige, Belhumeur, Sabretout et Moustache sont volontaires.

— J'ai l'habitude, ricane Sabretout.

Au pied de l'escalier qui mène à l'étage, Michelot tremble comme un chien trempé.

— Faut te fourrer sous les couettes, conseille Voltige. Le mal ça se soigne au chaud. Fais donc pas le faraud sur tes jambes. T'es pas une mauviette, on le sait!

Au-dessus du grand salon, entre le plafond et le plancher, il existe une cachette. C'est un espace large mais sans hauteur. On lève deux planches que des verrous peuvent retenir de l'intérieur. Un matelas est disposé pour le blessé que ses compagnons installent dans le réduit. A bout de forces le taillandier s'allonge sur sa couche et tourne la bouche vers le mur : une petite ouverture de trois pouces de large et d'un pied de long y a été pratiquée pour aérer sa prison. Et il a besoin d'air pour relancer son cœur défaillant.

Les quatre amis se partagent la surveillance du manoir : deux dans la chambre au-dessus de la cache, un derrière l'escalier d'où il peut faire feu à tout moment sur un intrus par un orifice ouvert entre deux marches, face à la porte d'entrée. Le quatrième à l'extérieur, à l'abri d'une corde de bois, surveillera les passages et donnera l'alerte si nécessaire : la prudence est impérative, Tinchebray n'est pas loin, la ville regorge de républicains pour qui La Guyonnière n'est pas une maison inconnue. A plusieurs reprises ils sont venus la fouiller, à la recherche de Frotté. Mais l'oiseau s'était envolé. Cette fois l'un des chefs est au nid et si les bleus l'apprenaient...

Au fil des jours et des nuits, la blessure gonfle, se boursoufle de pus; la douleur monte maintenant du bras au cou. A plusieurs reprises, dans un accès de fièvre, Michelot déraisonne. Une fois il appelle son père et sa mère. Une autre il hurle : « Mon général, attention, derrière vous! Feu! »

Au-dessus de sa tête un talon cogne sur l'une des planches et le réveille.

— Ça va pas? questionne un des gardiens.

— Je vais crever, gémit Michelot.

Il faut d'urgence un médecin. Le taillandier conseille Sérard, de Barenton. Jadis, quand la paix existait encore, on l'a fait venir à Frèdeville pour un nouveau-né. Son père l'aimait bien.

— Paraît qu'il est républicain, dit Voltige.

— Et alors? réplique Michelot. Les idées se taisent devant le malheur. Je le connais. Va le chercher, Moustache.

Le chouan est de retour le lendemain avec le médecin. Il a fallu marcher une partie de la nuit à travers la forêt de la Lande-Pourrie, contourner Ger puis Saint-Jean-des-Bois.

Quatre bras extraient Michelot de sa cachette.

— Je veux le voir au grand jour, votre brigand, ironise Sérard. Je te reconnais pas, garçon! T'étais haut comme ça quand j'allais autrefois chez tes parents. Maintenant t'as de la barbe.

— Et surtout le bras en miettes.

— Forcément, quand on fait le vaurien, on risque le fusil.

— Taisez-vous et soignez-moi, tranche Michelot. Je ne vous ai pas fait venir pour entendre vos sornettes.

Sérard se rebiffe car il n'est pas homme à se laisser clouer le bec par un jeunot, royaliste par-dessus le marché :

— Je vais te soigner, sacripant, mais je te causerai quand même. Des soldats républicains étripés par vos balles, j'en ai vu passer entre mes mains. Sale besogne, les gars! Et pour un roi qui ne reviendra jamais! Faudra un jour reposer vos sabots sur terre. Le pays à feu et à sang, personne n'en veut plus. Cessez donc vos plaisanteries, hein!

Inquiet Voltige écoute le sermon du médecin et dit :

— Vous, en sortant vous allez nous dénoncer.

— J'ai de l'honneur, moi, chouan de malheur, réplique Sérard. Je suis là pour les corps, pas pour les idées. Les idées, peuh! C'est comme le ciel bocain, un coup de vent du nord, un coup de vent d'ouest, soleil aujourd'hui et demain l'averse... D'abord de la raison, de la droiture, pas vrai?

— On n'en a pas, peut-être? grogne Michelot.

— Toi, tais-toi pour le moment. Montre-moi ton bras.

La blessure dégage une odeur putride.

— Si ça continue, tu vas crever de la gangrène, petit. T'aurais pas dû attendre pour m'appeler.

De ses deux pouces le médecin écarte les lèvres de la plaie. Un jet de pus éclate.

— Remue tes doigts!

— Impossible.

Les petites mains carrées de Sérard courent sur le bras, palpent ici et là.

— Il est cassé au coude, murmure-t-il. Mauvais travail!

— Travail de bleu! répond le taillandier, moqueur.

— Mauvais travail quand même, renchérit le médecin. Je vais te désinfecter tout ça. Ferme les yeux et serre les dents. Surtout ne gueule pas, tout Tinchebray t'entendrait. Tu le sais, j'ai là-bas de bons amis qui ne tarderaient pas à venir te proposer d'autres soins, la guillotine ou quelques plombs. C'est d'ailleurs tout ce que tu mériterais! Attention, prêt?

Une coulée de métal fondu ne serait pas plus déchirante que l'eau-de-vie répandue sur la plaie sanguinolente. Michelot blanchit, son cœur cogne, une vive chaleur lui monte au visage, son front ruisselle de sueur. Il voudrait hurler, mais il se retient.

L'œil pétillant, légèrement insolent, de Sérard l'observe pendant l'opération. Il va voir, celui-là, si un brigand est une fillette. Maintenant les deux hommes se défient et Michelot lui décoche un sourire crispé mais un sourire tout de même.

— Ça ira pour aujourd'hui, dit Sérard en bandant le bras serré sur deux attelles. Mais qui te refera le pansement chaque jour?

— Voltige, Moustache, un des gars.

— Avec leurs grosses pattes? C'est un travail minutieux. Et puis il faut faire bouillir les bandes.

Sérard, amusé, regarde le blessé et ajoute :

— T'avais pas prévu ça, petit corniaud! Tirer sur des soldats de la patrie, rançonner les commerçants, couper les arbres de la Liberté, mettre la main au cul des filles et les sauter en criant « Vive le roi », c'est plus facile, évidemment.

— C'est des menteries, vos histoires! gueule Sabretout. Les pillages, les viols, ce sont vos patriotes de malheur qui les font. Pas nous!

— C'est bien connu, dit Sérard en se relevant, les autres sont toujours des mécréants.

Le médecin va vers la porte qui donne sur l'escalier.

— Je repasserai demain matin, dit-il, je vais coucher à Tinchebray. Si vous pouviez trouver une infirmière, je lui expliquerais comment serrer le bandage. D'accord?

Des grognements lui répondent. Il hausse les épaules. Michelot l'entend ronchonner en descendant les marches.

— Va pas nous vendre? questionne Sabretout, en dévisageant Michelot.

Mais le taillandier, écrasé par la fatigue, dort déjà.

— Allez, au trou!

Les bras des deux hommes reposent sur le matelas de la cache le corps abandonné de Michelot.

Chaque matin les sabots de Marie Galodé noircissent sous la rosée des prés qui séparent La Talboisière de La Guyonnière. Sa mère, qui n'a pas revu Michelot depuis la veillée mortuaire de Frèdeville, lui a donné la permission d'aller soigner son cousin. C'est d'ailleurs le taillandier qui, sans penser à sa cousine, a demandé conseil à la Galodé. Une bonne personne comme elle, réfléchie et droite, ne faillit jamais à une demande. De caractère, sa fille lui ressemble, avec bien des années en moins. Elle est courageuse, la petite, et muette comme une carpe sur les secrets. La mission qu'on lui confie n'est pas mince. Elle l'accepte avec fierté : ici, Michelot est un héros. Lui rendre service est un honneur.

Monsieur Sérard lui a appris à remettre les attelles en place après avoir nettoyé la plaie. Au début ses mains tremblent sur le bras meurtri mais ses doigts sont adroits à enrouler la longue bande blanche. Michelot les sent légers et frais, tout lavés par l'air pur de l'aube. Ponctuelle, elle arrive au château au moment où la nuit se dissout dans les brouillards. L'homme de garde entend les semelles de bois claquer, rapides, sur les pavés de la cour. Il s'empresse de lui ouvrir la porte et la laisse monter seule l'escalier. En haut elle toque deux coups à la porte, puis la pousse doucement et pose toujours la même question aux gardiens :

— A-t-il bien dormi?

Les premiers jours Michelot appréhendait la séance de soins : il fallait le tirer de son trou non sans troubler son bras meurtri. Mais maintenant, l'oreille tendue vers l'orifice qui donne sur l'extérieur, il guette le bruit des sabots de Marie. Et quand elle monte son cœur bat plus vite. Il ne ronchonne plus quand ses compagnons le tirent de sa nuit. Avec le jour répandu dans la chambre, Marie lui apparaît souriante comme l'espoir. Leurs regards vite croisés ne s'attardent pas, ils se dérobent l'un à l'autre et examinent ensemble le bras qui se dégonfle.

A genoux Marie fait sa besogne, riant parfois quand l'un des gardes la plaisante sur sa jolie taille ou sur ses joues rondes. Michelot n'apprécie pas ces compliments qu'il prend pour des privautés.

— Tais-toi, lance-t-il, laisse-la faire!

— C'est pas méchant, s'excuse le chouan.

— Tais-toi, je te dis.

Les compagnons de Michelot se donnent des coups de coude et se rengorgent : sa blessure lui fait le cœur tendre. C'est sûr, il est amoureux.

— As-tu vu ses yeux quand il la regarde?

— Roux, non?

— Deux vrais soleils!

Un jour Marie Galodé murmure à l'oreille du taillandier :

— Faut que je te cause.

Et d'un geste de la tête elle fait comprendre à Michelot que les autres sont de trop.

Quel prétexte va-t-il trouver pour expédier dehors Voltige et Moustache? Il se redresse, fait l'inquiet :

— Vous avez entendu, les gars? Ça tire au loin, non?

— Tu crois! s'étonne Voltige.

— C'est sûr, ajoute Moustache compréhensif. Faut aller voir!

Et ils quittent la pièce en riant.

— Qu'est-ce que tu veux? questionne le taillandier.

Ses deux mains posées sur le bras, elle le regarde cette fois droit dans les yeux :

— Connais-tu François Aumont?

— De La Vallée?

— Oui. C'est un républicain. Il m'a vue plusieurs fois venir ici. Il sait.

— T'es sûre?

— Ma mère l'a rencontré un soir, assis sur le talus au bord de la route. Il pleurait comme un enfant. Il était ivre. Il revenait de Tinchebray où il était allé te dénoncer auprès du commissaire Prairie. Pour se venger.

— Pour se venger de quoi?

— Ça fait longtemps qu'il me regarde, avoue Marie en rougissant.

Elle baisse la tête, fait silence un moment.

— Je veux pas de cet homme, soupire-t-elle.

— Mais le commissaire? demande Michelot, inquiet.

— Aumont a déclaré à ma mère que M. Prairie l'avait fichu dehors avec son pied au derrière en le traitant de malappris et de menteur.

Michelot éclate de rire.

— François avait si honte de lui qu'il est ensuite allé boire du cidre. Sans doute pour oublier sa faute. Il a tout avoué.

Michelot pose une main sur celles de Marie.

— T'inquiète pas, dit-il, si Prairie l'a viré c'est qu'il n'a pas cru à ses histoires.

— J'espère bien.

A ces mots Michelot sent un grand frisson le parcourir des pieds à la tête. Un peu plus et l'attendrissement va le vaincre. Alors pour réagir il dit :

— Faut pas t'en faire, Marie.

Mais elle ne lui répond pas. Elle se relève, fourre les bandes sales dans son panier et gagne la porte.

— C'est pas que je m'en fais, mais...

Sa phrase reste suspendue et cela est doux comme une caresse à l'oreille du taillandier. Il écoute, attentif, le bruit des sabots décroître.

Près d'un mois qu'il est caché, sans nouvelles du général : normalement il aurait tempêté contre l'ingratitude de Frotté. Mais les heures passent désormais si vite à La Guyonnière : sa journée dure le temps de la visite de Marie. Après, il dort ou il rêve à celle qui va et vient entre La Talboisière et sa cache. Et si François Aumont la guettait un matin pour la menacer ou lui faire mal? Alors il se réveille, lève les planches pour voir le jour et se rassurer. Mais c'est la pleine nuit et il entend ses gardes ronfler dans la chambre. En vain cherche-t-il l'apaisement. Ses yeux restent ouverts dans l'ombre, cherchant à dessiner le visage rond et tendre de Marie Galodé, avec ses cheveux blonds et ses yeux pervenche qui posent chaque matin leur douceur sur lui. Et cette bouche rouge à laquelle il voudrait bien goûter...

Ses doigts revivent au bout de son bras et le coude commence à pouvoir jouer. Il l'exerce quand il prend l'air dans la chambre après la séance de pansement. La fièvre l'a quitté, et il voudrait raccompagner Marie jusque chez elle.

— Pas d'imprudence! conseille-t-elle. On peut te voir.

— Et alors?

— Je veux pas qu'ils te tuent, Michelot.

Alors il prend sa bouche à pleine goulée, et il écrase son corps contre le sien. Et quand il le désemprisonne parce qu'il entend remonter les deux gardes, il sent tout vaciller autour de lui.

— A demain, crie Marie, en dégringolant l'escalier.

Dans la nuit un « Qui vive? » retentit. C'est Mandat et la légion qui arrivent. Il y a sous les fenêtres de La Guyonnière un grand remue-ménage, des cris, des chants, des appels.

— Ils sont fous, hurle Michelot qui bondit de sa cachette et descend l'escalier.

— Salut! lance Mandat.

— Silence, dit le taillandier. Les bleus vont vous entendre.

Mandat pose ses deux mains sur les épaules de Michelot. Un éclat de rire secoue sa poitrine :

— Tout va bien! C'est fini!

— Oui, c'est fini, reprend Michelot qui pense à sa blessure guérie. Tu vois, une belle cicatrice, c'est tout.

— Fini! répète Mandat.

— Quoi? s'étonne Michelot.

— Mais la guerre, petit frère! La pacification est signée depuis hier!

— Quelle pacification?

— Hoche a accordé une amnistie générale. Scépeaux a signé le premier.

— Le général le prévoyait! Et Frotté?

— Parti!

— Où?

— Il a regagné l'Angleterre par Honfleur. Il...

— Je ne comprends pas.

Mandat baisse les yeux, paraît troublé par le regard roux qui l'interroge avec inquiétude.

— Le général a refusé de signer lui-même la paix, dit-il. Bien sûr, rien n'était plus possible sans armes, sans munitions, sans argent. Pas question cependant d'une négociation avec les républicains. Il savait que les soumissions étaient nombreuses dans ses compagnies, mais aller négocier à Alençon, non, c'était s'agenouiller. Le général Dumesny lui a écrit à Couterne où il se reposait, il lui proposait une rencontre au château. Saisi par l'émotion, Frotté s'est évanoui. Ensuite...

Mandat observe le visage stupéfait du taillandier.

— Mais, Michelot, il fallait en finir! Nous allions tous crever!

— Ensuite?

— Il a convoqué Chambraye et lui a ordonné de mener lui-même les pourparlers. « Moi, lui-a-t-il dit, j'ai refusé de signer à La Mabilais, ce n'est pas pour revenir sur ma parole. Je me suis engagé personnellement auprès des Princes. C'est à eux et à eux seuls que je dois des comptes. Je pars, Chambraye! Vous, vous avez le droit de traiter, mais faites en sorte que ce soit le moins mauvais possible pour nous. »

— Et Chambraye?

— Il a signé. C'était hier soir au château de Fontenay-les-Louvets et j'y étais. Mais il a dû, auparavant, convaincre plusieurs chefs de légions. Il a eu du mal : ils voulaient continuer le combat.

— Je les comprends, tranche Michelot.

Mandat se tait sous le regard du taillandier. Il n'ose pas raconter la soirée qui a marqué le traité entre les deux armées. Le petit manoir, isolé en lisière de la forêt d'Ecouves, était illuminé, les lustres dans les salons ruisselaient comme des rivières d'or sur les uniformes et les épaules dénudées des femmes, les torches sur les terrasses éclairaient les parterres fleuris entre lesquels allaient et venaient, élégants et diserts, les officiers des deux camps et leurs épouses. Le baron Martial de Mandat était de ces heureux qui, après la peur et la faim, renaissaient à la vie dans l'insouciance. Dans la salle à manger à boiseries blanches et à tentures de toiles peintes qui célébraient la marine et la chasse, le dîner servi avait été succulent. Entre convives mille compliments avaient été échangés sur le courage des uns et des autres.

Michelot n'a pas dévié son regard, Mandat se détourne sous prétexte d'un ordre à donner.

— Et maintenant qu'allons-nous faire? demande le taillandier.

— Dormir, dormir longtemps, répond Mandat sur le ton de la plaisanterie.

Voltige, Francœur, Gimberie, Moustache, Sabretout, Belhumeur et les autres sont là, massés devant la porte. Les anciens de la compagnie de Saint-Jean-des-Bois regardent Michelot sans mot dire.

— Eh bien, c'est ça, dit le taillandier, amer, allons dormir, mais avec nos fusils.

Michelot, dans la cour, observe la confusion des hommes. Il serre les poings, hurle :

— Sentinelles, à vos postes!

Chapitre XIV

« Je n'arrive pas à me réchauffer »

Ils rentrent chez eux, à Ger, à Yvrandes, à Saint-Cornier et ailleurs. Lui, Michelot, gagne Frèdeville, à deux pas, par la route de Saint-Jean-des-Bois à Tinchebray. Empruntant le chemin encaissé entre deux haies, il atteint le plant de sa maison natale. Les pommiers sont toujours là, et derrière eux la petite chaumière dont la porte et la fenêtre sont ouvertes. Un volet arraché pourrit au pied du mur. Il avait pourtant refermé la maison avec soin en la quittant après la mort de sa mère. Sans doute a-t-elle encore été fouillée? Il en est sûr quand il pénètre dans la salle du bas où gît sur la terre battue le matelas éventré à coups de baïonnette. De sa toile déchirée il vomit de grosses touffes de crin noir. Les deux bancs ont été brisés, la huche n'est plus que planchettes disjointes.

— Engeance de misère! jure-t-il en découvrant cette désolation. On ne respecte même pas la maison d'une morte. Les lâches!

Par l'escalier de bois il grimpe au fenil et là, sous une latte du plancher, près du renflement du conduit de la cheminée, il cache son fusil. Pas question d'aller le rendre à Mortain comme l'ordonne un article du traité. Là-bas, le général Digonnet attend les soumissions mais Michelot s'en moque. D'ailleurs il faut remettre la maison en état et sa santé n'est guère vaillante. Sa blessure lui chauffe encore le bras quand il force : bonne excuse pour refuser ce long voyage de l'autre côté de la forêt de la Lande-Pourrie. Sa conscience lui rirait au nez si l'idée lui venait de faire serment à la République. Après avoir dit non à Domfront au commissaire du district qui voulait l'appeler sous les drapeaux, il n'ira pas maintenant dire oui à Mortain. A Fontenay-les-Louvets il n'était pas présent pour signer : quand on a de la dignité on ne charge pas les autres de traiter à sa place.

Marie Galodé le visite chaque jour. Il ne porte plus d'attelle mais il faut changer les linges autour de la plaie qui se referme peu à peu.

En le soignant elle lui raconte le pays, les gars rentrés chez eux qui tournent en rond comme des ânes de pressoir parce qu'ils sont déshabitués du travail, les prisonniers libérés, les prêtres non jureurs qui retrouvent leurs églises.

— Et l'abbé Mondet? questionne Michelot, l'a-t-on vu?

— Il est à Vire chez sa sœur. Il est aveugle, non, il ne reviendra pas.

— Alors qui dira la messe?

— Le jureur est toujours là. C'est pas un mauvais.

— On verra bien, grogne Michelot.

Marie le regarde intensément. Ses yeux brillent.

— Ton fusil, Michelot, tu l'as caché?

— Oui.

— Tu vas te faire prendre si tu ne le rends pas.

Michelot ne dit rien. Assis sur le seuil, il laisse son regard dériver sur la haute haie qui clôt le plant.

Marie n'insiste pas. Elle regarde le bâtiment de la forge, en contrebas. Son toit a souffert, le chaume pend de tous côtés comme des cheveux mal coiffés. La remettra-t-il en route? Il essaiera, quand le bras aura retrouvé ses forces, mais il faudra du temps avant de pouvoir refaire de belles faux, comme jadis. Une lame solide, coupante et qui ne s'émousse pas n'est pas une mince affaire à fabriquer. Il faut chauffer l'acier à point et marteler avec adresse. Ce n'est pas une besogne pour se distraire.

Michelot hausse les épaules et branle la tête : saura-t-il encore faire des « Moulin »? La guerre vous arrache au travail puis, quand elle s'en va, c'est lui qui vous échappe.

— Quand on a appris un métier, on ne le perd jamais, rassure Marie qui passe ses doigts légers sur le visage fermé de Michelot. Rends ton fusil, dit-elle avant de s'éloigner.

Le taillandier ne répond pas. Quand, plus tard, les gendarmes viennent à Frèdeville lui rappeler la loi, Michelot montre son bras et se désespère sur sa santé qui ne revient pas. La comédie prend : ses visiteurs, soucieux de ne pas exciter l'ancien brigand, n'insistent pas. Ils proposent même de lui obtenir un sauf-conduit provisoire jusqu'à complète guérison.

A part un lieutenant analphabète qui ne comprend rien à son papier et le conduit de force à Tinchebray pour s'expliquer avec un commissaire, personne, de tout l'été, ne viendra déranger sa liberté. Le plant nettoyé de ses mauvaises herbes, les branches mortes fagotées, la maison ordonnée, la forge remise en marche : le travail n'a pas manqué, mais pas au point de réduire la vigilance.

Les rumeurs ne sont pas bonnes aux alentours. Souvent, dans les communes, entre républicains et royalistes, l'étincelle d'une dispute bénigne prend des proportions d'incendie. Les coups de poing volent, on s'injurie, on se menace de mort. Et parfois, dans l'Egrenne ou dans un étang, on découvre un corps gonflé.

Quand les nerfs sont trop tendus, les langues ne se retiennent pas et les propos inciviques fournissent aux municipalités l'occasion de jeter en prison des effrontés. A d'autres on reproche d'avoir embauché contre la République, ou encore d'avoir rançonné jadis un bourgeois acquéreur de biens nationaux. Les affamés, qui ont hier dérouté un convoi de grain, sont aujourd'hui traités comme des voleurs. L'arbitraire ne manque pas de prétextes.

La plupart des officiers de l'armée royale ont depuis longtemps regagné Londres. Ceux qui sont restés dans le bocage rendent visite à leurs soldats. Les nouvelles circulent. Il arrive qu'elles viennent d'Angleterre. Là-bas Frotté prépare son retour. Voltige, qui l'a appris, a une autre chose agréable à dire à Michelot :

— Paraîtrait que tu es reçu chevalier de Saint-Louis!

— Comment ça?

— Un bruit qui vient de Caen.

— De Caen?

— Monsieur de La Roque-Cahan arrive de Londres et s'y cache. C'est lui qui...

— Cahin-Cahan! se souvient Michelot qui n'a pas oublié la piètre stratégie du premier général de la légion et la chanson de Sabretout.

— Lui-même, assure Voltige. Monsieur de Frotté l'a nommé général en second et lui a demandé de se rendre en Normandie pour s'informer. Il aurait reçu des instructions pour lever une nouvelle armée.

— Diable, s'étonne Michelot, si on fait appel aux peureux, le roi de France n'est pas près de retrouver son trône!

— En tout cas, ajoute Voltige, il aurait une croix pour toi.

— Baliverne! siffle le taillandier qui va reprendre son travail devant son enclume.

Son marteau qu'il balance de haut en bas de toute la puissance de sa rage cogne sur l'acier.

— Bon Dieu de Cahan, s'il revient celui-là!

Il ne reviendra pas : arrêté près de Tinchebray, le général est jugé en comité secret et fusillé sur-le-champ.

Quand Michelot apprend sa mort — dans la poche du général on a retrouvé une croix de Saint-Louis — il s'emporte contre lui-même. Pourquoi donc n'a-t-il jamais voulu entendre Frotté affirmer la loyauté de La Roque-Cahan? C'est sûr, l'impatience et la colère lui ont bouché le regard et clos l'ouïe. Sans compter qu'elles l'ont rendu injuste.

— Ah! sacrée cacade, grogne-t-il en forgeant le fil d'une faux.

Il abomine cette guerre qui fait déraisonner les hommes et remplit leur cœur de méchanceté. Il se croyait sans malveillance. mais dans sa mémoire, plus fort que les coups de marteau sur l'enclume pour chercher à couvrir les hurlements de la honte, résonnent les « cahin-cahan » de la dérision qu'il chantait à tue-tête avec ses compagnons.

— Moulin, se répète-t-il avec mépris, t'es un vaurien, t'es un brigand, il te punira le Bon Dieu à cause de ce malheureux que tu as sali.

A bout de forces il s'arrête enfin. Il sent sur ses épaules endolories sa lourde tête. Et peser sur elle de toute sa puissance ce ciel immense qui l'apeure.

— T'es un vaurien, un moins que rien!

Survient un autre malheur : Mandat est arrêté près de Bayeux, à La Haye-Piquenot. Depuis la fin de la guerre, le Balafré est comblé par Madame de Bamaresq, abandonnée par son mari émigré. La maison qui l'accueille est agréable, la table parfaite et les journées bien courtes, passées à aimer celle qui le reçoit. Mais l'ancien commandant de la légion de Saint-Jean est surveillé : il voit trop de suspects. Les deux amants sont arrêtés, conduits à Caen, jetés en prison.

Il faut sauver Mandat. Michelot court à Vire et fait du porte-à-porte pour recueillir des fonds : avec une somme de cinquante mille francs, on dit que le geôlier du Balafré se laisserait gagner. Mais quand le danger n'est plus sous vos fenêtres, on n'écoute pas les sollicitations. Les amis d'hier sont devenus prudents. Michelot rentre bredouille ou presque : une poignée de sous au fond de la poche, quatre mille francs!

Mandat est fusillé dans les fossés du château de Caen. On dit qu'il a chanté jusqu'au dernier moment. Sa voix réveillait la prison. Et on le laissait faire. « La *Ballade du condamné à mort* devait être à son répertoire », songe Michelot. Il ne l'a pas oubliée. Il la fredonne :

La mort va donc nous désunir,
Oui, je l'entends, elle m'appelle.
Dans une heure je vais mourir...

Ses yeux roux se brouillent au-dessus de la forge. A quoi rêve-t-il, tandis que le chagrin lui serre la gorge?

C'est son tour, on l'arrête un matin. A la prison de Tinchebray, qu'il connaît bien pour en avoir tiré l'abbé Mondet, il reçoit la visite de Prairie.

— Cette fois, glapit le commissaire, tu ne t'en sortiras pas. Le juge de paix, Monsieur de La Prévostière, t'en veut, Michelot. Et quand il tient un sacripant de ton espèce, il ne le lâche plus. La Roque-Cahan, par exemple!

— La Prévostière m'en veut? ricane Michelot. M'étonne pas! Il a plus à craindre de moi que je n'ai à le redouter.

— Comment cela?

— Il n'a pas été amnistié, lui!

— Qu'est-ce à dire, mon gars?

— Savez-vous qu'il n'était pas le dernier à nous fournir des armes et des munitions et s'il n'a jamais porté le fusil parce qu'il était trop poltron, il nous a souvent renseignés sur ce qui se passait ici.

— Tais-toi! Michelot, moi les menteurs, je ne les aime guère!

— Je peux vous prouver tout ça avec des écritures. Oh! je ne cherche pas à le perdre. Mais s'il veut m'éplucher la tête...

Prévenu de cette menace, La Prévostière tombe malade. Il prétend être atteint d'une si forte fièvre qu'il ne pourra jamais juger Michelot. La ficelle est grosse, mais le taillandier n'est pas surpris. S'il va raconter au tribunal que le juge de paix a écrit jadis à Frotté pour lui demander une faveur, le magistrat aura des comptes à rendre. C'était l'époque où les chouans connaissaient des succès et La Prévostière, prévoyant, avait mis deux fers au feu. Mais à vouloir trop louvoyer entre les roches on finit par faire naufrage. Le juge de paix fait donc savoir qu'il prend médecine chez lui, qu'il n'est pas en état d'interroger le taillandier. Et il écrit à son remplaçant d'Athis, un certain Dauphinière, prêtre marié reconverti dans la procédure, de régler l'affaire au mieux.

— Il m'a conseillé de vous trouver innocent, avoue Dauphinière à Michelot.

— Mais de quoi m'accuse-t-on?

Alors le juge fait l'énumération des calomnies : d'une part Michelot s'est rendu chez Madame de Mannière, au Mêlier, près de Mortain, et lui a dérobé une montre en or; d'autre part il a voulu faire assassiner un certain Maillot, du village de Noblette, à Ger.

A l'audience publique Mme de Mannière ne reconnaît pas en

Moulin son visiteur nocturne. Quant à Maillot, il bredouille des excuses.

— Allez, tu es libre, tranche Dauphinière, mais tiens-toi tranquille, sinon...

Comme Michelot quitte la prison, La Prévostière sort du lit, la vengeance au cœur : ce brigand-là, qui s'en tire à bon compte, lui paiera un jour l'humiliation qu'il lui a infligée.

Partout les bourgeois redressent la tête. Ils sortent des villes pour aller visiter leurs propriétés fraîchement acquises, et cette fois sans crainte de représailles. Ils ont la loi pour eux et, en face, on est muet. Mais, on le sait, quand le Bocage se tait il faut s'en méfier. L'arrestation de Michelot a rembruni les hommes : toucher au taillandier de Saint-Jean-des-Bois c'est tous les gifler. Alors ils se murent dans leur silence, la colère au bord des lèvres.

Des prêtres menacés, d'autres jetés en prison, des exécutions un peu partout, toujours sommaires : le mauvais temps revient. Les colonnes mobiles, quand elles traversent les paroisses rebelles aux démagogues, montrent de l'arrogance. Les perquisitions, les rafles, et les interrogatoires reprennent et les prisons se remplissent à nouveau.

A Frèdeville, Marie Galodé n'est plus la seule visiteuse. Des émissaires surviennent à la nuit fermée qui se concertent avec Michelot devant le feu de bois. Des lettres s'échangent, des ordres venus d'Angleterrre se transmettent. Le général pressent une reprise de la guerre et Michelot reçoit l'ordre de lever une légion.

Il faut de l'argent pour s'équiper. Avec Voltige, le taillandier réfléchit à un plan. Quand les deux amis l'ont mis au point, les anciens de la compagnie de Saint-Jean-des-Bois sont alertés. Les fusils sortent de leurs cachettes. Michelot retrouve le sien, sous la latte du fournil. François Paillard redevient Belhumeur, Jean Graindorge, La Grenade, Victor Le Teinturier Sabretout, Aubert Moustache.

La même nuit, entre Ger et Chanu, des acquéreurs de biens nationaux sont tirés de leur lit. Ils proclament leur pauvreté, exigent que leurs maisons soient fouillées de fond en comble, jurent qu'ils ne possèdent pas un liard.

— L'argent c'est pour plus tard, dit Voltige en leur liant les poignets. On veut d'abord vous faire réfléchir!

— Vous n'allez pas nous tuer? interrogent les bourgeois qui tremblent.

Leurs yeux se désolent en quittant leurs femmes et leurs enfants et, à la queue-leu-leu, les voilà partis dans la nuit vers la forêt du Bois-Daufils où une grotte sera leur prison.

Les otages sont bien couchés, nourris raisonnablement et ils disposent d'une table, d'une chaise, d'encre et de papier. Rien ne manque, pas même la chandelle s'il venait à l'un d'eux la pressante envie, dictée par la raison, d'écrire à son épouse ou à son notaire de payer la rançon.

Certains cèdent vite, d'autres se rebiffent. Comme les obéissants ne pourront pas être libérés avant les têtus, les dociles ébranlent sans peine les obstinés.

Michelot s'amuse à écouter leurs querelles : entre eux les riches sont comme des loups, ils se griffent, se déchirent. C'est une misère d'entendre ces fiérots, si bombés dans la rue ou sur leurs terres, se disputer avec tant de mesquinerie. Tout finit par s'arranger entre ces gens-là. Les séquelles seront pour plus tard, quand ils se retrouveront au salon ou au bal. D'ici là il faut recouvrer la liberté, retrouver la maison, un peu moins fortuné sans doute. Que faire d'autre?

Les otages retournent à leurs foyers; les chouans, eux, sont allés soulever quelques pierres au bord des chemins ou plonger la main dans la plaie noire d'une émousse creuse et ils ont retiré de ces cachettes du bel or.

Ainsi constitué, le trésor permet de soudoyer les munitionnaires de Vire et de remplir les cartouchières. Après quoi on va se cacher dans les bois : maintenant les cent cinquante hommes rassemblés attendent l'arrivée de leur chef et espèrent le retour du général..

Ailleurs, du côté d'Avranches et d'Ambrières, d'autres compagnies se reconstituent. L'effervescence est à son comble quand Frotté, jeté par la mer sur la plage de Meuvaines, près de Bayeux, débarque enfin le 23 septembre 1799.

L'odeur des buis coupés embaume. Les arbustes ébarbés avec soin dégagent ce soir un parfum si intense qu'il ravive la mémoire du général.

Cette senteur l'accueillait déjà quand il arrivait de Caen à Couterne pour les grandes vacances. Apparemment, depuis ces temps heureux, rien n'a changé ici. Le château a pourtant connu bien des fouilles et des pillages. Hier encore les républicains d'Alençon ont cantonné dans les salles du rez-de-chaussée. Mais le rose des briques est toujours aussi transparent et les pelouses aussi vertes qui déroulent, jusqu'aux fenêtres, leur lac de verdure bordé de fleurs bleues.

A droite, l'automne embrase les frondaisons qui posent leurs reflets enflammés sur l'eau de l'étang. Des insectes invisibles en rident parfois la surface et les ondulations légères qu'ils provoquent ajoutent plus de fragilité encore à cet instant de paix qui suit la bataille. Pour déloger les quatre-vingts bleus de la caserne de Couterne, les six cents chouans de la petite armée de Frotté ont dû chauffer leurs canons. Et comme les républicains s'entêtaient, on a incendié la bâtisse pour les déloger. La poignée de survivants s'est rendue, ils ont abandonné leurs armes pour sauver leur vie. Le général a encore gracié : plus qu'ailleurs il a voulu ici éviter les exécutions pour ne pas injurier sa terre, celle de ses ancêtres.

La libération de Couterne est un signe heureux pour Frotté. Ainsi marquée, la reprise des hostilités s'annonce sous des auspices qui le rassurent et il goûte maintenant, sens en éveil, aux fragrances de son lieu.

Cependant la sérénité de l'heure ne calme pas l'irritation trop longtemps contenue de Michelot. Marchant du même pas que le général, le taillandier tourne mille fois dans sa tête les reproches qu'il entend lui exprimer. Depuis son retour d'Angleterre, Frotté n'a pas eu le temps de lui ménager un entretien sérieux. Les deux hommes se sont retrouvés avec joie mais, après de rapides effusions, il a fallu organiser l'armée, nommer des chefs, dresser des plans.

Sautant en contrebas vers la passerelle qui permet d'atteindre le bois, le long de l'étang, Frotté dit :

— Tu vois, j'amarrais ma barque ici. J'allais parfois pêcher. Tu ne me croiras pas mais j'avais à cette époque de la patience.

Michelot saute sur le mot :

— Eh! oui, vous n'en avez plus beaucoup, mais moi, mon général j'en ai encore moins.

Frotté, surpris par le ton du taillandier, se retourne :

— Qu'est-ce à dire, Michelot?

— C'est-à-dire, réplique le taillandier, que j'ai depuis longtemps des choses à vous conter.

Michelot, bras croisés sur la poitrine, redresse la tête et fixe le général de ses yeux roux.

— La paix, je l'ai apprise comme le dernier des derniers. Sans quoi...

— Sans quoi?

— Je vous aurais convaincu de ne pas la faire signer par M. de Chambraye. Et puis pourquoi êtes-vous parti si rapidement? Non, on n'abandonne pas la maison comme ça, quand il y a le feu dans la charpente.

— Je t'interdis de dire ça, coupe Frotté. Je ne suis ni lâche, ni traître. L'armée n'en pouvait plus, nous étions nus. Il fallait souffler, mais moi, j'avais un autre devoir, tu m'entends bien : retourner à Londres pour convaincre les Anglais de nous aider.

— Et ils ne vous ont pas écouté!

— C'est vrai! Mais je n'avais pas le droit de ne pas essayer. Et je me suis battu pour persuader le comte d'Artois : je suis allé à Edimbourg, je l'ai rencontré, il m'a autorisé à reprendre les armes. Plusieurs officiers m'ont soutenu.

— Mais les Anglais?

— Windham, le ministre de la Guerre, ne voulait plus entendre parler de moi comme chef de l'armée normande. Il exigeait Puisaye, ce malheureux qui nous a conduits à la tragédie de Quiberon. Entre eux il y a une vieille amitié...

— Cela ne suffit pas pour gagner la guerre!

— A ce niveau-là, Michelot, les sentiments ont souvent plus

d'importance que les faits. Les hommes au pouvoir, le sais-tu, ont plus d'humeur que de jugement. Et je déplaisais à ce ministre. Monsieur a plaidé ma cause, il a quand même gagné contre Windham. De plus il a passé outre aux avis d'officiers français qui m'étaient opposés. Il y a tant d'intrigues...

— D'intrigues?

— Ce monde de Londres est corrompu, léger, futile, égoïste et jouisseur. Les manœuvres les plus basses sont toute sa distraction. Et j'en connaissais plusieurs, de ces Français qui ne résistaient pas à de bons mots pour se faire apprécier dans les salons des Lords! Des mots blessants portés contre notre combat qu'ils qualifiaient de houzarderie! Quant à moi, je n'étais qu'un polisson! Tu entends bien, Michelot, je ne suis qu'un polisson.

— Si nous sommes des polissons, reprend Michelot, nous sommes aussi dans la cacade.

— J'aime bien ce mot de cacade. D'où le tiens-tu?

— Oh! du Bocage!

Les deux hommes reprennent leur promenade à travers la jonchère qui borde l'eau. Le soleil s'éteint à l'ouest dans une lueur orange et l'ombre gagne le bois. L'étang pétille sous les premières étoiles.

— Le polisson que je suis prendrait bien ici de longues vacances, murmure Frotté. J'aime tant Couterne. Mais il faut repartir.

Il s'arrête, se tourne vers Michelot :

— Tu te souviens, j'avais raté Tinchebray. J'ai réfléchi depuis : il faut maintenant aller prendre Vire et nous tiendrons tout l'ouest de la Normandie.

Des redoutes, des palissades, des chevaux de frise, deux mille hommes, des armes en abondance, des magasins qui regorgent de munitions : Vire ne tombe pas. Les chouans se brisent sans succès contre la forteresse, les canons républicains les fauchent par dizaines. Il faut décrocher, filer vers la Manche. A Sourdeval on prend une revanche médiocre sur un détachement de bleus, puis on s'enfonce dans le Cotentin. La pluie noie le pays, les rivières débordent, les chemins sont des torrents, et la colonne s'enlise dans des bourbiers profonds. Epuisée, elle doit faire demi-tour et gagner la forêt de la Lande-Pourrie pour reprendre des forces.

Retour d'Egypte, Bonaparte a pris le pouvoir. Le général Hédouville remplace Hoche, et Frotté reçoit des émissaires : ils veulent le convaincre de signer la paix. Le général les renvoie. Ils lui ont parlé de conférences, de rencontres. Non! La République a déjà trop trompé les Normands : s'ils doivent mourir ils mourront, mais sans se rendre.

Alors on les poursuit avec plus d'acharnement encore, on les harcèle dans les vallées, dans les forêts, on les oblige à débucher des fûtaies, à courir jour et nuit.

— Je les aurai à genoux, jure le général Guidal, à Alençon.

Il se trompe : fourbus mais toujours debout, les chouans remontent vers le nord, attaquent Le Sap où ils fusillent le maire, ils entrent à Vimoutiers puis à Gacé, reviennent enfin au pays après cette randonnée qui a pris de vitesse les lourdes colonnes républicaines.

A La Guyonnière, de mauvaises nouvelles attendent le général. Bourmont dans le Maine puis Cadoudal en Bretagne viennent de signer la pacification.

— Désormais seul! dit Frotté à Michelot.

Dans la grande salle du rez-de-chausée où il fait les cent pas, le général sent approcher l'heure de vérité. Il n'a pas le droit de le cacher : à peine commencée, cette deuxième guerre est déjà un échec. Son armée, sa bande plutôt, est cernée : la moindre sortie coûte des vies.

— Regarde, dit-il en posant son front contre une vitre de la fenêtre, ils n'en peuvent plus.

Couchés sous la pluie et sur les pavés de la cour, les gars dorment, la tête posée sur leur bissac.

— Comme des bêtes, murmure le général.

Maintenant il tourne en rond, les mains dans le dos, la tête penchée.

— Il fait froid, Michelot. Fais donc allumer un feu.

Quand les flammes rougissent la pièce, Frotté s'en approche et leur tend ses doigts.

— Je ne comprends pas, ce soir je suis glacé.

Son uniforme détrempé fume sous la chaleur et Michelot,

silencieux derrière lui, observe cette scène irréelle : une silhouette noire découpée par une intense lumière au milieu d'un brouillard.

— Michelot?

— Mon général?

— Je vais t'annoncer quelque chose de grave.

Le taillandier se tait.

— Tu m'entends?

— Oui.

— Eh bien, demain, je vais me rendre à Alençon pour rencontrer le commandant de la place, le général Guidal. Dans le Maine, en Bretagne, la pacification est signée. Les soixante mille hommes de l'armée de l'Ouest peuvent d'un jour à l'autre s'abattre sur la Normandie. Désormais nous sommes seuls à résister. J'ai réfléchi, Michelot : il faut maintenant éviter au pays les maux incalculables qu'entraînerait la poursuite de nos combats. Je dois négocier. J'ai demandé à plusieurs de mes compagnons de m'accompagner. Mais toi, tu resteras ici pour t'occuper des hommes.

— Bien, mon général, et j'attendrai?

Frotté ne répond pas. Il dit seulement :

— Je n'arrive pas à me réchauffer.

Troisième partie

L'errance

(1800-1813)

« Ma position était très critique. Je me trouvais dénué de tout : sans fortune, sans argent, et même sans linge et sans habits; toute ma garde-robe ne valait pas cent cinquante francs [...] Tout cela me tourmentait l'esprit nuit et jour. Les offres que le général Gardanne m'avait faites me revenaient souvent à la pensée, me représentant un moyen d'existence bien plus certain et bien plus facile que celui que je me proposais d'adopter. Cela me tracassait et me mettait l'esprit dans un grand malaise. J'aurais voulu n'avoir pas été à Caen : je n'aurais pas eu ces sujets de tentation. Mais lorsque je venais à me rappeler la mort de mon infortuné père, les injustices que le gouvernement républicain avait ordonnées et toutes les horreurs qui s'étaient commises et se commettaient encore tous les jours, ce tableau me rendait bientôt ferme dans ma résolution de ne jamais servir un pareil gouvernement, de mourir plutôt de misère s'il le fallait. »

Mémoires de Michelot Moulin.

Chapitre XV

Une paix amère

Maintenant qu'il frappe sur son enclume, Michelot repasse les derniers moments de la guerre.

Frotté l'a serré longuement dans ses bras : « Je suis sans illusions, je vais à la mort. Mais le pays a trop saigné. Adieu! N'oublie jamais nos compagnons et sois heureux. Souviens-toi du malheureux Frotté. » Le taillandier l'a accompagné une lieue puis a regagné La Guyonnière pour donner aux hommes l'ordre de rentrer chez eux. Ensuite il a rejoint Frèdeville et il a repris son travail sans vouloir penser à la nouvelle qu'il redoute.

Cinq jours plus tard, le 19 février 1800, quand il a aperçu Voltige déboucher en courant sur le plant, il a compris.

— Fusillé! a dit Michelot.

— Comment le sais-tu? s'est étonné l'ami, le visage en larmes.

Michelot s'est tu, a branlé la tête.

— Hein, comment le sais-tu? a répété Voltige.

— Ce soir-là...

Mais sa gorge s'est un instant bloquée sous la poigne de l'émotion.

— Ce soir-là, a-t-il repris, il avait trop froid!

— Maintenant c'est fini, dit Voltige, et sans honneur pour la République. Le général et ses compagnons avaient pourtant un sauf-conduit. Mais les loups n'ont que faire des lois et des promesses. A Alençon ils ont été arrêtés samedi à minuit. Paraît que la trêve était expirée! Ah, les fripouilles! Ensuite ils ont été conduits à Verneuil, escortés par près de deux mille hommes.

Une armée pour sept prisonniers... quel courage! Et puis, hier matin, une commission militaire les a jugés. La mort pour tous. L'exécution a eu lieu avant la nuit.

Le taillandier se détourne, reprend son marteau.

— Bon, ajoute Voltige, je rentre à la maison.

Resté seul, Michelot se rue au travail comme un forcené, pour essayer d'oublier sa peine. A Frèdeville on ne s'enchagrine pas en bayant aux corneilles! En brisant ses forces dans son atelier, il espère écrêter peu à peu les pointes douloureuses des mauvais souvenirs. Mais la solitude lui pèse, les camarades ne sont plus là et les journées n'en finissent pas. La paix est un gouffre d'amertume pour le soldat privé de victoire.

Marie Galodé, heureusement, vient souvent le héler par-dessus la haie. Elle n'ose entrer sur le plant maintenant que le bras guéri n'a plus besoin de ses secours. Pudique, mais aussi méfiante des commérages que certains ne lésinent pas à colporter, elle préfère causer à travers les branches avec celui qu'elle aime.

Si elle a grand besoin d'être enfermée quelques instants dans les bras du taillandier, elle franchit l'échalier et se jette à son cou. Leurs lèvres se prennent à la volée puis elle se sauve. Sa mère lui a bien conseillé de ne jamais trop échauffer un homme avant le mariage : même chez les plus sérieux, les sens se mettent en feu quand on les tente et Michelot, tout bien qu'il est, pourrait un jour aller voir sous ses cotillons. La Galodé se trompe : il aime trop sa Marie pour lui faire croire qu'il n'en veut qu'à sa peau. Quand on désire la fleur on ne piétine pas la graine.

— Tu ne me verras pas pendant deux jours, lui annonce-t-il.

— Mais où vas-tu? s'inquiète-t-elle.

— A Caen. Le général Gardanne veut me voir.

Marie frémit.

— T'es convoqué?

— Oh, c'est pas grave!

Pas grave? Le général de Frotté, lui, n'est jamais revenu. La police consulaire n'est pas meilleure que l'autre. Elle le sait, les comptes ne sont pas soldés pour les chouans, et sous les apparences de la paix, la vengeance ne dort que d'un œil. A

Saint-Jean-des-Bois certains lui font des plaisanteries sur son « brigand » et leur ton n'est pas à la fête mais à la menace.

— N'y va pas, supplie-t-elle. T'as du travail ici.

Il ne faut pas perdre de temps quand on veut conjurer l'indigence. Le pays est trop pauvre aujourd'hui pour laisser encore les hommes vagabonder et se distraire à des inutilités. Michelot doit gagner sa vie, et quand le commerce des faux ira bien ils se marieront. C'est à cela qu'elle pense en le regardant d'un œil implorant.

Peine perdue : quand il a décidé, celui-là, il est aussi insensible aux paroles qu'une pierre bocaine. Et si son entêtement la chagrine aujourd'hui, il la rassure pour l'avenir : quand il dira oui devant le prêtre, ce ne sera pas parole en l'air.

Par Saint-Christophe, La Landevaumont et Saint-Germain-de-Tallevende, Michelot gagne Vire à pied où il prend la malle pour Caen.

Défoncée par le passage des troupes, des chevaux et des canons, la route ne fait pas de tendresses aux roues. Elles gémissent dans les ornières, s'enfoncent dans la boue et vibrent sur les pierres. Les épaules s'entrechoquent et les jambes se balancent au rythme des cahots. Michelot, brassé au milieu des passagers par les déhanchements de la voiture, ne grogne pas comme ses compagnons de voyage. Les heures à passer dans cette oisiveté inconfortable, mieux vaut les consacrer à regarder le beau printemps d'avril qui gonfle les bois et les haies de feuilles luisantes, plutôt qu'à gémir sur l'état du chemin. A la hauteur de Neuville, il reconnaît les lieux du combat qui s'est achevé, pour lui, au hameau de Tracy, par une balle dans le bras. Le pré gadouilleux qu'il a traversé à la poursuite des bleus n'est qu'un tapis de boutons d'or.

A Caen, arrivé dans la soirée, Michelot se présente au poste de garde de la caserne. Le général Gardanne le reçoit aussitôt. Rond, enjoué, bavard, l'officier le met à l'aise par des propos aimables sur sa bravoure. Sensible, comme tout soldat, aux compliments, le taillandier abandonne sa méfiance. Et puis cet accueil-là ne préfigure pas la prison, toujours à craindre par ces temps incertains.

— Je sais, dit le général, que vous aviez une grande influence sur vos hommes. Ils vous aimaient, vous faisaient confiance et vous obéissaient. Nos troupes ont eu fort à faire avec vous. Ah! si vous aviez été de l'autre bord...

Un grand sourire fend le visage poupin du général.

— Enfin, reprend-il, c'est le destin de chacun de se trouver, sans le vouloir, dans un camp plutôt que dans l'autre. Les événements font le reste. Nous vivons tous au fil du hasard. Aujourd'hui c'est la paix et il faudra bien apprendre à revivre ensemble, n'est-ce pas? Vous, monsieur Moulin, qu'allez-vous faire? On ne quitte pas son uniforme comme ça. Je suis un vieux soldat et je n'imagine pas mon existence hors de l'armée.

— J'ai repris mon métier de taillandier, répond Michelot. Et j'espère bien en vivre. Je l'avais un peu oublié, je l'avoue, mais...

— Allons, vous n'allez quand même pas vous enfermer dans votre forge après avoir acquis tant d'expérience militaire! Vous avez, je crois, le grade de lieutenant-colonel, vous êtes jeune. Ne restez donc pas à Saint-Jean-des-Bois.

— C'est mon pays.

— C'est votre pays mais on doit y mourir d'ennui. La vie de garnison est quand même plus agréable. Vos faux ne feront pas bouillir votre marmite. Venez donc chez nous, monsieur Moulin, nous vous garderons votre grade et vous confierons un commandement. Notre pays a besoin de vous. Et puis, je vais vous dire autre chose.

Le général Gardanne applique ses deux mains sur la poitrine de Michelot.

— Là-bas, je le pense, les tentations seront nombreuses de se proscrire à nouveau. La nostalgie de la guerre est terrible pour les anciens soldats. Vous commettrez des imprudences et ce sera votre fin.

— Non, réplique Michelot, vous pouvez être rassuré : si la République ne nous persécute plus nous ne reprendrons jamais nos fusils. Mais ne me demandez pas de servir dans vos rangs. Je n'ai pas l'âme d'un transfuge, ni celle d'un ingrat. Mon père est mort dans l'une de vos prisons, je n'ai pas le droit de l'oublier.

— Votre père aurait dû, quand vous étiez jeune, vous diriger vers la carrière des armes. Qu'êtes-vous donc allé faire chez les royalistes? Vous n'aviez pas de fortune, vous n'étiez pas d'une famille à parchemins. Tous vos intérêts vous portaient vers nous. Et vous seriez maintenant général!

— Je suis taillandier, dit Michelot. Et chez moi celui qui fabrique les faux est utile.

Le général fait la moue, caresse nerveusement son menton, puis frappant sa table de travail du plat de la main :

— Si vous refusez mon offre, monsieur Moulin, c'est que vous me dissimulez vos intentions futures. Je sais que vous êtes une forte tête.

Il pointe l'index vers lui :

— Prenez garde, mon ami, nous vous surveillerons. Je sais que les gens de votre parti vous rencontrent toujours.

— Pas en soldat mais en camarades, rétorque Michelot.

— On dit ça! Et puis, un beau matin, on abandonne sa forge et on reprend son fusil. Mais cette fois ce sera trop tard, vous serez arrêté et fusillé, monsieur Moulin.

Comme il le raccompagne jusqu'à la porte le général républicain dit encore, mais cette fois sur un ton plus accommodant :

— Un soldat est toujours fier de sa cause et je comprends votre réserve. Vous avez de la dignité mais réfléchissez : si vous la mettez à notre service, avec votre expérience et votre courage, votre vie sera plus heureuse.

La tête légèrement penchée, le général, d'un demi-sourire qui plisse sa joue gauche, se fait paternel devant le visage fermé et froid du taillandier. Mais rien ne bouge sur cette face figée, sauf les grands yeux roux.

— Ma vie est heureuse chez moi, mon général, et ne vous préoccupez pas de mon bonheur, c'est mon affaire! Au revoir.

Prenant congé brusquement de l'officier républicain, Michelot quitte le bureau, gagne la cour du casernement qu'il traverse d'un pas pressé et se jette dans la rue pour se dissoudre, anonyme, dans la foule des chalands. Au milieu de la cohue, il retrouve son calme, sa colère s'apaise et il pense à Marie Galodé : son amour est la seule certitude qui lui fasse oublier les menaces de Gardanne.

Des sonorités joyeuses s'envolent du clocher de Saint-Jean-des-Bois et les vielles du cortège enchantent la foule rassemblée devant le porche. A l'intérieur la voûte est dorée par l'éclat des bougies qui illuminent l'autel. Des brassées de fleurs champêtres encadrent le tabernacle et les grands pieds des chandeliers de cuivre, astiqués par le custod, luisent comme des traits d'or.

Au bras de la Galodé, Michelot entre le premier. Suit Marie, à celui de Voltige : elle paraît une minuscule poupée blanche à côté de l'échalas, droit comme un hêtre et fier de l'honneur qui lui revient de conduire la mariée. Du coup il a ravalé sa jovialité coutumière. La dignité lui fait un costume un peu trop serré sous le col glacé qui lui donne une allure de héron.

Debout devant leurs prie-dieu, Marie et Michelot attendant maintenant l'arrivée du prêtre, guettant la porte de la sacristie. Elle s'ouvre enfin sur un vieillard à la démarche mal assurée. Sabretout le guide par la main avec des précautions maternelles.

— L'abbé Mondet! crie Michelot qui ne peut retenir sa joie.

Et regrettant cette manifestation irrespectueuse devant le Bon Dieu, il plaque la main sur sa bouche.

Le prêtre aveugle s'approche, ses doigts se tendent vers le visage de Michelot dont ils parcourent les traits avec la douceur d'une aile.

— Je te reconnais, mon gars, murmure-t-il.

— Moi aussi, dit le taillandier.

— Je l'espère. Tu n'as pas perdu tes yeux, toi?

— Non, répond timidement Michelot.

— Et ils sont toujours roux?

Il n'ose répondre car il n'aime pas à parler de lui. C'est Marie qui dit :

— Oh! oui, monsieur le curé, roux, toujours roux.

— Bien, dit le prêtre, je vais vous bénir.

Plus tard, on mange du veau et du poulet, on boit du poiré, puis on danse. Les sabots volent et les poitrines s'essoufflent. Belhumeur n'est pas le dernier à serrer les filles à la taille et à les balancer vers le ciel quand il le faut. Quelle fête, Seigneur, dans le grand pré de La Talboisière! Les échos de la noce fleurissent tout le Bocage. Le grand collier des forêts qui cerclent Saint-Jean-des-Bois paraît vibrer aussi à cette flambée de sons.

Et au loin, dans la vallée, l'Egrenne enroule son diadème de perles et d'argent autour des prairies vertes.

Tard dans la nuit, quand l'essaim des étoiles claires pique le velours du ciel, par-dessus le toit de Frèdeville, Michelot et Marie enlacent enfin leurs corps nus et chauds.

Les premiers jours, Marie appelle Michelot plus souvent au lit qu'elle ne le pousse au travail. Elle veut se rassasier de lui et il répond à l'affamée. Cependant les réalités de l'existence les tirent vite par la manche. La saison des foins et des moissons approche, c'est une occasion à ne pas laisser passer si on veut vendre des faux.

Dans la forge le soufflet se met à ronfler, mais le cuir, séché par le temps, se coupe. Il faut le changer et ça coûte cher. Le beau-père Galodé a déjà donné quelques meubles et du linge. Il ne peut faire plus. La révolution lui a pris son bétail, et son fenil est vide. Michelot et Marie empruntent aux amis, cent francs par-ci, cent francs par-là. Leur fierté en poche, ils vont frapper aux portes, on les écoute, on les comprend, on les aide. Ils rembourseront vite, promis.

Avec la somme recueillie, Michelot installe un soufflet neuf, achète un étau plus solide, des marteaux et des tenailles, et fait sa provision de métal, de charbon et de drogue. Ensuite il ne quitte plus son atelier. Les commandes arrivent, par sympathie d'abord puis par réputation. Le fils travaille comme le père, ses lames ont le tranchant aussi fin et dur, elles chantent sans fausse note sous les céréales et les herbes.

Marie s'occupe de la maison, mais surtout du courtil pour les légumes, du poulailler et de la soue : le cochon doit être gras avant l'hiver pour faire du jambon et du lard.

La soupe préparée à la nuit tombante, elle court chercher Michelot qui bat encore le fer à la lueur des flammes. Souvent il la rabroue : debout, devant l'entrée, elle cherche à le raisonner mais en vain : le marteau repart de plus belle.

Après le dîner, il lui arrive de retrouver son soufflet et son enclume quand les commandes pressent. Marie, assise sur le seuil, écoute le tintement du fer.

— Mais tu vas réveiller le pays! crie-t-elle quand les coups sont trop forts.

Chez les voisins, on a l'habitude de ce tapage. « C'est la cloche à Michelot qui tinte », dit-on en riant. Personne ne se plaindrait de ce vacarme tardif : on le préfère aux coups de fusil!

L'été 1802 permet de rembourser les dettes, mais il faut profiter de l'hiver pour prendre de l'avance. Au printemps suivant Michelot charge le mulet du beau-père et part en Anjou et en Poitou courir les foires. Sans fusil, sans cartouches, les sacs bourrés de « moulin » le taillandier va d'étape en étape : les lames appréciées par les experts changent de main. Quand il revient à Frèdeville en juin, ses poches sont pleines. Et Marie est grosse. Elle a fait venir M. Sérard, de Barenton. Il l'a tâtée : l'enfant naîtra en septembre.

Le soir, dans le lit, elle pleure sur l'épaule de son homme :

— J'ai peur de Vaugeois, ton cousin, dit-elle.

— Et pourquoi? grogne Michelot, déjà à moitié endormi.

Il connaît ce mauvais sujet qui a choisi la République et s'est engagé chez les bleus. Violent et jaloux, il a toujours aimé jouer des poings et des sabots.

— Il est rentré, sanglote Marie, il répand partout qu'il va te tuer car tu es un brigand.

— C'est pas le premier, dit Michelot. S'il fallait se chagriner pour chaque menace...

— Va pas à la messe demain, il y sera, j'en suis sûre.

Manquer la messe par peur de Gabriel Vaugeois! Marie, lasse de son ventre qui pèse, reste au lit, mais Michelot en sort d'un bond au premier tintement des cloches, passe des vêtements propres, chausse ses sabots et file à travers le plant jusqu'à la route qui mène à la paroisse.

Par précaution, en cachette de sa femme, il a fourré dans sa poche un pistolet chargé. Tout en marchant, il tâte le renflement de sa veste : si jamais Vaugeois menace, le canon sous le nez le calmera.

La Guimont qu'il croise sur la place et qui connaît Vaugeois, le tire par la manche et lui cause à l'oreille :

— Méfie-toi, Michelot, il veut ta mort.

Mais le taillandier repousse la main qui serre sa veste, et il se dirige vers le porche.

La messe est commencée, les femmes chantent un cantique à la Vierge. Michelot jette un coup d'œil et reconnaît aussitôt le cousin irascible. Il y a justement une place libre près de lui. Il s'y met en le dévisageant mais l'ancien soldat, faisant le pieux, continue ses patenôtres.

« C'est bien simple, se dit Michelot, je vais le laisser se compromettre à la sortie. S'il m'insulte de la langue, je l'écouterai. Mais s'il commet le plus petit jeu de mains, alors... »

Résolu, Michelot quitte l'église, une main dans la poche, souriant à ses connaissances. A peine a-t-il salué les uns et les autres que Vaugeois le touche à l'épaule. Il se retourne en alerte. Oh! stupéfaction! deux bras le serrent.

— Comme je suis content de te revoir, lui chante Gabriel, avec un ton de miel.

— Tu vois, ironise Michelot, je suis toujours en vie. Ça te fait plaisir, hein, cousin!

— Pour sûr, lui répond Vaugeois, qui l'embrasse sur les deux joues et une troisième fois encore, comme c'est la coutume.

Les bras le long du corps, le taillandier subit sans broncher l'assaut. Gabriel délace ses bras et son regard plonge dans celui de Michelot. Ensuite il s'éloigne à reculons, avec de mauvais yeux.

Des coups frappés au volet réveillent en sursaut Marie et Michelot.

— Perquisition! hurle une voix, à l'extérieur.

Le taillandier se lève, enfile ses braies, se précipite sur le verrou. A peine l'a-t-il fait glisser que la porte s'ouvre avec violence sur trois chapeaux de gendarmes.

— Que me voulez-vous? questionne Michelot.

— Les armes et les papiers subversifs!

— Mes armes ce sont mes faux!

— Pas de plaisanterie!

Assise au bord du lit, le drap ramené sur la poitrine, Marie, hagarde, observe les gendarmes ouvrir l'armoire, vider les étagères, retourner la maie.

— Je m'appelle Ripaux, dit à Michelot le maréchal des logis, et j'ai des ordres, moi, pour fouiller. Alors fais pas le malin, Moulin. Où les as-tu cachés ton fusil et tes pistolets? En haut, dans le fenil? Tu ne dis rien. Je vais voir.

L'escalier de bois craque sous les bottes du gendarme. Au-dessus de leur tête, Michelot et Marie, qui pensent à la latte sous laquelle dorment les armes, suivent les pas du maréchal des logis. Le voilà qui s'approche du conduit de la cheminée. Il s'arrête. Peut-être est-il déjà penché, baïonnette au poing, prêt à soulever le plancher? Leurs cœurs battent fort quand leurs yeux se croisent. Mais bientôt le parquet tremble, le gendarme redescend.

— Alors, Michelot, où c'est?

— Je vous ai dit, je n'ai que des faux.

Le maréchal des logis ordonne à ses deux hommes de cesser leurs recherches et tire un papier de sa poche :

— Moulin Michel, dit Michelot, j'ai un mandat d'arrêt contre toi, signé par le grand-juge, ministre de la Police générale. Allez, suis-nous!

Sans lui laisser le temps d'embrasser Marie, les deux gendarmes de Ripaux prennent Michelot chacun par un bras et le poussent dehors.

— Mais c'est une erreur! hurle le taillandier. Je veux voir le juge!

— Tu le verras à Tinchebray. Les ordres sont les ordres. En route!

Comme il atteint le chemin qui descend vers la grand-route, la voix de Marie l'appelle. Michelot se retourne, fait un signe de la main :

— A demain! lui crie-t-il.

Ripaux ricane :

— A demain? ça c'est une autre affaire, mon gars!

Chapitre XVI

Le prisonnier d'Etat

Dans le cachot de la prison de Tinchebray, Michelot n'a pas fermé l'œil de la nuit. Une fois refermée la lourde porte dans un claquement de pêne, le silence l'a écrasé. Il ressasse les événements des dernières semaines. Qui a pu motiver cette perquisition et cette arrestation? Son voyage en Anjou et dans le Poitou? Il y a rencontré des marchands plus préoccupés de commerce que d'idées politiques! Alors il revoit la scène avec Vaugeois, devant l'église, à la sortie de la messe : les embrassades trop chaleureuses du cousin, ses caresses à n'en plus finir puis son départ à reculons. « C'est lui, se répète Moulin. C'est ce coquin qui m'a dénoncé. » Il ne pourrait pas le prouver mais son intuition le lui dit. La haine est du chiendent : coupez-la, elle repousse plus vive encore. En tout cas, il ira plus tard s'expliquer avec lui : l'Egrenne n'est pas loin de sa maison et la rivière en a charrié des cadavres, pendant la guerre. Un de plus, un de moins, elle n'est pas à ça près.

Quand le jour filtre à travers les barreaux, Michelot attend, confiant, qu'on vienne débarrer sa cellule. Ripaux arrive le premier :

— En bas, mon gars, tout de suite, le juge t'attend.

La Prévostière est là, un vilain sourire sur les lèvres, le visage brouillé par la méchanceté.

— Je vous reconnais, dit Michelot en éclatant de rire.

— Je ne t'ai jamais vu!

— Autrefois, vous savez bien, quand Sébastien Goupil cherchait des munitions...

— Tais-toi!

Mais Michelot, ironique, poursuit :

— Vous êtes guéri maintenant, monsieur le juge. La dernière fois que je suis venu ici, vous avez été pris par la fièvre, ça m'a fait du souci.

— Fais pas le faraud, Moulin. Cette fois tu es pris.

— Il n'y a pas de preuves pour me juger coupable!

— Oh! mais la justice impériale est moins molle que la précédente. Le ministre a signé ton arrestation. Tu n'as plus à espérer de tribunal et de faux témoins. C'est ce que je viens te dire. Tu pars sur l'heure pour Domfront. Ensuite tu verras bien.

M. de La Prévostière à peine disparu, cinq gendarmes s'affairent sur ses bras avec des cordes.

— Je ne suis ni un voleur ni un criminel! hurle le taillandier. Je ne me sauverai pas, laissez-moi tranquille!

— Ferme-la, tranche Ripaux, où je te fous les menottes.

Résigné, il se tait.

Ripaux en tête, deux gendarmes pour l'encadrer et deux autres qui le suivent, Michelot traverse Tinchebray, boudiné par les cordes. Il observe ses gardes qui bombent le torse comme au défilé. Le taillandier s'enfonce dans ses idées noires, pense à Marie esseulée à Frèdeville, à la forge éteinte sur le soufflet immobile. Et à l'enfant qui va naître, Seigneur! Puis c'est la gueule de Vaugeois qui le lancine. Celui-là il rengraciera un jour.

Au soir on arrive à la prison de Domfront. Michelot, délié, est lâché dans la cour au milieu d'une cinquantaine de prisonniers, des voleurs à mauvaises figures, mais aussi des royalistes qui le reconnaissent et lui font fête. Les questions pleuvent sur le taillandier.

— Vous l'interrogerez plus tard, dit un petit noiraud. D'abord tu dois payer la bienvenue.

Un ancien grenadier de la légion de Flers s'approche du quémandeur, lui tape sur l'épaule :

— Toi, dit-il, tu ne feras pas payer un verre à celui-là. On ne demande pas une chose pareille au colonel Moulin.

Dépité, le noiraud s'éloigne. Des regards de respect caressent Michelot et lui font chaud à l'âme.

Dans la chambre à six lits où il passe la nuit, un détrousseur de bourgeois lui demande de vider les seaux : c'est la règle, le dernier arrivé doit faire les corvées. Mais le grenadier de Flers a l'œil et s'interpose encore :

— Je voudrais voir ça, le colonel traité comme un moins que rien!

— Voyons, je ne suis qu'un taillandier, proteste Michelot.

— Vous étiez avec le général de Frotté, coupe le brigadier.

Le matin suivant on reprend la route, mais avec deux gendarmes seulement. Ripaux a regagné Tinchebray avec les autres. Le soleil tape comme un marteau sur la tête nue du taillandier et ses sabots lui mettent vite les pieds en ampoule. Les grosses cordes de chanvre endolorissent son bras gauche et sa vieille blessure se réveille : elle le picote jusqu'au cou.

— Desserrez-les un peu, demande-t-il.

— Je te vois venir, vaurien, lui répond un des gardes, en crachant un glaire. Si tu te sauves c'est la prison pour nous.

Vers midi on s'arrête un quart d'heure sous un arbre puis on repart. La sueur trempe la chemise de Michelot et des démangeaisons lui irritent l'entrejambe puis le ventre. Il a dû ramasser quelques poux à Domfront.

La prison de Pré-en-Pail où on le jette vers six heures du soir est un trou d'environ huit pieds carrés sur trois de haut, une vraie loge à cochon avec, sur le sol, une botte de paille qui nage sur quelques pouces d'eau.

— Je ne suis pas une bête! gueule Michelot. On ne fait pas coucher un homme dans une bauge.

— Un homme? rétorque un gendarme. Dis : un sacripant! Allez, ouste, au trou! Et aux fers!

Couché sur ce matelas spongieux avec soixante livres de charge aux pieds et aux mains, Michelot ne dort pas. La paille molle et détrempée s'est peu à peu enfoncée sous son poids : l'eau lui recouvre bientôt le bas des jambes et lui glace les reins.

Au matin une toux violente lui secoue la poitrine. Il appelle ses geôliers, mais en vain. Quand ils viennent le délivrer vers sept heures ils lui demandent, goguenards, s'il a rêvé à sa belle.

— Bien sûr, répond Michelot dont les yeux roux fusillent les gendarmes.

— Et fais pas cet œil-là, petit frère, menace l'un d'eux. Sinon je te fous la tête dans un baquet.

— Mais où m'emmenez-vous?

— Tu verras bien! Tais-toi et marche.

Les lieues parcourues à bonne allure et la chaleur ravivent les ampoules et les démangeaisons : la nuit trop humide avait calmé les bestioles mais elles mordent la peau à plaisir maintenant.

La prison d'Alençon est un palais, comparée à la précédente. Cependant les trop grandes gentillesses de ses compagnons de passage éveillent la méfiance du taillandier : ils affirment détester Bonaparte et son régime, la seule vraie cause est celle du roi et ils félicitent Michelot de l'avoir épousée. Les moutons cherchent grossièrement des confidences. Le taillandier garde le silence. Brisé par la fatigue il s'endort en pensant à Frèdeville puis à Vaugeois.

Frais comme un gardon, il se lève de bon pied le lendemain, tambourine à la porte de sa cage, demande de l'encre, du papier et une plume et adresse une pétition au président du tribunal. Pourquoi l'a-t-on arrêté? Que va-t-on faire de lui? S'il y a une justice, elle doit répondre!

Deux heures plus tard un lieutenant de gendarmerie le visite.

— Marches-tu bien? lui demande-t-il.

— Et pour quelle raison?

— Pour la raison de marcher longtemps.

— Longtemps? C'est-à-dire?

— Et as-tu de l'argent?

— Mais pourquoi?

— Parce que tu pars demain au fort de Joux, sur la frontière suisse. Près de cent cinquante lieues, petit frère! C'est une belle promenade qu'on t'offre, hein! Tu pourras la faire à pied. Ou en voiture, si tu peux payer...

— Je n'ai pas dix francs.

— Alors tu useras tes sabots. Mais le gouvernement t'alloue cinq francs par jour, pour ta nourriture. Deux gendarmes t'accompagneront. Bon voyage!

Mangé par les poux qui, par centaines, lui brûlent la peau, Michelot ne peut dormir. Il appelle le concierge, lui demande de quoi écrire et rédige une lettre pour sa femme. Que va-t-elle devenir, cette infortunée, aujourd'hui seule et bientôt mère? Sa gorge se serre en pensant qu'il va s'éloigner d'elle de près de deux cents lieues. Et pour combien de temps? « Je vais bien, lui ment-il, je mange à ma faim et je t'aime. »

Sac au dos, sabre au côté, fusil à l'épaule, les deux gendarmes annoncés se présentent à l'aube. L'un se nomme Rousseaux, l'autre Lestié, dit Buisson. Le premier est d'Angers, le second d'Alençon. Rousseaux est le brigadier. Il semble le plus sot, avec sa gueule longue comme un jour sans pain, ses cheveux jaunâtres qui s'échappent du bicorne et pendent sur ses oreilles, ses paupières en capote et son menton en pointe de sabot. L'autre a une figure carrée, des yeux de fouine et une moustache large, épaisse et rebiquée aux extrémités.

— C'est toi, l'oiseau! dit Rousseaux. On va te rabattre les ailes.

Une nouvelle fois la corde amarre les bras de Michelot.

— Et les menottes, tu les préfères aux mains ou dans la poche?

Quelle question! Michelot hausse les épaules et Buisson le dévisage avec étonnement.

— Te moque pas, petit gars! On devrait aussi t'entraver les poignets. Mais on n'est pas des brutes.

Chemin faisant, entre les haies de la route qui bruissent de chants d'oiseaux, on fait connaissance. Jusqu'au fort de Joux il y a du chemin, il faut apprendre à se parler. Michelot n'a pas le cœur à la conversation. Il est ailleurs, bien loin d'ici, du côté de la Normandie où Marie doit pleurer son absence. La lettre écrite hier soir la rassurera, si elle lui parvient. La poste est surveillée, un malandrin de la police, soupçonneux ou trop zélé, peut toujours la détourner. Si elle la reçoit, elle la retournera en tous sens, pour deviner ce que veulent dire les blancs entre les mots. Pourvu qu'elle n'aille pas imaginer qu'il raconte des menteries! Les femmes sont vives à saisir ce qu'on leur tait. Amoureuses elles portent des oreilles au cœur : elles entendent vos silences.

— Alors brigand, t'es royaliste? questionne Buisson.

— Je suis taillandier, répond Michelot. C'est tout.

— C'est pas suffisant pour être un prisonnier d'Etat, dit le gendarme. On ne conduit pas au fort de Joux un artisan honnête. T'as fait des bêtises, et tu veux pas en causer...

— Moi, dit Michelot, je n'ai rien à vous conter. C'est aux juges de me questionner.

— C'est pour parler que je te dis ça, s'excuse Buisson. Quand on marche pendant des heures, faut bien se distraire.

Dans les sabots les pieds s'échauffent et les ampoules se rouvrent. Bientôt Michelot claudique et ralentit le pas.

— T'es déjà fatigué, grogne Rousseaux. Les fieffés ont pourtant de bonnes jambes pour se sauver quand on les cherche.

Michelot ne relève pas l'ironie. Et Buisson qui l'observe du coin de l'œil ajoute :

— Ou pour courir après les bleus dans le Bocage! Pour faire des sottises on ne pense pas à boiter. J'en ai connu de ton espèce, en Vendée.

Les sabots de Michelot raclent les cailloux et les bottes des gendarmes font couiner leur cuir. Parfois Rousseaux crache après avoir respiré un grand coup. Et on avance sous le soleil.

— En Vendée, reprend Buisson, ils en avaient que pour leurs curés. Dès qu'une soutane était tracassée, ils se fâchaient comme des taureaux. Le Bon Dieu leur montait à la tête, là-bas, à croire qu'il y a une vie ailleurs que sur terre. Moi je trouve qu'il y en a assez d'une. S'il fallait recommencer autre part, hein, Rousseaux, tu serais pour, toi?

Rousseaux répond par un grognement.

— Je vois que tu t'en fous, brigadier. Des questions, tu t'en poses pas. C'est vrai qu'on n'est pas payé pour. C'est égal, depuis mon histoire des Herbiers, la vie, je ne la vois plus pareille comme avant.

— Tu ne vas pas encore jaser une fois de plus sur ton malheur! rétorque Rousseaux. Je connais ça par cœur.

— Mais pas lui, dit Buisson, en penchant la tête vers Michelot. Je vais te dire, brigand, qu'en Vendée, j'étais gradé, oui, adjudant sous les ordres de Santerre. J'ai jamais lésiné au combat et j'en ai embroché des chrétiens qui criaient : « Vive le roi. » Et me voilà, dégalonné, à galoper à côté d'un vaurien! Quand on dégringole comme ça, on réfléchit, forcément.

Intrigué, Michelot quitte sa réserve :

— Aux Herbiers, qu'est-ce qu'il s'est passé?

— Ah! ça t'intéresse? Eh bien, je vais te le dire. Un soir qu'on avait dépeigné proprement les chouans, j'ai pris une cuite et j'ai commencé à tâter sous les cotillons de la fille de l'aubergiste. Malheur à moi, c'était un républicain et il n'a pas goûté mon geste. Le général Santerre a été averti, il m'a foutu en prison. J'ai tout perdu d'un coup : mon grade, ma solde, l'estime des chefs. Eux, ils étaient moins exigeants avec la morale. Quand ils voulaient s'offrir une femme... Depuis, tu comprends, j'ai réfléchi sur la vie. C'est pas la même pour tous. Quand t'es un petit tu peux monter un peu mais on te fait vite tomber sur le cul. Ah! si t'es un grand, c'est une autre histoire! Alors crois-moi, un vrai Bon Dieu ne laisserait pas faire ça.

Buisson se tait. Au bout d'un quart d'heure, il dit à Michelot :

— T'es d'accord avec moi?

— Je crois en Dieu, répond le taillandier.

Buisson ricane :

— T'es encore jeune, ça te passera cette faribole. Quand tu seras dans ton fort, tu pourras toujours l'appeler ton Bon Dieu, viendra pas t'ouvrir la porte!

Les étapes se succèdent à travers la France. Michelot ne connaît ni Bellême, ni Nogent-le-Rotrou, ni Châteaudun. Mais le paysage, les maisons et les indigènes ne l'intéressent pas. Depuis deux jours il sent la fièvre le gagner, des frissons lui secouent les épaules, debout comme allongé sur la paille, dans les réduits humides où on le pousse à la tombée du jour.

Rousseaux et Buisson viennent le secouer un matin pour gagner Orléans mais ses jambes ne répondent plus et sa poitrine le brûle. Le médecin qui l'examine lui déconseille la marche à pied. Alors Rousseaux trouve une voiture et on jette sur la charrette, sans ménagement, le prisonnier boudiné dans ses cordes.

— Allez, en avant! On te laissera là où tu crèveras! menace Buisson.

Grimpés près de lui, sabres et fusils sur la paille, les gendarmes boivent à la dragonne. Se faire traîner par un cheval est agréable. Satisfaits ils chantent à pleine gorge :

Maudit chouan, où est ton esprit?
Tu fais la guerre à ton pays,
Tu massacres pères et mères,
Et tes sœurs et aussi tes frères...

A Orléans cet équipage bruyant qui traverse la foule des chalands attire la curiosité générale.

— C'est un prisonnier d'Etat! hurle Rousseaux qui s'accroche aux ridelles pour ne pas s'effondrer sous l'ivresse.

Aussi saoul, Buisson, une botte posée sur Michelot, harangue la foule avec incohérence. Le taillandier, tassé, ferme les yeux et entend les rumeurs des curieux. Mais les vagues de cris et de rires qui viennent battre contre la charrette le laissent indifférent. C'est à Gabriel Vaugeois qu'il pense à cet instant. Il le revoit reculant sous son regard et il serre les poings : « Je le foutrai dans l'Egrenne », rabâche-t-il.

— C'est un prisonnier d'Etat! gueule encore Rousseaux avec superbe.

Les gens qui se pressent autour de la voiture tendent leurs visages vers la forme allongée. Le personnage important n'est qu'un paquet inerte et muet. Déçus, ils s'éloignent en injuriant le gendarme.

Dans la cour, où il reprend des forces au dernier soleil du jour et répond avec brièveté aux habituelles questions des prisonniers, le concierge vient le chercher.

— Voulez-vous avoir la bonté de me suivre?

Voilà une politesse qui l'étonne : depuis son arrestation à Frèdeville, ses oreilles ont plus souvent sifflé sous les injures. Rousseaux et Buisson, qui ont entendu l'invitation, emboîtent le pas aux deux hommes et pénètrent avec eux dans une petite pièce.

— Pardonnez-moi, dit le concierge à Michelot, de vous avoir mêlé à ces brigands. Quand j'ai su que vous étiez un prisonnier d'Etat, je suis allé aussitôt vous chercher. J'entends bien vous traiter, monsieur Moulin, car je respecte les opinions.

— Bien le traiter! s'étonne Rousseaux. Pas question, c'est un prisonnier important, il faut le fourrer au cachot!

— Ici, coupe le concierge, monsieur Moulin est sous ma responsabilité et les gendarmes n'ont rien à dire.

— Manquerait plus que ça! renchérit Buisson. Rien à dire? T'as pas à faire des douceurs à...

Mais sans lui lui laisser le temps de poursuivre, le concierge ordonne au porte-clés de virer les deux insolents. Comme il cherche à pousser les gendarmes hors de la pièce, ceux-ci freinent sur leurs bottes et jouent des coudes pour écarter les mains qui les propulsent.

— Et on rechigne? hurle le concierge. Attendez voir!

Buisson et Rousseaux sont éjectés d'un grand coup de pied aux fesses. Après quoi la porte est barrée derrière eux.

— Montez chez moi! Vous êtes mon hôte.

Le taillandier passe de l'enfer au paradis : une jolie pièce meublée avec recherche, où l'épouse du concierge et sa belle-fille font de la tapisserie en égrenant des banalités.

— Prenez donc un fauteuil, monsieur Moulin.

Avec ses poux, sa sueur, sa crasse qui lui graisse la peau et lui colle les cheveux, Michelot n'ose s'asseoir.

— Ne vous inquiétez pas pour mon velours, dit la femme du concierge.

Et le voilà, stupéfait, racontant son aventure aux dames et à son hôte. D'ailleurs qu'a-t-il à cacher? Non, il n'a rien à se reprocher.

— Pauvre petite femme, gémit la belle-fille quand le taillandier parle de Marie.

— Je vous comprends, avoue le concierge, quand il évoque ses combats contre les bleus.

L'hôte, à son tour, raconte qu'il a servi une année dans la cavalerie républicaine contre la Vendée, mais sans plaisir. Il serait bien passé du côté des chouans. C'était ses idées, mais il faut bien vivre et la sécurité de l'existence lui paraissait plus assurée de ce côté que de l'autre.

— Vous me comprenez, n'est-ce pas? quémande-t-il avec inquiétude.

A mesure que la vie revient dans ses membres, le taillandier sent la reconnaissance l'envahir et la bienveillance le gagner.

— Si je vous comprends! répond-il.

Le dîner est bon et abondant, la chambre qu'on lui offre chaude et confortable. Il y dort comme un enfant. Au matin ce n'est pas le long visage de Rousseaux ou les moustaches de Buisson qu'il découvre, mais le sourire de la belle-fille avec un bon café chaud.

Sur la charrette où il remonte, les liens qui l'entravent sont serrés plus dur que d'habitude : les gendarmes ont pris leur revanche.

Les étapes se succèdent, Montargis. Joigny, Auxerre. Là, Rousseaux et Buisson abandonnent Michelot à son cachot pendant deux journées. Ils veulent fréquenter les auberges et faire des connaissances. La figure bleuie par les coups, les poings en sang, ils reviennent enfin.

— Putain de matelot, rouspète Buisson, on lui a offert de l'eau-de-vie... mais le bougre avait l'alcool méchant.

— Nous a foutu une roulée, ajoute Rousseaux.

— A un contre deux, devait être costaud, commente Michelot.

— Excuse, petit frère, des gendarmes en service doivent savoir se tenir. Sans quoi...

— On ne se bat pas à mains nues, nous! ajoute Buisson.

— Mais au sabre! Et ça sera pour demain!

Le jour suivant les gendarmes, dégrisés et repris par la sagesse, décident d'abandonner le duel d'honneur. Tant pis pour leur dignité! D'ailleurs le temps presse. On prend la direction de Tonnerre à bonne allure, il faut atteindre cette ville avant la nuit.

— Je n'ai jamais aimé les marins, grogne Buisson. A boire trop d'eau en mer, dès qu'ils sont à terre, le vin les rend fous.

Les yeux roux du taillandier ont perdu de leur feu. Le colonel Moulin n'est plus qu'une épave et si l'un de ses camarades bocains le voyait à cette heure il serait interdit : la tête entre les épaules, voûté par la lassitude, les jambes molles traînant les sabots, on dirait un vieux lièvre portant la hotte sur ses fins. De temps à autre, l'image de Marie lui traverse la mémoire mais la fatigue l'efface rapidement. Peu à peu ses sentiments s'évanouissent dans la souffrance. Il avance comme un automate.

Après Tonnerre, on gagne Châtillon où la prison n'est pas plus propre qu'ailleurs : elle loge même des punaises qui s'associent aux poux et tiennent le prisonnier éveillé jusqu'à l'aube. Toute la nuit, Michelot tourne et retourne cent fois dans sa tête le nom de cette étape. Quand le jour arrive, il se souvient : c'est ici qu'habitent les frères de Mandat. Il a correspondu avec eux, après la mort du Balafré. Vite un message à leur adresser pour leur demander du linge propre. Le concierge qui a porté la lettre revient bredouille : les destinataires ne connaissent pas le taillandier. La prudence est oublieuse. Qu'il ne se fasse donc plus d'illusions, pour se tirer de cette affaire il devra compter sur lui seul.

Par Dijon et Dôle, les trois hommes atteignent Salins. Michelot y dort dans le même lit qu'un capitaine d'habillement, arrêté pour erreur de comptes. Le malheureux, pour le convaincre de son honnêteté, l'empoisonne jusqu'à l'aube avec des jérémiades. A peine s'est-il assoupi que deux gendarmes inconnus le tirent de la paille, lui passent les menottes.

— Si tu ne portes pas les fers, le commandant du fort nous engueulera, explique l'un d'eux.

Le calvaire s'achève donc, comprend Michelot, satisfait de voir les talons de Rousseaux et Buisson. Mais avant de le quitter, ils lui tendent un certificat tout préparé. Le taillandier doit signer que ses gardes se sont bien comportés avec lui.

— Tu peux pas dire qu'on a été mauvais, dit Buisson.

Rousseaux et Buisson s'éloignent, traînant leurs bottes sur le chemin poudreux, le bicorne de travers et le fusil à la main. La poussière soulevée par leurs pas reste longtemps suspendue dans l'air. Le soleil est brûlant et il n'y a pas la moindre brise.

Entre ses nouveaux gardiens, Michelot prend la direction opposée, vers l'est où rougissent les toits de Pontarlier.

Passé la ville, la route longe des prés fleuris et un ruisseau qui fait des confidences aux herbes. Au loin, sur un pic qui jaillit de la verdure sombre des pins, des murailles enserrent des tours. Une rampe y conduit qui blesse d'un trait gris la forêt jurassienne.

— Ça sera ton nid, annonce un des gendarmes.

Chapitre XVII

Le fort

Au pied de la montée il y a un cabaret où le citoyen Lefèvre, commandant le fort de Joux, guette devant un verre de vin l'arrivée du prisonnier d'Etat. Quand Michelot est devant lui, le petit homme au teint transparent et au crâne dégarni le questionne en tapotant la table.

— Ça fait trois jours qu'on t'attend ici, Moulin. Qu'est-ce que t'as foutu en route?

— J'ai marché!

— J'ai marché, mon commandant! gueule Lefèvre. Forte tête, je le sais, mais là-haut on brise les mauvais caractères.

— Marché, répète Michelot, impassible.

— Paraît que t'étais colonel sous ce brigand de Frotté?

— Je n'ai jamais servi sous les ordres d'un brigand, réplique le taillandier.

— Tu étais chouan?

— Oui.

— Avec le général de Frotté?

— Oui.

— Tu as sûrement connu son jeune frère, Charles.

A ce nom, Michelot ne peut cacher sa surprise. Aussitôt sa mémoire recompose une scène que les événements de l'époque avaient vite effacée. C'était près de Saint-Sever : Belhumeur poussant devant lui, sous le respect de son fusil, deux hommes mains en l'air. Il les avait arrêtés sur la route. L'un d'eux, qui prétendait être le demi-frère du général, portait un costume de marin en loques. Cela avait paru suspect au chouan.

— Oui je l'ai connu, dit Michelot. Ça devait être en 1795. Il est resté quelques jours avec nous puis il a gagné Caen.

— Et pourquoi n'a-t-il pas voulu se battre avec le général?

La question de Lefèvre paraît piégée.

— Sans doute qu'il n'avait pas les mêmes opinions, répond Michelot, méfiant.

Perplexe, le commandant fait claquer sa langue sur son palais.

— Tu vas le voir en haut, annonce-t-il. On l'a comme prisonnier. Tu sais, il y a du beau monde chez nous.

Sur les pas du commandant, Michelot encadré par les gendarmes attaque avec peine la vive montée. Ce dernier effort lui coûte de la sueur et des douleurs aux cuisses. Parfois il doit s'arrêter, reprendre son souffle.

Relancé par les jurons des gendarmes, il repart. Une heure plus tard un pont-levis s'abaisse devant lui, qu'il franchit. Vingt pas plus loin, c'est une porte de fer qui s'ouvre sur une place close par de hauts murs. De là le taillandier emprunte un couloir voûté qui résonne sous ses sabots.

Le Bocain a l'impression de s'enfoncer dans un énorme ventre de pierre et sa gorge se serre quand, en arrivant dans une seconde cour, il lève la tête vers le ciel pour boire, avide, la lumière : il est au pied d'un donjon d'une vertigineuse hauteur.

Le secrétaire inscrit son écrou sur le registre, donne un reçu aux deux gardes et allume une lanterne car le jour baisse. Par le rectangle d'une étroite fenêtre, Michelot distingue les prés qu'il a longés en quittant Pontarlier, et cette tache de couleur verte légèrement adoucie par les brouillards qui montent du ruisseau lui rafraîchit le regard.

— Bas les braies! hurle une voix dans son dos.

Mais les menottes lui interdisent tout geste. Alors les mains d'un homme qu'il ne voit pas lui baissent la culotte et le farfouillent entre les jambes.

Michelot se rebiffe sous les attouchements impudiques, mais la voix ricane derrière lui :

— On connaît la musique, une lime se cache partout, même là!

Reculotté, Michelot est invité à suivre le porte-clés : il traverse la cour en sens opposé, grimpe un long escalier, atteint la terrasse d'où s'élève le donjon. Pour y pénétrer, une double porte est ouverte. Ensuite on s'enfonce dans un corridor qui conduit à un nouvel escalier : il donne sur un large couloir. Au bout, le porte-clés fait jouer les serrures d'une cellule.

Débarrassé de ses menottes, le taillandier avance à pas hésitants dans le réduit obscur. Entre le carré blanc de la lucarne et son regard dilaté qui s'accoutume doucement aux ténèbres, trois ombres chinoises s'agitent à son approche. Bras tendus, Michelot progresse avec prudence. Derrière lui les pênes claquent comme des coups de fouet.

— Bienvenue chez nous! dit une voix distinguée.

Ses compagnons de cellule ont deviné sa fatigue et ils ont retenu leurs questions jusqu'au lendemain. Michelot tente de trouver le sommeil sur le lit qui a reçu brusquement son épuisement. Mais le visage de Vaugeois le poursuit et plus il serre les paupières mieux s'accusent les traits haineux du cousin. « Il est rentré et il raconte partout qu'il va te tuer » : la voix de Marie résonne maintenant dans le long tunnel de son cauchemar. Il se retourne sur le matelas, emprisonne les tempes dans ses mains. Marie crie : « Va pas à la messe dimanche, il y sera, j'en suis sûre! » Trempé de sueur il se dresse, tend l'oreille. Le cri de sa femme s'est évanoui : autour de lui des ronflements lents et profonds accentuent davantage encore sa solitude et son angoisse.

Il s'allonge de nouveau. Reviennent d'autres images qui l'attaquent comme des guêpes hargneuses : la porte qui bat sur la maison pillée de Frèdeville, les lèvres blanches de sa mère, le général frigorifié devant le feu. « Souviens-toi du malheureux Frotté. » Voltige traverse le plant en courant : « Fusillé! » Puis les lèvres de Marie pressent les siennes. Michelot s'endort enfin dans les bras irréels de sa femme.

Sa main droite qui pend abandonnée de son lit ressent soudain une étrange sensation. Quelque chose d'humide et d'un peu râpeux la parcourt. Le taillandier ouvre les yeux, se penche : c'est un petit chien qui la lèche. La bête, noire et blanche, vrai corniaud de ferme, lève le nez et penche la tête quand elle le regarde. Puis debout, battant sa queue en plumet, elle reprend ses affections d'une langue plus ardente.

— Toi aussi, murmure Michelot, t'es un mauvais brigand?

Le jour s'infiltre par la fenêtre, à travers des barreaux croisés, et le taillandier découvre la grande cellule voûtée. Il y a quatre lits contre les murs; trois sont occupés par des inconnus. Devant une cheminée, une table et deux chaises : le décor est sommaire et le soleil qui pose un carré de lumière sur le sol ne l'égaie pas.

Les doigts de Michelot flattent la tête du chien que la manifestation d'amitié du taillandier satisfait. Le voilà sur le lit jouant des pattes avec son nouvel ami. Et par un jappement sonore il lui fait fête.

— Bibi, silence! commande une voix au curieux accent.

L'homme qui a parlé se redresse sur son matelas :

— Ah! cet animal est impossible, il a besoin de caresses et de mots doux. C'est un sentimental. Je vois que vous aimez les animaux, vous.

L'homme se lève, s'approche de Michelot. Il est grand, bien découplé, et ses cheveux blonds bouclent sur une tête ronde et rose.

— Je suis heureux de vous connaître, dit-il en souriant. Un nouveau venu est une distraction. Nous n'avons pas beaucoup d'occasions de nous changer les idées dans cette cage.

Les yeux bleus de l'homme l'examinent avec attention.

— Je m'appelle Girod. Capitaine Girod. Mais ici les grades sont sans importance. Mon accent vous étonne, sans doute. Sachez que je suis anglais. J'étais sous-lieutenant des gardes à cheval du roi d'Angleterre mais je m'ennuyais à Londres. J'ai donné ma démission et je suis passé en France pour servir M. de Bourmont dans le Maine. Un officier anglais qui vient se battre aux côtés des Français, cela peut paraître suspect. J'ai donc été arrêté, la paix conclue, par la police de Bonaparte, sous prétexte d'espionnage. Voilà, vous savez tout. Et vous? Ah! j'oubliais de vous parler de Bibi : c'est le seul être qui n'ait jamais voulu m'abandonner dans le malheur. Avouez que la fidélité est rare! Je croyais avoir quelques amis en France qui m'auraient aidé à sortir de ce trou, du moins qui m'auraient envoyé quelques douceurs pour me réconcilier avec l'existence. Rien, monsieur. Même pas la lettre d'une femme que j'ai pourtant beaucoup aimée à Laval. Bibi, lui, m'a suivi malgré les coups de pied et les cris de mes gendarmes. Monsieur Lefèvre, le commandant de ce fort, n'est pas un tendre, cependant j'ai remarqué que les gens hargneux et vindicatifs étaient d'une étonnante bonté pour les bêtes. Il a donc accepté que Bibi reste avec moi. Mais je suis bien bavard. Parlez-moi de vous.

Quand Michelot lui annonce qu'il a été lieutenant-colonel aux côtés du général de Frotté, Girod se précipite vers un lit, secoue son occupant.

— Eh! debout, Charles. Debout! M. Moulin qui vient d'arriver a bien connu ton frère!

— Je savais que vous étiez ici, dit Michelot à celui dont il reconnaît le beau visage ovale sous les cheveux noirs. La dernière fois que nous nous sommes vus, c'était en Normandie.

— Je me souviens bien, répond Charles de Frotté. Vous m'avez confié à un charretier qui se rendait à Caen.

— Mais qu'avez-vous fait après?

— A Caen je me suis soigné chez ma mère. Puis, par Honfleur, j'ai gagné l'Angleterre. De là je me suis embarqué pour l'Orient où j'ai rejoint Sir William Sidney-Smith. Je me suis battu à Saint-Jean-d'Acre où nous avons donné quelques leçons à votre Bonaparte. Mais là-bas je m'ennuyais de l'Europe. Je suis rentré à Londres, et pour régler des affaires familiales, j'ai décidé de me rendre à Rouen. Je croyais que les choses s'étaient un peu apaisées en France depuis la mort de mon frère. Ma présence a été immédiatement signalée à la police. On m'a offert de prendre du service dans l'armée de Bonaparte, j'ai refusé. J'ai été enfermé au temple, puis ici. C'est tout.

Girod éclate de rire :

— Un officier anglais chez les Français dans le Maine, un officier français chez les Anglais en Egypte : vous voyez, monsieur Moulin, la vie n'est pas simple aujourd'hui. Enfin, Bonaparte a eu la bonté de nous réunir ici pour clarifier tout ça. M. de Hauteroche a également beaucoup de souvenirs à nous raconter, ajoute-t-il en se tournant vers le quatrième occupant de la cellule qui approche en bâillant.

— J'aurais pu vous rencontrer en Normandie, dit Hauteroche, car j'ai été chevalier de la Couronne dans l'armée de M. de Frotté. Oh! quelques semaines. Ensuite j'ai dû accomplir des missions pour le comte de Percy qui s'est beaucoup occupé de l'Institut philanthropique. Après son coup d'Etat, Bonaparte a lancé ses sbires à ses trousses. Vous le savez, les gens qui propagent des opinions contraires à celles du pouvoir sont plus dangereux que des militaires rebelles. Quand Percy a gagné l'Allemagne pour s'y cacher, je l'ai accompagné. Le gouvernement consulaire nous a fait arrêter par des soldats prussiens. Le comte de Percy est à l'ombre dans un autre château fort. Quant à moi je me suis installé en vacances, ici, dans cette belle demeure. L'air y est frais, la tranquillité remarquable, et je compte bien recréer avec vous tous une nouvelle agence royaliste.

Hauteroche, avec ses grands cheveux roux et ses favoris qui virgulent ses joues, ne ressemble en rien à un comploteur. On l'imaginerait plutôt assis devant un bon feu, les jambes allongées, levant une chope à la gloire de la vénerie du renard.

— Lui, dit malicieusement Girod, c'est le Français le plus anglais de nous tous. Il dit toujours des choses graves avec légèreté et il parle avec un grand sérieux de ce qui est sans importance.

Et il lance Bibi en l'air avant de le recueillir dans ses mains tendues. Le chien, pattes écartées sur le vide, aboie de terreur.

— Allons, crie Hauteroche, n'agace donc pas le plus royaliste des chiens français!

— Je l'accoutume au vertige. Ce corniaud de guéret doit apprendre à se comporter dans l'espace. Ici, nous sommes sur une hauteur. Si l'idée nous venait un jour d'en descendre... Il faut mettre des ailes à nos rêves.

— M. Moulin, dit en riant Hauteroche, notre capitaine est un poète et si vous avez lu Shakespeare...

Michelot, retranché dans son silence, sent l'embarras le

gagner. Au milieu de ces conversations qui galopent de Londres à Saint-Jean-d'Acre en passant par l'Allemagne, son existence de rebelle apparaît sans importance. Son bocage normand n'est qu'une poussière sur la carte du monde. Quant à ses expéditions avec Voltige, Sabretout, Moustache et les autres camarades, elles n'ont pas la grandeur des sièges égyptiens. Comment oser parler de la maison de Frèdeville, de l'atelier de forgeron, à ces messieurs qui jactent avec élégance? Voilà le petit taillandier qui n'a pas lu Shakespeare enfermé dans sa gêne. Il revoit la scène du château de Flers : ses sabots avaient hésité avant de claquer sans vergogne sur le parquet ciré. Allons! le temps permet l'apprivoisement, pense-t-il en observant ces visages nouveaux qui poursuivent leurs bavardages sans qu'il les entende. Pour l'instant il économise ses paroles. Il écoute.

Quelques jours suffisent à prendre les habitudes de la maison : les heures de la soupe, celles de la promenade sur la grande terrasse, ensoleillée certains jours, plus souvent balayée par un vent moins riche que celui du Bocage. Il est plus léger en montagne, sans cet iode de la mer qui le nourrit là-bas. Mais à mesure que l'hiver s'installe, la neige devient plus fréquente. Ses camarades s'exclament devant les flocons, lui les déteste. Il regrette les pluies battantes et franches, les crachins légers qui brouillent le contour des lisières. C'est comme ça, il ne pourrait pas l'expliquer, mais chaque peau a ses nostalgies. Celle de Michelot n'est pas faite pour le Jura.

Il y a de nombreux pensionnaires au fort de Joux. Le taillandier fait connaissance avec eux pendant les promenades : le marquis de Teul, du Poitou, M. du Portal, de Ploermel, M. de La Valette, d'Argentan, quelques Bas-Bretons qui s'expriment dans une langue rocailleuse, et même un Noir qui sympathise avec Girod : il a été commandant d'un régiment de Nègres à la solde anglaise à Saint-Domingue et il parle souvent d'un certain Toussaint-Louverture, déporté de l'île lointaine, emprisonné ici où il est mort de froid, voici quelques mois. Mais c'est avec le marquis de Rivière que Michelot se lie. La prison n'a entamé ni sa bonne humeur ni son appétit. Il adore le bon vin et fait souvent monter de Pontarlier, où il a des relations, des bouteilles de bourgogne.

— Vous savez, cher ami, les plus mauvais caractères s'adoucissent devant un verre. Le vin est un diplomate efficace. Grâce à mes bouteilles j'ai appris à mieux connaître notre commandant, M. Lefèvre. Il adore boire. Il m'invite parfois à dîner chez lui. Eh bien! cet ancien commandant de Bourgneuf-en-Retz qui a aidé l'effroyable Carrier à noyer des centaines de Nantais, lorsqu'il a bu est l'homme le plus sensible et le plus compréhensif. Mes bouteilles me valent son amitié. Je n'en demande pas plus : il m'a autorisé à faire venir de Besançon quelques ouvrages dont la lecture est instructive. Par exemple les Mémoires du baron de Trenck. Vous ne les avez pas lus? Vous devriez, c'est un récit étonnant pour qui croupit dans un fort. Cela vous met à la bouche un grand goût de liberté : le bonhomme raconte ses évasions. Croyez-moi, il avait de l'ingéniosité et de la patience!

Le marquis de Rivière éclate de rire.

— Ce sot de Lefèvre, ajoute-t-il, m'a même prêté hier un vieux plan du fort de Joux. Je lui ai dit que j'allais écrire l'histoire de notre forteresse. Il était enthousiasmé par mon projet, mais surtout très ivre. Je crois qu'il m'aurait donné une corde pour aller inspecter de l'extérieur la maçonnerie de notre donjon, si je l'avais demandée. Allons, il faut regagner l'ombre maintenant. Je vous donnerai demain les Mémoires de ce Trenck! Epatants!

M. le marquis de Rivière est seul dans le cachot voisin. Il est au secret. Mais sa solitude ne lui pèse pas : le matin, à la promenade, il est de tous le plus disert, et ses dîners chez le commandant sont pour lui une mine de propos spirituels sur l'ignorance de son amphytrion.

— Je le décrasse, répète Rivière, je le décrasse à grands verres. Il me coûte cher car la couche est épaisse. Mais je m'entête. Je lui apprends les bonnes manières, à tenir sa fourchette et son couteau et je lui donne quelques leçons d'histoire de France. Sa femme est enchantée. Celle-là, elle a de l'ambition pour son commandant. Elle le voit déjà général, avec un titre. Bonaparte en donne, paraît-il. Alors, sait-on jamais?

Notre homme peut devenir pair. Il faut lui peigner la cervelle à ce futur aristocrate! Et vous, monsieur Moulin, d'où venez-vous?

Michelot parle de son Bocage, de sa rébellion, de Marie, de sa forge. Le marquis de Rivière le regarde avec intérêt en l'écoutant.

— Vous avez du feu dans les yeux, monsieur, dit Rivière. Comme le baron de Trenck : les siens ne supportaient pas l'obscurité de la prison.

— Les miens non plus, sourit Michelot. Mais, croyez-vous...

Il hésite avant de poursuivre.

— Je vous en prie, dit le marquis.

— Croyez-vous qu'une évasion soit possible?

— Lisez d'abord ces Mémoires. Ensuite, réfléchissez!

Quand Lefèvre rend visite aux quatre prisonniers, il leur parle souvent de leur voisin. A peine prend-il la précaution de faire fouiller la cellule par les gardiens : il préfère s'extasier sur l'intelligence de ce Rivière dont la distinction fascine sa grossièreté.

— C'est un savant et un gourmet. Son vin est remarquable. Mais il en boit très peu chez moi. Par contre, dans son trou...

Lefèvre lève les bras d'étonnement et ajoute :

— Il y a des cadavres partout. Ces aristos savent paraître, mais quels vicieux en cachette!

Girod, Frotté, Hauteroche et Michelot éclatent de rire et Lefèvre, fier de ses effets, bombe du jabot comme un dindon de basse-cour, sans comprendre la réaction de ses prisonniers. S'il était plus attentif à vérifier les murs de la prison, il découvrirait à coup sûr dans la cheminée un petit trou mal rebouché avec une boule de suie. Par cet orifice les détenus communiquent sans difficulté avec le marquis. Pour les remercier de leur conversation qui distrait sa solitude, Rivière utilise ce passage pour glisser un tuyau de carton : ainsi le bon vin de bourgogne coule-t-il chez ses jeunes voisins pour soutenir leur moral.

C'est par ce même moyen que parvient un jour à Michelot une copie du plan prêté à Rivière. Le marquis a rapidement doublé l'original que le taillandier fourre sous son matelas. Ajouté à ses bonnes lectures, le document est précieux. D'un côté l'imagination du Bocain est alimentée par les idées du baron de Trenck, de l'autre le sens pratique du taillandier trouve un vif intérêt à l'étude du dessin.

Chapitre XVIII

L'évasion

Michelot a retrouvé sa vigueur, ses yeux brûlent à nouveau et emportent sans difficulté l'adhésion de ses compagnons : Frotté, Girod et Hauteroche acceptent de tenter la belle.

— Mais nous devrions laisser passer novembre, suggère Girod. M. de Rivière m'a appris que Bonaparte allait, ce mois-là, se faire couronner empereur. Sait-on jamais? Quand on est parvenu au sommet de sa carrière, on a parfois de la bienveillance pour ses adversaires. Après son sacre, la générosité peut lui venir, il pourrait décider d'élargir ses prisonniers d'Etat.

La prédiction du capitaine se réalise en partie : MM. de Teul, de La Valette et du Portal sont renvoyés à leurs foyers, le Nègre reprend le chemin de son île et les Bretons sont incorporés à Toulon dans un régiment de pionniers. Mais l'indulgence du nouvel empereur oublie M. de Rivière et ses quatre voisins.

Une nuit, le plan du fort est étalé sur la table de la cellule. Une bougie, dérobée chez Lefèvre par le marquis de Rivière et transmise à ses voisins par l'orifice perce dans la cheminée, éclaire le dessin. Les hommes ont masqué la fenêtre avec leurs vestes pour que la lueur de la pièce n'éveille pas l'attention du poste de garde, trente pieds plus bas.

— D'abord, dit Michelot, le baron de Trenck a toujours pris pour habitude, avant d'envisager une évasion, de vérifier les murs de son cachot pouce par pouce. Et vous n'avez rien remarqué ici, messieurs?

— Non, répond Hauteroche, les pierres paraissent solides et bien scellées.

— Alors, regardez!

Et prenant la bougie, le taillandier approche la flamme du mur qui se trouve à l'opposé de la cheminée.

— Là, dit-il, le dessin de la maçonnerie n'est pas le même. A cet endroit, il y avait jadis une porte. Elle a été murée.

Penchés à nouveau sur le document, Frotté, Hauteroche et Girod écoutent le projet de Michelot.

— Notre cellule se trouve ici, dit-il en posant un doigt sur un rectangle. Collée à celle-ci, derrière l'ancienne porte, il y en a une autre qui a été construite sur une terrasse où, d'après ce plan, des canons étaient jadis en batterie. Si on parvient à accéder à cette casemate puis à percer le mur extérieur...

Les trois hommes se redressent, regardent Michelot avec une particulière attention.

— ... nous pourrons nous évader par là.

— Monsieur Moulin, ricane Girod, nous ne sommes pas des oiseaux. A cet endroit, il y a un à-pic vertigineux.

— Trente à quarante pieds pour atteindre le premier épaulement du rocher.

— Avec quelle corde? questionne Hauteroche.

— Et quels outils? ajoute Frotté.

— Nos draps, messieurs. Quant au burin... cette paire de ciseaux devrait suffire, réplique Moulin. Et, dit-il, en montrant la cheminée, ces pincettes peuvent être utiles...

— Vous avez beaucoup d'imagination, dit Girod avec perplexité.

— Sans doute, murmure Michelot, sans doute.

Les premières pierres sont dégarnies avec les ciseaux. Les pincettes permettent de les ébranler puis de les extraire. Une fois tirées, elles sont posées sans bruit sur le sol et le mur est fouillé en profondeur. Les gravats, eux, sont fourrés au fond des lits et sous la cendre de la cheminée. Quand le jour se lève les pierres sont replacées avec un mortier de poussière. Les nuits suivantes le travail est repris. Bientôt les mains passent à travers le mur et elles s'activent à agrandir le trou. Michelot parvient enfin à se couler dans l'autre pièce, bougie en main. Ses amis guettent à la porte pendant qu'il découvre la casemate. Car il y a parfois des inspections nocturnes : au loin on entend les grilles grincer sur leurs gonds et les bottes des gendarmes résonner sur les dalles. S'ils survenaient, il faudrait se hâter de camoufler le passage avant leur visite. Mais rien ne vient et le taillandier a tout loisir de vérifier le mur extérieur. Près du sol il distingue les contours d'une embrasure de canon mal remaçonnée : preuve que derrière ces pierres c'est le vide.

— Venez, chuchote Michelot à ses amis.

Frotté, Hauteroche et Girod quittent leur surveillance pour rejoindre le taillandier qui leur montre sa découverte.

— Félicitations, monsieur Moulin, dit Girod, vous savez parfaitement lire un plan.

Tirés des lits et de la cheminée, les gravats sont transportés dans la pièce voisine, puis la communication est une fois encore occultée. On reprendra la besogne demain soir.

Au cours de la promenade du matin Michelot rend au marquis de Rivière les Mémoires du baron de Trenck.

— Qu'en pensez-vous? demande-t-il au taillandier.

— Beaucoup de bien, monsieur.

Et se penchant à son oreille :

— Tant de bien que nous avons déjà essayé une de ses recettes. Les trous avancent. Nous pouvons envisager notre départ d'ici une semaine. Vous serez des nôtres. Il faudra desceller quelques pierres de la cheminée et...

— Non, répond Rivière, il me suffit de vous offrir du vin par l'orifice. Ne cherchez pas à l'agrandir. Je ne veux pas partir.

— Comment cela?

— Plusieurs de mes amis se sont fait caution corps pour corps afin d'obtenir mon incarcération ici. Si je me sauve, le gouvernement se vengera sur eux. Cela n'est pas pensable.

Le marquis de Rivière, soudain saisi par l'émotion, serre le bras de Michelot.

— Et mon plan? demande-t-il.

— Il était excellent.

— Ah! ce M. Lefèvre est un bien brave homme. Mais, de grâce, avant de vous envoler, donnez deux petits coups contre la cheminée. Je vous ferai boire à ma santé : je viens de recevoir des bouteilles d'un excellent vin de paille. Vous ne connaissez pas?

— Non, avoue Michelot, plus expert en cidre.

— Quand on en boit c'est un rayon de soleil qui vous passe par la gorge. Allez, ce sera mon dernier cadeau. Travaillez bien!

Sur la chaise, le cou tendu, dressé sur la pointe des pieds, Charles de Frotté surveille par la fenêtre le poste de garde, plus bas. Sa mission est de donner l'alerte s'il observe la sortie d'un garde. Pendant ce temps, M. de Hauteroche est chargé de tendre l'oreille à la porte. Girod et Michelot, eux, travaillent sur le mur extérieur. Par le plus heureux des hasards, ils ont pu desceller une barre de fer placée sous le manteau de la cheminée de la casemate. Cet outil de fortune est fort utile pour ébranler les blocs larges et épais de la muraille. Le travail n'est pas facile. Le mortier est gratté avec difficulté entre les moellons. Et quand on introduit l'extrémité de la barre dans la fente, il faut ébranler la pierre avec précaution. L'aube trouve les deux hommes épuisés. Ils rebouchent le premier passage derrière eux et s'effondrent sur leurs lits.

Les journées passent rapidement malgré l'impatience croissante des prisonniers. D'abord il faut tresser les draps découpés en bandes et Michelot le Bocain confectionne avec habileté une corde de deux cent dix pieds de long.

Une autre opération mobilise les hommes : vaincus par les supplications émouvantes de Girod, ils sont convenus de ne pas abandonner le chien Bibi. Pour l'entraîner à ne pas japper au cours de la descente, Girod a eu l'idée de fabriquer une sorte de gibecière avec un morceau de doublier. Plongée dans le sac, la tête libre, la pauvre bête, affolée, vole de bras en bras. Et cette partie de balle est si bruyamment déchirée par les aboiements du chien que les gendarmes alertés viennent s'inquiéter de la cause du vacarme.

— C'est honteux de faire ça à une bête! s'exclament-ils.

— Mais ça l'amuse beaucoup! assure Girod. Les chiens ne rient jamais, messieurs, vous le savez. Ils donnent de la voix!

— On voudrait bien te voir dans un sac, toi l'Anglais! Brigands, grognent les gendarmes en s'éloignant. C'est pas avec des lurons de cette espèce que le roi reviendra.

Peu à peu Bibi s'habitue, et bientôt le supplice des premiers jours devient une partie de plaisir. A peine Girod montre-t-il le sac en claquant de la langue que le chien s'y glisse, la queue frémissante. En silence, il se laisse ensuite lancer de main en main.

La onzième nuit, une lueur apparaît entre les pierres. Michelot et Girod ont déjà creusé un trou de six pieds. On sortira les derniers moellons la nuit de l'évasion pour garder intacte, de jour, la façade extérieure du donjon.

A la promenade du matin, le taillandier annonce la bonne nouvelle au marquis de Rivière. C'est pour ce soir.

— Eh bien, monsieur Moulin, cela tombe très bien, je suis justement invité chez le commandant Lefèvre. J'emporterai chez lui deux bouteilles au lieu d'une pour l'endormir jusqu'à l'aube. Et tenez, ajoute-t-il, voici quatre louis d'or qu'un ami m'a fait parvenir hier dans une excellente poularde de Bresse.

Les pièces passent d'une main à l'autre, glissent au fond de la poche de Michelot, sous le nez des gendarmes qui bayent aux corneilles.

— Et n'oubliez pas de frapper les deux coups avant de vous sauver. Vous savez ce que je vous ai promis!

Le petit tuyau de carton dans la bouche, les quatre hommes, à genoux dans la cendre du foyer, dégustent, l'un après l'autre, le vin de paille du marquis. Après quoi le paquet de corde est poussé par le passage dans la casemate voisine. Les hommes suivent, Michelot en tête.

Dans son sac, Bibi est sage mais ses oreilles pointent avec nervosité : le chien pressent l'aventure, et parfois, d'un grand coup de langue, il lèche le dos d'une main pour rappeler sa présence.

A plat ventre, Michelot retire avec précaution les dernières pierres. D'un coup, le vent froid s'engouffre par l'issue et lui glace le visage. Il faut faire vite et ses mains s'affairent à décoller les cailloux qui résistent. La sueur perle à son front, ses yeux pleurent sous la violence de l'air.

La barre de fer est placée en travers du trou, à l'intérieur de la casemate. Une fois la corde nouée à cette solide traverse, Michelot l'empoigne, se redresse, bande les muscles de ses cuisses pour éprouver la solidité de l'attache.

— J'y vais, murmure-t-il.

Le rouleau de drap tressé est jeté dans le vide. Michelot disparaît peu à peu à reculons. Suspendu contre la muraille, le taillandier descend rapidement. Les coups de vent le balancent et le poussent contre le donjon. En dessous il distingue un grand lac blanc : la neige recouvre le rocher.

Au-dessus de sa tête les étoiles piquent la nuit. Ses pieds touchent enfin l'épaulement. Il secoue la corde : Girod, Hauteroche puis Frotté le rejoignent sur l'étroite plate-forme. Devant eux le précipice est impressionnant. Comment en atteindre le fond? La corde sera-t-elle suffisante? Girod s'inquiète.

— Attendons le jour, nous y verrons plus clair!

— Malheureux, réplique Michelot, pour se faire découvrir par la garde? Non!

Le taillandier glisse dans le vide. Poignée à poignée il s'enfonce dans l'inconnu. Parfois il tend la pointe de ses chaussures à la recherche d'un appui, mais sans résultat. Son bras blessé le fait souffrir, la douleur gagne l'épaule, puis le cou. Il serre les dents pour ne pas gémir. Deux visages surgissent dans sa mémoire, celui de Vaugeois avec ses yeux haineux, puis celui de Marie qui adoucit sa souffrance. « Je reverrai Frèdeville! » se répète-t-il en descendant lentement.

Quatre-vingts pieds plus bas, des ronces accrochent sa culotte et ses pieds se posent sur une pierre. Il lâche prise, ses muscles se détendent. La bouche ouverte, il avale l'air froid à pleins poumons. Devant lui le flanc de la montagne s'adoucit. Une longue pente conduit vers la vallée qui s'enfonce, là-bas, à droite, vers la liberté.

Michelot secoue la corde pour alerter ses compagnons. L'un

après l'autre, ils le rejoignent. Ils reprennent souffle en silence et ils ont le tournis quand ils lèvent la tête vers la forteresse qui découpe ses murailles dans le ciel. Là-haut, le donjon se dresse comme un poignard.

— Avançons, commande Michelot.

— Bibi! s'exclame Girod.

— Quoi?

— Je l'ai laissé en haut.

— Trop tard, grogne Frotté, nous n'avons pas une minute à perdre pour un corniaud.

Soudain le chien se met à japper.

— Filons, dit Hauteroche.

Mais déjà Michelot remonte. Il empoigne la corde de toutes ses forces, il grimpe le plus vite possible pour faire taire enfin le chien désespéré. Girod n'aurait jamais pu faire le chemin à l'envers. Lui se connaît bien : quand son corps s'enrage sur une besogne difficile une force prodigieuse décuple la puissance de ses muscles.

Il est déjà en haut, il se saisit du sac, le met en bandoulière. Puis il se laisse glisser à toute vitesse, sentant dans son dos la chaleur de Bibi et, sur son cou, l'humidité râpeuse de sa langue.

Chapitre XIX

La grande fuite

Folle nuit avec de la neige jusqu'aux genoux : les cuisses brûlent à tirer sur les bottes et, dans l'effort, les gorges s'assèchent qui s'apaisent difficilement avec quelques poignées de neige. Libéré de son sac, Bibi avance à leurs côtés, queue bien droite, nez dressé sur ce monde blanc et immobile que dominent des masses sombres et abruptes.

Il leur faut, au plus vite, mettre de la distance entre eux et le fort de Joux. Quand l'alerte sera donnée, là-haut, ils auront la meute à leurs trousses. Optimiste, Hauteroche assure que les soldats français ne franchiront pas la frontière suisse pour les rechercher. Michelot, Girod et Frotté le contredisent : l'empereur règne sur l'Europe et son armée et sa police feront tout, pour mettre un terme à la fuite des prisonniers.

Par un sentier qui contourne Verrières, les quatre hommes passent en Suisse sans avoir attiré l'attention des douaniers, puis dévalent une pente qui les conduit à un hameau. Ils ont soif, ils frappent en vain à plusieurs portes.

Une tempête de neige se lève, les flocons épais tourbillonnent, étourdissant les regards. A l'abri sous une vieille halle, ils voient soudain surgir un traîneau. Ils vont vers lui, lèvent les bras.

— Que voulez-vous? dit une voix.

— On cherche notre chemin.

— Où allez-vous?

— A Neuchâtel.

A la lueur de la lanterne accrochée au tablier du véhicule, les fuyards distinguent seulement deux yeux qui brillent au milieu d'un amas de fourrures et de laines.

— Quelle audace de voyager par ces temps-là! Allons, suivez-moi. Mon père tient une auberge à une demi-lieue et je m'y rends.

Derrière le traîneau, les hommes avancent. Peu à peu, Frotté se laisse distancer, ses bottes lui font mal et il grogne.

— Voyons, monsieur de Frotté, dit Girod en le houspillant, la vie de château à Joux vous ferait regretter la promenade!

— Tu ne plaisanterais pas si tu savais pourquoi.

— Et quoi? Il y a donc un secret caché dans tes semelles!

— Peut-être, rétorque Frotté.

A l'auberge du père Barbeson, la soupe est chaude, elle ranime le moral, fait transpirer les corps. Le feu dans la cheminée craque à plaisir sous les flammes et l'on resterait là à s'engourdir dans la chaleur si le temps ne passait. Il faut repartir. Brave homme, Barbeson commande à son fils d'atteler le grand traîneau à six places qui les conduira jusqu'à Neuchâtel.

— Bon voyage, messieurs, leur dit-il du pas de sa porte, et ne tuez pas mon cheval!

La bête trotte bon train et les patins sifflent comme des oiseaux de printemps. Leur musique berce le sommeil des hommes dans le dos du fils Barbeson. Bientôt les têtes se calent sur l'épaule voisine.

Le soleil débouche d'un coup par-dessus les montagnes et éblouit les regards habitués à la nuit et brûlés par la fatigue. Une forte côte bordée de pins est montée au pas. Plus loin on s'arrête à un relais où la soupe est avalée sur un coin de table et l'on reprend la route. Barbeson n'est pas bavard. Les mots qu'il marmonne sont pour le cheval qui noircit sous l'effort et lâche des flocons d'écume.

A quatre heures de l'après-midi, on atteint Neuchâtel. Une grande chambre à quatre lits est libre au *Soleil d'argent*. On la loue sans s'attarder. On grimpe se coucher.

Assis devant une bougie allumée, Frotté se déchausse avec précaution.

— Maintenant, Girod, tu vas savoir pourquoi j'ai boité!

Ses mains fouillent au fond des bottes et retirent plusieurs petites boules de cire à cacheter.

— Grâce à elles, nous allons pouvoir connaître une maison amie, dit Frotté.

La flamme fait fondre la cire et bientôt dégage de petits morceaux de papier que Frotté dispose sur la table.

— J'ai été prisonnier au Temple pendant dix-huit mois, raconte-t-il. Un jour j'ai appris que j'allais être transféré au fort de Joux : ma cellule devait être libérée pour accueillir Cadoudal et Pichegru. J'avais alors un voisin de chambre qui s'appelait Fauche-Borel et avec lequel je sympathisais. Quand il sut que j'allais rejoindre le Jura, il me remit un mot de passe pour sa mère : « Si jamais le hasard vous conduit à Neuchâtel, voici une lettre qui vous ouvrira toute grande sa porte. » Eh bien, ajoute Frotté en rapprochant avec adresse les morceaux déchirés, la voici.

— Je vois, murmure Girod, que l'astuce proverbiale du Français se cache partout, même au fond des souliers!

Quel accueil empressé le lendemain chez la vieille dame! Une bassine d'eau chaude réchauffe les pieds endoloris, on enfile des vêtements propres tirés des armoires et qui embaument la lavande. Les assiettes remplies sont vidées d'un coup. Silencieuse et attentive, Mme Fauche-Borel écoute le récit de l'évasion des quatre hommes.

— Avez-vous des passeports? s'inquiète-t-elle.

— Non, aucun papier!

— Je connais bien le bourgmestre de Neuchâtel, je vais en obtenir.

Le neveu est expédié aussitôt. Quand il est de retour deux heures plus tard, il rapporte quatre documents indiscutables.

— En Suisse les choses sont toujours faites avec soin, dit l'hôtesse. Et maintenant, qu'allez-vous faire?

Puisque Girod et Hauteroche désirent se mettre au vert quelques semaines avant de tenter de rejoindre Paris, Mme Fauche-Borel leur remet une lettre de recommandation pour un cousin propriétaire d'une ferme à deux lieues de là.

Michelot et Frotté entendant, eux, gagner l'Angleterre, elle leur indique l'adresse de M. Christen à Yverdun. C'est un homme riche et acquis aux idées royalistes. Ils trouveront auprès de lui l'argent de leur voyage.

— Mais, dit Michelot, si nous nous rendons à Yverdun, nous allons nous rapprocher du fort de Joux!

— Monsieur Moulin, réplique la vieille dame, croyez-moi : ce détour vous fera, par la suite, gagner du temps!

Les fugitifs s'embrassent, se souhaitent de la chance et se séparent.

Le taillandier et son compagnon vont à grands pas sur la route de la France puis bifurquent à gauche vers Yverdun. Désormais Michelot s'appelle Samuel Guerbaste, Frotté Louis Vincent : ils sont horlogers.

Londres leur paraît un rêve impossible plus ils avancent avec difficulté dans la neige froide et épaisse. Leurs vêtements sont déjà trempés et la fatigue leur endolorit jambes et épaules.

— Tu crois que nous verrons un jour la Tamise? interroge Frotté.

Michelot ne répond pas. Tout à la rage de s'ouvrir un chemin à grands coups de jarrets, il ne gaspille pas son souffle à supputer l'avenir. Il faut savoir parfois marcher comme des bêtes, la tête vide et les sens en éveil pour prévoir tout danger. Deux images l'assaillent soudain, celle de la maison de Frèdeville puis celle de Marie. Il les chasse : les souvenirs heureux sont trop lourds à porter.

Ils se jettent derrière une palissade quand ils aperçoivent une troupe de soldats s'avancer vers eux. Le cœur battant, ils les regardent passer à travers les interstices des planches. Ce sont les hommes de la garnison de Joux.

Les fuyards gardent leur calme quand, sous la voûte de la porte d'Yverdun, un gendarme vérifie leurs passeports : il les dévisage sans hâte, entre au poste de garde pour soumettre les documents à son chef, revient à pas lents, leur rend les papiers.

Ils jouent aux voyageurs insouciants dans l'auberge où ils tombent nez à nez avec un officier français en train de se réchauffer devant un poêle.

L'adresse de M. Christen est enfin trouvée. L'ami des royalistes leur offre une belle bourse puis, grâce à une échelle, leur fait sauter le mur de la ville, qui clôt le fond de son jardin. Les voilà à travers champs et bosquets, courant vers une auberge recommandée par M. Christen. Le cuisinier a été autrefois domestique chez lui.

— Que voulez-vous, messieurs?

— Traverser au plus vite le lac de Morat...

Pilotée par un batelier ami, une barque les dépose peu après sur l'autre rive. Ils sautent dans une voiture qui fait la poste avec Soleure.

Des forêts de pins sont traversées, dévalées des routes étroites qui s'enfoncent dans des gorges sombres et brumeuses. On atteint enfin la petite ville aux maisons serrées autour de la cathédrale.

A genoux devant l'autel, les deux hommes se signent et prient. Merci au ciel de ne pas abandonner ceux qui s'entêtent à faire face au malheur. Les yeux roux fixent la lampe rouge près du tabernacle et s'évadent vers le plant de Frèdeville où Marie est seule avec l'enfant. Quand donc Michelot aura-t-il le droit de dormir sans crainte auprès d'elle? De marcher sans se retourner? De croiser un gendarme sans s'inquiéter? D'aller chez un ami sans s'assurer d'une porte dérobée? Les errances, les vagabondages, les fuites seront-ils désormais le pain quotidien de son existence? Il n'est qu'un petit bonhomme, un Bocain sans arrogance, les poches vides, pas d'or caché dans son plancher, et pas de méchanceté au cœur! Mais sur cette terre l'homme debout qui fait face, avec l'honneur et la fierté pour seul bien, est sans doute plus dangereux que le riche. Michelot ne s'accommode pas du temps qui vire comme une girouette. Il est fidèle. Dieu, c'est sa terre. Le roi, c'est son indocilité qui l'emporte aujourd'hui comme un coup de vent à travers un monde étranger.

— J'ai quand même eu mon comptant, grommelle-t-il. Alors?

Alors il ne se passe rien et le grand Christ de bois peint ne descend pas de la croix. Ses bras séchés comme des branches mortes ne se tendent pas vers le visage qui guette une réponse. Le ciel a parfois des silences intolérables.

— Mon comptant, répète-t-il à plus haute voix.

— Chut! dit Frotté.

Michelot plaque une main sur sa bouche et ce geste de confusion lui rappelle son exclamation dans l'église de Saint-Jean-de-Bois à l'arrivée de l'abbé Mondet. Décidément, il se tient mal devant l'autel mais ici, dans la pénombre humide d'une cathédrale étrangère, il est sans ses amis. Elle est immense et angoissante cette nef vide.

Ils passent par Olten, Zurich, Constance, louent une barque pour franchir le lac, atteignent Merspurg, trouvent une voiture publique qui les transporte à Memmingen puis à Augsbourg. De là une diligence les conduit à Ratisbonne par une route trop défoncée pour leur permettre de broder des rêves. Quand le corps est brinquebalé la tête se vide.

A l'*Auberge de l'Agneau blanc* il ne faut pas longtemps à M. Gramer, l'hôtelier, pour les reconnaître. Et les passeports exhibés avec dignité et conviction n'émeuvent pas le bonhomme au crâne chauve qui leur met sous le nez la gazette du jour avec leur signalement et le récit de leur évasion.

— Messieurs Guerbaste et Vincent, marchands de montres, allons donc!

Leurs jambes s'amollissent, et leurs yeux s'écarquillent à dévisager la petite face ronde fendue d'un grand rire.

— Pas vrai? ricane l'hôtelier.

Michelot et Frotté se taisent comme des voleurs de pommes empoignés par le fond de la culotte.

— Pas vrai? répète-t-il.

Et croisant ses mains sur son ventre, il tapote ses deux pouces pour manifester à ses hôtes sa perspicacité.

— Bienvenue chez moi! les rassure-t-il enfin. Je n'aime pas votre empereur et ses ennemis sont mes amis. Moi, messieurs Guerbaste et Vincent — et il appuie sur les deux noms avec ironie — je n'aime ni les révolutions ni les guerres, ni les policiers ni les soldats. Vous êtes chez vous ici et si je puis vous aider... Que vous faut-il? De l'argent, des papiers?

— Nous aimerions bien rencontrer le consul anglais, avoue Frotté à voix basse. Nous n'avons plus d'argent.

— Diable, rétorque l'aubergiste, vous ne savez donc plus ce

qui se passe sur terre? Les consuls de France de Sa Majesté l'Empereur ne supportent pas le voisinage de leurs collègues anglais. Depuis l'arrivée du diplomate français, M. Andréossy, Londres n'est plus représentée! Du moins officiellement. Mais en secret, un chargé d'affaires s'occupe ici des intérêts anglais. Il se cache sous la bure dans un couvent de la ville.

Au petit jour, Michelot et Frotté gagnent le monastère de Saint-Emmeran par des ruelles étroites et puantes, bordées de maisons à colombages, en passant par le pont qui enjambe le Danube.

Le frère Horme, déjà prévenu, les reçoit aussitôt. La coule ne fait pas le moine. Le vêtement blanc camoufle un diplomate malin et soupçonneux. Qui lui prouve qu'ils sont d'honnêtes gens? Qui lui dit qu'ils ne cherchent pas à intriguer? Oui, M. Gramer est un brave homme mais il lui a déjà adressé des vauriens plus préoccupés de lui soutirer de l'argent que d'idées généreuses.

Michelot et Frotté peuvent toujours causer, le frère Horme, l'œil glacial sous le front humble, demeure incrédule à leurs contes.

— Prouvez ce que vous me dites!

Alors les deux hommes battent des bras en signe d'impuissance. Leurs mains et leurs poches sont vides. Michelot, si la prudence ne le retenait, réveillerait d'une taloche ce visage froid comme la mort. Que faut-il donc justifier encore quand, depuis des mois, tout vous est tombé sur la tête? Le Bocain n'a pas l'habitude des subtilités diplomatiques. Ce regard sec est insupportable qui le fixe sans que ses yeux de feu ne le découragent. D'un coup de coude dans les côtes il réveille Frotté, hypnotisé par le moine diplomate.

— Parlez-lui du signalement dans le journal! Si ça n'est pas une preuve...

Peine perdue, la référence à la gazette n'ébranle pas Horme.

— Messieurs, dit-il, quand on se fabrique d'excellents faux passeports de marchands de montres, on peut savoir aussi copier parfaitement des identités imprimées dans un journal! L'imposture, vous connaissez, n'est-ce pas?

— Imposteurs! rugit Frotté. Mais j'ai fait la guerre avec les

Anglais, en Egypte, moi, monsieur. Et là-bas j'ai servi Sydney Smith. Oui, le commodore Sydney Smith!

Le frère Horme redresse la tête :

— Alors vous avez dû connaître son frère, l'ambassadeur Spencer Smith.

— Pardi, j'ai même été son secrétaire.

— Sa femme réside à trente lieues d'ici. Ecrivez-lui, je lui ferai porter votre message. Je pense que nous pouvons obtenir une réponse d'ici trois ou quatre jours.

Enfermés dans l'étroite chambre de *l'Agneau Blanc* les deux fuyards tantôt se rassurent et tantôt s'inquiètent. Quand le ciel gris se déchire derrière la fenêtre les voilà déjà en Angleterre, Mais quand les trombes d'eau ruissellent sur les toits, leurs espoirs fondent. Les murs crasseux, griffés ici ou là par des inscriptions fantasmatiques, le mobilier sommaire, le rideau qui s'affaisse, l'odeur incertaine de graisse, de poussière et de sueur concourent à ronger leur courage et à les plonger dans la désespérance.

Jamais Michelot n'a jugé si inutiles ses deux mains qui, au bout des bras posés sur les genoux, pendent entre ses jambes. Quand l'avenir dépend des autres il apparaît bien incertain et c'est à cette hypothétique réponse de Mme Smith que le leur est suspendu. Pas de lettre, pas de caution, donc pas d'argent. Alors? Les interrogations trottent dans les deux têtes penchées vers le sol et on imagine tous les avatars possibles. Le pire serait l'arrestation, le retour à la prison, mais cette fois avec les fers. Et si Mme Smith est absente? Hors du pays? Si sa mémoire est défaillante? Si le messager de Horme est arrêté? Si...

Gagné par le découragement, après avoir tout à l'heure vanté Londres avec un lyrisme émouvant, Frotté maudit maintenant la vie à haute voix et regrette son diable de nom qui le rendra désormais suspect partout.

— Il est bien beau pourtant, murmure Michelot qui, sans peine, se souvient des yeux noirs du général, son ami.

— Peuh! un beau nom! pour commander un régiment ou vivre dans un château! Mais à Ratisbonne?

— A Ratisbonne, il vaut mieux s'appeler Frotté que Moulin.

Tandis que Frotté tonitrue, Michelot garde le silence. Le taillandier fait confiance au temps. On ne se rebelle pas par impatience. Ça, c'est la faiblesse des riches et des Messieurs. L'hiver est parfois long, il faut en attendre la fin. Crier après les frimas ou le vent n'a jamais dégelé la terre ni apaisé le grand brassage des branches.

Quand, au soir, ils descendent dîner, Gramer les place à la table commune où les solitudes voyageuses se retrouvent et parfois se réchauffent.

Ils s'assoient devant un petit vieillard au visage fripé comme un vieux tissu, aux cheveux d'étoupe et aux épaules adolescentes comprimées dans une veste étroite. Ses mains tremblent et sont maladroites à déchirer, sans couvert, la viande servie dans un plat qui circule d'un convive à l'autre.

— Pas de fourchette! pas de couteau! s'exclame Frotté.

— Ah! des Français, bonsoir, messieurs!

Méfiants, Michelot et Frotté se taisent. Le vieillard poursuit :

— Pour réclamer des couverts, vous ne pouvez être que Français. Allons, vous verrez, on s'habitue à tout dans ce pays gothique. J'y vis depuis quatre ans. Gothique et bien étrange quand on pense à la France. Ah! nos manières ici sont sans importance. Quand il faut survivre, la courtoisie et la grâce sont des superflus tout à fait ridicules. Chez nous il y a de la boue, mais à Ratisbonne c'est de la crotte, c'est de la fange. Avez-vous vu les rues? Des cloaques! Et ces maisons à pignons qui menacent ruine depuis... je ne sais pas, depuis la guerre de Trente Ans. Je me résigne. Et puis ces Allemands...

Le cou tendu vers ses vis-à-vis, les mains en cornet, le vieillard ajoute dans un murmure :

— Mornes, froids. Ils s'accordent parfaitement à ma mélancolie. S'ils menaient la fête à la folie, je ne pourrais retenir des larmes. Je pleurerais sur mes douceurs perdues. L'exil, messieurs, doit être encore plus insupportable dans un pays joyeux. Ici, au moins, tout le monde est lugubre ensemble. Sauf ce cher Gramer qui m'offre l'hospitalité. Nous avons les mêmes idées, alors il me fait réduction.

Le vieillard se redresse, puis se tait pour enfourner un morceau de bouilli et des filets de sauce coulent sur ses poignets. La bouchée avalée, il glisse promptement ses mains graisseuses sous la table.

— Je me demande parfois, dit-il, s'il fallait accepter cela pour garder la vie. La guillotine aurait pu régler le problème. A mon âge, quand on ne les a jamais connues, on fait la grimace devant la crasse et la pauvreté. Enfin, il y a des moments désagréables, comme celui de venir s'alimenter ici avec ces gens, dans les bruits et les odeurs. Ou bien de patauger dans la rue. Il faut les accepter. Alors j'oublie que je suis le comte de Chappedelaine, je ne suis plus qu'un estomac ou des jambes. Je me fractionne.

— Chappedelaine! s'écrie Frotté.

— Oui, monsieur, Chappedelaine et Breton!

— Mais alors...

Debout, les mains appuyées à plat sur la table, Frotté se penche vers le vieillard.

— Alors, quoi? s'étonne le comte.

— Je suis Charles de Frotté.

— Comment? Le demi-frère de mon neveu, le général?

Les mains s'empoignent, les regards se pénètrent. Le vieillard se redresse et, arrachant ses doigts à l'étreinte du jeune homme, il enlace de ses bras la tête penchée vers lui. Ses frêles épaules sont agitées par les sanglots.

Auprès d'eux les convives suspendent leur conversation et regardent, étonnés, les deux têtes, blanche et brune, joue contre joue.

— Eh bien! gueule Gramer en s'approchant, la France se retrouve.

L'index posé sur les lèvres, Michelot foudroie l'importun du regard : en chien de garde vigilant, le taillandier protège cet instant d'effusion.

Assis, le comte de Chappedelaine pose sa tête lasse sur ses bras croisés. Une plainte discrète s'échappe de sa bouche, comme celle d'une bête blessée. Quand, longtemps après, il se redresse, son visage est défait par les larmes.

— Excusez-moi, messieurs, murmure le comte. Mais vous venez de réveiller en moi trop de souvenirs. Frotté! les chouans! le roi! Allons, je dois rentrer maintenant, il se fait tard et ma vieille carcasse n'aime pas à veiller. J'habite une chambre à quelques pas d'ici. Une chambre? Enfin, un réduit! Je la loue grâce à l'argent que le prince de Condé me fait remettre tous les trois mois.

— Nous allons vous accompagner, propose Michelot.

D'un geste de la main, le vieillard refuse cette offre :

— Merci, je souhaite retrouver ma solitude.

Et s'adressant à Frotté :

— Si vous parvenez à retourner en France et si vous revoyez Couterne, je vous demande d'avoir une pensée pour moi. J'y ai connu le général quand il était encore enfant. Ma cousine Agathe de Clairambault, la première femme de votre père, m'accueillait souvent dans ce beau château rose. C'était à l'époque heureuse, il y avait de merveilleuses odeurs de buis coupés. Je vais aller les respirer maintenant dans mon taudis.

— Enfin, pourquoi demeurer à Ratisbonne? Rentrez en France! De nombreux émigrés sont revenus.

Le comte de Chappedelaine secoue la tête :

— Non, je préfère la misère au déshonneur : je refuse de vivre dans mon pays tant que l'assassin du général de Frotté y régnera. C'est ainsi.

Quittant sa chaise, le vieillard traverse à petits pas la grande salle de l'auberge, jette sur ses épaules la cape noire que lui tend Gramer. La porte s'ouvre sur la nuit. Il pleut à verse mais sans hésitation le comte s'engouffre dans le noir.

Cinq jours passent sans réponse de Mme Smith. Michelot et Frotté retournent au monastère de Saint-Emmeran. Horme paraît désolé, son messager est revenu bredouille : la femme de l'ambassadeur est partie pour Venise.

— Mais, monsieur Horme, s'exclame Frotté, vous ne pouvez pas nous laisser sans secours! Non, nous ne sommes pas des imposteurs. Je vous l'ai déjà dit, j'ai servi votre pays en Egypte, je me suis battu avec les vôtres à Saint-Jean-d'Acre. J'étais de ceux qui firent prisonniers cent Français. L'ambassadeur m'a d'ailleurs laissé le soin de les expédier en Angleterre par l'Allemagne.

— Je m'en souviens, répond Horme, j'étais en poste ici et je reçus plusieurs instructions de Spencer Smith.

— Les avez-vous gardées? questionne Frotté. C'est moi qui écrivais sous sa dictée.

Horme disparaît et revient quelques minutes plus tard avec trois feuillets.

— Vous voyez, je suis très conservateur.

— Alors, dit Frotté, ouvrez le message que j'ai rédigé à l'intention de Mme Smith et comparez les deux écritures. Vous tiendrez enfin une preuve!

De l'index, Horme fait sauter le cachet de la lettre qu'il pose bien à plat sur la table, près des instructions de l'ambassadeur.

— Vous voyez! s'exclame Frotté.

— Maintenant je vous crois, dit Horme. Je vais vous donner de l'argent et un mot de recommandation pour notre ambassadeur à Vienne, Lord Paget. Là-bas on vous délivrera un passeport pour l'Angleterre.

— Sauvés! nous sommes sauvés! hurle Frotté en tombant dans les bras de Michelot.

— Chut, dit Horme, même dans un couvent, Dieu n'interdit pas aux murs d'avoir une bonne oreille.

De Ratisbonne à Vienne, par Linz la route est longue. Il faut souvent changer voitures et chevaux, qui souffrent sur des chaussées embourbées.

Dans la capitale autrichienne, Lord Paget accueille à bras ouverts, les deux fuyards, leur offre une chambre, du linge propre et des habits somptueux car, dit-il, « il faut savoir bien vêtir le courage et l'honneur ». Michelot et Frotté, recrus de fatigue, meurtris par les cahots de la route, auraient souhaité dormir. Or l'ambassadeur les entraîne aussitôt chez Mme de Brionne dont les salons ne désemplissent jamais. Du moins pour ceux qui ont voué au roi de France une fidélité intransigeante.

— Taillandier normand ou ministre de la France, dit l'hôtesse à Michelot, je n'accueille ici que la loyauté. Le savez-vous, il y a deux ans, quand je résidais encore à Linz, j'ai refusé de recevoir cette admirable canaille de Talleyrand. C'est un vieil ami, pourtant, mais c'est ainsi. L'habileté la plus séduisante n'excuse pas la trahison. Le sens de l'Etat de M. de Talleyrand dont on me rebat les oreilles passe un peu trop souvent par celui de ses intérêts. N'est-ce pas, monsieur Moulin?

— Moi, bredouille Michelot, je ne connais pas cet homme et je...

— Comment, vous ne connaissez pas Talleyrand?

— Non.

— Qu'importe! cher monsieur, vous êtes admirable, je le sais par Frotté.

Admirable! Voilà un qualificatif bien inattendu! Michelot rougit, se tait. D'ailleurs quelle conversation pourrait-il tenir à cette belle et grande dame, lui le Bocain qui n'aime pas à parler pour faire des phrases? Tout ici le comprime, l'étouffe dans cette immense salle à manger, autour de cette longue table couronnée de convives élégants dont les conversations bruissent à ses oreilles comme des vagues douloureuses. Et les lumières vives des hauts chandeliers d'argent qui font étinceler les cristaux et les couverts de vermeil lui brûlent les yeux. Il pense à son lit, à Marie, au vieux comte de Chappedelaine solitaire dans sa misère. Alors cette richesse, ces éclats de rires, ces exclamations joyeuses, ces paroles éclatantes comme des feux d'artifice lui font mal. Il y a des fidélités bienheureuses, d'autres démunies : le Dieu et le roi de Mme de Brionne sont-ils donc les mêmes que ceux qu'il sert?

Il faut deux jours et deux nuits pour gagner Prague. La voiture de poste disjointe par les tracas de la route laisse passer un vent froid qui gèle les doigts et les pieds. Frotté grogne contre cette mauvaise charrette dont le seul confort est une botte de paille pour poser ses fesses.

— Pays de barbares!

— Ça roule quand même, dit Michelot, pour le consoler.

— Mais nous serons en miettes avant d'arriver!

Le taillandier ne pousse pas plus loin la discussion. Au son des grelots qui tintent au cou des chevaux, il s'endort comme un enfant. A quoi bon se révolter contre des choses secondaires quand on est vivant, libre et plein d'espoir! Il y a chez ce Frotté-là moins de force que chez l'autre! C'est tout.

Fatigué par le mauvais voyage, Frotté négocie à Prague l'achat d'un élégant cabriolet à ressorts. Quelques lieues plus loin, un essieu casse sous le choc d'un gros caillou. Voilà la voiture déhanchée au bord du chemin. Au village voisin il y a un maréchal-ferrant, mais qui refuse d'entreprendre la réparation. Il est seul, son domestique est malade.

— Je le remplacerai, s'offre Michelot.

— Vous ne savez pas! ironise le forgeron.

Michelot tombe la veste, roule les manches de sa chemise et rougit les braises du foyer. Alors le taillandier revit avec intensité. L'essieu est démonté, plongé dans les braises incandescentes. Puis le marteau le frappe. Sous sa poigne l'enclume sonne clair. Le maréchal-ferrant s'étonne qu'un voyageur soit si adroit à mettre les fers au feu, à manier les pinces, le marteau et à pratiquer la soudure. Mais, sans mot dire, les dents serrées, Michelot remonte déjà l'essieu réparé. Et fouette cocher! les voilà repartis, laissant derrière eux, sur le seuil de sa forge, l'artisan qui vocifère.

— Que dit-il? questionne Michelot.

— Qu'il vous embaucherait bien!

Après Berlin, les deux hommes atteignent enfin la mer du Nord. Mais à Rostock aucun bateau ne partira pour l'Angleterre avant dix jours. Tant pis, on attendra dans une auberge. A peine se sont-ils installés qu'en lisant les papiers-nouvelles, ils découvrent leur signalement. Leur évasion du fort de Joux est décrite avec mille détails et, comme à Ratisbonne, les journaux publient leurs identités avec une précision inquiétante. Une note, en gras, invite les autorités à se saisir par tous les moyens de ces dangereux individus. A l'aube Michelot et Frotté décampent pour gagner Husum en contournant Lübeck occupée par les troupes françaises.

Trois jours plus tard, sur le pont d'un navire anglais, ils regardent la terre s'éloigner. Le soleil éclatant, l'écume, le vent iodé, le ballet des mouettes criardes les étourdissent. Longtemps immobiles et silencieux, ils écoutent le clapotement des vagues contre l'étrave.

— Nous serons à Harwich après-demain, dit Frotté, pour briser le silence.

— Oui, le 27 mars 1805, réplique Michelot.

Il y a deux mois, jour pour jour, ils oscillaient au bout d'une corde entre le fort de Joux et la montagne enneigée.

— Merci, murmure Frotté.

— De quoi? s'étonne Michelot.

— Sans toi, dit Charles en riant, nous habiterions toujours le Jura.

Le taillandier hausse les épaules. Il ne sait pas comment répondre à ce mot de gratitude, et puis son cœur est triste : il est sans nouvelles de Frèdeville et la mer qui le porte vers un nouvel exil accroît sa solitude.

— Merci? Merci? Je ne sais pas s'il faut dire merci!

— Et pourquoi pas, s'étonne Frotté. On est libres, vivants!

— Libres? Vivants? ronchonne Michelot. Pour quoi faire?

Chapitre XX

Londres

Assis sur un tabouret devant la fenêtre à guillotine levée sur les grandes prairies de Woodforbridge, Michelot observe la petite Jane Reed qui joue avec les papillons. Le printemps anglais fleurit l'herbe et le soleil couche une ombre légère derrière la fillette. Comme elle échappe soudain à sa vue, le taillandier se penche pour suivre ses ébats. Une voix d'une amicale sévérité le tire de sa curiosité :

— Allons, monsieur Moulin, encore un peu de patience! Vous, les Français, vous ne pouvez pas rester deux secondes en place. Comment voulez-vous que je puisse faire ce portrait si vous vous agitez continuellement?

Michelot rectifie la position, le buste droit, le cou bien dégagé, les mains à plat sur les genoux. Cette séance de pose pour M. Craig l'impatiente. Il préférerait aller se promener jusqu'au village avec ses vieux habits que de jouer à l'important devant le chevalet du peintre, les épaules trop prises dans la redingote bleu ciel que lui a prêtée M. Reed, et le menton gêné par l'ample cravate de soie qui bouffe sur sa poitrine.

— Vous auriez dû accrocher votre croix de chevalier de Saint-Louis, regrette M. Craig. Je vous l'avais pourtant demandé. Enfin! J'en connais le dessin et la couleur. Je l'ajouterai dans mon atelier.

Le peintre chantonne en caressant de ses pinceaux la toile posée devant lui. Parfois il rejette d'une main vive une mèche de cheveux gris qui glisse sur son visage.

— Vos yeux, dit-il, sont d'un roux tout à fait étonnant. Je n'en ai encore jamais vu de semblables. Entre l'orange et le brun clair, comme le sommet des flammes. Vous comprenez ce que je veux dire? Evidemment mon français n'est pas toujours parfait.

— Parfait, apprécie Michelot. Vous l'avez appris en France?

— Bien sûr! Quand j'allais à Versailles avant votre malheureuse révolution, chez les Matignon, les Bouillé ou les Choiseul. J'ai peint chez eux de nombreux portraits. Aujourd'hui le voyage est moins long pour aller les dessiner, n'est-ce pas? Je les ai sous la main à West End ou King Street. La princesse de Léon me demande souvent de me rendre chez elle pour travailler. Elle se trouve très belle, et elle a raison, mais elle m'invite aussi à faire quelques miniatures de ses amis, Lord Liverpool, le comte Bristol, et d'admirables dames françaises, comme Mme de Noailles par exemple : avec elle j'aimerais aller plus loin que le visage. Dans une *Vénus au bain* elle serait magnifique. Les hommes informés affirment que sous la soie et le velours se cache un corps à la fois fluide et...

Le peintre glisse entre ses dents le manche de son pinceau, se redresse et ses mains tracent dans l'air des courbes et des volutes.

— Je ne trouve pas le mot, mais vous voyez ce que je veux dire. En tout cas les fredaines de son mari ne l'attristent plus aujourd'hui. Il est dans les bras de Mme Fitzherbert qui s'est lassée de ceux du prince de Galles. Elle va de son bord aujourd'hui après avoir vécu avec M. de Chateaubriand.

— Vous connaissez beaucoup de monde, dit Michelot. Beaucoup de beau monde.

Et le sourire ironique qui appuie sa remarque n'échappe pas à M. Craig.

— Le beau monde, comme vous dites, est parfait dans les apparences. Moi je ne suis qu'un portraitiste, je n'en peins que la façade. Mais s'il fallait aller au fond des âmes! Si l'on grattait sous l'or ou le plaqué, on découvrirait parfois de la boue, monsieur Moulin. Je veux dire de la méchanceté, de la jalousie et de l'indifférence à ce qui n'est pas le plaisir. Ce grand monde est bien petit.

Si ces propos lui avaient été tenus il y a deux mois, à son arrivée à Londres, il n'en aurait pas cru ses oreilles. De son Bocage, il imaginait l'émigration comme un enfer, à travers les brutalités infligées aux nobles restés en France, la saisie des biens, les pillages et l'incendie des châteaux. Les nobles qui s'étaient sauvés étaient dans la détresse et les officiers qui revenaient se battre étaient souvent héroïques. Comme ce malheureux La Roque-Cahan si mal jugé : il avait été fusillé comme un chien enragé avec, en poche, la décoration qu'il venait lui remettre. M. Craig allait la peindre avec application sur son revers, cette croix à ruban rouge qui avait coûté la vie à un aristocrate.

Les illusions du taillandier gisent désormais comme un bois chablis après une tornade dans les forêts du Bois-Daufils ou de la Lande-Pourrie. Happé par la curiosité malsaine des salons français de Londres, Michelot avait été davantage l'occasion d'émotions futiles que de méditations sur la fidélité des chouans à la cause royale. Et puis c'était si amusant d'accueillir ce forgeron-colonel de Saint-Jean-des-Bois dont le visage carré et volontaire, les yeux de feu et la démarche paysanne faisaient frissonner les peaux blanches. Pendant quelques jours, Michelot, entraîné par Charles de Frotté, avait été à la mode dans les salons de l'émigration élégante où se rencontraient les vieilles familles de la cour, les anciens planteurs de Saint-Domingue et les Lords anglais.

— Je veux son portrait, avait ordonné la princesse de Léon. Il faut le faire venir devant M. Craig.

L'évasion du fort de Joux avait enthousiasmé ces dames et le graveur Turner avait été chargé d'évoquer sous son poinçon la cellule des quatre prisonniers puis la descente du pic au bout d'une corde dans un paysage enneigé.

Michelot avait été convoqué pour la séance de pose mais il avait refusé. Le taillandier n'était pas une bête curieuse, il n'irait jamais faire le beau au milieu d'un salon. La guerre n'était pas une faribole! Et il n'allait quand même pas faire des mines à ces émigrettes pour enchanter leur désœuvrement. Une seule obsession le lancinait : rentrer en France pour retrouver Marie, embrasser son enfant et, s'il le fallait, se battre encore.

M. de Bruslart, qui avait été chargé de démobiliser l'armée de Frotté et qui était rentré à Londres où il l'avait accueilli, avait obtenu pour lui une maigre pension du gouvernement anglais et l'hospitalité de M. Reed, dans cette ferme, à trois lieues de la capitale.

Agacée par son refus mais entêtée, Mme de Léon avait expédié Craig avec sa toile et ses pinceaux à Woodforbridge, à deux pas de Wanstead où résidait d'ailleurs le chevalier de Bruslart. Michelot vivait retiré avec son amertume et sa nostalgie bocaine.

— Oui , reprend Craig, ce monde est bien petit! Quand j'étais à Versailles la duchesse de Montmorency m'avait donné à lire un certain Vauvenargues. Quelle lucidité! J'ai appris par cœur une de ses réflexions : « C'est dans l'oisiveté et la petitesse que la vertu souffre. » Eh bien, croyez-moi, monsieur Moulin, elle est chez ces gens-là à la torture.

Le peintre s'esclaffe puis reprend avec minutie son travail. Pendant quelques minutes le silence revient, traversé par le bourdonnement d'une abeille. Jane hurle dehors après un oiseau. Michelot, indiscipliné, détourne la tête et la regarde. Et son enfant, quel âge peut-il avoir aujourd'hui? Cinq ou six mois? Il remonte le temps en comptant sur ses doigts et le vertige le prend : depuis son arrestation à Frèdeville au printemps dernier, une tornade d'événements l'a entraîné. Il est là toujours vivant, mais solitaire et inutile, quand là-bas Marie doit être à la peine pour gagner la soupe. Il lui a écrit à plusieurs reprises, de Neuchâtel, d'Yverdun, de Morat, de Zurich, de Ratisbonne de Vienne, puis de Husum. Des lettres griffonnées à la hâte sur un coin de table d'auberge. Mais sans réponse : changeant d'adresse constamment, le courrier de France n'a pu le joindre.

Ce matin encore il a écrit à Marie, il a remis son message à un courrier qui doit se rendre aux îles Saint-Marcouf. Cette fois il a pu préciser son domicile.

— Allons, monsieur Moulin, je vous en prie regardez-moi, dit Graig. Je devine que vous devez avoir une forte tête, mais un peu de discipline!

— J'ai de la discipline, rétorque Michelot qui reprend sa position.

— En tout cas vous devez être tenace! Pour résister à la princesse de Léon! Celle-là, je puis vous dire qu'elle était dans tous ses états devant votre refus. En me donnant ses instructions elle m'a joliment disputé et a dit des choses tout à fait désagréables sur vous.

— Ça n'a pas d'importance!

— Oh! si, beaucoup! Ça me permet de vous parler avec une grande liberté. Quand on envoie paître une princesse, on sait écouter un homme parler à cœur ouvert des cyniques qui le font vivre. Des hommes comme vous sont rares.

— Je ne connais pas les manières, s'excuse Michelot.

— Les vôtres ne ressemblent pas aux leurs. Et les mots qui vous sont importants ne le sont pas pour eux. Prenez par exemple l'honneur et la fidélité : dans les salons ou les boudoirs de King Street, ces vertus tombent un jour puis repoussent comme des cheveux! Et à Edimbourg, monsieur Moulin, les choses ne vont guère mieux. Au château de Holyrood où votre comte d'Artois a trouvé asile pour échapper à ses créanciers, des échelles de corde seraient lancées la nuit aux filles publiques. Et de jour, Monsieur promène en calèche Mlle Aglaé de Polignac : évidemment les charmes de cette personne pas même nubile doivent lui faire oublier Mme de Polastron! Allons, on m'a dit que vous vous étiez beaucoup battu en Normandie. Est-ce donc pour eux?

Michelot se tait. Les clabaudages de Craig sur la licence de certaines familles nobles choquent sa vertu. Mais était-ce mieux de l'autre côté quand, au nom de la liberté, la République pillait et tuait? Maintenant c'est l'Empire, les hommes ne changeront pas davantage et la misère ne quittera pas les chaumières pour aller loger aux palais!

— Est-ce donc pour eux? répète Craig en se redressant.

Comme sa question ne trouve toujours pas de réponse, le peintre ajoute :

— En tout cas j'ai terminé, je vous rends votre liberté, monsieur Moulin.

Et un sourire au coin des lèvres :

— Du moins, ce qu'il vous en reste!

A n'écouter parler que des messieurs Craig, mieux vaudrait achever sa vie au bout d'une corde. Tout le monde a de la boue à ses sabots mais qui regarde celle des autres oublie de se décrotter soi-même.

Michelot marche à grandes enjambées à travers la campagne. Sans la redingote bleue et la cravate de soie il se sent plus à l'aise et sous sa chemise les muscles de ses épaules jouent bien. Les fatigues du voyage sont oubliées et les ironies du peintre sont restées à la maison. Il aime à prendre ces grandes goulées d'air pur qui lui ont tant manqué au fort de Joux. Il éprouve une joie animale à bondir par-dessus les ruisseaux ou à franchir une haie en se suspendant à une branche, en ramassant son corps et en le détendant d'un coup de reins pour le faire passer de l'autre bord.

A trente-quatre ans la souplesse ne l'a pas abandonné et les tribulations qu'il connaît depuis douze ans ont durci sa santé. Ah! il partirait demain s'il le pouvait : Marie, l'enfant, l'enclume, les amis, le pays bocain, tout manque aujourd'hui à sa grande soif de vie et de bonheur. Et combien de temps restera-t-il encore chez M. Reed? Ni lui, ni sa femme ne parlent français. A table on se fait des signes pour dire « C'est bon » ou « J'en veux bien encore ». C'est tout : Michelot s'est bien proposé d'aider aux travaux des champs mais son hôte lui a fait comprendre que c'était indigne de sa condition. Dommage! pelleter la terre, labourer derrière le cheval, semer, voilà qui l'aurait distrait. Il a insisté à plusieurs reprises mais M. Reed a dû recevoir des instructions : c'est ainsi, un officier du roi, fût-il taillandier, ne doit pas ici se servir de ses mains.

La lettre tant attendue est maintenant entre ses doigts tremblants de joie et d'inquiétude. Il la tourne en tous sens avant de la décacheter. Et si elle apportait de mauvaises nouvelles? Allons, courage!

Le pli est ouvert. Marie lui parle et, à travers les lignes, surgissent les yeux pervenche de sa femme. La petite fille est née en septembre, lourde et rose. A Vire, l'abbé Mondet l'a baptisée. Voltige est son parrain. Elle s'appelle Eugénie et Marie espère que ce nom lui plaît : c'est la Graindorge qui le lui a soufflé. La maison de Frèdeville et le plant, leur seul bien, ont été séquestrés et vendus aux enchères. C'est la loi sur les propriétés des exilés.

Elle est fermière aujourd'hui car elle a préféré les louer à M. Guillot, notaire à Domfront, qui les a acquis, plutôt que de partir chez sa mère. Les outils de la forge ont été dispersés : reste le toit. Le cochon a été tué et elle a de quoi manger. Vaugeois a été retrouvé noyé dans l'Egrenne, la gendarmerie a enquêté. On a parlé de crime. Voltige fréquente la Grisard, la veuve de La Grimace fusillé à Domfront avec Sébastien Goupil. Les noces sont pour mai. Ah! elle oublie de dire aussi qu'Eugénie a les yeux roux comme ceux de son père.

Ripaux, le maréchal des logis de la gendarmerie de Tinchebray, a dû venir la visiter plusieurs fois pour se renseigner sur l'évadé. Mais elle n'en dit rien, pas plus qu'elle ne parle des autres tracasseries faites aux brigandes : les perquisitions, les interrogatoires et peut-être même des convocations chez le juge de paix, cette canaille de La Prévostière. Enfin, elle vit, elle pense à lui, elle l'attend.

Et Michelot saute par la fenêtre pour aller cueillir Jane Reed qui joue à la poupée dans le pré. De ses deux mains, il l'envoie en l'air, un grand éclat de rire éclate au-dessus de sa tête, et il la recueille dans ses bras, petite boule chaude.

— Moi aussi j'ai une fille, elle s'appelle Eugénie!

Mais Jane ne comprend pas les mots que prononce l'hôte de la maison.

— Allez, Jane, dis : Eugénie. Eu-gé-nie...

— O-jé-né, épelle l'enfant.

— Bravo, dit Michelot en la rendant à sa poupée, pour courir chez M. de Bruslart annoncer la nouvelle.

Chemin faisant, au grand trot, le taillandier pense à Gabriel Vaugeois, noyé dans la rivière. Un crime? Et pourquoi pas? Dans le pays de Saint-Jean-des-Bois où les huches et les maies ne doivent pas être bien garnies, on a de la dignité en abondance.

Michelot traverse en courant la cour du château de Wanstead et va cogner à la porte de Bruslart.

— Chevalier! Monsieur le chevalier! crie-t-il de tous ses poumons.

— Mais que se passe-t-il?

— J'ai une fille, monsieur le chevalier!

— Comment cela, une fille?

— Ma femme, en Normandie a eu une petite. Eugénie.

— Eugénie! Vive le roi!

— Non, Monsieur le chevalier, vive la reine!

Le charme de la campagne de Woodforbridge ne guérit pas l'ennui grandissant de Michelot. Et ce ne sont pas les excellents puddings de Mme Reed ni les jeux avec Jane, ni les promenades qui suffisent à distraire le taillandier. La plupart des Français habitent Londres. Quelques-uns dans de beaux hôtels particuliers. Mais le plus grand nombre dans des combles, des greniers, des soupentes misérables qu'ils abandonnent au petit jour pour aller à l'ouvroir, aux leçons d'escrime, à l'école, aux entrepôts. La grande émigration peut brûler son or aux jeux et aux fêtes. Les royalistes provinciaux sans argent, mais sans laisser-aller, travaillent, eux, pour vivre sans tendre la main. On est valet de chambre, cuisinier de « bonne maison », commis, on peint des camées, on fait de la broderie, des sacs à main, des ronds de serviette, des boîtes.

— Allons, monsieur Moulin, vous allez mourir de chagrin dans votre campagne, le houspille le vieux comte de Frotté. Venez donc à Londres, je vous trouverai une chambre et une occupation. D'ailleurs je ferai tout pour obtenir une augmentation de votre pension.

Le père du général et de Charles, qui n'oublie pas l'amitié de son fils Louis pour le taillandier, court au bureau des étrangers, y secoue le personnel, crie qu'on doit l'entendre en priorité et obtient l'adresse d'une chambre à louer ainsi qu'une place au restaurant des émigrés.

— Vous y serez serveur, on mange bien et on est payé. Quant à votre dignité, qu'elle ne s'affecte pas...

— Ma dignité! s'esclaffe Michelot.

— Vous côtoierez dans votre service des gens importants : de jolis noms descendant des croisés, des magistrats, des officiers et même deux conseillers du Parlement de Bretagne. Arrivés avec bonnet carré et robe rouge, ils ont coiffé la toque et ceint le tablier blanc!

Au restaurant l'atmosphère est joyeuse. Abandonnant leurs chiffonnages, les femmes retrouvent maris ou amis, dockers sur les bords de la Tamise, cochers, commis de magasin, professeurs de solfège ou maîtres de ballet. On y voit souvent Mlles de Cornulier-Lucinière et de Boisriou, maîtresses d'école, en compagnie de la duchesse de Gontaut qui vend, en tirant les sonnettes, ses peintures sur ivoire. Michelot les sert avec révérence. Ici les distances ne séparent pas serviteurs et convives. Et personne n'oublie qu'avant de passer les plats, M. Moulin a été lieutenant-colonel du général de Frotté.

Les compliments sur sa bravoure, l'admiration pour son évasion provoquent des rougeurs au front du taillandier. Parfois, dans sa confusion, il tache une robe ou un fichu en passant les sauces. Il est davantage fait pour battre le fer que pour servir. Et quand il s'excuse de sa maladresse, des protestations joyeuses lui répondent. Du « Monsieur Moulin » on passe à « Michelot » qui finit même par donner du prénom à ceux qu'il nourrit. Si du côté de King Street ou de Dorset Street on garde ses distances, ici la pauvreté égalise les conditions.

Les shillings gagnés au restaurant des émigrés permettent à Michelot d'envoyer, par les îles, des secours à Marie. Dans les lettres qui accompagnent les subsides, le taillandier insiste : il l'attend à Londres, qu'elle trouve un passeur dans la Manche et qu'elle rejoigne Jersey avec Eugénie.

Mais là-bas, la femme de l'exilé, tenue à l'œil par la police de Fouché, ne peut pas lever les sabots en dehors de Saint-Jean-des-Bois sans avoir à ses trousses les sbires de M. de La Magdelaine, préfet de l'Orne. Avec une trentaine d'autres proscrits, les Moulin sont sur la liste noire. Les yeux pervenche et les sourires avenants de la jeune femme de Frèdeville n'émeuvent guère les gendarmes. Ripaux fait le zélé avec elle : par-derrière les haies du plant, il vient souvent jeter un coup d'œil sur ses occupations.

C'est qu'on s'inquiète du côté de l'ordre. L'exécution du duc d'Enghien, l'annonce d'un nouveau roi, Louis XVIII, prêt à s'installer aux Tuileries, voilà de quoi exciter les esprits. Dans le Bocage, le vieux sang rebelle s'échaufferait pour moins. On le sait, des anciens de la compagnie de Saint-Jean-des-Bois dérouillent leurs fusils et les femmes fabriquent des cocardes. Tôt ou tard l'Empereur chutera : trop de police, trop de batailles aux quatre coins de l'Europe et surtout trop de jeunes qui crèvent, éventrés sous les canons.

Des diligences sont arrêtées, leurs riches voyageurs dépouillés de leurs bourses, sans mal pour leur vie. Et sur les côtes du Calvados, un certain François-Robert d'Aché, hardi et madré malgré la cinquantaine, se déguise en marin, en charretier ou en marchand de dentelles pour réchauffer les tièdes, encourager les boutefeux. Il circule souvent entre Isigny et Saint-Marcouf avec de l'or et des messages importants dans son bissac.

On parle d'un débarquement anglais à Cherbourg, on affirme que les digues du côté de Carentan seront coupées pour séparer le Cotentin libre du reste du pays. Cette histoire insensée nourrit les rêves : bientôt la France aura son île royale.

Michelot qui ne sait pas jouer au whist ni danser la polka, passe ses soirées à rêver de la France et à échafauder des plans.

Ses compagnons s'appellent Alexandre, mâtin hâbleur et vipérin — ancien débaucheur des soldats rouennais pour la compagnie des déserteurs —, Destouches, tête dérangée qui faisait jadis la correspondance entre les côtes normandes et les îles, les frères Cadoudal qui pleurent la mort de Georges, le Breton rebelle. Avec Monsieur de Puisaye, discrédité depuis longtemps par le roi, M. de Bruslart et le vieux comte de Frotté, ils pensent à la reconquête en buvant de la bière.

— Moi je t'enverrais bien en mission, lui dit Puisaye qui joue à l'important. Le gouvernement anglais cherche un émissaire. Si tu acceptes, ton traitement sera doublé.

— Notre roi est-il d'accord? questionne le taillandier.

— Bien entendu!

Michelot est partagé : pouvoir servir une nouvelle fois la cause ne lui déplairait pas, mais travailler pour les intérêts de l'Angleterre, ennemie de son pays, serait une trahison.

— N'écoute pas Puisaye, lui conseille plus tard Bruslart. Il te jettera dans une mauvaise aventure.

— Viens plutôt avec moi, lui propose le comte de Frotté. J'ai reçu la permission de m'établir à Guernesey. J'ai besoin d'un homme comme toi.

Michelot accepte mais Alexandre et Destouches, jaloux d'avoir été oubliés, répandent des calomnies sur le père du général et composent, contre lui, des écrits diffamatoires sur de médiocres affaires d'argent.

— Ne le suis pas, susurre Alexandre, il gardera pour lui la somme destinée à tes missions. Ces gens titrés sont de grands malandrins.

— On sait bien que la Polastron, ajoute Destouches, mettait sur pied des missions quand elle manquait d'or. Elle imaginait une opération en France, obtenait quelques milliers de livres sterling, en donnait deux ou trois cents à un pauvre diable qui allait se faire fusiller sur une plage du Cotentin. Le reste de la somme tombait dans sa poche. Frotté fera de même!

Les saletés colportées par les deux envieux scandalisent Michelot.

— Alexandre, prouve donc ce que tu affirmes!

— T'es qu'un blanc-bec. Si tu ne me crois pas, c'est que t'es de mèche.

— Répète!

— Oui, parfaitement!

Le coup de poing du taillandier vole comme une soule par-dessus la table et s'écrase sur le nez du malveillant. Il culbute de son escabeau, bras en croix et jambes en l'air.

— Répète donc! hurle Michelot, fou de rage.

Alexandre s'entête :

— Oui, je le répète!

Alors Michelot prévient M. de Bruslart. On nomme un conseil pour instruire cette affaire. Destouches et Alexandre, jugés avec soin, doivent faire des rétractations publiques. Ils refusent. On les jette sur un bateau en partance pour l'Amérique : ces oiseaux n'ont qu'à aller prêcher leurs sermons mensongers chez les peaux-rouges!

Les saisons, les années passent entre le restaurant des émigrés et la petite chambre du quartier de Southwark. Depuis longtemps le vieux comte de Frotté a gagné Guernesey et le taillandier ne voit plus Charles, désormais attaché au régiment de Brunswick-Infanterie. Le dimanche, pour rompre sa solitude, Michelot se rend à Wanstead chez le chevalier de Bruslart qu'il embarrasse par ses questions pressantes.

Depuis six ans qu'il attend l'autorisation de rejoindre le comte de Frotté, se moque-t-on de lui? Pourquoi l'a-t-on oublié? Croit-on qu'il s'est évadé du fort de Joux pour jouer au domestique dans un restaurant? Oublie-t-on qu'il est chevalier de Saint-Louis et lieutenant-colonel de l'Armée catholique et royale de Normandie? Est-ce donc parce qu'il est sans parchemins? Sans titre? Parce qu'il n'est pas de la haute émigration?

Le chevalier tente de calmer son impatience. On ne confie pas des missions subalternes à un officier supérieur. L'Empereur s'effondrera bientôt, il est encerclé, ses armées connaissent des revers en Hollande, en Italie, en Espagne. Il faut être prêt. Quand le roi rentrera en France, les meilleurs officiers, dont il est, doivent être là.

— Mais dans le Bocage, réplique Michelot, qui lèvera les hommes? Une armée ne se refait pas en un jour! Ici je perds mon temps, je dois être là-bas. Je veux partir, vous m'entendez, je partirai! Seul, s'il le faut!

— Ce serait un acte de désobéissance.

— Non, un devoir! Ici on s'empâte, on s'endort. M. le comte d'Artois préfère les femmes aux affaires de la France et...

— Taisez-vous! vous n'avez pas le droit....

— Pas le droit, Monsieur le chevalier, de dire que la noblesse française de West End, de King Street, de Manchester Square, de Dorset Street n'a pas envie de mourir pour notre pays! Allons, vous le savez bien. D'ailleurs de grandes familles ont déjà repassé la Manche pour retrouver la Cour, celle de l'Empereur. Et si demain le roi revient, elles seront absoutes.

— Non! punies!

— Eh bien, nous verrons, Monsieur le chevalier. Mais qui sont aujourd'hui les fusillés, les égorgés, sinon des hobereaux, des petits, des inconnus : Prigent, de Gouyon, le chevalier de

Chateaubriand, de Rozé, d'Aché abattu comme un chien par des gendarmes?

Qu'arrive-t-il donc soudain à Moulin, le chef courageux, loyal et réservé? Depuis son arrivée en Angleterre, il a la réputation d'un homme discret et révérencieux. Il n'intrigue pas, ne quémande ni places ni honneurs. Il ne réclame pas d'argent. Il vit modestement, sans plainte, sans haine, sans jalousie. Et sa position dans l'affaire d'Alexandre et de Destouches a fait grandir sa considération dans le cercle du comte d'Artois.

— Mais vous vous rebellez, monsieur Moulin! s'étonne Bruslart.

Michelot quitte la demeure de Wanstead en claquant la porte et regagne Londres à grands pas, le corps trempé de sueur, les nerfs à vif, comme le soir lointain où il avait exigé du général de Frotté la mise à l'écart de La Roque-Cahan.

Le taillandier de Saint-Jean-des-Bois n'a pas changé de caractère et ces messieurs se sont mépris qui le croyaient soumis. Le chevalier de Bruslart peut bien s'en étonner mais les sourdes pulsions rebelles qui ne l'ont jamais abandonné se réveillent de nouveau. Car il mourine toujours en lui, ce feu qui le portait jadis à se proscrire, à refuser, à dire non. Depuis neuf ans qu'il a été déraciné de son lieu il n'a cessé d'être Bocain, de cette terre — secrète dans ses replis et fière dans ses misères — qui met le temps qu'il faut à mûrir ses moissons. Ainsi sont ses hommes qui ont appris d'elle la patience; quand ils sont debout, ils ne se rassoient plus.

Le moment du repos n'est pas encore venu. Michelot le sait, les lettres de Marie racontent bien le pays. Là-bas on se désespère à nouveau devant les conscriptions impériales, les chasses à l'homme, les tracasseries de la gendarmerie. A Saint-Jean-des-Bois, à Yvrandes, à Flers, ses anciens compagnons l'attendent et les fusils sont prêts à donner des leçons aux persécuteurs des royalistes et aux policiers habiles à débaucher les faibles par la menace ou l'argent. Des gars désertent, car ils sont las des combats. Et, pour ne pas aller au front, d'autres se mutilent l'index de la main droite, ce doigt dont Napoléon a tant besoin pour ses fusils.

Sacré Dieu! Les grands sentiments, les discours diplomatiques ne tiennent pas devant ces cruautés! Et toutes ces habiletés verbales qui amollissent le courage et trouvent de bonnes excuses à l'inertie ne fascinent pas Michelot. S'il s'est tu depuis neuf ans, ce n'est pas par lâcheté. Mais quand on vit dans des mondes étrangers qui maquillent le sens des vrais mots comme honneur, liberté et courage, où l'hypocrisie est un jeu, où la légèreté est une vertu, où la méchanceté est un devoir, il vaut mieux se replier sur soi, patienter : quand l'âme est entêtée, le temps joue pour elle. On ne se dresse pas contre l'averse, on se prépare à l'éclaircie.

Prisonnier flétri et rabaissé, fuyard nu et sans défense, exilé solitaire, le taillandier ne s'est ni révolté, ni compromis, ni désespéré. Le voilà intact, nullement entamé, tout bouillonnant, prêt à se débonder encore. Mais son regard s'est éclairci à observer les faux courages, les égoïsmes, la jouissance de certains.

Désormais, il l'a appris, les bonnes causes ne mûrissent pas dans les salons londoniens. Il doit partir, migrer vers le Sud. Ses ongles mordant les paumes au fond des poches, Michelot sent sourdre en lui l'irrésistible appel de sa terre.

Quatrième partie

Le pays retrouvé

(1813-1815)

« En quatre petites heures, nous arrivâmes en face de la baie de Saint-Germain. Nous longeâmes la côte pour reconnaître les Mortes-Femmes; ce sont deux rochers situés sous la commune de Créances, qui sont à sec lorsque la mer est basse. Après nous être éloignés assez pour ne plus être vus de la côte française, nous nous rapprochâmes de terre peu à peu. A la tombée de la nuit, il survint tout à coup un brouillard qui nous empêcha de voir la terre, dont nous étions très éloignés [...] Le capitaine nous proposa de nous ramener à Jersey [...] Je donnai l'ordre au capitaine de pousser vers la côte et de nous mettre à terre. Le cœur me palpitait, me voyant près de mettre le pied dans ma patrie après neuf ans que j'en étais sorti. »

Mémoires de Michelot Moulin.

Chapitre XXI

Le débarquement

Serrant contre lui le courrier que le comte de Blacas, ministre du roi, lui a confié, Michelot depuis trois semaines s'impatiente en regardant les nuages courir vers la France. Les vents qui les poussent sont dangereux : ils drossent les bateaux contre les rochers. Ils doivent être contraires, venir de l'est, pour décider le patron du bateau loué à prix d'or à larguer les amarres. Le taillandier, débarqué début mars 1813 à Jersey, a convaincu non sans mal le marin et des compagnons rompus aux opérations de débarquement sur les côtes françaises, capables de le guider à terre et d'être ses agents. C'est qu'en face les douaniers sont méchants, les plages grouillent de soldats et on sait qu'un homme surpris par eux ne connaîtra pas la prison mais la mort.

Le comte de Frotté, qu'il est allé visiter à Guernesey avant d'atteindre Jersey, lui a recommandé deux hommes : l'un, Charles Lenoir, a déjà perdu quatre frères pour la cause royale. L'autre, Ferdinand Grammont, a l'habitude de ces expéditions : plusieurs années il a correspondu avec le poste anglais des îles Saint-Marcouf.

Chez un marchand juif de Saint-Hélier, Michelot troque ses habits à la coupe trop anglaise contre une vieille redingote brune, un mauvais pantalon et un chapeau cabossé. Ensuite il tourne en rond sur le port de Gorey, au pied du vieux château, bavardant avec Lenoir et Grammont de la France et de l'Angleterre, de leurs familles et des malheurs de l'époque. Rien de bien séditieux dans leurs propos : la méfiance est ici plus impérative qu'ailleurs.

L'île est truffée d'espions et la moindre indiscrétion pourrait compromettre la mission.

Peu disert, froid et résolu, Lenoir rassure le taillandier : d'un simple hochement de tête, d'une moue, il exprime une expérience rassurante. En revanche, Grammont n'est que phrases et dévotions. Il connaît tout, parle de ses relations, se rengorge, se répand sur lui-même en si beaux compliments que Michelot lui ferme le bec à plusieurs reprises.

— T'enjolive pas, Grammont! dit-il. On a tous fait des choses. Le principal, maintenant, c'est de passer en France.

Les yeux roux du taillandier sont là pour appuyer fermement ce conseil de modestie et les coups de menton de Grammont perdent de leur assurance. Quand la vanité gonfle trop ses plumes il est utile de la doucher!

D'un coup, le vent bascule à l'est. La mer ne jette plus contre la digue ses grands paquets verts qui éclatent en embruns argentés. Hier rogue, la bête s'est soudain aplatie et, après ses colères, des sueurs d'écume l'habillent en traînées mouvantes. Des mouettes, comme des fleurs blanches, ballottent sous la houle; d'autres, criardes, font glisser sur l'eau du port et les pierres du quai leurs ombres lentes. L'air est léger et les voix des marins sont claires. Quelque chose de joyeux habite cette matinée de mars, attiédie par ce premier soleil de printemps qui chauffe les coins abrités.

Le capitaine hèle les trois hommes et, d'un geste du bras qui se lève et bascule, il les invite à monter à bord. Il faut partir, profiter du calme pour atteindre les côtes françaises à la nuit tombante.

Engrossées par le vent, les voiles tirent le bateau vers le large à bonne allure. Grammont, assis près du capitaine à la barre, ne cesse de jaser sur ses prouesses passées : il croit subjuguer ses compagnons mais leurs yeux et leurs oreilles sont ailleurs. Lenoir guette l'instant où les côtes françaises apparaîtront comme un léger trait gris et Michelot, déjà débarqué, file à toute allure vers Frèdeville pour retrouver Marie et connaître enfin Eugénie.

Il a appris par cœur les lettres de sa femme, il se les redit dans sa tête, arrêtant parfois sa mémoire sur un mot, sur une phrase :

quand le malheur est votre pain quotidien, l'amour vous interdit d'inquiéter le destinataire. Que lui cache-t-elle quand elle lui raconte la surveillance du gendarme Ripaux, quand elle le rassure sur sa santé, quand elle affirme qu'elles ont, toutes deux, de quoi manger? La santé ne veut pas dire le bonheur et comment pourrait-elle être heureuse après tant d'années de séparation? Avoir de quoi manger et manger à sa faim ce n'est pas la même chose. Allons, les mots sont souvent trompeurs et leur assurance apparente cache parfois des larmes. Femme du Bocage, Marie ne grogne jamais contre la misère et le taillandier s'inquiète de ces lettres trop lisses. Le chagrin n'aura-t-il pas brûlé les yeux pervenche, des rides creusé les joues roses et pleines qu'il tenait dans ses paumes comme des fruits? Et la maison? Et l'atelier? Et les outils? Et le soufflet? Que retrouvera-t-il de cet univers rebâti après des années de guerre et de violence?

— Les Mortes-Femmes! crie Lenoir.

Le cœur battant, Michelot se tourne vers son compagnon. Mortes femmes! Mais de quoi parle-t-il?

— Là-bas, tu vois les deux rochers : on les nomme les Mortes-Femmes. A marée basse, elles sont à sec. Derrière elles, c'est la baie de Saint-Germain, et la plage.

Maintenant le jour baisse mais il fait encore trop clair pour s'aventurer près de la côte. Les douaniers, les gendarmes, les soldats ont l'œil vif et le fusil chaud : depuis deux ans, les défenses ont été renforcées; peu d'hommes les ont franchies vivants. Le sang a souvent coulé sur ces longues étendues blondes qui précèdent les dunes coiffées d'herbes jaunâtres.

A bonne distance, le bateau louvoie en attendant la nuit, quand un brouillard soudain encotonne la mer et brouille l'horizon. Voilà le capitaine qui tempête contre cette purée, jure qu'on ne l'y prendra plus avec ces expéditions de malheur et déclare qu'il repart vers Jersey. On remettra ça une autre fois!

— Vaut mieux! acquiesce Grammont.

— Pas question! rétorque Lenoir. A vouloir toujours le mieux on finit par ne jamais trouver le bien. Avançons!

— Pour se faire massacrer comme des lapins, râle Grammont.

— Fallait pas venir, petit frère.

— Moi je ne veux pas casser le bateau, dit le capitaine.

— On t'a payé, matelot, avance!

Michelot se tait. La mer et ses humeurs lui sont inconnues, il se sent étranger à ce milieu liquide. Sans terre sous les semelles, il ressent sa fragilité.

— Je te dis, avance! gueule Lenoir.

— Vite dit! murmure Grammont. On n'expose pas comme ça des hommes.

— Toi, le courageux, tais-toi ou rentre à Jersey à la nage. T'as tout fait, t'as tout vu, t'es fort en discours et te voilà à geindre à cause d'un peu de brouillard!

Grammont ravale ses inquiétudes et le bateau glisse dans la brume comme un fantôme. La coque vibre sous les vagues et les yeux cherchent à deviner l'obstacle.

— Je sais pas où je vais, dit le capitaine.

Et soudain, aussi vite qu'il est venu, le brouillard se dissipe. La côte est là devant eux, bien découpée, sans la moindre lumière. Le capitaine abat les voiles et avance à la rame.

— Préparez-vous, murmure-t-il.

A peine la coque racle-t-elle le fond que Lenoir saute à l'eau.

— Allez, vite!

Il s'éloigne déjà, la carabine au-dessus de la tête. Michelot le suit, grimaçant dans l'eau froide. La plage est là, blanche et immobile : ils s'y jettent à plat ventre, l'oreille tendue. A leurs pieds, les vagues viennent mourir dans un chuintement soyeux. Les vêtements trempés, collés au sable, ils ne bougent pas, cherchant à déceler le moindre bruit de la nuit.

Lenoir se penche vers Michelot :

— Grammont? dit-il.

— Ecoute!

Alors ils entendent dans leur dos patouiller et tousser.

— Bougre! grogne Lenoir, il va nous faire prendre.

A cet instant le ciel se déchire, la lune éclabousse la mer, découpant la grande ombre bruyante de Grammont qui fend l'eau sans précaution.

— Bon Dieu, jure Lenoir, que fais-tu à traîner!

— J'attendais que vous soyez arrivés. Pas la peine d'être trois à se faire fusiller!

— Couche-toi, jean-foutre! commande Lenoir.

Et comme Grammont s'exécute avec lenteur, Michelot le plaque au sol d'un coup de poing entre les omoplates.

— Méfie-toi, Grammont! C'est pas la promenade ce soir! Compris?

Le taillandier sent, sous sa poigne qui le maintient, le corps trembler de peur. Il voudrait gueuler de toute sa poitrine contre cette loque. Se retenant de dégorger sa rage à grands cris, il approche ses lèvres de l'oreille de Grammont :

— Maintenant, lui dit-il, on est en France, mon petit gars. J'ai une mission à remplir. Si tu renâcles, tu es mort.

Mouillés comme des chiens qui ont chassé au marais, les trois hommes passent en rampant les dunes sableuses puis dévalent la pente opposée, courant vers les prés et les haies plus hospitalières. A travers une procession de nuages gris et lourds comme des outres, la lune pose par intermittence des flaques claires qui animent la campagne. Des échaliers sont franchis, sautés des ruisseaux. Et dans un petit bois ils reprennent leur souffle.

Sur une carte de Cassini, Michelot et Lenoir étudient l'itinéraire qui les conduira au Bocage. Par Bayeux et Vire ils rejoindront Saint-Jean-des-Bois.

D'ici là il faudra déjouer les patrouilles, éviter les garnisons, se méfier des indicateurs : depuis quelques années l'inquisition policière a tissé un réseau de complicités dans les plus petits villages. Quelques menaces, une poignée de sous, les langues se délient : on ne veut plus aller en prison. Une bourse pleine contre un renseignement, ce n'est pas un ventre creux qui s'en plaindrait.

Dans la nuit fraîche les vêtements mouillés glacent la peau. Il faut reprendre la route.

— Allons-y, dit Michelot.

Mais Grammont tergiverse, ses pieds lui font mal, il souffre du dos, il n'a plus de souffle. Il rechigne à se relever.

— Faudra trouver un bateau pour le retour, dit-il. Et c'est pas si facile! alors...

— Tu veux déjà repartir, plaisante Lenoir.

— Non, mais je connais du monde dans le coin. Je pourrais rester, trouver de l'aide. Non?

Le taillandier bondit sur l'occasion :

— Bonne idée, Grammont! Cherche donc une embarcation et préviens-moi chez les Galodé, à Saint-Jean-des-Bois, quand tu l'auras trouvée.

— Oh! merci, dit Grammont. Et si vous n'avez pas de mes nouvelles, vous demanderez à Fortin, mon cousin de Créances. D'accord?

S'ils sont d'accord, Lenoir et Michelot, de se débarrasser de ce lièvre! Grammont ne gémit plus sur ses fatigues, il se redresse d'un coup comme un jeune homme et veut se jeter dans les bras du taillandier. Mais il est repoussé sans ménagement :

— Allons, Grammont, pas ça! On ne caresse pas ceux qu'on laisse dans la cacade. File! Créances c'est par là!

Et comme le bravache s'éloigne à travers les arbres :

— Farceur! lui lance Michelot.

Mille petits sentiers capillaires maillent la grande lande qui s'étale en lisière du bois. Lenoir est du pays, il a trop souvent traîné ses sabots ici pour hésiter entre ces lacis. Il choisit sans hésiter celui qui les conduira à la première étape.

— On y sera dans une heure, dit-il.

Alors tout paraît plus facile à Michelot. Il se raccorde à sa terre. D'un pas ferme et rapide, il en éprouve la sécurité. Sa poitrine s'épanouit à respirer l'air de chez lui, à sentir, narines dilatées, ce subtil mélange d'odeurs d'herbes, de bois et d'iode. Une sève chaude le gonfle qui anime ses muscles. Ses sens retrouvent leur acuité. Il entend la nuit, il la sent bien, il voit clair, il capte tout. Quelque chose se dénoue en lui qui le tenait étranger au monde, ailleurs. Prisonnier au fort de Joux, fuyard à travers l'Europe, exilé à Londres, il ne s'appartenait plus. Il vivait en jachère et quand l'impatience bourgeonnait il fallait la retenir.

Cette nuit il retrouve sa terre, son lieu, il sent renaître une harmonie entre lui et les choses, et son cœur bat bien sous sa peau. Une bouffée de bonheur l'engorge. Des ailes de joie le portent au-dessus de la lande, qu'il déplie dans la béatitude d'un rêve enfin réalisé : Frèdeville est proche maintenant, au bout de la longue solitude, et il voudrait déjà envelopper de tendresse Marie et Eugénie.

— C'est là-bas, murmure Lenoir.

La masse sombre d'un parc se distingue près de la lande enfin franchie. Les deux hommes s'enfoncent sous les arbres, gagnent un chemin qui dévale vers les hautes tours d'un château.

Lenoir le précède, il traverse la cour, grimpe les marches du perron, cogne à la porte, crie d'ouvrir, tambourine, les poings fermés, contre les volets, appelle, gueule enfin. Alors d'une fenêtre au-dessus de leur tête une voix interroge.

— C'est Lenoir, avec un ami. Je connais Monsieur du Traiville. Ouvrez vite!

— Que lui voulez-vous?

— Lui parler. Ouvrez!

Chandelle à la main, un domestique débarre la porte et observe, soupçonneux, les visages inconnus.

— C'est pas une heure pour faire des visites, ronchonne-t-il. Monsieur dort et je...

— Va le réveiller. Dis-lui que je suis Lenoir, mon nom lui dira quelque chose. Il ne l'a pas oublié. Impossible! On s'est battus ensemble contre les républicains.

— Oh! ça alors, Monsieur veut plus qu'on lui cause de ces histoires-là!

Lenoir, d'un geste brusque, saisit le poignet du domestique.

— Donne-moi ta bougie! Je vais aller le chercher, moi!

L'homme n'insiste pas, il gravit lentement l'escalier, laissant dans la nuit humide du vestibule les deux visiteurs transis qui suivent du regard la lueur décroissante de la chandelle.

— Mauvais accueil, murmure Michelot. Plutôt froid!

— On va réchauffer ça, répond Lenoir.

La tête écrignée, les yeux exorbités, la courte robe de chambre qui lui bat les genoux : on dirait un hibou à pattes d'échassier qui descend les marches en grognant d'une voix pâteuse :

— Lenoir? Lenoir? Mais qui c'est, ce Lenoir-là?

— De la compagnie d'Avranches, ça ne vous dit rien?

Traiville passe lentement la flamme de la chandelle devant les visages de ses visiteurs. Il rognonne des choses incompréhensibles mais avec des bruits de gorge si nerveux que Lenoir et Michelot ne doutent plus du déplaisir que lui cause leur présence.

— On voudrait bien dormir un peu avant de filer plus loin, dit Lenoir.

Traiville cesse d'un coup ses borborygmes, se redresse devant le fieffé qui lui demande asile et, lui tapotant la poitrine de l'index, s'exclame :

— Dormir chez moi! Mais tu n'y penses pas, mon gars! Compagnie d'Avranches, compagnie d'Avranches! Qu'est-ce que tu veux que j'en fasse de ta compagnie! Tu y étais? Bien! Moi aussi! Mais c'est fini cette histoire depuis dix ans. D'où viens-tu donc pour me raconter le passé? Moi ça ne m'intéresse plus. Une époque pourrie. Et tu ne vas tout de même pas me parler de la cause royale! Des Bourbons? Mais tu débarques!

— Tout juste, répond Lenoir, on vient de quitter le bateau.

— De Jersey!

— Ouais.

Traiville éclate d'un rire ironique :

— On vient faire la guerre!

— Une mission, dit Michelot.

— Toi aussi, t'étais dans la compagnie d'Avranches?

— Non! de Saint-Jean-des-Bois.

— Avec Frotté?

— C'était mon général et mon ami.

— C'était l'ami de tous les Normands. Mais avez-vous oublié qu'il a été fusillé? Et que depuis il y a eu Bonaparte, l'Empire, l'ordre, la conquête de l'Europe. Vos Bourbons ne le savent pas encore, les bougres. Ils sont loin, ceux-là. A l'abri avec leur cour.

En deux enjambées, Traiville atteint la porte au bout du vestibule. En l'ouvrant il se retourne vers ses visiteurs.

— Messieurs, dit-il, je vais vous montrer ce qu'est devenu le salon d'un gentilhomme français. Approchez-vous, entrez, vous aller voir ce qu'il en reste. Le comte d'Artois ignore sans doute à quelle pauvreté nous a réduits la révolution. Il préfère s'occuper de fêtes, de banquets et de gourgandines. Jouisseur et pleutre, ce Bourbon! La cause royale, je le devine, a dû prendre de la bedaine en Angleterre. Mais ici elle est maigre et nue. Regardez!

La flamme du bougeoir allume un chandelier posé sur le parquet. Puis Traiville jette un fagot dans la cheminée. Quand les flammes mordent au bois elles répandent sur les murs dépouillés de la salle une lumière dorée.

— Le vide! Je n'ai plus rien, sinon des murs, un toit, mon lit et ces quelques chaises dont vous pouvez disposer pour contempler le spectacle. Eh bien, messieurs, mes sentiments royaux sont à l'exemple de cette pièce : nus, vides. Maintenant le gueux ne veut plus se battre pour un roi fantôme. Fini, Lenoir! C'est fini, la belle aventure. D'ailleurs roi ou empereur, quelle différence, dites-moi? Une Majesté a remplacé une autre Majesté, voilà! Ici on n'est plus dupe : plus personne n'attend le retour du roi.

— Taisez-vous! gueule Michelot. Vous oubliez ceux qui meurent encore pour lui!

Traiville éclate de rire :

— Des têtes brûlées, des fous, des exaltés, des naïfs! Je sais, de Londres tout paraît possible. En faisant des parties de whist, on imagine, on rêve, on croit pouvoir remonter le temps. Erreur, messieurs, grossière erreur! Les Français sont fatigués des guerres. Ils ne se battront plus.

Parcouru par un frisson, Traiville se serre dans sa robe de chambre. Il approche une chaise du foyer, s'y assied, pose les coudes sur ses genoux, tend vers les flammes orange de longues mains dont les ombres se projettent sur le plafond comme d'étranges oiseaux de nuit. Debout derrière lui, Michelot et Lenoir écoutent, interdits, le discours désespéré du soldat perdu qui les conjure de le laisser à sa solitude. Son seul fils a été égorgé au début du second soulèvement de Frotté. Sa femme l'a quitté depuis cinq ans pour les bras d'un officier de Granville. Elle était jeune et belle, la misère la désespérait. Elle voulait vivre encore.

— Elle reviendra peut-être. Quand elle aura des rides...

Il se lève d'un bond, marche de long en large devant la cheminée, mains dans le dos.

— Mais, ajoute-t-il, le roi, lui, ne reviendra pas! Et vous avez bien de la vertu à débarquer ainsi en pleine nuit, à vous mouiller les fesses pour lui. Les douaniers et les gendarmes tirent sans sommation sur nos plages. Vous avez eu de la chance, vous devriez être morts!

Le feu chauffe les vêtements mouillés qui transpirent une buée légère.

— On dirait deux diablotins qui émergent du soufre de l'enfer, plaisante Traiville. Déshabillez-vous, vous sécherez plus vite. Fi de la pudeur, nous sommes entre hommes. Et, de grâce, déposez vos fusils, j'ai l'impression d'être mis en joue!

Nus comme des vers, Michelot et Lenoir étendent leurs culottes, leurs vestes et leurs chemises sur le dossier des chaises.

— Eh bien! vous n'êtes pas gras. A Londres les Anglais ne vous ont pas bien nourris. Rien d'étonnant : ces gens-là nous haïssent. Emigrés ou non, ils nous veulent à genoux. Moi, messieurs, je n'aurais jamais accepté d'aller manger dans leur main.

— Vous nous injuriez! crie Lenoir.

— En vous battant dans les armées impériales vous n'auriez perdu ni votre temps ni votre honneur.

— Ça suffit! hurle Michelot.

— Je suis ici chez moi, je ne vous y ai pas conviés. Si j'écorche vos oreilles, partez! D'ailleurs vous allez déguerpir au plus vite.

La nudité est bien démunie devant un homme habillé. L'habit donne de l'assurance et Michelot enrage de ne pouvoir fourrer les mains dans ses poches et de sentir son sexe pendre à l'air libre au bas de son ventre, devant cet homme impudent qui les écorche de ses sarcasmes. Son humiliation est si vive qu'il se coule en vitesse dans ses vêtements. Lenoir l'imite.

— On n'est pas des lâches, Traiville, réplique le taillandier. On a eu tout notre soûl de misères, nous aussi, et on n'a pas fui par peur. Ravalez donc ce que vous venez de dire!

— Ravaler quoi?

— Vos injures à notre honneur.

L'empoignant chacun par une manche de sa robe de chambre, ils aboient à ses oreilles comme des chiens de ferme, ils crient contre tous ces capons de Français ralliés à l'Empereur, ces faibles, ces timorés, ces pusillanimes. Ces traîtres, oui, ces traîtres au roi qui déshonorent la cause, injurient ses martyrs, crachent sur leur mémoire en oubliant trop vite l'époque où ils étaient, de par la grâce des Bourbons, maîtres et seigneurs! Empereur ou roi, pas de différence? Une Majesté en remplace une autre? Mais comment un ancien chouan peut-il proférer un tel outrage? Parce qu'il n'a plus rien dans son salon, que la révolution lui a tout pris? Parce que son fils a été massacré? Et tous ceux qu'un deuil n'a jamais abattus! Parce que sa femme l'a quitté pour aller dans le lit d'un autre? Est-ce la faute au roi si elle est catin?

— La mienne m'attend depuis dix ans, elle ne gémit pas! hurle le taillandier. Et je ne connais pas encore ma fille!

Les pauvres de naissance, les modestes, les simples, ceux que la fortune n'a pas pourvus et qui mourront les mains vides, eux ne baissent pas les bras : ils ont dit non aux bleus, non aux patauds, non aux policiers de Fouché. Ils ont la fidélité cabocharde.

— Alors, Traiville, ajoute Lenoir en secouant le châtelain, l'honneur est-il donc passé du château à la chaumière?

Agressé par ces furieux, l'homme enfonce la tête dans les épaules, courbe l'échine et porte les paumes à ses oreilles pour atténuer la violence des cris et des injures. Il joue l'abattu, le résigné et, brusquement, d'un vif coup de reins, il se libère des poignes qui l'agrippent et se précipite vers la porte. Mais d'un bond Lenoir et Michelot sont sur lui, ils roulent tous trois à terre.

— Prends ton fusil! commande Michelot à son compagnon.

Le taillandier écrase la poitrine de Traiville sous ses genoux. L'homme gémit qu'on veut le tuer, lorgnant sur le canon de l'arme dirigé vers sa gorge.

— Maintenant on veut dormir, dit Michelot en se relevant.

Sous la menace des deux fusils, M. de Traiville précède les chouans dans l'escalier qui conduit à l'étage. D'une main il porte le chandelier et de l'autre le bougeoir. Il fait le domestique et Lenoir profère dans son dos des railleries si pointues que sa dignité de châtelain se réveille :

— Bandits! sacripants! tonne-t-il. Même les gendarmes ne m'ont jamais traité ainsi.

— Forcément, réplique Michelot, tu étais avec eux.

— Et s'ils viennent cette nuit pour perquisitionner?

— T'inquiète pas, dit Lenoir.

— Avec vos deux pétoires!

Traiville est enfermé à double tour dans le placard de la chambre. La porte résiste à ses coups de pied furieux. Lenoir et

Michelot se couchent, soufflent les bougies tandis que leur prisonnier mène un sabbat du diable. Las de donner des ruades inutiles, Traiville passe aux discours. Il vitupère les Anglais qui les envoient, tous deux, pour leurs propres intérêts, pas pour ceux de la France. Il tonne contre les émigrés de salon, il rage contre Louis XVIII qui a le ventre plus gros que ses idées.

— Et vous voulez mourir pour lui? Pour lui qui est déjà coupable de la mort de Frotté, de Pichegru, de Cadoudal, de Prigent, de Vittel, de Gouyon, de Chateaubriand, et j'en passe! Allons, on vous envoie à la boucherie, vous n'échapperez pas à la police de Napoléon. Elle vous fusillera.

Le temps et la fatigue ont toujours raison des grandes fureurs. A hurler sans obtenir de réponse, Traiville s'épuise enfin, se tait. Lenoir ronfle déjà comme un bienheureux mais le taillandier, les yeux grands ouverts dans le noir, ne parvient pas à trouver le sommeil. Après l'abandon de Grammont et cet accueil plutôt agité, l'inquiétude, comme une folle cavale, court dans son crâne. Nerfs exaspérés, il écoute la nuit qui cercle sa solitude, les soupirs du bois et des pierres, les froissements d'ailes, les cris. Il est l'insulaire de l'ombre. Seul.

Chapitre XXII

Le retour

Ils marchent sous une pluie transperçante, fine comme une vapeur et qui s'agite au vent. En Normandie souvent le printemps pleure et celui-ci n'est pas plus gai que les autres. La gaze irréelle qu'il pose sur les prés et les haies noie les horizons dans une grisaille ondée. Ni Michelot ni Lenoir n'ont l'âme à s'attendrir devant cette douceur humide. Il faut marcher, sens mobilisés sur les dangers : d'un têtard creux, d'un chemin encaissé, d'un bosquet, d'un village, de toutes ces bosses et de tous ces replis ils peuvent surgir. L'œil immobile et mauvais est peut-être là, qui les observe avec froideur pour chercher à les perdre. Ils ne parlent pas, jaser en marchant coupe le souffle et distrait. Ils sont tout à leur avancée. A la brune, ils atteignent Saint-Lô où s'achève la foire et ils se mêlent avec soulagement à la cohue des marchands et des chalands qui envahissent les ruelles dans un désordre bruyant et bigarré.

La nuit est tombée depuis longtemps quand ils trouvent asile dans une charretterie isolée, non loin de Saint-Louet, au sud de Thorigny. Il y a là une balle de paille et quelques sacs : de quoi dormir. Mais ils ont faim, car le morceau de pain et les quelques pommes chipés chez Traiville en quittant le château ont cessé depuis longtemps de les rassasier. Vide, leur estomac les brûle. Ils doivent, comme des renards, s'approcher d'un poulailler voisin, en forcer la porte et dénicher des œufs frais, dans un grand charivari de poules apeurées qui leur emplument le nez et la bouche.

Eternuant et toussant, ils se sauvent en courant, rejoignent leur auberge de fortune et gobent leur larcin goulûment. Alors le taillandier se souvient des malheurs de ce pauvre La Fricasse, ce grand vaurien rencontré près de Domfront, à l'*Hôtellerie de Joseph* où il avait fait étape avant d'aller rendre visite à la gardienne de la prison. Diable! quelle vision lui revient, cette énorme Louison gélatineuse dont le corps tremblote sous les rires gras et dont les petits yeux de rat continuent encore de darder sa mémoire. Michelot frissonne, avant de s'assoupir.

Le jour les trouve déjà en route. A mesure qu'ils approchent du Bocage, le pays se houle et se creuse comme une haute mer. Les chemins s'enfoncent plus secrets sous le treillis des haies épaisses, les vallées s'approfondissent et, sur les collines, les premières forêts déroulent leurs vagues sombres, ces futaies altières et droites dont les cimes touchent au ciel à travers les nuages qu'elles déchirent.

Pour éviter les routes passantes et les hameaux, il faut traverser des taillis, des cépées qu'enchevêtrent des ronciers, se couler dans des bruyères qui cinglent le visage, longer des champs, sauter des ruisseaux gonflés qui dévalent, en s'accrochant aux branches basses des saules, vers les combes froides et vaporeuses.

Ils pénètrent comme des braconniers sur cette terre secrète, ici cahotique et là herbeuse, avec parfois des prés blanchis par les inondations. Et maintenant, à mesure qu'il retrouve le mystère de sa terre, Michelot est gagné par l'émotion, un tremblement de tout son corps qui se grise à vivre ces retrouvailles, la cadence du sol, son rythme, les premières teintes du printemps nouveau, les odeurs mouillées et capiteuses des sèves et des bourgeons qui l'enivrent au passage des haies.

Après Campeaux et La Graverie, ils contournent Vire pour gagner Neuville et longer le bois de Roullours par la route de Tinchebray. Insensiblement le pas s'accélère.

Comme un nyctalope, Michelot fonce dans la nuit. Lenoir, sur ses pas, dérape parfois sur le sol glissant, se heurte à une racine, à une pierre. Le taillandier n'en a cure, tout lui est familier désormais, une radresse, une lisière, un pont, une lignée de têtards. Il est chez lui dans cet univers inchangé en apparence, comme si les dix années d'absence qui s'achèvent enfin cette nuit s'étaient arrêtées au bord de son lieu immuable, en dehors du temps.

La pluie cesse comme ils attaquent la dernière montée vers l'église et un coup de vent défait les nuages qui s'ouvrent sur la lune : le lacis devient un filet clair qui se faufile vers le clocher drapé d'argent de Saint-Jean-des-Bois.

— Bon Dieu, je rêve, murmure Michelot qui sent son cœur battre la chamade.

Il s'arrête, les yeux fixes, le souffle court, cherchant à percevoir, dans l'immobilité de la nuit, un bruit, un son qui le rassurera sur la réalité de cette incroyable vision.

La halte soudaine du taillandier surprend Lenoir qui le rejoint.

— T'entends quelque chose?

La voix de son compagnon tranquillise Michelot.

— Non, dit-il, je regarde.

A La Talboisière, la Galodé dresse l'oreille au bruit des pas qui traversent le courtil. Il est pourtant imperceptible mais la vieille Bocaine dort comme un faucon dans son nid. Un rien la tire des couettes. Elle est déjà debout, l'oreille contre la porte, l'ouïe aux aguets. Avec sa pauvre Marie tracassée depuis dix ans par le gendarme Ripaux, elle s'inquiète de tout. Son bonhomme la rabroue souvent pour ses frayeurs ridicules. Lui, il dort comme un custod en paix avec le Bon Dieu, et même le tonnerre ne le sortirait pas du lit.

Tremblante, les deux mains posées sur la poitrine pour contenir son effroi, la Galodé écoute. Il y a quelqu'un dehors, c'est sûr. Quelqu'un qui veut entrer, mon Dieu.

On frappe deux fois à la porte, deux petits coups qui la font sursauter. La main droite sur la gorge, elle voudrait bien appeler son homme mais, par dignité, elle serre fort son cou entre ses doigts et cherche à discipliner sa voix pour ne pas trembler en parlant. Dans le Bocage on ravale sa peur, même quand elle vous poigne le ventre; d'ailleurs ces mauvaises années ont appris à ne jamais la montrer. Qui s'affole n'a pas la conscience tranquille. On ne l'oublie pas ici : pour de simples bredouillements effarouchés, des visites domiciliaires de routine se sont transformées en sévères perquisitions. La police impériale n'est pas plus fine que la républicaine.

On toque encore, mais cette fois la Galodé a su apaiser son souffle et, se reculant vers le centre de la salle commune pour ne pas paraître aux abois, elle questionne :

— C'est qui?

— Michelot!

Elle a bien entendu « Michelot », mais si quelqu'un croit pouvoir lui faire avaler une telle baliverne il se trompe. Alors elle se précipite vers le lit où dort son mari, elle le prend par les épaules, le secoue de toutes ses forces.

— Réveille-toi, debout!

Sur les braises qui mourinent dans le foyer elle jette une brassée de paille et un fagot. Quand les flammes éclairent enfin la pièce, elle revient vers la porte, en houspillant son bonhomme.

— T'entends pas? On frappe!

Et elle s'adresse maintenant à haute voix à celui qui attend dehors :

— Je comprends pas. Qui êtes-vous?

— Michelot, ouvrez, la Galodé! c'est moi, Michelot Moulin.

— Qu'est-ce que je fais? demande-t-elle au mari qui se redresse enfin.

— Attends, j'arrive.

Saisissant son bâton, le bonhomme s'approche à son tour de la porte, en criant :

— Répétez donc!

— Votre gendre, Michelot. Vite, ouvrez!

Cette fois la Galodé reconnaît la voix. Elle tremble d'émotion tandis qu'elle débarre la porte avec maladresse. Quand elle ouvre, deux visages s'encadrent dans la nuit, dont le plus proche la captive : les flammes du foyer font luire les yeux roux qui la fixent.

— C'est moi! dit le taillandier.

Et les ombres s'enlacent longuement sur le seuil de la maison.

Que faire et par quoi commencer? L'instant trop attendu

surprend. A La Talboisière où il arrive comme ça, on voudrait bien se dire des mots chaleureux, s'annoncer des nouvelles, se questionner, mais les têtes et les cœurs sont trop bouleversés pour permettre aux langues de se délier aisément. Les voix restent paralysées. Par bonheur, les yeux sont là pour se parler.

— On mangerait bien quelque chose, dit enfin Michelot.

— Bonne idée! ajoute Lenoir.

Tout se dénoue dans des gestes simples : la Galodé va à la huche, pose le pain sur la table, apporte le broc de cidre, court au poulailler chercher des œufs. Le père, lui, active le feu et parle du mauvais temps, de la pluie et du printemps qui n'est pas précoce cette année. Les humeurs du ciel sont un bon sujet pour se mettre en bouche avant de causer des choses sérieuses.

— Coupe donc le lard, au lieu de jaser, dit la Galodé en rentrant.

Quand les premières bouchées sont avalées avec une gorgée de cidre, Michelot tousse pour s'éclaircir la voix et demande, d'un ton paisible :

— Marie, ça va?

Aussi détachée, la Galodé répond :

— Doit dormir à cette heure.

— La petite?

— Aussi.

Ah! si la prudence ne l'avait pas retenu de se rendre d'abord à Frèdeville, il serait déjà dans ses bras. Mais sait-on jamais? Avec ce Ripaux de malheur il faut se méfier. L'étape à La Talboisière lui coûte, mais les brèves réponses de la Galodé le rassurent : elles sont vivantes toutes deux et, mordant à pleines dents un morceau de lard, il retient sa joie et calme son impatience.

La Galodé s'assied au bout du banc, pose ses mains à plat sur la table, sourit en regardant Michelot : chaque chose en son temps, semble-t-elle lui dire, vous avez faim, mes gars, mangez. Après, on verra.

— Dors donc ici cette nuit, dit-elle. Il y a du foin en haut, dans le grenier. A cette heure, tu vas lui faire peur à Marie, je crois bien!

Michelot redresse la tête, dévisage sa belle-mère, boit un grand coup de cidre pour réfléchir.

— Peut-être bien, dit-il.

— J'irai la chercher demain matin, propose le père. C'est plus sûr.

— Pourquoi plus sûr? s'étonne le taillandier.

— Les gendarmes, mon pauvre gars! Des vraies fouines. Sont toujours fourrés dans le coin avec leur chef, tu sais, Ripaux; c'est un zélé, celui-là. Et puis il y a les gens.

— Les gens?

— C'est pas comme avant, Michelot. Même ici un chouan c'est un brigand pour certains. Je te dis, te montre pas dans le village. Les patrouilles passent souvent, et il y a des vengeurs. Sont tous hargneux en ce moment. Paraît que ça ne va pas fort pour l'Empereur. On raconte que les Anglais vont débarquer. C'est vrai?

— Sais pas, répond Michelot.

— Faut dormir maintenant, dit la Galodé.

Elle s'affaire à ranger la table tandis que les deux hommes montent au grenier. Le plancher craque sous leurs pas au-dessus de sa tête. Son mari se recouche. Elle barre la porte, revient vers la cheminée, demeure immobile à regarder les braises mourir en cendres.

Marie est maintenant dans les bras de Michelot. Elle pose la tête sur son épaule et pleure en silence. Pourrait-elle parler d'ailleurs qu'elle n'oserait pas devant ses parents et Lenoir. Son père est allé au petit jour la quérir à Frèdeville. Elle était déjà éveillée, sentant près d'elle la chaleur d'Eugénie endormie. Quand elle a entendu la voix qui l'appelait du dehors, elle est sortie doucement du lit et elle a ouvert la porte sur le froid du matin.

— Viens vite, Michelot est chez nous.

Emue par la nouvelle elle a vu le rectangle du jour livré par la porte ouverte basculer soudain. Le père Galodé l'a retenue par les épaules puis, sans mot dire, l'a aidée à s'asseoir sur la pierre du seuil. Elle a retenu ses larmes, par crainte de laisser échapper un cri et d'interrompre le repos de sa fille.

— Viens, Marie.

Elle s'est habillée à la hâte, a saisi dans le coffre son fichu moiré du dimanche puis a suivi le trait foncé que les pas de son père dessinaient sur l'herbe blanchie par la rosée. C'est à cette heure qu'elle se rendait jadis à La Guyonnière soigner le chouan blessé au bras. Le ciel était encore tout pâle comme ce matin mais son cœur, heureux déjà, ne battait pas si fort qu'à cet instant.

Dans ses bras elle ne se contient plus, ses larmes ruissellent. Son bonheur lui fait mal partout, elle tomberait à terre si deux mains fortes ne la tenaient par la taille. Lui, il ne dit rien : s'il ouvrait la bouche il pleurerait aussi et cela l'amoindrirait. Longtemps ils s'enveloppent l'un contre l'autre et, quand s'apaise son trouble, Marie relève la tête et regarde enfin les yeux roux de Michelot qui la réchauffent comme un soleil. Elle sourit en reconnaissant les lisières du visage aimé, l'arête du menton et sa fossette plus marquée qu'autrefois, le buisson de ses cheveux bruns et bouclés. Mais comme ses joues sont creuses! Et pourquoi ces rides qui le burinent aux commissures des lèvres? Et ces ombres, sous ses yeux? Mais elle n'ose pas s'enquérir de sa santé. Plus tard, il lui racontera les misères vécues loin d'elle. Pour l'heure, elle lui parle d'Eugénie qui est déjà grande et qu'elle va chercher.

En courant elle s'en retourne à Frèdeville, réveille sa fille, s'agite autour d'elle en balbutiant des tas de mots d'amour pour lui annoncer que son père est là. Eberluée, l'enfant se frotte les yeux, bâille et se tait. Puis, courant plus vite encore, Marie l'entraîne vers La Talboisière pour la jeter dans les bras de Michelot qui la reçoit, mains ouvertes, comme un bouquet.

— Elle a tes yeux! dit la Galodé à Michelot en tisonnant son feu.

— Mais les cheveux de Marie, ajoute le grand-père.

— Tu restes? demande Eugénie en fixant son père.

— On verra, répond le taillandier en lançant la fillette au plafond.

Marie fait celle qui n'entend pas.

C'est le père Galodé, bâton à la main, qui est allé frapper aux portes amies pour apprendre la bonne nouvelle. A Voltige d'abord, puis à Francœur, à Sans-Chagrin, à Gimberie, à Moustache, à Sabretout, à La Grenade et à Belhumeur.

— De passage?

— Je sais pas, dit le bonhomme. Michelot ne cause pas trop. Au bout des champs, dans les écuries ou chez eux, Galodé les a trouvés sans peine. Les anciens de la compagnie ne peuvent guère bouger par les temps qui courent, surveillés, comme Marie, par les gendarmes de Tinchebray, toujours suspectés de mauvais sentiments contre le gouvernement. S'ils veulent se rendre à Domfront, à Vire ou à Flers, c'est tout une histoire. Il faut vraiment avoir des obligations impérieuses pour aller demander un laissez-passer aux autorités. La démarche, même innocente, n'est jamais bien vue par la police, on attire l'attention sur soi, on vous surveille pendant des semaines. Ou bien, mais c'est risqué, il faut voyager de nuit et être de retour avant l'aube. Il y a toujours un vendu pour signaler votre absence. Alors ça peut finir par la prison. Mieux vaut se tenir tranquille et les femmes ne sont pas les dernières à exhorter leurs hommes à la prudence : avant tout il y a les enfants à nourrir, le travail des champs, les couteaux à repasser, les bêtes à soigner. Plus jamais la guerre, plus jamais la faim, plus jamais le cortège de malheurs, maintenant que les maisons sont relevées, les toits refaits, les fenils à nouveau remplis, le cidre dans les tonneaux, les cochons à l'engrais et la volaille agrainée. Vigilantes, elles calment quand il le faut les rages passagères de leurs maris contre le tyran ou l'usurpateur. Car la fièvre du proscrit, comme une maladie endémique, guette à tout moment les anciens chouans. Le vieux sang des Bocains est trop rebelle pour oublier définitivement les fusils ou les carabines cachés ici ou là.

Parfois le dimanche, quand l'oisiveté les accable, les hommes tripotent leurs armes, effacent à coups de chiffon leurs points de rouille, les huilent, puis les rendent à regret à leurs cachettes. Les femmes n'aiment pas ces distractions qui excitent les nostalgies.

C'est dire que le passage du père Galodé n'est guère apprécié. Le retour de Michelot est heureux, mais cet entêté de taillandier pourrait bien mettre les cervelles en ébullition.

— Bon Dieu, on peut quand même aller lui dire bonjour! Michelot, c'est pas la peste, non?

— Ripaux.

— Quoi, Ripaux? Il est pas fourré à La Talboisière!

— Fais attention!

Thérèse, la veuve de Grisard, dit La Grimace, frémit plus qu'une autre quand Voltige, son nouvel époux, rentre chez lui plus tôt que d'habitude pour lui chanter avec enthousiasme l'arrivée de Michelot.

Son cœur flanche à cette nouvelle, elle va s'asseoir pour reprendre ses esprits. Son sang une fois apaisé, elle dit tout haut et à voix posée qu'elle est heureuse du retour du taillandier. La pauvre Marie faisait peine à voir, seule avec son Eugénie. Tant mieux donc! elle sait trop ce qu'est la solitude quand l'homme n'est plus à la maison. Elle a trop pleuré sur son Thomas fusillé comme un chien à Domfront avec le vieux Sébastien Goupil, pour ne pas comprendre le chagrin de Marie. Et quand on est encore jeune et belle, la peau se désespère au sevrage des caresses, elle se fane si elle n'a pas son comptant de plaisir. Grisard savait comment lui en donner la nuit comme le jour, elle s'envolait sous ses reins comme une soule bien lancée. Et tout cela remonte à sa mémoire en regardant Voltige qui s'énerve à commenter l'arrivée de Michelot et s'impatiente à guetter la nuit pour s'échapper vers La Talboisière. Depuis neuf ans qu'elle l'a épousé, elle a rebâti avec lui son bonheur et ce n'est pas pour le laisser à nouveau filer. Tant de fois elle a dû se battre pour raisonner Voltige, enflammé à tout moment contre les tracasseries policières, et tant de fois elle est parvenue à convaincre le soupçonneux Ripaux que son mari est converti, qu'il est bon citoyen, parfait cultivateur, excellent époux. La France peut être fière d'avoir un fils aussi soumis! Ripaux, cajolé par les beaux yeux de Thérèse, a espacé ses perquisitions puis cessé ses visites. Faudra-t-il donc tout recommencer?

— Attends donc un peu, lui dit-elle.

— Ne pas aller lui dire bonjour! Non mais...

— Laisse-le avec Marie et Eugénie.

— Veut me voir, le père Galodé me l'a dit.

— Plus tard. On ne sait jamais. Si les gendarmes le surveillent!

— Tu ne connais pas Michelot! S'il est là, personne le sait!

— Demain tout le Bocage l'apprendra.

— Bon Dieu, Thérèse, je vais pas t'apprendre qu'on sait se taire.

— Et les vengeurs?

Voltige hausse les épaules. Comme s'il pouvait oublier leur amitié! D'ailleurs il est le parrain d'Eugénie, non? Michelot de retour, il serait le seul à ne pas aller le visiter?

— Fais pas la sotte, Thérèse. Je peux pas t'écouter!

A la nuit fermée, quand le ciel ne se distingue plus de la terre, il prend le chemin de La Talboisière. Il aime sa Thérèse, mais quand même!

Après les premières blagues lancées pour camoufler les sentiments, les hommes, en riant, s'assoient autour de la table devant leur bol rempli de cidre doré.

Marie est partie se coucher à Frèdeville avec Eugénie. La Galodé, les mains dans ses jupes, est assise près du feu et le bonhomme, une bouteille dans chaque poing, est debout derrière les gars, surveillant les soifs. Lenoir, lui, est déjà en route vers Le Mans, porteur des messages du comte de Blacas. Il trouvera là-bas un relais pour Paris où la correspondance du ministre doit parvenir. Dans une quinzaine de jours, si tout va bien, il sera de retour. Michelot, en l'attendant, aura saisi l'humeur du pays. Ensuite...

— On m'attend à Londres avec les réponses, dit le taillandier.

— Et tu reviendras!

— C'est pas moi qui décide.

— Te voilà sacrément obéissant, dit Voltige en riant. Autrefois t'aimais pas qu'on te commande, tu te souviens par exemple avec La Roque-Cahan!

— Cahin-Cahan, tu te rappelles, Sabretout? C'était ton grand succès, lance Belhumeur : « Je suis un chouan, cahin-cahan, qui aime bien les républicains. »

— Cahin-Cahin! reprennent en chœur les hommes.

— Bon Dieu, c'est loin tout ça, gueule Sabretout. N'empêche que Frotté t'a obéi ce jour-là!

— Oh! mais, dit Sans-Chagrin, c'était pas un lâche, La Roque-Cahan. Pauvre bougre, ils l'ont fusillé...

— Et ta croix de Saint-Louis, on te l'a donnée?

— A Londres!

— Ça s'arrose, les gars. Allez, père Galodé, encore une bolée.

Les souvenirs volent comme des balles par-dessus la grande table. L'histoire de la soutane de Belhumeur provoque de sonores éclats de rire et quand Moustache rappelle, sans farder ses paroles, la gourmandise sexuelle de leur camarade, la Galodé tourne la tête vers la cheminée.

— Depuis tu t'es calmé, petit frère, commente Voltige.

— T'en sais rien! T'as pas interrogé ma femme? Enfin, je crois pas qu'elle soit dans le besoin de ce côté-là. Et ta Thérèse, elle n'a peut-être pas d'appétit? Quand elle regarde un homme, celle-là, elle sait le câliner. Paraît que Ripaux était amoureux d'elle.

— C'est pour ça qu'il t'a foutu la paix, chante Moustache.

Marie, elle, n'a pas été à la fête avec les gendarmes. Des perquisitions à n'en plus finir, la nuit comme le jour, racontent les gars à Michelot qui écoute. Ils la traînaient parfois à Tinchebray avec Eugénie dans les bras, ils l'interrogeaient, debout pendant des heures. A chaque lettre reçue, c'était des tracasseries, des menaces, et même, une fois des gifles.

— Des gifles? s'inquiète Michelot dont le cœur se serre.

— Quand ils ont trouvé Vaugeois noyé, raconte Voltige, ils voulaient savoir si c'était un crime. Ils sont allés à Frèdeville et ils l'ont battue pour qu'elle cause.

— Battue! les salauds! grogne le taillandier, mais ils imaginaient quoi, les gendarmes?

Alors tous veulent expliquer. Les paroles se croisent et Sabretout doit rugir un bon coup pour apaiser ce charivari.

— Raconte, Voltige!

— La Guimont, tu te souviens, sur la place de l'église, elle t'avait conseillé de te méfier. Et à la sortie tout le monde a vu la scène. C'est sûr, Vaugeois il t'a vendu!

— Oui, répètent les gars.

— D'ailleurs, ajoute Voltige, je te raconterai.

— Tu me raconteras quoi?

— Plus tard.

Ensuite ils causent du Bocage. C'est vrai, Bonaparte a arrangé des choses. Les prêtres non jureurs sont rentrés, on a pu pratiquer la religion, il y a eu moins de soldats dans le pays et, en tout cas, ils étaient plus disciplinés. Et puis les amnisties ont détendu les esprits, encore que la police n'ait jamais désarmé contre les anciens chouans. La preuve : tous ceux qui sont là, ce soir, ont été longtemps pris pour des scélérats.

— Et ça continue encore, grogne Moustache. On ne peut pas dire n'importe quoi! Un mot de trop contre le gouvernement et on redevient des brigands!

— Et maintenant? demande Michelot.

— Maintenant c'est à nouveau la cacade, avec ces diligences arrêtées ici ou là par des bandits, la mort de d'Aché qui a énervé le pays et puis la conscription qui a repris. L'Empereur n'a jamais assez de viande à livrer aux canons! Les jeunes refusent de partir.

— C'est comme nous, commente Voltige.

— Alors ils désertent.

— Ici aussi?

— Partout! T'as qu'à aller dans la forêt d'Halouze ou de la Lande-Pourrie ou au Bois-Daufils : les loges des charbonniers sont pleines de gars qui ne veulent pas de l'armée.

— Seulement eux ils n'ont pas de fusil, comme nous. Ils se terrent.

— Et si le roi revient, demande le taillandier, ils seront avec nous?

— Je crois qu'on est prêts, dit Voltige. Hein, les gars?

Les têtes acquiescent en silence.

— Nous, c'est combien? interroge Michelot.

— Avec Chanu, Yvrandes, Saint-Cornier, Ger, Flers, je sais pas trop, dit Sabretout.

— Ça ne sera jamais comme autrefois! assure Belhumeur. Avec les jeunes, peut-être quatre ou cinq cents!

On se tait maintenant. Le père Galodé sert une dernière bolée qu'on boit à petits coups avec des soupirs et des claquements de langue entre chaque gorgée.

Michelot se lève et on l'imite. Ensuite les hommes s'enfoncent sans bruit dans la nuit, portant au plus secret d'eux-mêmes des pensées agitées qu'ils ne livreront pas à leurs femmes. Elles les attendent, éveillées et anxieuses. Mais elles ne sauront rien. Seuls les malavisés s'amusent à taquiner le guêpier du bout du sabot. Eux n'ont pas envie de se faire piquer!

Que fait-il donc là, tout seul, à courir en vain après le sommeil dans le grenier de La Talboisière où il s'est encore réfugié cette nuit par prudence, quand Marie l'attend à côté?

Michelot se tourne et se retourne sur la paille en maudissant sa poltronnerie qui lui fait honte, maintenant qu'il sait les tourments subis par elle depuis dix années. Et à cause de lui. Elle n'en a pas dit mot et pas plus qu'hier elle n'en parlera demain, il en est assuré. Elle a trop de robustesse à l'âme pour s'enchagriner devant celui qu'elle aime. Après tout il ne s'étonne pas de la force cachée sous ce corps frêle, depuis qu'il l'a connue à La Guyonnière, toujours ponctuelle malgré le danger. Les femmes du Bocage, quand elles ont dit oui, ne reprennent jamais leur parole. Chez elles la fidélité ne se déracine pas sous les tornades les plus violentes. Quand il a retrouvé ses yeux pervenche, transparents et frais comme deux douits, il n'a pas vu la moindre ombre à leur surface : ils n'ont pas bronché au malheur. Et Michelot se maudit de l'abandonner cette nuit et d'être là, caché comme un vaurien, quand il aurait à engranger chez elle des fourchées de tendresse et de douceur. L'heure du départ arrivera vite, il ne doit pas perdre de temps.

La Galodé a beau le sermonner, il quitte La Talboisière en plein jour. Le soleil enrobe la campagne et les oiseaux chantent dans les haies odorantes et tièdes. Malgré sa hâte, il consent à la prudence en empruntant un chemin détourné et plus sûr, qui l'éloigne du village.

Il atteint Frèdeville par-derrière, passe l'échalier où jadis Marie le guettait quand il travaillait à ses faux. Mais l'atelier qu'il retrouve n'est qu'une ruine, le toit de chaume s'est affaissé, les murs sont fendus, et à l'intérieur, le lierre et les ronces s'enchevêtrent aux poutres effondrées. En vain cherche-t-il le moindre outil, l'enclume est à terre, rouillée, et le grand soufflet au cuir déchiré pourrit le bec en bas, retenu au toit par un seul clou. Alors il explose devant cette ruine, il jure des bon Dieu, envoie des coups de pied dans ce chantier de misère et mène un tel vacarme qu'il déloge un nid de mulots. Les bestioles lui filent entre les jambes, il se retourne pour en écraser une au moment où elle franchit l'entrée. Marie est là, mains aux hanches, et elle éclate de rire devant cette colère enfantine.

— Te fais pas du mauvais sang, dit-elle. Ça se répare.

Elle est immobile à contre-jour, et le soleil nimbe sa silhouette, vaporise ses cheveux blonds et accuse la transparence de la robe légère. Michelot s'émeut devant l'ombre des jambes ouvertes. Il s'approche d'elle, ses mains saisissent ses joues, glissent sur son cou, frôlent les rondeurs du corsage avant de les presser au creux de ses paumes. Elle ferme les yeux, ses doigts glissent sous la chemise, parcourent lentement le champ brun de la poitrine, s'enhardissent sur le ventre. Leurs corps se gonflent, leurs jambes se prennent, leurs cuisses se pressent. La jupe et les braies sont vite sur leurs talons. Le plaisir les saisit comme un feu violent. Ils s'affaissent au milieu des herbes et, dans ce nid de verdure, ils sombrent dans un éblouissement. Ils geignent doucement, bouches entrouvertes, paupières closes sur des myriades d'étoiles au ciel immense de leur tendresse.

Un cri les réveille. Ils se déprennent, se redressent.

— C'est Eugénie, murmure Marie qui est déjà debout.

Robe et culotte sont remises à la hâte. Ils rient de leur pudeur retrouvée, s'embrassent puis tendent leurs bras à la fillette qui court vers eux. Michelot l'attrape avec adresse et la roule contre lui, ronronnant à son oreille des mots qui sont des noms d'oiseaux et de fleurs.

« Plus tard », avait dit Voltige.

Michelot, assis devant lui dans le grenier de La Talboisière, attend désormais qu'il lui parle de Vaugeois.

— Alors?

— Tout le monde pensait que c'était lui. La Guimont, tu la connais, n'a pas la langue dans les sabots. Bavarde comme un traquet. Elle jasait partout qu'il y avait un vengeur dans le pays, comme Guillot autrefois : celui-là au moins était tombé sous les balles des bleus de Hoche. Il y avait une justice. Vaugeois, lui, était toujours sur ses pieds, et plutôt sur les pointes que sur les talons, fiérot et avantageux. « Et qu'est-ce qu'ils ont tous à le laisser jaboter comme ça dans les auberges sur les brigands! Où c'est qu'il est passé l'honneur? On a donc peur de ce fieffé! » Fallait la voir s'agiter sur la place à la sortie de la messe, un œil méchant sur Vaugeois, l'autre scandalisé sur nous : « Ça ne vous fait donc rien de le voir à l'église, vous, les hommes? »

On n'allait quand même pas, tout de suite après l'arrestation de Moulin, corriger le vaurien. Ripaux et ses gendarmes auraient fait le lien sans peine et les représailles auraient grêlé sur Saint-Jean-des-Bois. On attendrait. Tant pis pour les railleries de la Guimont. Les gars font donc les indolents, laissant Vaugeois s'enfoncer mais leur résolution est prise. Voltige, Sabretout et Belhumeur se sont entendus sur le sujet. Quand? La Guimont se lassera bien un jour, on s'habituera à l'absence de Michelot, chacun se calmera. Ce sera le moment.

Ils laissent passer l'été puis l'automne. C'est en novembre, un soir, qu'ils vont tous les trois lui rendre visite en contrebas du village, près du pont aux Chèvres qui franchit l'Egrenne. Vaugeois habite là, tout seul. Il cultive un bout de terrain qui ne donne d'ailleurs pas grand-chose, plus souvent sous l'eau qu'à sec. Ça l'arrange, le courage ne l'a jamais envahi. Il préfère raconter ses campagnes républicaines aux complaisants.

Il est chez lui, devant son feu. Et il se dresse, surpris, quand les hommes entrent sans frapper.

— Eh! Vaugeois, excuse-nous de te déranger, lance Voltige. C'est rapport à Michelot. On le cherche partout depuis des mois. Par hasard tu ne l'aurais pas vu?

On lui aurait appris que la République venait d'être renversée qu'il n'aurait pas écarquillé plus grand les yeux. De vraies soules qu'il a dans les orbites!

— Si tu te tais c'est que tu sais pas, ricane Sabretout en faisant mouliner un bâton. Ou bien alors t'as perdu la mémoire, non?

Et Belhumeur lui met à travers la gueule une grande claque qui l'envoie à terre, sur le cul, comme un gamin. Au sol les sabots des visiteurs vont le chercher et ils l'obligent à se relever pour recevoir une seconde gifle qui, cette fois, le fait valdinguer contre le coin d'un banc. Si fort qu'il s'étend les bras en croix, le crâne dans une mare de sang. Un seau d'eau froide ne le réveille pas.

Ce n'est pas compliqué, l'Egrenne est proche. Sabretout le jette sur ses épaules.

— On l'a foutu à l'eau, dit Voltige. C'est tout. On pensait qu'il allait gigoter, se débattre, crier au secours. Je sais pas trop ce qu'on aurait fait. Mais il n'a rien dit. On ne l'a pas revu.

Voltige se racle la gorge et regarde Michelot en souriant.

— Enfin si! on l'a revu, mais deux jours plus tard et gonflé comme ça! Loin de chez lui, avec le courant qu'il y avait...

— Les gendarmes?

— On avait tout bien nettoyé dans la maison, essuyé le sang, rangé les meubles.

— Vous n'avez pas été inquiétés?

Si, tous les anciens de la compagnie avaient été interrogés par le juge de paix La Prévostière. Celui-là, Michelot ne l'oubliera pas.

— Un hargneux, un malcommode.

— Sûr! mais personne n'a causé. Il a dû conclure à une noyade. Ripaux, lui, avait des doutes, il l'a dit au préfet de l'Orne. Alors, Marie... Elle venait d'avoir la petite, mais ça n'a pas apitoyé les gendarmes : ils les ont traînées à Tinchebray pour les jeter en prison. Puis ils sont venus tout casser à Frèdeville. Ensuite ils ont séquestré la maison et le plant, ils les ont vendus aux enchères à Guillot, le notaire de Domfront. Celui-là, faudra bien qu'il te les rende.

— Plus tard, murmure Michelot.

— Tu crois à plus tard? demande Voltige.

Dans l'ombre, les yeux du taillandier flamboient.

— Voltige, dit-il, faut se préparer. Je compte sur toi. Tu dois les revoir tous, ceux de Saint-Jean-des-Bois, de Chanu, d'Yvrandes, de Saint-Cornier, de Ger, de Flers. Tous, tu m'entends, tous.

— Mais, tu le sais bien, le temps n'est plus le même, le pays est lassé...

— Le roi va revenir, Voltige.

— Parce qu'il pourrait revenir? s'étonne Voltige. C'est pas une histoire, Michelot? Depuis le temps qu'on attend.

Michelot se lève, son visage se fige, son regard brûle celui de son ami :

— Il reviendra. Je te donne l'ordre de mobiliser.

Chapitre XXIII

L'espion

Le déjeuner a été excellent et animé. Les convives ont apprécié la tendreté des canards tirés la veille en baie de Saint-Brelade au cours d'une partie de chasse organisée par le gouverneur de Jersey, le général Don. Le chevalier de Bruslart, M. de Clermont et le colonel Moulin avaient été invités à cette sortie et le duc de Berry avait convié les tireurs, le lendemain, à déguster le gibier.

D'heureuses nouvelles arrivées de Londres par le dernier courrier ont mis en verve le duc qui, avec force détails, a fait un bilan favorable de la situation européenne : la nasse se referme progressivement sur Napoléon, la Hollande est maintenant libérée, les Autrichiens ont envahi l'Italie et en Espagne les Anglais ont franchi la Bidassoa. C'est la fin.

— Il faut nous préparer à débarquer, messieurs. Déjà le comte d'Artois a rejoint l'armée d'Allemagne et le duc d'Angoulême fait route sur l'Espagne où l'attend Wellington. Quant à nous, vous le savez, Sa Majesté nous a confié la mission de débarquer sur l'Ouest et c'est en vous, Bruslart, que nous plaçons nos espoirs. Vous connaissez bien la Normandie.

Bruslart s'est alors tourné vers Michelot :

— Monsieur le duc, a-t-il dit avec une assurance qui a troublé le taillandier, voici l'homme de la situation. Le colonel Moulin n'a qu'à dresser le petit doigt pour lever un régiment.

Cette jolie formule n'a pas flatté Michelot qui a aussitôt ramené son pouvoir à une plus modeste proportion. Une armée?

Peut-être pas, mais quelques compagnies sans doute. Depuis son voyage en France il sait qu'il y a de nombreux attentistes. Des hommes et des femmes ont perdu le goût du sacrifice. Certains même ne croient plus au retour du roi. Leur espoir s'est usé au fil du temps, et pour les mobiliser... Bruslart n'a pas laissé au taillandier le temps de tempérer l'enthousiasme des autres convives et, pour complaire au duc, il s'est répandu en mille assurances : on n'a pas encore débarqué mais c'est, pour lui, une petite affaire désormais réglée. Michelot a préféré se taire devant tant d'insouciance.

Maintenant le taillandier est seul devant la fenêtre et son regard va se poser sur la mer étale que fleurissent des mouettes et des voiles. Il a discrètement laissé devant la flambée de la cheminée les autres invités pour s'éloigner et goûter un instant de silence. Ces conversations inutiles, trop arrondies par de jolies phrases, le mettent mal à l'aise. Il n'est pas chez lui dans ces discussions élégantes et habiles.

Il pense à Marie et à Eugénie. Il les a quittées depuis bien longtemps et sans les prévenir, pour rejoindre l'Angleterre. Il a voulu éviter une trop douloureuse séparation, les bras qui n'en finissent pas de se délacer, les larmes dans les yeux, la tristesse et le reproche qui défont les visages aimés, la gêne, voire la honte, qu'ils éveillent chez celui qui les abandonne une fois encore. Dès le retour de Lenoir, qui avait pu remettre à des agents royalistes du Mans le courrier du comte de Blacas, ils se sont sauvés tous deux en pleine nuit. Ils ont erré deux semaines sur les côtes, cherchant une barque pour l'Angleterre car, bien entendu, à Créances, Grammont a été introuvable. Ils ont visité dix ports avant de convaincre à Honfleur un pêcheur, mais contre une forte somme.

Michelot est soucieux : ses vagabondages, ses recherches ont certainement éveillé l'attention de la police et tôt ou tard, Marie sera inquiétée. Ripaux, ridiculisé par la présence insoupçonnée du chouan trois semaines durant à La Talboisière, oui à sa barbe, saura se venger s'il apprend son séjour à Saint-Jean-des-Bois.

Depuis un mois Michelot a cherché par tous les moyens à faire venir sa femme et sa fille auprès de lui. Elles seront enfin en sécurité et il n'aura plus à vivre cette solitude et cette inactivité, insupportables depuis qu'il a revu Marie et Eugénie et qu'il a goûté à nouveau au danger, aux courses nocturnes, à cette ivresse du clandestin.

A Jersey, les heures se traînent, les journées s'éternisent, alors que les forces du taillandier, revivifiées par sa mission en Normandie, voudraient se livrer pleinement à l'action. Le retour du roi promis à Voltige lui paraît un futur lointain et ce ne sont pas les dernières bonnes nouvelles données par le duc qui le rassurent. Depuis des années, la chute de l'Empereur est prédite et l'usurpateur est toujours debout.

L'ordre de mobilisation que le taillandier a donné paraîtrait dérisoire aux gars s'ils pouvaient observer ici leur chef occupé à quelques parties de chasse et, le plus souvent, à des promenades sans but entre le village de Faldouet où il habite avec Lenoir et cette baie de Saint-Brelade où réside le duc de Berry.

Des officiers de la suite du duc l'invitent souvent à leur table, il s'y rend par politesse mais il préfère, à tout prendre, les flâneries sur les quais. Il aime à y guetter l'arrivée des bateaux français qui trafiquent avec l'île des dentelles, de la toile, des soieries. Des marins du Cotentin profitent du malheur pour s'enrichir en troquant ces étoffes contre du café et du sucre, denrées précieuses sur le continent. Ceux qui fraudent sont avares de confidences mais Michelot réduit leur défiance en leur parlant du pays. Rassurés, ils en viennent à lâcher quelques informations. Parfois ils acceptent d'empocher une lettre à poster en France pour Frèdeville.

Un matin, le taillandier a rencontré sur le port un autre exilé, Rouxel, qui assure parfois des correspondances par l'île de Chausey. On a bavardé, on s'est jaugé, puis on s'est entendu. Rouxel connaît sur le continent un certain Ruiz qui pourrait faire passer Marie et sa fille contre cinquante louis. La somme est élevée mais Michelot a accepté.

Face à la mer, Michelot entend derrière lui les conversations futiles ronronner et il enrage : Marie et Eugénie doivent arriver aujourd'hui. Il était convenu avec Rouxel qu'il irait lui-même les accueillir à Chausey. Et cette invitation à déjeuner l'a contraint de rester à Jersey.

Perdre son temps ici quand il devrait se trouver là-bas à les attendre! Rouxel remettra l'argent à Ruiz et se chargera de conduire sa femme et sa fille à bon port, mais quand même! Fermé sur son impatience, Michelot n'entend pas le général Don s'approcher de lui. Soudain une main se pose fermement sur son épaule, il sursaute, se retourne.

— Vous avez l'air bien songeur, colonel Moulin, dit le gouverneur.

Michelot bredouille mais, sans lui laisser le temps de se ressaisir, le général poursuit :

— Si je vous disais le fond de vos pensées, vous me féliciteriez de ma perspicacité.

Le gouverneur, l'ironie aux lèvres, observe avec intérêt le visage surpris du taillandier.

— Je crois deviner, dit-il, que vous doutez de ma sagacité. Détrompez-vous, monsieur Moulin, je n'affirme jamais rien dont je ne sois parfaitement sûr. Je vous déclare donc que vous seriez, à cette heure, plus heureux à Chausey que chez le duc...

Le gouverneur part d'un grand éclat de rire et Michelot ne peut contenir une bouffée de chaleur aux joues et au front :

— Mais, mon général...

— Oh! mon ami, il n'y a pas de mais. J'ai une excellente police et, par les temps qui courent, mon devoir est de tout savoir pour déjouer les dangers.

— Quels dangers? demande Michelot, la voix étranglée.

— Si je n'avais pas eu connaissance de votre projet de vous rendre à Chausey aujourd'hui et si vous n'aviez pas été invité par le duc, à cette heure vous seriez prisonnier de M. Fouché, et l'Armée catholique et royale aurait perdu l'un de ses meilleurs officiers...

Michelot blêmit et, oubliant tout respect, de ses deux mains il empoigne les épaules du gouverneur :

— Mais alors, Marie, Eugénie?

Le général Don fixe de nouveau le taillandier.

— Elles devaient être l'appât, monsieur Moulin. M. Ruiz est un curieux royaliste, croyez-moi, et il aurait été heureux d'échanger la femme et la fille contre le mari.

— Mais Rouxel m'avait assuré que...

— Rouxel est brave et loyal et Ruiz, je le sais, a réussi à le circonvenir. Cet agent du gouvernement français est à vos trousses depuis des mois. Il croyait réussir en vous attirant à Chausey. Qu'auriez-vous trouvé sur la plage déserte où le rendez-vous était fixé? Une barque avec votre femme et votre fille. Mais aussi une dizaine de soldats armés. Ceux-là avaient mission de vous embarquer à la place de Mme et de Mlle Moulin.

La voix de Michelot tremble, il ne peut retenir son inquiétude :

— Mais si Ruiz ne me trouve pas là-bas?

— Permettez au gouverneur de Jersey d'essayer de deviner la réaction de votre agent... royal, monsieur Moulin. Je vous l'ai dit, je dispose d'une excellente police et je sais, grâce à elle et par ma propre expérience, comment agissent des personnages de cette espèce. Je crois que Ruiz, malgré votre absence, laissera débarquer Mme Moulin et votre fille. Si, par dépit, il les retenait à bord, il se démasquerait. Les espions ont de la patience. Il laissera filer cet appât et attendra la prochaine occasion. Car il ne démordra pas, croyez-moi. Ruiz aime trop l'argent et M. Fouché vient de promettre cent mille francs à qui vous livrera. Cet homme doit certainement apprécier votre valeur et il s'y connaît, le bougre. Avant de résider à Saint-Malo, Ruiz habitait Le Havre et là-bas il a fait tomber dans ses filets plusieurs émigrés qui cherchaient à rentrer clandestinement en France. Exécré par la population, il a dû chercher fortune ailleurs. Voilà, vous savez tout!

— Merci, mon général, balbutie Michelot.

— Ah! je veux vous dire encore une chose pour vous rassurer tout à fait : si M. le duc ne vous avait pas accueilli, mon intention était de vous inviter dès l'aube à déjeuner chez moi. Vous n'auriez pas refusé, colonel?

Et sans attendre la réponse du taillandier, le gouverneur va rejoindre, auprès du duc de Berry, le chevalier de Bruslart et M. de Clermont.

Les bavardages des hôtes s'éternisent et Michelot s'impatiente. A cent lieues de la conversation sur la victoire prochaine, il s'interroge sur la réaction de Ruiz. Et si l'espion mécontent d'avoir été joué décidait de garder Marie et Eugénie en otage? Sachant désormais ce que sa femme a subi et la cruauté de la police impériale, il irait se livrer. A l'idée qu'il pût arriver malheur à celles qu'il aime, qu'elles font peut-être à cette heure route vers la terrible prison de Domfront où la Louison les accueillera avec ses yeux de rat, il fait fi des convenances.

— Monsieur le duc, dit-il, permettez-moi de me retirer.

— Voyons, colonel, réplique Berry, mon hospitalité vous pèse?

— Je dois...

— Oui, monsieur le duc, intervient le gouverneur, M. Moulin a une mission à assumer. Je me suis permis de lui demander un service.

Le général Don fixe avec une discrète complicité le regard plein de gratitude du taillandier.

— Allez, je vous en prie, dit le duc.

Elles sont vivantes et libres. Il les reconnaît de loin quand il dévale le petit chemin vers le port. Il hurle « Oh! oh! c'est moi! », et l'écho redouble les cris de joie qu'il lance sans retenue vers celles qui l'attendent sur le quai près de Rouxel. Il les embrasse, il les caresse, une immense chaleur l'envahit et leurs rires de bonheur et de tendresse jaillissent comme des étincelles.

Le voyage s'est bien passé, raconte Marie. M. Ruiz est venu il y a trois jours à Frèdeville. Il était porteur d'une lettre de Michelot. Les bagages ont été vite faits et elles sont descendues jusqu'à Vire. Là, Ruiz leur a dit : « Désormais vous êtes ma femme et ma fille, voici de faux papiers. Vous n'avez rien à craindre. » Tous les trois sont montés dans une voiture qui a roulé jusqu'à Saint-Malo. C'était samedi soir. Arrivées au port breton elles ont été logées chez leur guide, nourries, couchées comme des princesses. Le matin suivant M. Ruiz les a conviées à la messe. Il les a d'ailleurs assurées qu'il faisait dire l'office depuis huit jours pour le succès de l'entreprise.

— Quel brave homme! s'exclame Rouxel.

Ensuite Ruiz a demandé à Marie de revêtir une tenue de

matelot et à Eugénie d'enfiler celle d'un petit garçon pour tromper les garde-côtes et les douaniers.

— Mais elles ont voulu se changer avant de débarquer ici, commente Rouxel.

Une fois déguisées, M. Ruiz les a présentées à un certain M. Petit.

— Petit! s'exclame Michelot, mais c'est le chef général de la police pour la côte!

— Il est extraordinaire, ce Ruiz, dit Rouxel, il a su établir des relations avec tout le monde!

— Je vois, dit le taillandier.

Ensuite ils ont quitté Saint-Malo à pied, et à la sortie de la ville, une escorte de dix hommes bien armés les a accompagnés jusqu'à une plage où a eu lieu l'embarquement.

— Tu vois, Michelot, dit Marie, c'était une belle promenade.

— Et à Chausey? demande le taillandier en se tournant vers Rouxel.

— J'ai dit à M. Ruiz que vous étiez retenu à déjeuner. Il a paru très dépité de ne pas connaître enfin le grand colonel Moulin! Je lui ai remis l'argent et aussitôt il a embarqué.

— Et qui avait-il d'autre à bord?

— Les marins et les dix hommes armés!

— Tu vois, ajoute Marie, on nous a couvés, comme un trésor!

— Oui, comme un trésor, rit Michelot. Comme un trésor...

Et il espère que le destin qui, parfois, ne manque pas d'à-propos, lui permettra de remercier de vive voix ce pieux royaliste si bienveillant.

Chapitre XXIV

Le défi

Tous les amis du village de Faldouet veulent accueillir la jolie Bocaine aux yeux pervenche et la petite fille de Michelot. On soupe, on dîne, on danse même. Le taillandier et Marie s'étourdissent à célébrer ces moments de bonheur. Ripaux n'est pas là pour déranger leur amour et ils vivent comme de nouveaux mariés quelque chose d'irréel qui doit ressembler au paradis.

Quand Marie se promène dans les chemins odorants de Jersey, au bras de Michelot, elle ferme parfois les yeux sur sa béatitude, comme on clôt les volets de sa maison, pour ne pas laisser échapper de fragiles instants. Complice, Lenoir garde Eugénie pour leur permettre de vivre sans retenue ces retrouvailles inespérées. Ils aiment à s'enfoncer dans la fourrure tendre du printemps renaissant, ils se mêlent aux herbes et aux fleurs, se perdent dans les moiteurs étourdissantes des bosquets. Des flaques de soleil y pénètrent traversées par des bourdonnements d'élytres qui exacerbent le silence et électrisent leurs corps. Ils se fêtent longuement dans ce triomphe végétal et leurs bouches se cueillent comme des fruits juteux et sucrés, au milieu des vibrations d'insectes et des chants d'oiseaux.

Jamais plus il ne la quittera; non, plus jamais elle n'acceptera l'abandon, les jours gris de la solitude, les nuits désertes et interminables qui expirent dans le linceul blanchâtre de l'aube. Elle ne veut plus attendre le bonheur. C'est promis, dit-il, c'est juré, car il oublie tout, capté par les mains qui l'ensorcellent et fasciné par les yeux bleus qui se mêlent à la folie rousse de son regard.

— Me voilà!

A l'hôtel Morant, où le chevalier de Bruslart l'a convoqué. Michelot oublie les serments passionnés.

La trentaine de jeunes officiers émigrés qui se sont rassemblés autour de leur chef ont le visage lisse, le port de tête assuré, la démarche confiante. Ils débarquent d'hier, ces nobles de salon et l'air de la salle est trop parfumé pour prendre au sérieux leurs résolutions guerrières. Voyant ces uniformes clinquants, le taillandier ne connaît plus l'ancienne timidité du Bocain devant les messieurs d'un autre monde. Les années lui ont tanné le cœur, elles l'ont édifié sur la sincérité des hommes, leur habileté à n'accorder qu'à coup sûr leurs discours à leur conduite. Et son engagement total à la cause royale ne voile pas pour autant sa vue : devant lui il y a du contentement, de la satisfaction, de l'assurance. Et à ceux qui viennent cueillir le bouquet final de la victoire, il voudrait bien crier son mépris : les voilà prêts pour le dernier quart d'heure. Lui, depuis vingt ans, se bat. Ils paraissent tout étonnés de voir se joindre à leur réunion cet homme sans élégance dont la démarche un peu lourde trahit les origines. Ah! si les mots lui venaient aussi facilement aux lèvres qu'à ces salonnards, il les cinglerait en quelques phrases bien senties.

Il a du feu dans les yeux, il le sait. S'arrêtant devant eux, il les brûle de son regard dont il balaie ces faces réjouies. Alors s'interrompent les conversations. Seul, devant le silence qu'il a imposé, Michelot répète :

— Me voilà!

Oui, le voilà et qu'on ne vienne pas lui marcher sur les pieds en lui expliquant comment débarquer en France et soulever des compagnies! Il n'a pas de titre, il est sans parchemins, il n'a ni terre ni or et sa fidélité ne rêve ni de revanche ni de fortune. Il a seulement la fierté de sa modestie et l'orgueil de sa fidélité. C'est tout, messieurs, semble-t-il dire à ces blancs-becs que la boue et le sang n'ont jamais maculés, qui n'ont jamais eu le ventre creux ou le gosier sec. Et lui, Michelot, qui répugne à se glorifier des misères endurées depuis tant d'années, s'en vanterait à plaisir devant eux pour démontrer à ces inconscients que la noblesse est de son bord. Une à une les têtes se baissent vers les bottes bien cirées.

Il s'avance maintenant à pas lents vers le chevalier de Bruslart et les officiers s'écartent à son passage.

— Monsieur le chevalier, me voilà!

— Le moment est venu, Michelot, dit Bruslart.

— Quel moment?

— De nous embarquer.

— Quand?

— Demain après-midi. Du travail nous attend là-bas, tu le sais.

Et le chevalier, comme pour tenter de réduire l'embarras de l'assistance, parle avec une telle assurance de la levée des compagnies, de l'armement des royalistes, de l'organisation de la Normandie, que Michelot ne résiste pas à demander avec ironie :

— Mais avec quelles armes?

— Les vôtres!

— On en a beaucoup rendu.

— Il en reste, Michelot!

— Peu. Et avec quel argent?

— Nous n'en avons pas et nous n'en aurons pas.

— Dans ce cas, tranche le taillandier, nous ne ferons rien!

Bruslart, pour reprendre l'offensive et ne pas perdre la considération des officiers, débite un discours. Il parle de récompenses, de pensions, d'honneurs, de places réservées quand le roi sera revenu. Il y a trop de brillant dans tous ces mots pour ne pas exciter le persiflage du taillandier.

— Mais, monsieur le chevalier, on ne se bat pas pour ça.

— Je sais, Michelot, je sais...

— On ne veut pas la gloire! Non! mais la paix!

— Je veux dire que l'avenir ne sera pas sans gratitude.

— Pour qui?

— Pour toi, pour vous tous!

— Pour vous tous! répète Michelot, en pointant le menton vers l'assistance.

— Que veux-tu dire?

— Oh! je répète, monsieur le chevalier. Pour vous tous!

Et il n'ajoute rien d'autre quand il faudrait pourtant leur jeter à la tête ce vieux proverbe sans illusion : Ce n'est pas le cheval qui fait l'avoine qui la mange! Il se tait pour ne pas paraître plus insolent et cynique qu'il ne faut. Il ravale son dicton, tourne sur ses talons et gagne la porte. Il la rabat bruyamment derrière lui comme s'il lançait un juron de défi à ces parfumés et rentre chez lui sans hâter le pas : après les journées de soleil et d'amour, il appréhende de faire entrer de nouveau le mauvais temps chez Marie.

La coque du bateau qui cogne contre les vagues, les embruns sur le visage comme une rosée piquante, les lèvres séchées au vent que la langue dessale, la voile bien tendue comme une certitude, la nuit comme un milan qui étend ses ailes, l'attente au large par prudence, puis l'approche incertaine jusqu'à la plage de Créances dont le trait clair attire le regard.

Une fois encore la chance est au rendez-vous, on la traverse, cette étendue blanche, en quelques enjambées; on passe les dunes le dos courbé puis on s'enfonce dans la campagne rassurante. Bruslart et Lenoir filent vers Valognes pour tenter de soulever le pays manchot. Michelot, lui, pique vers le sud, vers son Bocage.

Sans penser à la fatigue, il va marcher jour et nuit, éviter plusieurs patrouilles, déjouer la surveillance des sentinelles. Le cœur battant, le souffle bloqué derrière une haie ou contre le tronc rêche d'un arbre, il trompe le danger. Son étrange pouvoir mimétique le sauve, il se fond dans la nature, se noie dans ses secrets, se tapit à l'ombre des bosquets. Pour tout bagage il porte un bissac pendu à l'épaule droite dont il retient le ballant d'une main posée sur la toile : il sent sous ses doigts les formes rassurantes de la carabine pliable qu'il peut armer d'un geste bref.

Le chevalier de Bruslart lui a recommandé un château près de Gavray. Il s'y arrête, frappe sans obtenir de réponse. Décidément les châtelains sont méfiants. Il faut secouer l'huis un bon moment avant que des visages inquiets n'apparaissent à une fenêtre d'étage.

La conversation s'engage de bas en haut : les explications montent avec espoir mais les réponses tombent comme une douche froide. Qu'est-ce que c'est que cette histoire du duc de Berry à Jersey? Il veut débarquer? Qu'il se débrouille! On ne veut plus de chouans ici.

— C'est fini, mon gars, ces histoires-là. Vous êtes tous fous, roi, princes et soldats! Fous à lier. Vous arrivez trop tard, nous sommes gouvernés, maintenant.

D'ailleurs la dernière gazette arrivée ici est rassurante. Napoléon vient de gagner une nouvelle bataille.

— Balivernes! rétorque le taillandier. Ne croyez donc pas ces mensonges.

— Mensonges! Vous arrivez de Jersey et vous croyez tout connaître mais vous ne savez rien. Allez donc dire à votre roi que nous ne voulons plus de lui, il est parti à l'étranger, qu'il y reste!

— Croyez-moi, il n'y restera plus longtemps!

— Passe ton chemin!

La croisée se referme brutalement et Michelot, poings crispés, adossé à la porte, regarde la nuit cerner la cour.

— Jean-foutres, grogne-t-il, et il file en maudissant ces cœurs secs qui tordent le cou à l'honneur.

Lui, du moins, n'a jamais appris de la vie à calculer sa dignité, elle est dans son souffle et dans son sang. Mieux vaut hausser les épaules, cracher de dégoût et penser, pour se réjouir un instant, à la tête qu'auraient faite les officiers de l'hôtel Morant s'ils avaient essuyé cette sale rebuffade. Ah! quelle claque auraient reçue leurs belles certitudes!

Comme si le ciel avait du chagrin devant tant de lâcheté, il se met à pleuvoir à verse et le vent déchaîne les bois. Le taillandier ne cherche pas d'abri. L'eau glacée calme sa colère et il avance bon pas à travers cette nature agitée.

Dans une auberge de Cerisy-la-Salle il s'arrête. Affamé, il mange sur un coin de table une omelette, avale un verre de cidre et reprend son chemin jusqu'à Pontfarcy où il va coucher dans une maison isolée. Les visages qui l'habitent le rassurent. Pas de questions indiscrètes posées au voyageur, mais on fait un grand feu pour le réchauffer. On lui sert une soupe épaisse trempée de mêlée. Des sourires complices lui montrent un lit : il s'y glisse avec plaisir. Les draps sont frais et détendent son corps.

— Tu n'as rien entendu cette nuit? interroge la femme, le matin suivant.

— Non.

— Des gendarmes sont passés là-bas, sur la route, et ça menait grand bruit. Paraît qu'ils ont arrêté un pauvre garçon.

— Qui?

— Je ne sais pas. Peut-être un voleur, dit la fermière pour rassurer son hôte.

— Oui, peut-être, reprend Michelot.

— Va-t'en par-derrière. Au bout du champ il y a un lacis, il mène à Beaumesnil. Tu vas où?

— A Vire?

— C'est la route.

Informé des événements de Jersey, l'espion Ruiz, plus zélé que jamais depuis son échec à Chausey où Michelot ne l'attendait pas, fait prévenir les autorités que le taillandier de Saint-Jean-des-Bois a débarqué sur les côtes de Créances. La Magdelaine, préfet de l'Orne, lance trois cents gendarmes et dix-huit cents urbains sur les traces du chouan, et Tulon, sous-préfet de Mortain, soudoie plusieurs dizaines de civils pour obtenir des renseignements sur l'homme aux yeux roux revenu au pays. Mais après la première nuit de son retour passée chez Voltige, Michelot et son fidèle ami se sont évanouis dans le Bocage, et bien malin qui pourrait les découvrir dans les forêts bocaines : ils ne les quittent qu'à la nuit et quelques heures seulement, le temps de convaincre les anciens de la légion de se préparer une fois encore à un ultime soulèvement avant la victoire.

Puis ils regagnent les futaies ou les taillis, ils se terrent le jour dans les loges les plus retirées, dans les grottes ou dans les souterrains de jadis qu'ils redécouvrent sans peine.

En bas, dans les vallées, sur les routes, à travers les communes passent et repassent les troupes bredouilles, bruyantes et dépitées sous des pluies diluviennes. Elles sont agressives car la honte les ronge, elles devinent que le pays, en apparence désintéressé de cette affaire, rit sous cape en lorgnant ce déploiement de forces incapables de se saisir de deux hommes.

Et cette belle partie de cache-cache réveille soudain le sang jamais soumis du Bocage, toujours prêt à s'échauffer dans une soule indocile. Chacun en est sûr, Michelot gagnera une fois encore contre la meute. La terre rebelle frémit, attendant les ordres pour se dresser à nouveau.

Chapitre XXV

La gifle

Quand Ripaux pousse la porte de la maison de Voltige, un mauvais sourire sur les lèvres, Thérèse l'accueille avec un air d'innocence qui lui vaut l'ironie du visiteur.

— Tu ne vas quand même pas me conter, ricane le gendarme, que ton mari est toujours un ange et un bon citoyen!

— Il a pas changé, répond Thérèse.

— Et Michelot?

— Quoi, Michelot?

— Tu sais pas où il est?

Thérèse fait la sotte :

— En Angleterre, vous savez bien!

Devant tant d'impudence, Ripaux ne peut retenir sa rage. De toute sa force il balance une grande claque qui envoie Thérèse à terre.

— Et ça, hurle-t-il, tu vas peut-être me dire que c'est une caresse, mâtine?

Tandis que la femme se relève une main sur sa joue meurtrie, Ripaux et ses hommes vident les coffres, l'armoire, fouillent le lit et vont donner des coups de baïonnette dans le fenil. Puis Ripaux menace :

— Toi, petite garce, fais attention à ne pas trop mentir! Crois pas à la douceur de tes yeux pour amadouer les gendarmes. Voltige, où est-il, je veux le savoir, hein?

Thérèse s'assied sur le banc, baisse la tête et se tait. Inutile de vanter le civisme de son époux, elle s'attirerait une nouvelle gifle. Mieux vaut faire l'ignorante.

Ripaux, debout devant elle, gonfle la poitrine et émet des grognements saccadés : ainsi exprime-t-il sa fureur désarmée devant la passivité de la Bocaine. Il pense qu'elles sont toutes pareilles quand elles se butent, sourdes, aveugles, muettes.

— Hein, où qu'il est? répète Ripaux.

— Je sais pas, murmure Thérèse, il me dit jamais.

Bien sûr qu'elle sait : il est à cette heure caché quelque part dans le Bois-Daufils. Ce matin encore elle lui a fait porter un panier de provisions par la fillette du voisin. Elle l'a rempli en pestant contre son Voltige, cette tête de mule qui n'a jamais voulu entendre raison depuis la nuit où Michelot a frappé à la porte. Celui-là — elle est bien de l'avis de Ripaux —, il aurait mieux fait de rester là-bas. Avec son retour, sa vie a été bousculée. Il fallait les voir, Seigneur, quand ils se sont retrouvés, ces deux complices. Jusqu'au matin à caqueter devant le feu, sans se préoccuper de ses conseils de prudence et de ses larmes.

— Pars pas, Voltige, reste ici, suppliait-elle, cette fois tu seras pris.

— Tais-toi, Thérèse, coupait-il quand ses gémissements l'importunaient par trop.

Et ce n'est pas Michelot qui lui aurait alors reproché de manquer de tendresse envers elle. Ils étaient déjà ailleurs, ces deux-là; la guerre les avait saisis à nouveau comme une fièvre et plus rien n'existait que le projet de rassembler les gars. Non, elle n'était plus rien pour son Voltige, comme si les belles heures d'amour, les caresses délivrées étaient oubliées. Et quand elle avait voulu poser la tête contre son épaule, il l'avait repoussée brutalement d'un coup de coude.

— Laisse-moi!

Depuis son départ elle n'avait pas dormi, elle n'avait pas mangé, elle avait senti la vie s'échapper d'elle comme un filet d'eau. Tout s'asséchait progressivement dans son corps et elle revivait ce cruel désespoir d'après la mort de Grisard. Si ça recommençait? Et, tournant en rond dans sa cuisine, allant et venant dans le courtil, elle se signait en priant le Seigneur qu'il le protège car elle n'aurait plus le courage d'être seule une seconde fois.

Soudain, prenant conscience de sa faiblesse devant ce Ripaux dominateur, elle se redresse, se met à hurler qu'elle en a assez de ces visites de gendarmes : tas de fainéants plus courageux à apeurer les femmes qu'à galoper dans les bois à la recherche des brigands, et tas de peureux par-dessus le marché, juste bons à taper sur les innocents.

— J'aurais honte à ta place, Ripaux!

Et elle crache à terre pour appuyer ce tutoiement de mépris.

— C'est ton métier de savoir où se trouvent ceux que tu recherches, pas le mien. D'ailleurs, j'en voudrais pas de ce sale travail, crois-moi!

— Répète! gueule Ripaux.

— Je répète, crâne Thérèse, dressée sur le bout de ses sabots pour se trouver à la hauteur de cette brute.

Le gendarme hausse les épaules et se détourne pour regarder dehors. Ce n'est pas avec une harpie de cette espèce qu'il pourra obtenir quoi que ce soit. Et puis c'est vrai qu'il fait une vilaine besogne, et soudain un sentiment de lassitude l'envahit. Il a une femme, lui aussi, et si quelqu'un allait chez elle la menacer...

— Nom de Dieu de sacré nom de Dieu, jure-t-il. Ça ne finira donc jamais!

— Quoi donc? interroge Thérèse.

— La guerre, mâtine, la merde. Pendant dix ans j'ai fait chaque jour la route de Tinchebray à Frèdeville pour la Moulin. Le préfet voulait tout savoir sur elle, même quand elle allait pisser derrière un arbre. J'ai fait un rapport chaque jour. Tu crois que c'est drôle?

— T'avais qu'à pas être gendarme, Ripaux.

— Facile à dire, faut bien vivre!

— Comme tu dis, faut bien vivre, alors fous-nous la paix. T'as compris, Ripaux? répète-t-elle en hurlant, fous-nous la paix! Tu sais bien ce qu'il fait Voltige à cette heure. Va le dire à tes chefs, mais laisse-moi.

— Si je reviens encore bredouille, dit le gendarme en se raclant la gorge, on va m'engueuler. Déjà que j'ai été puni pour n'avoir pas su que Michelot avait passé trois semaines à La Talboisière! Ils voulaient m'envoyer aux frontières.

Thérèse ricane :

— Et tu veux peut-être que je te plaigne! T'es gendarme, t'as choisi, c'est ton affaire.

— Faut bien vivre, répète Ripaux qui s'éloigne en laissant ses bottes racler la terre battue.

Dehors ses hommes l'attendent. Il passe devant eux en murmurant : « Allez, on rentre! » Et Thérèse, immobile dans l'ombre de la maison, suit du regard la petite colonne qui s'en va. Quand elle a disparu au bout du chemin, elle referme la porte et va se jeter sur son lit à bout de forces. Elle voudrait bien pleurer. En vain!

On arrive à Pâques mais l'hiver s'accroche au pays avec des nuits encore glaciales, des gelées qui brûlent les bourgeons et des journées dépeignées par un vent violent. Michelot et Voltige ne s'occupent pas du temps, ils ont autre chose à faire qu'à regarder le ciel plombé. Les années ont fait vieillir les courages, les anciens de la compagnie sont mariés et des enfants jouent dans leurs jambes quand ils les rencontrent le soir, à l'heure de la soupe. Et, souvent, ils doivent affronter les regards pesants d'inquiétude des femmes silencieuses mais droites derrière leur mari. Malgré tout, aucun des hommes visités n'ose dire non à Michelot : le même feu roux anime ses yeux qui les subjuguent comme jadis. Et comment pourraient-ils refuser à celui qui dix ans plus tard revient frapper chez eux comme s'il n'était jamais parti? Sa fidélité n'a pas pris d'âge et ils auraient, eux, bien mauvaise grâce à montrer que le temps a fripé leur courage. D'accord, ils ressortiront leurs fusils et ils attendront le signal. Où? On leur dira. D'ici là qu'ils se tiennent prêts et pas un mot.

— Cette fois, ajoute Michelot, ce ne sera pas une longue guerre.

— T'en es sûr?

— Sûr.

Pendant six semaines, ils parcourent le pays, réveillent les indolents, bousculent les réticents, persuadent les hésitants.

— Si je suis là, petit frère, ce n'est pas pour perdre.

— Sans doute, mais...

— Il faut y aller une dernière fois...

Le regard appuyé du taillandier provoque l'acquiescement. On suivra. Promis!

Au froid succède la pluie et de grands vols tristes de corbeaux tanguent au-dessus des vallées. Pourquoi donc faut-il que le printemps se fasse attendre quand il serait si bon de pouvoir accorder la symphonie des sèves tièdes au grand espoir que les deux hommes colportent de commune en commune?

Un soir ils quittent le Bois-Daufils pour descendre à Chanu, suivant le chemin jadis emprunté par Michelot, sur les pas de Sébastien Goupil, le bûcheron. A l'époque, il avait décidé de se rendre à la prison de Domfront où son père avait été jeté par ordre de Hoche. Et ce voyage chez la Louison aux yeux de rat, il le refait comme si c'était hier.

Sortis de la hêtraie, les deux hommes empruntent le lacis étroit et raide au flanc du coteau jusqu'au creux du val embrumé où luit, comme une pièce d'argent, le douit jamais à sec. Son eau est claire et froide, elle les désaltère. Ensuite ils remontent un sentier plus large qui mène à une colline boisée de bouleaux et de cépées de chênes. Puis une radresse plonge vers les pâtures. De là ils gagnent le village de La Guibourgère où Sébastien Goupil avait sa maison. Michelot n'oubliera jamais la nuit dans la cache du bûcheron, cette irréalité du pré sur lequel flottait comme un voile un brouillard blanchi par la lune. Il avait fait quelques pas dans cette ouate, tout était doux comme ce soir où des vapeurs souples demeurent suspendues au-dessus des prés.

La lune est aussi fidèle au rendez-vous. Elle est reconstituée avec exactitude, la nuit où le taillandier solitaire avait perçu intensément la beauté des choses. Michelot, aux côtés de Voltige, capte cette sérénité qui le rassure. Ce soir, sa fidélité à la cause s'accorde bien à celle de la nature et il est heureux.

Comme ils atteignent le pont du Buisson ils entendent, venant de la route qui conduit à Chanu, des éclats de voix et des rires. Les voilà couchés à plat ventre dans l'herbe, derrière une haie, oreilles tendues vers ce vacarme qui se rapproche sans précautions.

Sous la clarté de la lune, Michelot et Voltige distinguent enfin plusieurs silhouettes. Elles avancent vers eux, lançant des cris de victoire qui les stupéfient. « Vive le roi! Vive la liberté! » gueulent les imprudents, mais une voix plus sonore que les autres domine les clameurs.

— Sabretout! murmure Voltige.

— Ecoute!

Bloquant leur respiration, redressés sur leurs avant-bras comme des sirènes de proue, les deux hommes écoutent.

Le groupe hurle de plus belle et, cette fois, le « Vive la liberté » le plus puissant sort bien de la poitrine de Sabretout.

— Oui, c'est lui, c'est Sabretout! crie Michelot qui bondit à travers la haie et s'envole vers le chemin en contrebas où il se reçoit en souplesse sur les talons, criant :

— Eh! oh! je suis Michelot!

Un ange tombé du ciel n'aurait pas plus étonné les promeneurs bruyants que cette apparition du taillandier suivie de celle de Voltige.

Interdit, le groupe s'immobilise et se tait.

— C'est moi! répète Michelot.

Alors les hurlements reprennent de plus belle et les hommes se jettent dans les bras des uns des autres : il y a là aussi Francœur, Sans-Chagrin, Gimberie, Moustache, La Grenade et Belhumeur.

— Bon Dieu, vous êtes fous, les gars! grogne le taillandier.

— Tu ne sais pas? s'étonne Sabretout.

— Quoi?

— Les Alliés sont entrés dans Paris.

Le sol se dérobe sous les pieds du taillandier, un frisson parcourt son corps, le secoue comme une fièvre intense. Du bout des doigts, il presse avec force ses yeux, il se frotte le visage comme pour chasser un rêve.

— Sabretout, murmure-t-il, que dis-tu?

— T'as pas compris? le roi revient.

— Comment le sais-tu?

Tous parlent en même temps, chacun veut être le premier à annoncer à Michelot cette nouvelle incroyable qui vient de Vire.

— Là-bas c'est la fête depuis hier! raconte Belhumeur. On danse sur les places et on plaisante au nez des républicains.

— Mais, s'étonne le taillandier, dans cette ville je croyais qu'il n'y avait pas beaucoup de royalistes?

— Le vent tourne, les girouettes avec, ricane Moustache.

— Mais pourquoi galopez-vous à cette heure?

Sabretout hausse les épaules :

— Une nouvelle comme ça, on n'a pas le droit de la garder dans sa poche, non? On vient d'Yvrandes et de Saint-Cornier, on allait à Chanu.

— Attention, les gars, dit Michelot, les garnisons de Flers et de Tinchebray pourraient vous causer des ennuis. Faut pas aller trop vite! Il doit y avoir encore des balles républicaines dans les fusils, vous ne croyez pas?

Ces paroles prudentes calment l'enthousiasme des gars.

— Mieux vaut se cacher cette nuit encore, ajoute Michelot. Demain on verra plus clair.

On acquiesce et, en file derrière le taillandier, on gagne un bois voisin pour s'y mucher jusqu'à l'aube.

Chapitre XXVI

Pâques à Saint-Jean-des-Bois

Pour la première fois, fusil en main, ils avancent en plein jour, sans se cacher, et par les grands chemins. Le soleil inonde le Bocage et le vent léger porte jusqu'à eux les sonorités joyeuses des cloches de Chanu, de Saint-Cornier, d'Yvrandes, de Ger et de Saint-Jean-des-Bois. Des fleurs blanches enneigent les prés et des chants fusent des haies. Des maisons isolées et des hameaux jaillit un bruissement de voix hautes et claires, d'appels, de cris. On dirait que le Bocage se défait soudain de sa chrysalide et qu'un immense papillon sonore et lumineux étend sur le pays ses ailes diaphanes et colorées.

— C'est Pâques, dit Moustache, pour expliquer ce bonheur qui explose autour d'eux.

C'est Pâques mais c'est d'abord la bonne nouvelle de la chute de l'Empereur qui ressuscite le Bocage. A croire que Dieu est vraiment du côté du roi et que ce long carême enfin achevé était celui des bleus, des patauds et du crime. Et dans ce pays crédule où les signes ont tant d'importance, ce dimanche est celui du miracle sous un ciel trop bleu et un soleil trop chaud pour être dus au hasard.

A mesure qu'ils approchent de Saint-Jean-des-Bois, les hommes, les femmes et les enfants se massent sur leur passage. Ils brandissent des drapeaux blancs, lancent des milliers de pétales.

Reconnu parmi les hommes armés, Michelot est embrassé, caressé, touché. On lui sourit, on l'applaudit. Parfois même on le porte en triomphe jusqu'à la sortie d'un village. Le taillandier, déconcerté par ces démonstrations qui blessent sa modestie, supplie sans résultat qu'on le laisse tranquille. Peine perdue : après tant d'années de misère il incarne Pâques, la victoire, l'espoir qui n'a plus besoin de se cacher : alors on le fête à grands cris, on lui envoie des baisers et des sourires. Des enfants lui prennent la main, marchent à ses côtés, levant vers le visage du héros des yeux admiratifs. C'est donc lui, celui dont on parlait et qu'on ne voyait jamais!

Et les habitants de Chanu, d'Yvrandes et de Saint-Cornier font un triomphe aux chouans, puis les suivent. Une longue procession se forme, tous avancent en riant et bavardant sous les tunnels sombres des chemins voûtés par les branches. Les pieds s'enfoncent dans la boue, les mains se retiennent au talus pour éviter les glissades et les yeux se lèvent parfois pour regarder la lumière cligner entre les premières feuilles.

Ainsi montent-ils vers Saint-Jean-des-Bois, derrière Michelot qui marche à grands pas, comme à son habitude. Et dans la foule on se souvient de ce matin de soule où l'on gagnait ainsi le lieu du combat, pataugeant dans la même purée jaunâtre, les braies crottées jusqu'aux genoux. Les femmes, les enfants et les vieillards n'étaient pas alors de la sortie. Mais aujourd'hui de l'ancêtre au nouveau-né porté par sa mère, ils ont tous déserté leurs maisons pour ne pas manquer là-haut la grand-messe du renouveau.

— Nous y voilà, Michelot, lance Voltige, car on aperçoit loin devant, au bout de la galerie humide et obscure, le rond de lumière qui annonce les grands prés.

Les cloches de Saint-Jean-des-Bois carillonnent comme des folles quand Michelot débouche, en clignant des yeux, sur les pâtures. Un court instant il s'arrête pour discipliner l'émotion qui amollit ses jambes. Voltige l'observe :

— Ça te fait quelque chose, non?

— Sûr, murmure le taillandier d'une voix sourde.

Et il sourit au grand échalas toujours à ses côtés comme jadis. Il se retient de le saisir aux épaules et de le serrer contre lui, ce compagnon plus frère qu'un vrai frère, mais cette démonstration d'affection serait ridicule au moment où la foule déferle sur eux du haut du village, bras levés et vibrante de clameurs.

Une immense vague les submerge bientôt. Michelot, saisi aux bras et aux cuisses, est projeté vers le ciel pour se retrouver porté par cent bras, au-dessus d'une houle de chansons et de hourras. Puis c'est le tour de Voltige, de Sabretout et des autres : bientôt les chouans naviguent ainsi jusqu'à la place du village. Michelot ferme les yeux : il pense à Marie et à Eugénie. Ils revivront ensemble à Frèdeville. Les nuages sont derrière eux, il sent dans sa poitrine son cœur s'emballer au rythme des cloches qui carillonnent.

Tout tourne autour de lui dans la petite église, la foule massée dans la nef rend l'air irrespirable et, devant lui, les langues dorées des chandeliers deviennent des comètes qui traversent la pénombre. A peine entend-il le prêtre réciter les prières car dans son dos les murmures sont incessants et croissent à mesure que l'office approche de sa fin. La foule le porte dehors, il est happé de nouveau par des centaines de mains, on lui parle, on l'appelle, on le tire ici et là, il ne sait plus qui l'embrasse, qui le remercie, qui l'invite à manger. On se met à jouer de la vielle et de la flûte, une farandole se forme autour de la place, les robes se gonflent, les coiffes et les fichus s'agitent, les sabots claquent.

Alors elle s'approche enfin, la Guimont; avec le temps elle a perdu sa démarche altière. A petits pas, cassée sur sa canne qui la soutient, elle s'arrête devant Michelot.

— Me reconnais-tu? demande-t-elle.

Et, de sa main libre, elle touche le bras du taillandier, et lève vers lui ses yeux voilés par l'âge.

— Moi, je te vois mal mais je sais que c'est toi, ajoute-t-elle.

— Bien sûr que je vous reconnais, la Guimont, dit Michelot.

— Baisse-toi que je te cause, mon gars, je peux pas me tenir droite, moi.

Quand le taillandier a les oreilles à hauteur de la bouche édentée, il entend la voix lui siffler :

— Il en manque un à cette heure! S'il était là, ça serait son enfer. Tu sais pas qui? Hein, tu sais pas? Fais pas le sot, Michelot... Je vais te le dire : c'est Vaugeois.

Elle le regarde avec intensité.

— Tu te souviens, je t'avais dit de te méfier de cette crapule. T'as pas cru la Guimont, t'étais jeune, tu pensais pas qu'il y a des mauvais partout. Enfin, on l'a noyé ce chien-là. Grâce à moi, Michelot, oui, grâce à la Guimont.

Et elle s'éloigne en ricanant. Elle s'arrête, se retourne lentement et ajoute :

— C'est Pâques aujourd'hui, c'est la grande fête pour toi mais n'oublie jamais ce que je te dis : il y a encore de la méchanceté. Celle-là, jamais elle crèvera!

S'il ne se retenait, il l'injurierait, cette sorcière qui vient déranger son bonheur. Mais il se tait, hoche la tête d'un air entendu. Qu'elle passe son chemin, vite! Mieux vaut écouter aujourd'hui les vielles et les flûtes.

Un instant seul avec lui-même, Michelot cherche Voltige mais en vain : la grande taille de l'ami ne domine pas la foule. Sans doute sa Thérèse l'a-t-elle récupéré à la sortie de la messe. Trop sevrée de caresses, elle n'a pas eu le courage d'attendre plus longtemps. Cette grande journée l'aura excitée et elle doit maintenant se réjouir sous son mâle.

Non, Voltige n'est pas avec Thérèse. Il court comme un fou sur la route de Tinchebray avec, en poche, un pistolet chargé.

C'est Pâques rouges pour lui depuis que Thérèse lui a raconté la visite de Ripaux. Il a giflé sa femme, cette crapule! Eh bien, il va payer cette injure. Une colère démente l'aveugle : on a osé frapper Thérèse, seule chez elle! La main qui a fait ça s'en souviendra, Bon Dieu! Maintenant c'est à lui que Ripaux doit des comptes et il va les lui rendre.

Plutôt que de suivre le chemin jusqu'à la commune il décide de couper à travers champs par les échaliers dont il connaît les emplacements. Plus vite il sera arrivé, plus vite il pourra calmer le feu qui le chauffe. Pas un instant il ne réfléchit aux conséquences de sa décision. La fureur le déchaîne comme une tempête depuis qu'il s'est arraché aux bras de Thérèse qui le suppliait de ne pas l'abandonner encore. Comme si un homme du Bocage pouvait oublier cette insulte à sa fierté! Ripaux a giflé Thérèse, il l'a souillée. Ah! il voulait savoir où se cachait

Voltige! Eh bien il saura ce qui se passe quand on le trouve.

Maintenant il grimpe, sans ralentir l'allure, le lacis qui conduit aux premières maisons de Tinchebray, il est dans une ruelle qui mène à la place du marché, il passe devant l'église, il arrive à la gendarmerie, entre, hurle :

— Ripaux!

Il n'y a personne dans le bureau. C'est l'heure du repas. Alors il pousse une porte, puis une autre, une autre encore, grimpe l'escalier, enfile un couloir.

— Ripaux! crie-t-il encore.

Quand le gendarme surgit soudain, Voltige se précipite sur lui :

— Ah! tu voulais voir Voltige, me voici!

D'une formidable gifle, il l'envoie à terre. Sans lui donner le temps de se relever, il se jette sur lui. De ses poings fermés il lui cogne le visage sans se laisser émouvoir par ses gémissements.

— Tu vas crever, Ripaux! Et pas glorieusement. Pour avoir frappé une femme, fumier!

— Au secours! hurle le gendarme qui cherche à se défendre des coups, protégeant sa tête dans ses bras.

Alors Voltige se redresse et lui porte un violent coup de pied au bas-ventre. Ripaux gémit. Des pas précipités résonnent dans l'escalier. Une voix inquiète demande :

— Quoi? qu'est-ce qui se passe?

— Au secours! gueule Ripaux.

Voltige, calmement, sort le pistolet de sa poche, le broche d'un coup de pouce.

— Non, supplie le gendarme, pas ça, Voltige, non, pas ça!

Dans un claquement sec la balle fait sursauter la tête de Ripaux et un jet de sang inonde le parquet.

Voltige se retourne, le gendarme qui vient vers lui est sans arme, il fonce, le bouscule, dégringole l'escalier. Derrière lui on court, il sort, commence à traverser la place. Une fenêtre s'ouvre. Il entend un hurlement.

Un coup de feu claque : Voltige boule comme un lapin.

Le soir, tandis qu'il soupe chez le curé avec les principaux du village, Michelot apprend la nouvelle. Sabretout n'a pas pu attendre la fin du repas à la porte du presbytère. Il est entré sur la pointe des pieds dans la salle à manger, il a murmuré quelques mots à l'oreille de Michelot. Le taillandier a blêmi, il a lâché sa cuiller, s'est levé, est sorti.

Assise sur une pierre, devant l'église, Thérèse sanglote. La vieille Guimont est près d'elle, une main sur sa canne, l'autre sur l'épaule qui tressaute de chagrin.

— C'est toi, Michelot? demande-t-elle quand elle entend des pas dans la pénombre.

Le taillandier ne répond pas.

— C'est toi, hein? répète-t-elle. Je t'avais bien dit, la méchanceté...

— Tais-toi, coupe le taillandier.

— Il est mort, gémit Thérèse.

Michelot se détourne, il avance seul dans la nuit qui s'est posée sur la place vide, traversant avec tristesse les ombres de la fête achevée. Il n'y a plus de cris de joie, plus de vielles, plus de danses, le soleil est mort. Une fois encore le bonheur se casse à ses pieds. Putain de vie qui donne plus de chagrins que de joies!

La lune s'est levée sur les brouillards blancs cernés par l'ombre des grandes forêts bocaines. Les yeux roux du taillandier pleurent des larmes brûlantes comme des laves.

Epilogue

(1815-1840)

« Il nous apprit que le Roi avait quitté les Tuileries à minuit, qu'il avait pris la route de Saint-Denis, escorté par les gardes du corps, et qu'on ne doutait pas qu'il abandonnât la France et ne repassât en Angleterre. J'avais toutes les peines du monde à croire que cette nouvelle fût véritable. Je m'habillai promptement et courus aux Tuileries pour m'assurer du fait par moi-même. Le drapeau blanc ne flottait plus sur le palais; plus de sentinelles aux avenues ni aux portes; une foule de monde, dans le plus morne silence, rôdait sur la place du Carrousel et dans toutes les rues qui conduisaient aux Tuileries. »

Mémoires de Michelot Moulin.

— Ce fut le dernier à mourir, dit le colonel Moulin, en cognant le fourneau de sa pipe contre la coupe de terre cuite.

— Mais ensuite? demanda Eugénie.

— Oh! ensuite, ma petite fille...

Il ne put poursuivre car une toux violente lui secoua la poitrine. Eugénie dut le soutenir jusqu'à son lit où il s'étendit avec difficulté. L'âge nouait son corps, chaque jour se raidissaient un peu plus ses genoux. Et la vieille blessure de son bras s'était ravivée depuis quelques mois, étendant ses ramifications douloureuses dans tout le côté gauche. Après l'avoir animé avec intensité, la vie qui l'habitait depuis près de soixante-neuf ans se lassait de lui et commençait à le quitter à petits pas : elle n'espérait plus en ce corps qui se délabrait.

Cet abandon irritait le colonel, et il remâchait, avec amertume, l'ingratitude et l'imbécillité de ceux auxquels il avait tout donné pour rien. Avec des mots cyniques il exprimait son dégoût, alimenté par la lecture des journaux qui racontaient une France traîtresse aux Bourbons. Parfois il entrait en tempête. Ses colères mobilisaient ses dernières forces qu'il libérait en coups de pied contre les meubles, il balayait de la main les bibelots, cognait sur sa table, criait à en perdre le souffle contre les marchands repus, les négociants rubiconds, les banquiers Rothschild et Laffitte, et ce « bon dieu de roi à cocarde tricolore! ».

S'était-il donc battu pour ça! Pour voir loger aux Tuileries ce

Louis-Philippe, fils de régicide, roi de pacotille porté sur le trône par des cris révolutionnaires : « A bas les Bourbons! »

A Paris on avait de nouveau abattu des croix, pillé des églises, souillé des chasubles dans des défilés carnavalesques, jeté des livres de prières à la Seine. Gérard, Mortier, Soult, les vieilles gloires de l'Empire, avaient volé au secours du trône : eux aussi avaient perdu l'honneur pour les honneurs.

Et voilà maintenant qu'on ramenait à Paris les cendres du tyran. C'en était trop! La gazette qui rapportait cette déshonorante décision était piétinée, déchirée et jetée à poignées par la fenêtre.

Ces scènes de fureur alertaient Eugénie, elle accourait dans la chambre en désordre, enjambait chaises et fauteuils renversés et parvenait jusqu'à son père qu'elle calmait par la douceur. Elle le prenait par les épaules, le serrait contre elle, essuyait son visage trempé par la sueur, passait légèrement ses doigts dans les longs cheveux blancs ébouriffés. Alors le vieillard entrait en prostration, il perdait pendant plusieurs heures l'usage de la parole et seuls ses yeux, dont l'âge avait peu à peu noyé le feu, exprimaient la détresse.

Depuis la mort de Voltige, vingt-six ans auparavant, rien n'avait été épargné à l'ancien taillandier. C'est vrai, la méchanceté de la vie et des hommes dont parlait jadis la Guimont s'était entêtée contre lui. La chienne, à tout moment, lui avait mordu le cœur. Et c'était toujours quand se dessinait un nouvel espoir que s'abattait sur lui la malchance. Comme si Vaugeois, de son œil sale, était toujours à le guetter du fin fond de son enfer.

Rentrée de Jersey après le débarquement triomphal du duc de Berry, Marie, saisie du même mal qui avait emporté la femme de Sébastien Goupil, avait craché du sang noir et s'était éteinte, brûlante et exsangue. C'était un soir d'automne, dans l'encerclement doré des forêts. La porte de la maison de Frèdeville était ouverte sur le plant. Lourdes de fruits, les branches des pommiers s'affaissaient. Le regard de Michelot allait, de l'extérieur où s'apaisait dans les douceurs de septembre une belle journée, vers le lit sur lequel reposait le décharnement d'un corps qu'il avait tant aimé et que la fièvre avait desséché. Les yeux pervenche s'affaiblissaient à mesure que le soleil inclinait sa course derrière les collines boisées, comme si s'accordaient dans une étrange communion la fin de la lumière et celle de cette vie. A la nuit fermée, Marie poussa un dernier râle.

Elle fut exposée dans le lit conjugal jusqu'au surlendemain. Ainsi l'imposait la tradition. Michelot eût préféré que disparussent au plus vite les restes d'un visage qui ne ressemblait plus à rien, pour pouvoir garder intact le souvenir des yeux de Marie, sources de son bonheur. Mais enfin, c'était ainsi : il fallait accepter le défilé des parents et des amis, les condoléances et les chagrins qui augmentaient le sien, retenu par dignité derrière ses lèvres fermées et frémissantes. Près de lui, Eugénie, debout, demeurait close sur sa peine tandis qu'allaient et venaient les visiteurs. Michelot s'interdisait de poser le moindre regard sur sa fille, de peur de ne pouvoir se contenir.

Sous la pluie revenue, dans le cimetière de Saint-Jean-des-Bois il avait enterré en même temps les restes de sa mère exhumés du plant et Marie. Puis, sans même un détour par la maison et la forge où achevait de pourrir le grand soufflet de cuir, il avait gagné Caen avec Eugénie. Car il avait hâte de se déprendre de cette terre aimée mais cruelle en mettant de la distance entre elle et lui. Et puis là-bas, Mlle de Courcy, émue par la solitude du chouan, avait proposé de prendre en charge l'éducation d'Eugénie chez les bénédictines.

Ensuite il avait gagné Paris, encore plein d'illusions : si son meilleur ami était mort, s'il était veuf, si ses poches étaient vides et s'il n'avait plus de compagnie à mener au combat, du moins espérait-il obtenir la confirmation officielle du grade de colonel que Bruslart lui avait conféré après l'incident devant les jeunes officiers à l'hôtel Morant de Jersey. Le chevalier avait, par cette habileté, voulu calmer la colère du taillandier. Désormais Michelot entendait faire reconnaître cette générosité de circonstance. C'était son droit et il y tenait. Le duc de Berry l'avait encouragé à présenter une pétition au roi qu'il avait chaleureusement apostillée.

— Je me chargerai de vous faire placer, Michelot, avait-il ajouté. Que diriez-vous, par exemple, du commandement du fort de Querqueville, près de Cherbourg?

Confiant, le taillandier attendait sous peu la réponse du roi. Mais les semaines passaient sans nouvelle. Le dimanche, Michelot se rendait à l'audience du duc de Berry qui s'étonnait à chaque fois des silences du palais et chargeait son premier gentilhomme, le comte de La Ferronays, d'aller demander des explications au ministre de la Guerre. Mais rien ne venait!

Sans nom, sans titre, sans parchemins, sans relations, Michelot n'intéressait personne et, dans les antichambres bruissantes de gratitudes mondaines, on lui préférait les flatteurs distingués, les parjures habiles, tous ceux qui avaient changé d'opinion comme de costume et portaient maintenant l'habit de cour après avoir été sans-culottes, coiffé le bonnet rouge de Robespierre puis endossé la livrée de Bonaparte.

Michelot avait voulu rencontrer M. de Bruslart, mais le chevalier ne le reçut pas, tout à ses préparatifs de départ pour la Corse où il était nommé commandant; il lui fit simplement tenir un billet par son aide de camp, l'assurant qu'en face de son nom le grade de colonel avait bien été porté sur les états remis au prince de la Trémoille, président de la commission chargée d'établir les mérites des anciens chouans.

Par le duc de Berry, Michelot s'était fait introduire chez le prince dont le secrétaire, M. Pilot, après avoir vérifié ses fiches, avait confirmé la note du chevalier.

Le prince s'était alors impatienté :

— Mais enfin, Pilot, ce n'est pas cela qui est sérieux, mais le tableau secret que M. de Bruslart m'a établi.

Le secrétaire l'avait remis au prince qui l'avait aussitôt tendu au taillandier :

— Voyez vous-même.

A haute voix, Michelot avait lu : « Michel Moulin, commandant en second de la division de Saint-Jean-des-Bois, à promouvoir lieutenant-colonel. »

La fourberie du chevalier le frappait de plein fouet : ainsi donc lui avait-on menti! Il avait senti couler entre ses omoplates un filet de sueur froide tandis que ses jambes devenaient molles. Son visage avait blanchi sous la gifle qu'il recevait.

Le prince de La Trémoille avait alors murmuré pour calmer le dépit de son visiteur :

— Je vais voir ce que je peux faire.

Le duc de Berry avait réclamé justice avec plus de force mais on ne l'écoutait pas : qu'avait-il donc à prendre son temps et à gaspiller celui des ministres pour ce petit taillandier d'un village crotté de province?

Michelot avait attendu huit mois avant d'être confirmé dans son grade de colonel, obtenu de guerre lasse. Quand il avait perçu sa première solde, ses maigres économies étaient épuisées. Ses états de service enfin reconnus, il attendait avec confiance un commandement. Mais Napoléon avait débarqué à Golfe-Juan. Ça, c'était le mauvais œil de Vaugeois ou les prédictions de la Guimont qui venaient, une fois de plus, se mettre au travers de son chemin.

Rageur, il racontait souvent à Eugénie ces journées parisiennes où la Cour, hier encore toute gonflée par sa victoire, étourdie par la revanche, sûre et prétentieuse, perdait de son assurance à mesure que l'Empereur se rapprochait de la capitale. Brusquement, dans la nuit du 19 au 20 mars 1815, les Tuileries s'étaient vidées : le roi et les princes avaient fui vers Gand. Lui, colonel Moulin, avait au petit jour couru à Vincennes offrir ses bras au vieux maréchal de Vioménil mais il avait disparu, comme les autres.

Alors Michelot était revenu vers le centre de Paris, la ville était lugubre, le drapeau blanc ne flottait plus sur le palais, il n'y avait plus de sentinelles aux avenues et aux portes et sur les places les Parisiens rôdaient, mornes et silencieux.

— Crois-moi, ma petite fille, disait Moulin en frémissant, j'étais ce jour-là le dernier officier en uniforme de la capitale!

Un fiacre l'avait conduit du Marais où il logeait au Pont-Royal. Non sans mal. Après avoir roulé par la rue de Chartres pour atteindre le Carrousel, il avait fallu faire demi-tour car la foule était trop dense, revenir par la rue de Rivoli et la place Louis-XV. Le long des jardins des Tuileries, il avait enfin trouvé une voiture pour Saint-Germain et de là il avait gagné Caen en deux jours.

Cette fuite à travers la France au milieu des poings levés, des injures et des menaces lui revenait en mémoire comme un cauchemar insupportable.

D'autres jours, il radotait sur son second exil à Jersey, il confondait Louis-Philippe et Bonaparte, le duc de Berry et le duc d'Aumont. Et la nuit, torturé par son bras, il ressassait les rebuffades endurées pour obtenir, après la chute définitive de Napoléon, un commandement.

Comme il était inoccupé à Paris et que la commission du prince de La Trémoille fonctionnait de nouveau, on l'avait invité à y siéger pour représenter les royalistes de la Basse-Normandie. De nouvelles déceptions l'attendaient. Ici comme ailleurs l'intrigue avait plus d'importance que le mérite : on versait de l'or et, l'on prodiguait des honneurs à de grands seigneurs qui n'avaient jamais combattu mais qui savaient produire, sans sourciller, des certificats de complaisance. Ceux-là avec cynisme et insolence étaient prêts à tout pour reconstituer leur fortune et recouvrer leurs avantages. Après l'exil qui n'avait pas été difficile pour tous, ou après le service de l'Empereur, ils se jetaient sur le drapeau blanc comme des carnassiers sur de la charogne fraîche. Les loups étaient revenus au palais.

Aux autres, qui n'étaient pas morts sur les chemins ou derrière les haies, sur l'échafaud ou dans les prisons, aux veuves, aux orphelins, à ceux qui n'avaient plus ni maison, ni bétail, ni foin, ni paille, ni sou, on donna le reste : des os qu'on baptisa « pension », puis « secours », car c'était plus facile à supprimer. En revanche, on ne lésina pas sur les « armes d'honneur » et les certificats. On jeta des hochets à ceux qui attendaient de la reconnaissance et qui criaient misère.

Michelot, à maintes reprises, cogna du poing sur la table de la commission. On n'allait quand même pas jouer cette insupportable mascarade aux Bocains, sacré Bon Dieu! Et le taillandier, dénonçant les intrigants, les quémandeurs aux prétendus services, les profiteurs de la misère, parvint à émouvoir les consciences les moins insensibles. Il obtint cent soixante-quinze pensions d'un total de quinze mille francs, mais pour cela, il avait dû briser le miroir glacial et lisse des intrigues. Pour avoir refusé les règles du jeu, il se promettait de féroces inimitiés.

Puisqu'il souhaitait ce poste, il ne fut pas nommé à Querqueville. On lui donna un commandement à la première division militaire, à Château-Thierry. Là-bas l'impétueux colonel Moulin se déliterait.

Quel bonheur pouvait-il connaître dans cette vie de garnison atone et confinée, après avoir, toute sa jeunesse, respiré au milieu des vents et des pluies? Anonyme, sans famille, sans compagnons, sans amis, déraciné, grignoté par l'ennui, le colonel Moulin avait connu l'aigre désespérance des âmes fortes quand l'inutilité les ronge. Comme un chancre, son amertume s'était développée, il avait peu à peu perdu de sa force, de sa patience, de son sang-froid. L'oiseau de proie en cage usait en vain ses ailes à vouloir s'envoler. Il était devenu irritable, susceptible, et il se débondait en colères si violentes qu'il se rendait de plus en plus insupportable aux autres officiers.

On chercha une occasion de le mettre en demi-solde. Un mouvement séditieux parmi ses hommes, soi-disant fomenté par des agents bonapartistes, fut le prétexte tant attendu : on lui donna sa retraite, en lui versant un « traitement d'expectative », ce qui revenait à dire, hypocritement, qu'il était en disgrâce.

Il revint à Caen, loua d'abord un modeste logement impasse Ecuyère puis, sur la colline du faubourg Saint-Julien qui domine la ville, acheta une maison rue de Bagatelle, tout près du couvent des bénédictines où Eugénie achevait son éducation.

Que restait-il maintenant de l'homme aux yeux roux qui avait régné sur le Bocage contre les soldats de la République puis de l'Empire? Un être démantelé, qui traînait son chagrin et sa rancœur au long de journées sans fin avec, pour unique consolation, la présence d'Eugénie et de Cassin, son gendre, professeur à l'Université, qu'elle avait épousé aussitôt après la sortie du couvent. Le colonel avait tenu à ce que le jeune couple résidât chez lui, il leur avait abandonné son toit sauf une chambre qu'il se réservait.

Tant que ses forces le lui avaient permis, le vieux chouan avait été plus souvent au jardin que dans la maison. Il aimait aussi partir, seul des journées entières, à travers la campagne. Il quittait la ville par la rue Desmoueux et la place Blot pour gagner Mathieu et Luc-sur-Mer : c'était, disait-il, son pèlerinage à la mémoire du baron d'Aché, assassiné dans cette région avec la complicité de Mme de Vaubadon. D'autres fois il traversait Caen vers le sud, par la rue des Cordeliers, la place Saint-Sauveur, passait, après la place Fontette, devant le collège royal, puis atteignait la grande prairie de Louvigny où il foulait l'herbe avec délice.

Mais, depuis quelques années, les cheveux du colonel avaient blanchi, son visage s'était creusé, ses yeux s'étaient enfoncés à mesure qu'ils perdaient de leur lumière. Les travaux du jardin étaient désormais abandonnés et les escapades bien rares. Le vieillard se confinait de plus en plus dans sa chambre où il ressassait les rages qui roulaient dans son cœur. Eugénie passait la plus grande partie de ses journées auprès de lui. Elle seule pouvait apaiser les crises de fureur et délier les angoisses de celui que la vie n'avait cessé de blesser et qui se révoltait jusqu'à la folie, comme un sanglier frappé à mort, maintenant que ses forces arrivaient à leur terme et que le haut mur de la mort se dressait devant lui.

Il y avait, dans les ultimes sursauts de ce rebelle, quelque chose de pathétique. Et Eugénie évitait de pleurer devant ce lutteur qui n'acceptait pas de se coucher en lisière de la vie pour attendre, dans la sérénité, le grand basculement dans l'au-delà. Tant qu'il vivrait, il s'acharnerait à lutter contre quoi il s'était toujours battu : la lâcheté, l'infidélité, ces mots crasseux qui l'avaient jeté un jour de 1793 sur les rudes chemins de la proscription.

Douce, Eugénie lui parlait pendant des heures, cherchant à le sortir de ses obsessions. Elle lui rapportait les nouvelles de la ville, glanées en faisant son marché : une mauvaise grêle avait endommagé les moissons, le gaz commençait à remplacer les quinquets dans les boutiques et tous les clients se plaignaient de sa mauvaise odeur, cinq cents conscrits avaient quitté Caen pour aller faire leur service en Algérie, le sainfoin se vendait maintenant cent vingt-huit francs le cent et il y avait une querelle entre marchands de lait, les uns le vendant six sous le pot et d'autres cinq.

Le colonel grognait, haussait les épaules.

— Foutaises!

Imperturbable, Eugénie revenait chaque jour avec sa provision de potins et parfois même avec d'importantes informations. Quand, le 23 août 1840, elle avait annoncé à son père la mort du marquis de Turgot à Mondeville, le colonel s'était mis debout et avait murmuré :

— Que Dieu l'accueille, ce fut le meilleur ministre de la France.

Mais quand elle lui avait annoncé en novembre qu'une baleine s'était échouée sur le littoral de Langrune, il avait ironisé :

— Une épave de plus!

Souvent, la nuit, il émergeait en hurlant d'un cauchemar. Eugénie le trouvait en sueur, tremblant de fièvre, le regard perdu, les mains tendues vers elle, sa fille, l'enfant de Marie Galodé.

L'aube lavait ses anxiétés. Parfois il demeurait au lit, refusait nourriture et tisanes, et parfois il était debout avant le soleil, guettant les premières lueurs pour sortir. Eugénie le raisonnait. Qu'il attende la disparition des brouillards! Peine perdue : il lui fallait marcher, il étouffait entre ces murs, il voulait vivre encore, éprouver ses jambes et son cœur. Résignée, elle jetait sur ses épaules une grande cape et il partait. Il descendait vers Caen à petits pas, canne à la main, coiffé d'un curieux chapeau noir à larges bords qui lui conférait un aspect bien étrange.

Les Caennais matinaux croisaient sur leur chemin la silhouette frêle mais droite qui avançait lentement dans la lumière laiteuse. Le vent qui venait de la plaine faisait voler les pans de la cape :

on aurait dit un grand oiseau qui cherchait en vain à prendre son envol, un oiseau au regard qui ne se posait nulle part, comme désintéressé des gens et des choses.

Epuisé, il rentrait pour se coucher mais il ne dormait pas. Il voulait qu'Eugénie fût là, près de lui, qu'elle l'écoutât une fois de plus rabâcher son passé. Ce qui était étrange, c'était qu'il racontait au présent les années de guerre, comme si l'époque du taillandier rebelle de Saint-Jean-des-Bois n'avait jamais été marquée par le temps. Mais les longues années de désillusion qui avaient suivi avaient été trop cruelles à la fidélité du chouan pour qu'il eût le courage de les rapporter au même temps. Il avait eu deux vies sur terre, celle qu'il aimait à évoquer comme si elle n'était jamais morte et l'autre dont il parlait au passé avec dégoût.

Ce choix des temps, il en usait aussi quand il recevait la visite des survivants de l'ancienne compagnie, Sabretout et Belhumeur. Les autres avaient déjà quitté le Bocage pour le ciel, mais ces deux-là tenaient sacrément le coup et ils n'avaient pas perdu de leur joyeuseté.

Certes Sabretout parlait d'une voix moins puissante et Belhumeur admettait enfin que depuis peu les femmes ne l'émouvaient plus. Mais quels éclats de rire, quel grand bol d'air quand ils s'installaient pour quelques heures dans la maison de la rue de Bagatelle! Le colonel sortait de ses brouillards morbides, oubliait ses tristesses et ses colères pour s'en retourner galoper avec ses complices à travers le Bocage.

— Tu te souviens, Michelot...

S'il se souvient! Le Bois-Daufils, Sébastien Goupil, la fête de Ger quand on arrête la danse au son des fusils, le château de Torchamp, et les bottes du général de Frotté qui couinent sur le parquet du château de Flers. Et Voltige, sans culotte, qui revient en robe! S'il s'en souvient, Bon Dieu!

— Et la soule, Michelot, la dernière soule!

S'il s'en souvient... Quand Voltige culbute, qu'il arrache la balle pour la porter de l'autre côté de l'Egrenne : il pleut des cordes, mais c'est la joie, Seigneur, qui tombe à verse du ciel.

— Quelle sacrée journée, Michelot!

Et quels sacrés moments avec ces deux-là car ils l'appellent toujours Michelot! Ils sont les derniers à le faire et il leur commande de ne pas mourir avant lui, de peur qu'avec eux ne disparaissent les sonorités d'un prénom, sa seule gloire.

« Les Grands Aubrais », à Machecoul,
décembre 1979.

Note de l'auteur

C'est dans le fonds révolutionnaire de la bibliothèque municipale de Flers que j'ai rencontré il y a plus de cinq années Michelot Moulin à travers les quatre cents pages de ses Mémoires. Il s'agissait d'un livre peu connu, rédigé sous la dictée ou d'après les notes du chouan normand par son gendre M. Cassin.

Dès lors les yeux roux du taillandier de Saint-Jean-des-Bois n'ont cessé d'être les repaires de toutes mes lectures, de toutes mes recherches, de mes promenades à travers le Bocage, et à mesure que j'avançais mes pas sur les chemins du temps, Michelot redevenait un être de souffle et de sang avec lequel je vécus un compagnonnage ardent.

Le docteur Buisson, maire de Mortain, excellent connaisseur de sa région, m'avait au cours d'un déjeuner lancé sur la piste de Moulin. J'étais comblé car je cherchais depuis longtemps le portrait d'un HOMME INSOUMIS qui, ayant posé une fois pour toutes un NON, ne se dédise plus.

Sa rage de vivre, sa volonté d'aller jusqu'au bout, de ne jamais se renier, d'être fidèle jusqu'à la solitude amère, jusqu'à l'oubli, m'ont fait aimer Michelot Moulin. Comme j'ai appris à aimer aussi ses compagnons. Ces Bocains ne sont pas des gens à part, mais ils appartiennent à une race du monde entier dont les comportements se sont prolongés jusqu'à nos jours et qu'a si lucidement saisis Carlo Levi.

C'est au cours d'un séjour en Italie — j'étais dans l'écriture de ce livre — que j'ai lu *Le Christ s'est arrêté à Eboli. Et* j'ai été fasciné par l'étonnante correspondance entre les paysans de Gagliano à travers leur histoire, leurs révoltes, et celles de ces Normands de la fin du XVIIIe et du début du siècle dernier. Carlo Levi fit ses observations lors d'une retraite forcée, que lui imposa le régime fasciste, en 1935-1936, dans un pauvre village de Lucanie. Et il les rédigea après la guerre. Si concordantes étaient ses notations que je décidai de citer en épigraphe de mon ouvrage une phrase de ce livre. J'aurais pu en choisir une autre : à chaque page venait, en filigrane, s'interposer constamment le profil des Bocains. J'ai d'ailleurs gravé dans ma mémoire des lignes de Levi comme celles-ci : « *La civilisation paysanne est une civilisation sans Etat et sans armée. Ses guerres ne peuvent être que des sursauts de révolte et aboutissent toujours nécessairement à des défaites irrémédiables, mais elle va cependant son chemin éternellement, donnant aux vainqueurs les fruits de la terre et leur imposant ses mesures, ses dieux terrestres et son langage.* »

Ces hommes de Lucanie étaient aussi des « *brigands* », comme étaient qualifiés les chouans de l'Ouest : « *Après le brigandage*, écrit Levi, *ces terres ont retrouvé leur funèbre paix; mais de temps en temps dans quelque village, les paysans qui ne trouvent pas place dans l'Etat, ni défense dans les lois, se soulèvent pour aller vers la mort, ils brûlent la mairie ou la gendarmerie, tuent les seigneurs, puis partent résignés vers les prisons.* »

Mais le décor du Bocage normand n'a pas été étranger à mon choix. J'aime, pour les secrets qu'il recèle comme des pépites de l'imaginaire, ce pays fermé sur lui-même, mûrissant d'étranges mystères qui le relient, encore aujourd'hui, au monde du magique. Ces vibrations de l'étrange, cette charge du silence végétal, cette angoisse de l'ombre palpitent intensément sur cette terre résistante, avec ses vallées froides voilées de brumes, et ses grandes forêts brassées par le vent et flagellées par les pluies. Sans doute les paysages se sont-ils transformés, ici comme ailleurs, depuis près de deux siècles, mais ni la pioche, ni la charrue, ni la pelleteuse n'ont eu totalement raison des forces de cette terre : l'attachement au droit et à la liberté y fait toujours sommeiller les vieilles braises chouannes de la rébellion et quand, en 1935, six cents clochers du pays sonnèrent le tocsin, le Bocage des bouilleurs de cru dont le privilège était menacé se dressa contre la loi. Etrange permanence...

Si j'ai d'abord été séduit par la dimension romantique de Michelot Moulin et du pays bocain, j'ai ensuite été aidé par les connaissances et les conseils d'Alfred Chaudeurge, spécialiste régional de l'histoire de cette époque, par le concours de l'association « Le Pays bas-normand » dont les activités et la revue sont remarquables, et par l'accueil des habitants qui m'ont enseigné, renseigné et montré.

J'ai pu avoir accès à une riche documentation, archives, études, livres, travaux divers souvent rédigés par de modestes auteurs dont l'unique souci était d'éclairer l'histoire de leur village, Mais j'ai essentiellement fait reposer mon travail (outre les *Mémoires de Michelot Moulin*) sur *Les Chouans de Normandie* d'André Chaudeurge, *Histoire de la Chouannerie* de Seguin, et surtout les deux tomes de l'ouvrage fondamental de L. de La Sicottière, *Louis de Frotté et les insurrections normandes, 1793-1832* : la somme de ce parlementaire de l'Orne, publiée en 1889, est d'une richesse souvent désordonnée mais exceptionnelle.

J'ai également lu avec profit le *Bréviaire du Vendéen à l'usage des habitants de l'Ouest*, de Billard de Veaux, compagnon de Frotté, celui qui apparaît à plusieurs reprises dans mon livre sous le surnom historique d'Alexandre. Les trois tomes qu'il a écrits sont souvent bien discutables : l'auteur calomnie sans vergogne, arrange les faits à sa guise pour régler des comptes; mais il y a dans son récit une spontanéité de langage, une truculence, un foisonnement d'anecdotes qui donnent bien le ton de cette époque telle qu'elle fut vécue par les sans-grades.

Je ferai grâce au lecteur de le renvoyer à toutes les sources auxquelles je me suis référé, au risque de me faire passer pour l'historien que je ne suis pas. Je veux ici le dire fortement : j'ai voulu re-créer un personnage à travers une appréhension de l'histoire plus sensible que scientifique, sans pour autant trahir l'essentiel des événements, des données sociologiques, géographiques et politiques. Cependant la dynamique de Michelot, son bouillonnement intérieur ont toujours été l'élément déterminant du récit, au détriment par exemple de certains personnages importants de la chouannerie normande que j'ai volontairement estompés pour accuser la personnalité du taillandier de Saint-Jean-des-Bois. De même ai-je introduit dans mon récit des acteurs principaux et secondaires qui ne figurent pas au répertoire de l'histoire mais qui, par leur présence, viennent servir le climat du livre.

Les spécialistes me pardonneront, je l'espère, ces accommodements, de même que le regard jeté sur la situation révolutionnaire de l'époque : sommaire ou partial, j'ai tenté de restituer celui de Michelot. C'est d'ailleurs par ses yeux roux que j'ai vu le Bocage de son époque, par ses oreilles que j'ai capté les chants et les voix de cette terre, par tous ses sens que j'ai ressenti la vie mouvementée et souvent douloureuse du taillandier. Je l'ai habité comme j'ai habité la petite maison toujours debout au milieu du plant de Frèdeville sous son triste toit de fibrociment. J'ai hanté ce lieu à la recherche du compagnon de Louis de Frotté : l'atelier de la forge n'existe plus, j'ai cependant entendu battre le marteau sur l'enclume. Et j'ai souvent cru entendre la voix de Marie et celle d'Eugénie. Etonnant miracle de l'écriture qui permet de faire reculer la vie dans le passé et d'effacer la mort.

Mais il faudrait aussi dire longuement toutes les joies vécues au cours de mon enquête : quand je découvris, après maintes démarches, tel maillon qui manquait à l'histoire, quand je retrouvai enfin les gravures anglaises originales racontant l'emprisonnement de Michelot au fort de Joux et son évasion. Ou encore ce moment où j'ai décroché d'un mur pour la détailler de plus près une miniature originale du colonel Moulin : à partir de là est née la première scène anglaise de mon histoire.

Des dernières années à Caen de Michelot, il ne reste rien dans les archives, si ce n'est quelques actes notariés quand il loua sa première maison et quand il acheta la seconde. Celle-ci, en revanche, est toujours debout au 16 de la rue du Docteur-Rayer, mais autour d'elle tout est construit désormais et la célèbre école de dressage de La Guérinière qui existait non loin à l'époque du colonel Moulin a disparu pour faire place à la caserne des pompiers.

De même au cimetière des Quatre-Nations où les défunts reposent dans l'exubérance insolente des arbres et des lierres, j'ai retrouvé, grâce à des Caennais fidèles à l'histoire, la tombe de Michelot Moulin : abandonnée, sans plaque, la dernière demeure du chouan est un caveau anonyme près d'un tas de gravats. L'ingratitude des Bourbons n'avait donc pas suffi, qui désespéra jusqu'à sa mort la fidélité du taillandier. Sous la pierre fendue, contre le mur qui retient les rumeurs de la ville, l'oubli total...

Que ces pages soient donc pour Michelot l'épitaphe à laquelle il a droit.

H.G.

Table

Prologue
(1789)

Première partie
La terre rebelle
(1793-1794)

Deuxième partie
Le Bocage en feu
(1795-1800)

Troisième partie
L'errance
(1800-1813)

Quatrième partie
Le pays retrouvé
(1813-1815)

Epilogue
(1815-1840)

Cet ouvrage a été réalisé sur
Système Cameron
par la SOCIÉTÉ NOUVELLE FIRMIN-DIDOT
Mesnil-sur-l'Estrée
pour le compte des Éditions Grasset
le 19 avril 1985

Imprimé en France
Première édition, dépôt légal juin 1980
Nouveau tirage, dépôt légal avril 1985
N° d'édition : 6677
N° d'impression : 2419
ISBN 2-246-00963-4